YASMIN DREYER

ARCADIA

Die Auserwählten

YASMIN DREYER

ARCADIA

Die Auserwählten

cbj

Bei diesem Buch wurden die durch das verwendete Material und die Produktion entstandenen CO_2-Emissionen ausgeglichen, indem der cbj Verlag ein Projekt zur Aufforstung in Brasilien unterstützt.
Weitere Informationen zu dem Projekt unter:
www.ClimatePartner.com/14044-1912-1001

FSC www.fsc.org
MIX
Papier | Fördert gute Waldnutzung
FSC® C083411

Wir produzieren Klimaneutral
ClimatePartner.com/14044-1912-1001
Druckprodukt

Penguin Random House Verlagsgruppe
FSC® N001967

1. Auflage 2023

Umschlagkonzeption: semper smile, München
unter Verwendung der Abbildungen von © Shutterstock
(Diego Monteiro Sousa; aekky; damerau; geen graphy)
und der Character-Art von © Carmen Di Mauro
Innengestaltung unter Verwendung der Typografie von
© Shutterstock (geen graphy) und der Vignetten von © semper smile
MP · Herstellung: BO
Satz und Reproduktion: KCFG – Medienagentur, Neuss
Druck: CPI books GmbH, Leck
ISBN 978-3-570-16664-2
Printed in the EU

www.cbj-verlag.de

Für meine Tochter

Du bist der Sonnenschein in meinem Leben

1

BEN

Montag, 5. September 2050

Bens Herz pochte so wild, dass er das Gefühl hatte, es würde sich gleich überschlagen. Immer wieder riss er die Augen auf, um nicht eine Millisekunde von dem zu verpassen, was auf dem Anwesen der Vermonts vor sich ging. Er stand schräg gegenüber des vergitterten Torbogens, der auf das Grundstück führte, und hielt sich im Schatten einer Eiche versteckt.

Er hätte den Ausgangspunkt seiner Operation lieber an einen anderen Ort verlegt, einen, der weiter weg war. Doch die Möglichkeiten waren begrenzt: Auf der Strecke von hier bis zum Clubheim war der Verkehr dichter, dort gab es mehr Unwägbarkeiten, mehr Augenzeugen, während in der Villengegend rund um das Haus seines Ziels kaum Leute unterwegs waren.

Ab und zu kam jemand vorbei und führte seinen Hund

aus. Ob die Gassigeher menschlicher oder künstlicher Herkunft waren, ließ sich von Bens Position aus nicht sagen. Synths identifizierte man dank der Markierungen an ihrem Hals, die aber nur erkennbar waren, wenn man direkt vor ihnen stand. Ansonsten wirkten die Synthetischen so menschlich, dass es Leute gab, die Freundschaften mit ihnen pflegten oder sogar Beziehungen mit ihnen führten.

Ben schüttelte sich bei dem Gedanken. In einer Million Jahren würde ihm das nicht passieren.

Es hatte eine Zeit gegeben, in der viele echte Menschen auf diesen Straßen unterwegs gewesen waren – Kolonnen von Gärtnern, Köchen, Kindermädchen und Putzkräften, auf dem Weg zu ihren Arbeitsplätzen. Doch von diesem geschäftigen Treiben war nichts mehr übrig. Im Laufe der Jahre waren die Bediensteten von Drohnen oder Synths ersetzt worden, die an der heimischen Ladestation gelagert wurden. Sie verließen das Haus nur, wenn sie einen entsprechenden Befehl erhielten.

Auch der Job seines Vaters war den voll automatisierten Systemen zum Opfer gefallen. Ben schluckte bei der Erinnerung daran, wie sich sein Vater erniedrigt und fast unter Tränen um Aufträge gebeten hatte, um nicht ihre Existenz zu verlieren. Doch seine Arbeitgeber kannten kein Mitleid. Er und Ben mussten die Wohnung aufgeben und zogen in einen der zerfallenden Hochhaustürme nahe der Sicks, wo sie zumindest ein eigenes Zimmer zugeteilt bekamen. Während die Behörden dafür sorgten, dass Ben eine Schule besuchte und eine warme Mahlzeit am Tag genoss, versuchte sein Vater, sie mit Gelegenheitsjobs über Wasser zu halten.

Doch als sein Vater krank wurde, wusste Ben nicht, wie er die Behandlung bezahlen sollte, zumal die Ärzte nicht sagen konnten, was genau ihm fehlte. Er pflegte ihn zu Hause, doch ohne Medikamente verschlechterte sich sein Gesundheitszustand täglich. Und dann kam *Widevisions* ins Spiel. Der Konzern war einer der drei erfolgreichsten Hightech-Giganten. Die Firmenvertreter boten Ben eine beträchtliche Summe für einen sehr speziellen Auftrag und versprachen, sich dafür um die medizinische Versorgung seines Vaters zu kümmern. Ben hatte keine Sekunde gezögert. Er würde alles tun, nur damit es seinem Vater besser ginge. Anders als Bens Mutter hatte er seinen Sohn nie im Stich gelassen und Ben würde nun für ihn ebenso da sein.

Deshalb hing so viel vom Erfolg dieses Auftrags ab. Er bestimmte, ob Ben seinem Vater die nötige Behandlung verschaffen konnte – oder ob er dabei zusehen musste, wie er starb.

Ich werde für ihn kämpfen. Mit allen Mitteln, wenn's sein muss.

Bens Lippen bebten. Er presste sie aufeinander, bis sie nur noch einen schmalen Strich bildeten. In der Ferne sah er die Patrouillen-Drohnen auf sich zukommen. Auch wenn sie nur bis zur Grundstücksgrenze fliegen durften, verschwand er lieber hinter der Eiche, unter der er stand, damit die Sensoren nicht doch etwas Ungewöhnliches registrierten.

Eins, zwei, drei, vier …

Ben zählte still bis zwanzig. Dann lugte er vorsichtig aus seinem Versteck hervor. Die Drohnen drehten ab. Jetzt hatten sein Team und er ein Zeitfenster von vier Minuten, bis sie auf ihrem Rundflug zurückkehren würden.

Ben betete, dass das Auto, dem er auflauerte und in das er so dringend gelangen musste, bald auftauchen würde. Die Grundstückswächter-Drohnen waren tückisch. Durch Ultraschallwellen, konzentriert auf die Vitalpunkte, konnten sie einen Menschen innerhalb von Sekunden lähmen. Wenn sie Ben entdeckten, würde er trotz seiner Ähnlichkeit mit dem echten Kayne Vermont Junior auffliegen, denn der parallel stattfindende Abgleich mit dessen Tracker würde erweisen, dass sich der Milliardärssohn an einem ganz anderen Ort als er selbst befand. Sie würden ihn festsetzen, bis die Polizei eintraf, und wenn die Beamten Bens Doppelgänger-Gesicht sahen, würden sie eins und eins zusammenzählen und sich dabei ganz sicher nicht verrechnen.

Es musste einfach klappen. Also warum zur Hölle zitterten seine Beine und fühlten sich so weich an, als würden sie ihm gleich den Dienst versagen?

Reiß dich zusammen. Wenn du nur einmal in deinem Leben zu was gut sein willst, dann jetzt!

Ben prüfte den Sitz des Ohrinlays, durch das er mit der Einsatzzentrale verbunden war. Es war eine einseitige

Kommunikation. Während die anderen Teammitglieder alles hörten und Ben Befehle erteilen konnten, durfte er nur im absoluten Notfall mit ihnen sprechen. Zu groß war die Gefahr, dass jemand seine vermeintlichen Selbstgespräche mitbekam und misstrauisch wurde. Ohnehin hatte man für die Dauer der Aktion ein Kontaktminimum angeordnet und so war es zurzeit still in der Leitung.

Endlich vernahm Ben das leise Surren der Elektro-Limousine, die sich vom Haus kommend dem Tor näherte, um das Anwesen zu verlassen. Er richtete sich auf und wartete, bis das Auto die Pforte passiert hatte. Die meterhohen Gittertore schlossen sich hinter dem Wagen, der jetzt Richtung Straße fuhr. Wieder warf Ben einen Blick auf die Uhr. Noch zwei Minuten bis zur Rückkehr der Patrouille.

Die Limousine bog ab und kam auf ihn zu. Am Steuer saß ein Mensch. Fahr-Synths waren darauf programmiert, strikt logische Entscheidungen zu treffen. Im Fall einer kritischen Verkehrssituation würden sie immer Schadensbegrenzung im Auge haben, unabhängig davon, wer der Leidtragende sein würde. Und da die Reichen Wert darauf legten, dass in jedem Fall zu ihren Gunsten entschieden wurde, leisteten sie sich zumindest an dieser Stelle noch menschliche Mitarbeiter. Der Fahrer der Vermonts hieß Thomsen.

Ben blieb in seinem Versteck, während sein Kollege mit dem Codenamen *Kerberos* den Lieferwagen der Wäscherei aus einer nahe gelegenen Einfahrt fuhr. Er stellte sich quer über die Straße, sodass die Limousine nicht mehr passieren konnte.

Der Chauffeur bremste. Als Kerberos den Wagen ein Stück vor- und zurücksetzte und so tat, als hätte er Manövrierschwierigkeiten, ließ Thomsen die Scheibe runter: »Führerschein im Lotto gewonnen oder ist dir 'n Schaltkreis durchgebrannt? Wie auch immer, mach gefälligst den Weg frei!«

Alles funktionierte genauso, wie sie es tausendmal besprochen hatten. Nun war es an Ben, dass der Plan nicht scheiterte. Sein Körper war so angespannt, dass er am liebsten gerannt wäre. Dennoch zwang er sich, ganz gemächlich aus seinem Versteck hervorzukommen. Er steckte die Hände in die Hosentaschen und schlenderte auf die Limo zu. Mitten auf der Straße blieb er stehen. Kurz blickte er in das ihm mittlerweile vertraute Gesicht hinter dem Steuer des Lieferwagens, dann wandte er sich dem Fremden in der Limousine zu.

Die Stunde der Wahrheit. Jetzt würde sich zeigen, ob sich die leichten angleichenden Eingriffe gelohnt hatten und ob der Konzern zu Recht auf Bens Ähnlichkeit mit dem Milliardärssohn setzte.

Als der Chauffeur ihn wahrnahm, unterbrach er sofort seine Pöbeleien. »Master Vermont!«, keuchte er überrascht. »Sollten Sie nicht im Clubheim sein? Ich wollte Sie gerade abholen.«

Zumindest Bens Gesicht schien der Prüfung standzuhalten.

»Ich bin früher aus dem Turnier ausgeschieden«, sagte Ben. Innerlich zuckte er zusammen, versuchte aber, keine Miene zu verziehen. Egal, was er tat, er konnte sich an die Stimme, die der implantierte Verzerrer in seinem Hals erzeugte, nicht gewöhnen.

»Aber Sie hätten mich doch anrufen können.«

»Ich wurde ein Stück mitgenommen und dann dachte ich, ich lauf den Rest der Strecke.«

Die Verwirrung war dem Fahrer deutlich anzusehen. Wahrscheinlich war Kayne Vermont Junior nicht unbedingt der Typ, der zu einem spontanen Spaziergang aufbrach. Auch nicht bei so schönem Wetter wie diesem.

»Wir müssen allerdings noch mal zum Club. Ich hab in der Eile meine Tasche und das Florett liegen gelassen. Ohne registriertes Fahrzeug komme ich aber nicht wieder aufs Gelände zurück.«

Aus dem Augenwinkel bemerkte Ben die herannahenden Drohnen. Er wollte am liebsten sofort ins Auto springen, aber der Einzige, der ihm die Tür mit seinem Fingerabdruck öffnen konnte, war der verdammte Chauffeur. »Machen Sie mir schon die Tür auf!«

Der Fahrer zögerte und maß ihn mit seinem Blick.

Bens Atem beschleunigte sich, sein Herz sprengte fast die Brust.

Gleich sind sie da …

»Jetzt machen Sie gefälligst hin, Thomsen! Oder wollen Sie morgen durch einen Synth ersetzt werden? Das geht ganz kurz und schmerzlos, das verspreche ich Ihnen!«

»Na-natürlich möchte ich das nicht«, stotterte Thomsen. Er stürzte aus dem Auto, beeilte sich, die Tür zu öffnen und ehrerbietig aufzuhalten. Ben rutschte auf die Rückbank.

Er war drin.

Als der Fahrer die Tür schloss, drehte sich Ben zur Heckscheibe. Die Drohnen folgten weiterhin ihrer vorgeschriebenen Route. Erleichtert atmete er aus.

Auch Kerberos hatte erkannt, dass alles glatt gelaufen war. In nur zwei Lenkzügen hatte er die Straße wieder frei gemacht und brauste mit dem weißen Wäschereiwagen davon.

Thomsen fuhr an. Jetzt war Ben auf sich allein gestellt. Er rückte den Allzweckgürtel unter dem Vereinsjackett zurecht und versuchte, sich zu beruhigen. Eine Villa nach der anderen zog an seinem Blick vorüber. Dennoch dauerte es einige Zeit, bis sich Puls und Atem normalisiert hatten. Nur das flaue Gefühl in seinem Magen blieb.

Denn das hier – das war der leichteste Teil des ganzen Plans gewesen.

2

EMILY

Montag, 5. September 2050

»Willkommen, liebe Teilnehmende beim diesjährigen *Rocket Roll* in London. Wie ihr wisst, gibt es als Hauptpreis ein Vision-Q zu gewinnen, mit dem ihr euch für einen der begehrten Stipendiumsplätze in der Arcadia bewerben könnt. Wenn ihr dieses nicht gewinnen solltet, müsst ihr aber nicht traurig sein. Unsere Hauptsponsoren *Widevisions, Xiamtech* und *Cleveland Electronics* haben hinter der Ziellinie Zelte aufgebaut, in denen euch deren Talentscouts über ihre eigenen industriegeförderten Akademien informieren. Und die Aufnahmeprüfung dort ist nicht ganz so elitär wie an der Arcadia. Nichts für ungut.«

Emily zog am T-Shirt noch einmal das Schild mit ihrer Startnummer zurecht und sah sich zu ihren Eltern um, konnte sie aber in der Menge nicht mehr entdecken. Sie hatten sich den Tag freigenommen und standen irgendwo im Getümmel, um sie anzufeuern. Doch zwischen die Zuschauer hatten sich auch Demonstranten gemischt, die Parolen skandierten. Ab und an wurde jemand von einem Polizeiroboter aus der Menge gezogen und abgeführt. Und sie hatten gute Gründe zu demonstrieren. Die drei Hauptsponsoren der Veranstaltung waren jene Hightech-Giganten, deren Macht nun die Geschicke der Menschheit lenkte. Demokratisch gewählte Politiker waren nurmehr Marionetten und hatten lediglich noch repräsentative Funktionen. Denn die sogenannten *Big Three* kontrollierten die Energie- und Wasserwirtschaft ebenso wie die weltweite Kommunikations- und Infrastruktur. Dank ihrer Patente auf jedwede Militärroboter beherrschten sie auch die Legislativen.

Doch die Tech-Diktatur war nicht das Einzige, was die Demonstranten dazu bewegte, heute hier zu sein. Sie glaubten, dass der ständig wachsende Bedarf an Robotern, Synths und Drohnen den Klimawandel zusätzlich beschleunigte. Gleichzeitig wurden genau diese Technologien benötigt, um dort, wo es inzwischen zu heiß war, Hilfe zu leisten. Die Tech-Giganten errichteten klimatisierte Schutzgebäude und Gewächshäuser und ermöglichten den Zugang zu Wasser, was ihnen nicht nur viel Geld einbrachte, sondern weitere Abhängigkeiten förderte. Ein Teufelskreis.

In diesem Umfeld hatte nur die Arcadia als unabhängige Institution überlebt. Das war einer der Gründe, warum Emily unbedingt dort aufgenommen werden wollte. Das

Elite-Internat bestand aus drei Häusern. Haus Minerva, für das sie brannte, entwickelte Neuerungen im Bereich Roboter- und Computertechnologie. Haus Ceres beschäftigte sich mit Botanik, Insekto- und Zoologie. Und die Schülerschaft von Haus Asklepius setzte sich mit Anatomie, Medizin und Genetik auseinander. Diese drei Häuser, die als die *Arcadia Academy* zusammengefasst waren, zählten zu den wenigen Forschungsinstitutionen, die auf Non-Profit-Basis Human- und Umweltprojekte förderten und Maßnahmen zur Erhaltung des Planeten ergriffen.

Und so kam es für Emily auch gar nicht infrage, auf eine der industriegeförderten Sponsoren-Akademien zu gehen. Für sie ging es heute nur um das Vision-Q und damit um alles oder nichts.

Die Stimme des Moderators drang wieder an ihr Ohr. »Wir werden euch jetzt in Gruppen einteilen, damit wir pünktlich um 14 Uhr starten können. Ihr alle habt Armbänder bekommen. Team Blau-Rot? Bitte findet euch an Station A ein.«

In die Menge kam Bewegung. Emily schluckte gegen die Trockenheit in ihrem Hals an und blickte auf ihr eigenes digitales Band, das in gelb-grünen Farben leuchtete, als sie angesprochen wurde. Sie sah zu dem sommersprossigen Gesicht auf. Die roten Haare des Mädchens waren zu zwei ordentlichen Zöpfen geflochten.

»Wie ich sehe, sind wir in der gleichen Gruppe. Bist du das erste Mal hier?«

Emily nickte. »Ja, ich bin echt aufgeregt. Und du?«

»Nicht besonders. Ich war letztes Jahr auch schon gemeldet, nur leider wurde nix draus wegen der Bombendrohung. Die blöden Rebellen haben ja null Ahnung, was sie da tun.« Sie zuckte mit den Schultern, als wenn es keine große Sache wäre, aber an ihrer angespannten Muskelpartie konnte man ablesen, wie sehr es sie ärgerte, um die Chance gebracht worden zu sein. »Ich bin übrigens Jennifer«, sagte sie und streckte die Hand aus.

Emily zögerte. Etwas in ihr sträubte sich dagegen, doch dann gab sie sich einen Ruck und ergriff sie. Sofort drückte das andere Mädchen kräftig zu, als wollte sie ihr jeden Handknochen einzeln brechen. Emily unterdrückte einen Schmerzenslaut, während sie versuchte, die Finger aus dem Griff zu winden, aber Jennifer hielt sie eisern fest.

»Weißt du, was mein größter Traum ist? Seit meiner Kindheit will ich eine Charity-Lady werden. Dafür muss ich eine Ausbildung in einer gemeinnützigen Einrichtung absolvieren und ich hab echt keinen Bock, in eines der hinterletzten Käffer dieser Welt geschickt zu werden.«

»Hör auf, du tust mir weh!«

»Die Arcadia ist mein Ausweg und ich werde alles dafür tun, um zu gewinnen. Also komm mir besser nicht in die Quere.«

Endlich gelang es Emily, Jennifer ihre Hand zu entreißen, und sie starrte auf die gequetschten Finger. Ihre Hand pulsierte vor Schmerz.

»Gibt's hier ein Problem?« Ein Mädchen mit türkisblauem Haar trat zu ihnen, ihre pinkfarben geschminkten

Lippen standen im auffälligen Kontrast zu dem gelben T-Shirt, das alle Mitarbeiter des *Rocket Rolls* trugen. Sie musste ungefähr in Emilys Alter sein, vielleicht ein bisschen älter, aber ihr Auftreten war so selbstsicher, als wäre sie eine Erwachsene.

»Nein«, antwortete Jennifer sofort.

»Mit dir hab ich nicht gesprochen.« Die Blauhaarige studierte Emilys Gesicht.

Sie senkte den Blick. So sauer sie auch war, hatte sie ebenso Angst, dass sie beide disqualifiziert werden würden.

»Es ist nichts.«

»Na gut. Wie ich sehe, seid ihr beide in meiner Gruppe. Ihr seid zwar noch nicht aufgerufen, aber kommt schon mal mit.« Die Blauhaarige lief wie ein Bodyguard zwischen ihnen.

»Da sind wir. Station H. Ihr könnt schon mal rein. Am besten geht ihr auf die beiden gegenüberliegenden Seiten, damit viel Platz zwischen euch ist und ich euch im Auge behalten kann.«

Als Emily sich zu der Blauhaarigen umwandte, stand ein freundliches Lächeln in ihrem Gesicht, und sie sagte verständnisvoll: »Du meldest dich bei mir, wenn sie noch mal was versucht, ja?«

»Das mach ich.«

Emily schielte zu Jennifer rüber. Die schien inzwischen völlig in sich gekehrt, während sie selbst unruhig von einem Bein aufs andere trat und es kaum erwarten konnte, dass es losging. Ihre Finger zitterten vor Nervosität. Sie befürchtete, dass sie in dem Zustand nicht mal das Werkzeug würde halten können.

Das muss aufhören!

Endlich wurde auch der Rest von Team H aufgerufen und weitere Teilnehmende mit gelb-grünen Bändchen drangen in den Bereich.

Monatelang hatte Emily sich auf diese Prüfung vorbereitet, ihre eigenen E-Skates zerlegt und wieder zusammengesetzt und in den Halfpipes der Skateparks geübt, bis man sie gar nicht mehr ohne Schrammen und blaue Flecken an Armen und Beinen kannte. Jetzt war es so weit. Sie alle bekamen Kisten in die Hand gedrückt, obenauf lagen Helme und Schoner.

»An den Kästen befinden sich elektrische Schlösser, die sich erst mit dem Startsignal öffnen, ihr müsst euch also noch keine Mühe geben«, sagte die Blauhaarige, deren Stimme nun mithilfe eines Headsets und einer Lautsprecher-Drohne, die sie begleitete, verstärkt wurde. »Ihr könnt allerdings eure Schutzkleidung schon anlegen. Jeder von euch, der da gleich ohne rausläuft, scheidet umgehend aus! Also, Leute, los geht's!« Sie klatschte in die Hände.

Emily zog rasch den Helm und die Knie- und Ellbogenschoner über. Kaum war sie fertig, erschien auf dem Bildschirm eine 3-D-Grafik von dem Parcours und der Moderator wandte sich wieder an die Menge: »Inzwischen sind die Ausrüstungen an alle verteilt, daher noch ein paar wichtige Informationen zum Rennen. Die Strecke ist etwas über elf Meilen lang. Ihr werdet auf dem Weg an drei Checkpoints vorbeikommen, an denen ihr zunächst einen Hindernis-Parcours durchlaufen müsst, um wieder auf die Strecke zu kommen. Solltet ihr ein Hindernis nicht überwinden und dabei stürzen, müsst ihr wieder an den Anfang der Station zurück. Daher überlegt gut, ob ihr euch den Geschwindigkeits-Boost für eure Skates holen wollt, der am Ende des Checkpoints auf euch wartet. Er kann nur durch ein weiteres besonders schwieriges Hindernis erlangt werden und ihr entscheidet, ob ihr lieber auf Nummer sicher geht und einfach weiterlauft oder das Risiko der Zusatzprüfung eingeht. Der Countdown beginnt in wenigen Augenblicken. Die ersten sieben Meilen konkurriert ihr nur mit den Leuten aus eurer eigenen Gruppe, ab dann werden die Tracks zusammengeführt und ihr müsst euch auch gegen den Rest des Feldes behaupten. Ich wünsche euch allen viel Glück!«

Schon erschien der Timer auf dem Bildschirm. Das Publikum zählte lautstark runter: *»10 … 9 … 8 …«*

»3 … 2 … 1 … Go!«

Mit einem Zischen öffnete sich das Gittertor zum Parcours, gleichzeitig sprang die Farbe des Lämpchens am Schloss von Rot auf Grün und Emily riss die Kiste auf. Wie erwartet lagen darin die Einzelteile der E-Skates, samt Motor und Werkzeug. Tatsächlich funktionierten ihre Finger jetzt wie ein Uhrwerk, von der vorherigen Nervosität war nichts mehr zu spüren. Sie schraubte alles zusammen, wie sie es schon hundertmal geübt hatte.

Hastig streifte Emily ihre Schuhe ab, glitt in die Skates und machte probehalber einen Test, ob sie hielten. Sie verlagerte das Gewicht nach vorn, um loszurollen, und umrundete andere Teilnehmer, die noch am Werkeln waren. Als sie das Tor erreichte, gab sie Vollgas und preschte die Rampe hinunter.

»Ich mach euch alle fertig!«, rief eine ihr nur allzu bekannte weibliche Stimme. Emily drehte sich um und entdeckte Jennifer, die kurz hinter ihr heruntergeschossen kam.

Das Mädchen wollte dieses Rennen gewinnen und so hasserfüllt, wie sie Emily anblickte, würde sie tatsächlich alles dafür tun.

3
BEN

Montag, 5. September 2050

Ben blickte die verlassenen Gänge des Clubheims hinunter. Stille hatte sich ausgebreitet. Die Teilnehmer des Fechtturniers waren inzwischen auf dem Weg nach Hause. Er wollte sichergehen, dass keiner der verbliebenen Mitarbeiter in der Nähe war, doch es war niemand zu sehen oder zu hören.

Schnell öffnete Ben das Verdeck des Wäschetrolleys, wuchtete den bewusstlosen Kayne heraus und schloss sich mit ihm in einer Umkleidekabine ein. Nachdem er den Jungen, der ebenso wie er 16 Jahre zählte, auf die Bank gehievt hatte, öffnete er sein eigenes Jackett, unter dem sich der Allzweckgürtel mit der Ausrüstung befand. Handschellen, ein Halsband, dessen Fernbedienung er in der Hosentasche verschwinden ließ, ein Skalpell, eine Pinzette, Desinfektionsmittel und ein Gerät für operative Eingriffe, vor dem er höllischen Respekt hatte. Das Ding machte ihn nervös.

Rasch legte Ben dem Jungen das silberne Halsband an. Es klickte, als er das Band im Nacken schloss. Ein leises, mechanisches Rattern zeigte, dass es sich an Kaynes Hals anpasste, bis es ganz eng an seiner Haut lag. Schließlich leuchtete eine Anzeige an dem integrierten Kontrollkästchen grün auf.

Nachdem Ben ihm auch noch die Handschellen angelegt hatte, trat er einen Schritt zurück. Er betrachtete sein Gegenüber und fuhr sich mit den Fingern über die eigenen Züge. Natürlich hatte er Kayne während der Vorbereitungen schon auf Fotos und Videos gesehen. Doch in natura war es noch mal eine ganz andere Sache, seinem Doppelgänger gegenüberzustehen. Die Wangenknochen glichen denen von Ben und sein Kinn hatte dieselbe kantige Kontur. Die gerade Nase, ja, selbst die Augenform wirkte, als wären sie Zwillinge. Nur an Bens Mundpartie waren geringe Mengen an Fillern zum Einsatz gekommen, die etwa ein Jahr hielten, ihn im Spiegel aber überhaupt nicht fremd wirken ließen. Außerdem hatte man seine Augenbrauen verdichtet und seinen Haaren eine etwas hellere Blondfärbung verpasst, bevor sie bis auf den Millimeter gleich geschnitten und gestylt worden waren. Für Identifikationen war das Blau seiner Iris dem dunkleren von Kaynes Regenbogenhaut angepasst und mit demselben Farbverlauf versehen. Eine hauchdünne Schicht aus Silikon überzog Finger und Zehen, sodass er nun denselben Abdruck wie Kayne hinterließ. Aber im Großen und Ganzen waren es winzige Veränderungen, selbst sein Vater hatte nur die Frisur und natürlich seinen neuerdings durchtrainierten Körper bemerkt.

Kein Wunder, dass der Konzern so interessiert an Ben gewesen war. Sicherlich gab es nicht viele Menschen, die derart gute Voraussetzungen für ein Kayne-Double boten. Wahrscheinlich würde selbst die Mutter des Jungen den Unterschied nicht bemerken. Zumindest hoffte Ben das, denn diesem Test musste er sich wohl schneller unterziehen, als ihm lieb war.

Rasch löste er das Armband von Kaynes Handgelenk. Das Vision-Q besaß die Größe einer breiteren Digitaluhr. Man war in der Lage, multimediale Inhalte abzuspielen, Telefonie, Fotografie und Navigation zu nutzen. Doch im Gegensatz zu anderen Smartwatches war es möglich, Augen-, Körper-, Gegenstands- und Raumscans durchzuführen. Außerdem gab es eine Funktion, mit der man ein Holofeld projizieren konnte, um alles statt auf dem kleinen Bildschirm dreidimensional darzustellen. Er legte es sich um und schaltete das Gerät ein. Ein Hologramm trat aus der Mitte. Es bildete ein Dreieck, in dem sich ein blaues Q drehte. Kurz darauf scannte ein bewegliches Laserfeld Bens Augen. Die Tests im Labor hatte Ben problemlos bestanden. Jetzt hielt er angespannt inne.

Warum dauert das denn so lange?

Endlich ertönte der erlösende Signalton und der Schriftzug Willkommen, Kayne Vermont, Jr. erschien. Ben atmete auf und drückte den Powerknopf, bis sich das Gerät wieder abschaltete.

In Kaynes Tasche fand Ben wie erhofft die Chipkarte für das Anwesen der Vermonts und ein Portemonnaie mit Ausweisen. Sogar ein Kühlmäppchen mit Blut- und Urinproben, das mittels Powerbank betrieben wurde. Ben wusste nicht, wozu Kayne die Proben gebraucht hatte, aber besser konnte es nicht laufen. Außerdem fand er ein Journal, in dem ein paar Zitate handschriftlich notiert waren.

Fehlte nur noch eine Sache.

»Was …?« Kayne blinzelte träge. Mit einem Mal war er hellwach und starrte Ben an. »Scheiße! Was ist hier los?« Der Junge hob die Hände vors Gesicht. Dann bemerkte er die Handschellen, die er fassungslos betrachtete.

»Ich verrate es dir, wenn du mir sagst, wo dein Tracker implantiert ist«, sagte Ben. Ohne die Information von Kayne würde es schwierig werden, ihn zu finden.

Kaynes ohnehin schon blasse Haut hatte eine kalkweiße Farbe angenommen. Sein Mund stand offen und die Lider waren weit aufgerissen. »Ich will wissen, was hier gespielt wird!«

Als Ben nicht antwortete, wich der anfängliche Schrecken. Stattdessen lief Kaynes Kopf rot an. »Was soll der Scheiß? Warum siehst du aus wie ich? Warum hast du meine Stimme? Was zum Teufel ist hier los?«

»Wie gesagt. Ich verrate es dir, wenn …«

»Du hast überhaupt keine Ahnung, mit wem du dich

hier anlegst! Wenn du mich nicht sofort losmachst, bist du tot, Mann! Wer zur Hölle bist du?«

»Ich bin derjenige, der dir unnötige Schmerzen ersparen will«, sagte Ben und versuchte, möglichst ruhig zu bleiben, obwohl er vor Aufregung am liebsten aus der Kabine gestürmt wäre. Das Gespräch nahm eine Wendung, die Ben ganz und gar nicht gefiel.

Ich muss selbstbewusster wirken. Die Kontrolle übernehmen.

Ben holte nun das längliche Gerät hervor. »Hast du so was schon mal gesehen? Das ist ein Präzisionslaser, der für komplizierte Operationen verwendet wird.«

An Kaynes Zügen konnte Ben ablesen, dass der genau wusste, wovon er sprach.

»Pack das Ding weg oder ich brülle alles zusammen, du Missgeburt.«

»Das würde ich an deiner Stelle nicht tun«, sagte Ben und griff vorsichtshalber mit der freien Hand in die Tasche. Ein Schrei drang aus Kaynes Mund und hallte von den Wänden wider. Ben drückte auf einen der Knöpfe.

Das Lämpchen am Halsband blinkte. Es zeigte an, dass es den Befehl verarbeitete. Der Junge verstummte abrupt, als zwei Nadeln in den Hals stachen und das durchströmende Medikament seine Stimmbänder lähmte. Er riss den Mund auf, aus dem kein Laut mehr kam, und zerrte mit seinen gefesselten Händen an dem Halsband. Das Metall gab nicht einen Zentimeter nach.

»Hör mal. Ich hab überhaupt keine Freude daran, dich

leiden zu sehen. Aber ich bin wild entschlossen. Und ich brauche deinen Tracker. Jetzt.«

Ben hätte die ganze Sache abgebrochen, aber der Gedanke an seinen Vater hinderte ihn daran. Ihm blieb keine Wahl, als seinen Deal mit *Widevisions* zu erfüllen.

Ich muss das hier durchziehen. Koste es, was es wolle.

»Du zeigst mir jetzt sofort die Stelle, an der dein Tracker sitzt. – Nichts? Kein Tipp? Na gut. Dann werde ich es zuerst an deinem Arm versuchen.«

Ben riss den Ärmel von Kaynes hellblauem Vereinshemd auf und aktivierte den Laser. Kayne ballte die Hände zu Fäusten und zog sie ruckartig nach oben, aber Ben erkannte seine Absicht gerade noch rechtzeitig. Der Schlag streifte ihn nur. »Bist du wahnsinnig? Wenn ich mit dem Ding hier abrutsche, könnte ich dir versehentlich ganze Körperteile abtrennen!«

Ein Blick in Kaynes Augen zeigte ihm, dass er verstanden hatte, und die kurz entflammte Gegenwehr erstarb. Der Junge schlug nun stattdessen mit den Fäusten auf eine Stelle am Oberschenkel.

»Genau hier?«

Kayne nickte resigniert.

»Also gut.« Ben legte das Operationsgerät hinter sich auf den Boden und holte das Skalpell hervor. Er zerschnitt die Stoffhose und bemühte sich, die darunterliegende Haut nicht zu verletzen. Seine Finger waren ruhig, aber die Nerven lagen blank. Hoffentlich würde er bei dem Eingriff nicht selbst in Ohnmacht fallen.

Das hier ist echt der mieseste Job aller Zeiten.

Ben kniff die Augen zusammen. Tatsächlich fand er einen kleinen vernarbten Punkt auf der Haut, der ihm nicht aufgefallen wäre. Ben nahm den Laser und schaltete den Regler herunter. Für gewöhnlich saßen die Tracker nicht tiefer als einen Zentimeter unter der Haut. Stufe 2 würde ausreichen. Er wollte weder Kayne noch den Tracker dauerhaft schädigen. Zur Sicherheit verabreichte er dem Jungen über das Halsband ein leichtes Sedativum, damit er von dem Eingriff nichts mitbekam.

Dann setzte Ben das Gerät an dem vernarbten Punkt an. Kurz zögerte er, bevor er den Knopf betätigte. Ein hohes Geräusch, wie das Kreischen eines Zahnbohrers, ertönte. Begleitet wurde es von leisen Zischgeräuschen, während die Haut verödet wurde. Als Ben das Gerät entfernte, war darunter ein winziges Loch entstanden. Er führte nun die dünne Pinzette ein. Behutsam nahm er die Kugel heraus.

Ben reinigte und desinfizierte den Tracker mit speziellen Mitteln, die biologischem Material nichts anhaben konnten, als er hörte, wie die Tür zum Umkleideraum aufschwang. Er war sich so sicher gewesen, dass inzwischen alle fort waren. Die Angestellten durften die Räume der Clubmitglieder nicht nutzen.

»Master Vermont?«

Ben fluchte innerlich. »Was ist, Thomsen?«

»Verzeihen Sie, aber Ihre Mutter fragt nach Ihnen. Sie sagt, dass Ihr Freund, Master Winston, schon zu Hause eingetroffen sei. Sie habe daraufhin nach Ihrem Tracker geschaut, der sich nicht mehr vom Fleck bewegt, und sie wollte sicherstellen, dass es Ihnen gut geht.«

»Ja, alles bestens. Mir war nur ein bisschen übel«, sagte Ben mit gespielt matter Stimme und blickte unter dem Türspalt hindurch, um sich zu vergewissern, dass der Chauffeur nicht nach ihm sah. »Würden Sie jetzt bitte im Wagen warten?«

Thomsen zögerte. »Wenn Sie wirklich nichts weiter benötigen?«

»Ich benötige gerade vor allem meine Ruhe«, zischte Ben.

Kurz darauf klappte die Tür.

Gut. Blieben nur noch zwei Kleinigkeiten zu erledigen.

Nummer eins: Kayne wieder in den Wäschetrolley zu verfrachten und ihn zum Lieferwagen zu bringen, der mit Aufschrift und ID der Vertragswäscherei des Clubheims versehen war. Wenn alles nach Plan verlief, wartete Kerberos bereits an der Laderampe mit dem Wagen.

Nummer zwei: der Tracker. Ben musste ihn sich einpflanzen, bevor er in die Limousine stieg. Ben inspizierte den Tracker und prägte sich die Seriennummer ein, wie er es versprochen hatte. Schließlich legte er seinen Oberschenkel frei und prüfte das Display des Lasers. Fast beneidete er Kayne darum, dass dieser bei dem Eingriff bewusstlos gewesen war. Ben atmete noch einmal tief durch.

Dann biss er die Zähne zusammen.

4

EMILY

Montag, 5. September 2050

Emily versuchte, ihre Konkurrenten zu ignorieren, und konzentrierte sich stattdessen auf den Weg vor sich. Ihre elektrischen Rollerskates waren gut austariert und so leistungsstark aufgerüstet, wie es mit den Mitteln möglich gewesen war, die man ihr zur Verfügung gestellt hatte. Inzwischen verfügte Emily über so viel Übung, dass sie mit den Inlinern problemlos Vollgas geben konnte, ohne das Gleichgewicht zu verlieren. So überholte sie nun viele der anderen, die ihre E-Skates zwar schneller zusammengesetzt, jetzt aber Schwierigkeiten mit der Kontrolle darüber hatten.

Der Asphalt war glatt und gut befahrbar. Es gab Straßen in London, die deutlich mehr Risse und Schlaglöcher aufwiesen als jene in diesem Teil der Stadt. Der Anfang der Strecke führte durch das idyllisch wirkende Notting Hill mit seinen zauberhaften bunten Häusern. Einige Fassaden waren offensichtlich frisch gestrichen, auch wenn das nicht lange halten würde.

Der *Rocket Roll* war ein nationales Turnier, das jährlich in einer anderen Stadt stattfand, und jede davon versuchte, mit der übers Fernsehen ausgestrahlten Show Werbung für sich zu machen, um Touristen anzulocken. Morgen, wenn die Fernsehkameras fort wären, würden rasch neue Graffitis die Wände überziehen, die sich gegen das Tech-Regime und den Klimawandel richteten, und niemand würde fürs Überstreichen so bald noch mal Geld in die Hand nehmen.

Emily überholte einige Skater, bis sie in den noblen Stadtteil Kensington einfuhr und sich der erste Checkpoint vor ihr abzeichnete. Sie verlangsamte, um kurz Atem zu schöpfen, denn auch wenn der Motor der Inliner bei der Geschwindigkeit half, so war doch primär sie es, die mit ihren Beinmuskeln das Rennen bestritt. Das Blut pochte in ihren Ohren, als jemand mit gelbem *Rocket-Roll*-T-Shirt auf sie zugeschossen kam und ihr eine Flasche Wasser in die Hand drückte. Mit hastigen Zügen leerte sie sie, bevor sie die Trinkflasche im Vorbeifahren in eine der bereitstehenden Tonnen warf.

Die Gitterbegrenzung der Strecke verengte sich. Überall standen Zuschauer und feuerten sie an, aber Emily versuchte sie auszublenden, während sie auf ein Tor zuhielt. Sie fuhr durch eine rote Lichtschranke und auf dem Bildschirm vor ihr wurde angezeigt, dass sie im Gesamtfeld auf Platz 52 rangierte. Jetzt hieß es, sich zu konzentrieren.

Auf den digitalen Banden, die rund um den Parcours verliefen, wurde neben Werbebannern der Schriftzug *Skatepark* eingeblendet. Wenn auch die anderen Stationen variierten, so war der sogenannte Skatepark ein fester Bestandteil des *Rocket-Roll*-Parcours. Das wusste Emily von den Aufzeichnungen der letzten Turniere, die sie zur Vorbereitung angeschaut hatte. Vor ihr lag eine Strecke aus Kurven und Rampen und ganz am Ende konnte sie eine ungewöhnlich lange Vert ausmachen. Auf dem darüberliegenden Table thronte eine Säule mit einem großen roten Buzzer, den sie würde erreichen müssen.

Nachdem sie sich einen kurzen Überblick verschafft hatte, atmete Emily tief durch, versuchte, ihren rasenden Puls zu beruhigen, und fuhr die erste Rampe hinunter.

Es ging steil bergab, doch sie hielt das Gleichgewicht, brachte einige Buckel aus Teer hinter sich, indem sie abwechselnd die Knie streckte und wieder beugte. Dann folgten mehrere Kurven. Sie nahm sie so eng wie möglich, als ihr plötzlich Wassertropfen ins Gesicht spritzten. Ein Sprinkler sorgte für Erfrischung, allerdings wurde durch das Wasser die Fahrbahn rutschig, und Emily bremste mit den Hacken, um Geschwindigkeit rauszunehmen. Sie rutschte weg, presste beim Versuch, die Balance wiederzufinden, die Hände an den Körper, um sich ja nicht am Boden abzustützen. Dann fing sie sich wieder. Ihr Herz raste von der Schrecksekunde und sie brauchte ein paar weitere Kurven, um sich zu sammeln. Emily war klar, dass sie keine Ideallinie fuhr, aber nach dem Schock war das einfach nicht drin. Erst als sie auf eine schmale Wippe zusteuerte, ballte sie die Hände zu Fäusten und lenkte ihren Fokus voll und ganz auf das nächste Hindernis, anstatt sich weiter mit dem Beinahesturz zu beschäftigen.

Auf einem der parallel verlaufenden Parcours war ein Mitstreiter ihr etwas voraus und als sie sich näherte, schaute Emily sich genau an, wie er die Wippe meisterte. Er war gerade hinter deren Scheitelpunkt, als die Planke auf der anderen Seite abrupt herunterkrachte. Von der Erschütterung überrumpelt, stürzte der Junge in den mit Matten ausgelegten Graben darunter. Emily schluckte, doch jetzt war sie schon halb auf ihrer eigenen Wippe. Sie versuchte, die Geschwindigkeit zu drosseln, ohne zum Stillstand zu kommen, tastete sich aber langsamer vor als ihr Gegner und überwand den kritischen Kipppunkt. Ihre Augenlider flatterten vor Nervosität. Sie hielt den Atem an, als sie spürte, wie die Planke auf der anderen Seite nach unten rauschte. Das Holz erbebte und Emily streckte beide Arme aus. Als sie die Balance gefunden hatte, glitt sie vorsichtig weiter und gab erst Gas, als sie sich wieder in der Bahn befand.

Schließlich rollte sie auf den Table zu, der in die Halfpipe führte, an deren gegenüberliegenden Seite die Vert mit langer Extension lag. Emily würde viel Schwung brauchen, um so weit hochzufahren, dass sie das Metallrohr an der oberen Kante der Rampe, das Coping, überhaupt erreichen konnte. Wegen der langen, nahezu senkrechten Steigung war es unmöglich, mit den Skates ganz nach oben zu gelangen, und es schien so gedacht, dass man sich das letzte Stück hochzog, denn das Coping war mit Schaumstoff ummantelt, sodass man daran Halt finden konnte.

Emily fixierte den Punkt, den sie erreichen musste. Dann lehnte sie sich nach vorn, fuhr in die Halfpipe ein und steigerte im ebenen Flat ihre Geschwindigkeit, so weit es ging.

Die E-Skates trugen sie die Transition und ein Stück die Vert hinauf, doch bevor sie stürzte oder zurückrollte, warf sie die Arme nach oben und erwischte gerade noch das Coping. Sie schnaufte, ihre Hände schmerzten, während sie sich hochkämpfte. Endlich gelang es ihr, erst den Oberkörper, dann die Beine über den Rand zu ziehen. Sie rappelte sich auf und hieb rasch auf den roten Buzzer an der Säule. Hinter ihr öffnete sich ein Tor. Es gab zwei Bahnen zur Auswahl. Die eine brachte sie auf die normale Strecke zurück, während die andere zu einem Looping führte. Wenn sie ihn nicht schaffte, müsste sie die gesamte Station noch einmal absolvieren und würde dabei wertvolle Zeit verlieren. Aber schließlich hatten sie alle nur die gleiche Standardausrüstung zur Verfügung, es musste also machbar sein. Sie nickte, als wolle sie sich selbst Mut machen, und lenkte auf den Looping zu. Als sie sich ihm näherte, nahm sie so viel Anlauf wie möglich und lehnte sich weit nach vorn, um maximale Fahrt aufzunehmen. Sie blickte nur auf den glatten Asphalt vor sich, wagte es nicht, nach links oder rechts zu schauen. Ihre Atmung ging schnell, während sie betete, dass sie genug Geschwindigkeit hatte, damit sie am höchsten Punkt nicht einfach stehen blieb und herunterknallte. Dann raste sie in den Looping. Es fühlte sich an, als bekäme ihr Motor plötzlich noch einen Extra-Schub, rasend schnell befand sie sich kopfüber im Looping und glitt Sekunden später auf der anderen Seite wieder hinaus. Mit zittrigen Knien folgte sie der Bahn, bis sie zu einem Mann gelangte, der ein rotes Stoppschild vor sie hielt und sie zu einem Boxenstopp zwang.

Eine Frau kam angelaufen, kniete sich vor Emilys Skates und rüstete ihr Motorenmodul mit einem Zusatz-Steck-Akku auf. Der Mitarbeiter mit dem Schild drehte es herum auf ein orangefarbenes »Hold«, vergewisserte sich, dass der Weg frei war, und hob es schließlich an, damit sie weiterfahren konnte.

Die Skates waren jetzt deutlich schneller als zuvor, was nicht nur an dem Akku liegen konnte. Emily vermutete, dass die Sicherheitsdrosselung ihrer Inliner per Fernsteuerung zusätzlich aufgehoben worden war, und sie fühlte sich wie im Adrenalinrausch, als sie an den vertrockneten Bäumen und Büschen des Hyde Parks vorbeizog und durch die gesteigerte Geschwindigkeit weitere Gegner hinter sich ließ.

Der nächste Parcours lag am Ende des Parks. Schon von Weitem sah Emily die beiden quadratischen Türme, deren Seiten aus Planen bestanden, sodass man nicht erkennen konnte, was sich innen befand. Allerdings hatte sie dank ihrer Recherche schon eine Ahnung, und die Werbebanner an der Außenseite bestätigten diese. Sie trugen die Aufschrift *Highspeed.*

Als Emily die nächste Laserschranke passierte, zeigte der Bildschirm am Tor an, dass sie inzwischen auf Rang 27 des Felds lag. Aber die Schranken blieben auch beim Näherkommen verschlossen, was bedeutete, dass sich in den Türmen gerade Kontrahenten befanden. Emily blickte sich nervös nach ihren Verfolgern um, die nun immer näher rückten, als sich nach einer gefühlten Ewigkeit endlich die Sperre öffnete und sie in den rechten Turm einfahren konnte.

Wie entfesselt jagte sie die Rampen hinauf, ohne sich vorher über deren Verlauf Gedanken zu machen, prallte fast in eine Absperrung und es gelang ihr gerade noch, die Kurve zu nehmen. Sie verringerte ihre Geschwindigkeit, die sie erst wieder steigerte, als sie an eine Rampe kam, auf der sich ein ihr entgegenkommendes Laufband befand, das Emily nur mit vollem Schub überwinden konnte. Nachdem sie die höchste Ebene des Turms erreicht hatte, führte der Weg auf der anderen Seite steil wieder hinunter. Emily hatte das Gefühl, dass sie bei der Abfahrt waghalsiger sein müsste, um wirklich gut abzuschneiden, aber die Vernunft ermahnte sie, das Tempo zu drosseln, um ja nicht zu stürzen.

Am Fuß des Turms erwartete sie die nächste Bonus-Herausforderung. Doch um sie zu meistern, musste sie eine Geschicklichkeitsaufgabe lösen. Sie musste einen an einem langen schwarzen Stab befestigten Ring über eine Stange mit diversen Ausbuchtungen führen, ohne diese zu berühren. Ein Timer am Ende der Stange stand auf *25 Sekunden*, was also ihr Limit für diese Aufgabe war.

Sie haderte noch mit sich, als ausgerechnet Jennifer aus dem anderen Speed-Turm herausgeschossen kam und, ohne zu zögern, auf den Stab zufuhr.

Mist! Sie hatte zu lang überlegt, jetzt musste sie warten, bis Jennifer mit der Aufgabe fertig war. Als das rothaarige Mädchen bemerkte, dass sich Emily hinter ihr einreihte, warf sie ihr ein schiefes Lächeln zu. Jennifers Skates hatten wie ihre eigenen bereits einen Zusatz-Akku bekommen.

»Nach meinem Fehlversuch im ersten Parcours hätte ich ja nicht gedacht, dass ich dich so schnell wieder einholen würde.«

Warum legte sie nicht einfach los? Verstand sie denn nicht, dass für sie beide die Uhr tickte und es auch noch andere Gegner gab?

»Ich würde ja drauf achten, ob dein Timer schon läuft«, versuchte es Emily mit einer Finte, woraufhin Jennifer sich prompt erschrocken umdrehte und instinktiv nach dem Griff des Stabs fasste. Sofort begann die Zeit runterzuzählen. Jennifer fluchte, schwor Emily, dass sie es ihr heimzahlen würde, lief dann aber endlich los.

Emily wünschte sonst keiner Person etwas Schlechtes, doch die Rothaarige rief in ihr Gefühle hervor, die sie bislang nicht gekannt hatte. Aber alles Wünschen half nichts,

Jennifer meisterte die Übung mit Bravour, reckte siegessicher ihre Faust nach oben, drehte sich zu Emily um und streckte ihr die Zunge raus. Dann fuhr sie zum nächsten Tor, während der Ring wie von Geisterhand gezogen wieder an den Anfang zurückglitt.

Jetzt zögerte Emily nicht mehr. Sie packte den Stiel und rauschte los. Sie blickte gar nicht erst auf den Timer, sondern konzentrierte sich und versuchte, das Beben in ihren Händen unter Kontrolle zu kriegen.

»Ich seh dich hinter der Ziellinie!«, schrie Jennifer noch, aber Emily ließ sich nicht aus dem Konzept bringen. Fokussiert lenkte sie den Ring über die Stange, ignorierte ihren schweren Atem und ihr wild klopfendes Herz, das bei jeder Ausbuchtung einen Extrasatz machte. Endlich erreichte sie das Ende und bemerkte erst jetzt, wie knapp die Sache gewesen war. Zwei Sekunden später und sie wäre raus gewesen.

Egal, ich hab's geschafft. Also durchatmen und weiter.

Nachdem sie einen weiteren Zusatz-Akku bekommen hatte, fuhr sie durch den letzten Zipfel des Hyde Parks, dann vorbei am verlassenen Buckingham Palace, ließ Big Ben hinter sich und überquerte die Westminster Bridge. Im Gegensatz zu anderen früher beliebten Touristenattraktionen war das Riesenrad, das London Eye, noch in Betrieb. Hier standen besonders viele Menschen an der Strecke, deren laute Jubelrufe kaum zu überhören waren. Emily bekam erneut eine Flasche Wasser in die Hand gedrückt, die sie dankbar annahm und gierig austrank.

Über die Waterloo Bridge ging es zurück auf die andere Seite der Themse, wo der dritte und damit letzte Checkpoint auf sie wartete. Emily schluckte, als sie von Weitem die Aufschrift auf den Werbebannern flackern sah. Der Parcours hieß *Warrior*. Die Veranstalter variierten die Stationen bei jedem Rennen und obwohl Emily alle Übertragungen angesehen hatte, war dieser Kurs bislang erst ein einziges Mal vor vielen Jahren vorgekommen. Die Lichtschranke und der Bildschirm verrieten ihr, dass sie sich inzwischen auf Platz 13 befand. Die Bahn des Parcours direkt vor ihr war frei und Emily steuerte mit Schwung darauf zu. Egal, wie sehr sie sich vor dieser Station fürchtete, sie durfte jetzt keinen Fehler machen.

Zunächst ein Slalom, gefolgt von einer steilen Rampe, hinter der sich ein Trampolin befand. Von dort aus musste sie dem Griff einer Seilrutsche entgegenspringen, die sie über das darunterliegende Wasserbecken befördern würde – wenn alles gut ging. Emily holte tief Luft und fuhr los.

Die Rampe absolvierte sie problemlos, doch die Kraft des Trampolins überraschte sie, sodass sie den Griff der Seilrutsche nur mit einer Hand erwischte. Sie ächzte laut auf, warf den anderen Arm nach oben und klammerte sich eisern an den Haltebügel. Jetzt glitt sie an dem Seil entlang. Sie sah nicht runter. Zwar waren E-Skates wasserfest, wenn sie in Regen gerieten, aber wenn sie in einem Pool ertränkt würden, wäre es das Aus für Emily. Am Ende des Kabels bremste die Seilrutsche abrupt und Emily nutzte den Schwung, um sich nach vorn auf die bereitliegende Matte fallen zu lassen. Rasch rappelte sie sich auf. Es folgte eine glatte Betonbahn, in der sich Hunderte von Löchern befanden.

Emily schaffte es nicht, sie alle zu umfahren, und sobald sie eines berührte, schoss mit Druck eine Nebelfontäne heraus, die sie ins Straucheln brachte. Völlig entkräftet gelangte Emily zu dem nächsten roten Buzzer und hieb darauf. Das Tor öffnete sich. Dahinter befand sich ein Hangelparcours, der mit schweren Schaumstoffrollen ausstaffiert war, die wie Pendel hin und her schwangen und drohten, jeden Teilnehmer bei falschem Timing herunterzufegen.

Emily senkte den Kopf. Sie wusste, dass sie nicht mehr die Kraft für einen zweiten Stationsdurchlauf aufbringen würde. Sie würde sich für den längeren Weg ohne zusätzliche Herausforderungen entscheiden müssen, wenn sie nicht alles zunichtemachen wollte.

Jennifer stand auf der Rampe, bereit für den kurzen, gefährlichen Parcours, und schien abzuwarten, wie Emily sich entscheiden würde. Sie biss die Zähne zusammen. Egal, was ihre rothaarige Gegnerin machte, sie selbst würde die normale Strecke nehmen, auch wenn es sich wie eine kleine Niederlage anfühlte. Aber noch war der Gesamtsieg drin.

Emily blickte sich nicht mehr um. Alles, was sie noch an Energie hatte, steckte sie in ihre Geschwindigkeit und überquerte schließlich die Linie, die das gesamte Teilnehmerfeld zusammenführte.

Ein Blick auf den Bildschirm verriet ihr, dass sie sich jetzt auf Rang 8 befand. Sie versuchte, sich nur aufs Fahren zu fokussieren, denn darauf kam es jetzt an.

Die Strecke führte durch Covent Garden, am British Museum und an der Universität vorbei und endete schließlich im Regent's Park. Emily war am Ende. Aber auch ihren Kontrahenten ging es nicht anders und einige blieben auf den letzten Metern auf der Strecke, sodass Emilys eigener Name sich immer weiter nach vorn schob, dicht gefolgt von einer Jennifer Harlow. Doch Emily zwang sich, nicht zurückzublicken. Sie brauchte jeden Funken Kraft und Konzentration, den sie noch besaß, und auch Jennifer schien es nicht anders zu gehen, denn obwohl sie direkt hinter ihr sein musste, waren keine Provokationen mehr zu hören.

Und dann kam die Ziellinie in Sicht. Emily holte noch mal alles raus, was sie mobilisieren konnte, sie lag vorn, sie konnte das Ding gewinnen! Sie fuhr an ihren Eltern vorbei, deren Gesichter vor Stolz glühten, die Menge johlte und feuerte sie an. Es waren nur noch 100 Meter bis zum Ziel, 75, 50 … Doch plötzlich blockierten ihre Räder – und Emily knallte der Länge nach hin. Für ein paar Sekunden blieb sie reglos liegen.

Die Schmerzen in ihren Armen, die vom Sturz trotz der Schoner aufgeschürft waren, spürte sie kaum, dafür war das Begreifen umso schmerzhafter.

Nein, nein, nein! Das darf nicht wahr sein!

Übelkeit stieg in ihr auf, als sie sich hochstemmte.

Ihre Knie waren zu zittrig, und sie musste sich wieder nach hinten fallen lassen. Unnachgiebig hämmerte die Erkenntnis in ihrem Kopf.

Es ist vorbei. Ich bin raus.

Tränen verschleierten ihre Sicht, als Jennifer an ihr vorbeizog und sie angrinste, die Arme hochriss und die Ziellinie überquerte.

Emily blickte auf ihre Skates, bei denen eine Sicherung durchgeschmort war. Sie hatte zu viel gewollt. Es gab niemanden, dem sie die Schuld geben konnte, außer sich selbst.

Jetzt konnte sie ihre Gefühle nicht länger zurückhalten. Emily barg ihr Gesicht in den Händen und weinte hemmungslos. Sie hatte so hart gekämpft, und doch hatte es nicht gereicht. Ihre einzige Chance, auf die Arcadia zu gelangen, hatte sie mit diesem Sturz vertan.

Ihr großer Traum war auf einen Schlag zerplatzt.

5

BEN

Montag, 5. September 2050

»Kayne.« Mit verschränkten Armen stand Mrs Vermont in der Empfangshalle. Sie steckte in einem eleganten blauen Kostüm. Ihr blondes Haar war in eine Föhnwelle gelegt und mit so viel Spray fixiert worden, dass es wie einbetoniert wirkte. »Hast du dir dein Bein verletzt? Du humpelst ja.«

Eigentlich hatte Ben versucht, sich die Schmerzen nicht anmerken zu lassen, die in seinem Oberschenkel pochten. Wahrscheinlich hatte er bei dem Eingriff einen Nerv gereizt. »Halb so schlimm. Hab vorhin beim Fechten einen falschen Ausfallschritt gemacht.«

»Soll ich den MediDroid aktivieren?«

»Nein, nein, schon gut.« Er hoffte, dass sie seine innerliche Anspannung nicht bemerkte. »Bis morgen ist es bestimmt wieder weg.«

Mrs Vermont zog eine Augenbraue hoch. »Na gut, wenn es nicht so schlimm ist – wo bleibt dann mein Kuss?«

Ben zögerte, gab sich aber schließlich einen Ruck und ging zu Kaynes Mutter hinüber. Ihr Blick heftete sich auf seine Füße. Sie schien jeden seiner Schritte genauestens zu beobachten. Als er ihr einen Kuss auf die Wange gab, schlug ihm der starke Geruch von Rosen entgegen, und er musste sich beherrschen, um nicht die Nase krauszuziehen. Währenddessen hielt sie die Arme weiterhin verschränkt. »Dürfte ich erfahren, warum du noch so lange im Clubheim geblieben bist?«

»Mein Bein hat mir zu schaffen gemacht. Und mir war ein bisschen schlecht.«

»Das muss ja ein schlimmer Tag für dich gewesen sein.«

Mehr als du ahnst.

»Kann es sein, dass du dir die Übelkeit und die Verletzung durch den übermäßigen Konsum von Alkohol zugezogen hast?«

»Nein, ganz und gar nicht«, erwiderte Ben.

»So, so«, meinte Mrs Vermont. »Der Winston-Junge erzählt eine andere Geschichte. Als ich mit seiner Mutter telefoniert habe, berichtete er, dass du eine ganze Flasche Champagner geleert hättest.«

Kayne war ihm gar nicht betrunken vorgekommen. Aber vielleicht war er deshalb so leicht zu überwältigen gewesen, bevor Ben ihn in den Wäschetrolley verfrachtet hatte.

»Dann ist Winston wohl ein Lügner«, hielt er dagegen.

Mrs Vermont löste die Arme voneinander und brachte ein kleines schwarzes Gerät zum Vorschein. »Das können wir ganz leicht herausfinden. Es macht dir sicher nichts aus, hier reinzupusten?«

»Tut es nicht.«

Sie schaltete das Gerät ein. Ben setzte den Aufsatz an die Lippen und blies hinein, bis ein leises Piepen erklang. Mrs Vermont sah sich die Anzeige an. Ihr Gesicht zeigte keine Regung.

»Na gut«, sagte sie schließlich. »Aber wir sollten wegen unserer Abmachung auf Nummer sicher gehen, findest du nicht?«

Er hatte keine Ahnung, um welche Abmachung es sich handelte, und Mrs Vermont enthielt sich jeder weiteren Erklärung. Stattdessen trat sie zur Seite und öffnete die Tür, vor der sie gestanden hatte. Hinter dieser verbarg sich ein großes Bad. Boden und Wände waren mit hellem Marmor ausgekleidet, während die Armaturen golden erstrahlten. Bens Blick fiel auf den mit glitzernden Steinen besetzten Wasserhahn und er bezweifelte, dass es sich dabei um Strass handelte.

Ob ich einfach einen Wasserhahn klaue und dann verschwinde? Wahrscheinlich würde selbst eines der goldenen Absperrventile reichen, um Papas Versorgung zu sichern …

Dennoch, dieses Risiko konnte er nicht eingehen. Es war klug von *Widevisions* gewesen, seinen Vater direkt unter ihre ärztliche Obhut zu nehmen. Auf diese Weise hatten sie jederzeit ein Druckmittel gegen Ben in der Hand.

Er hätte keine Chance, seinen Vater aus dem Hochsicherheits-Komplex herauszuschaffen, selbst wenn er eine andere Chance sähe, ihm zu helfen.

Er trat ein und versuchte seine neue Umgebung nicht allzu neugierig zu mustern, damit Mrs Vermont keinen Verdacht schöpfte. Da entdeckte er einen durchsichtigen Plastikbecher, der auf der Ablage vor dem Spiegel stand. Und plötzlich verstand er.

Sobald Mrs Vermont die Tür hinter ihm geschlossen hatte, holte Ben das Mäppchen mit den Reagenzgläsern hervor, das er vorhin in Kaynes Tasche entdeckt hatte. Der Sohn des Hauses musste die Proben für genau diesen Zweck vorbereitet haben, deswegen waren sie mit Sicherheit auch vollkommen unauffällig. Ben füllte einen Teil davon in den Becher. Anschließend betätigte er die Spülung und wusch sich die Hände. Er ließ sich Zeit, blickte in den Spiegel und vergewisserte sich, dass sein Ohrinlay noch immer unsichtbar in der Muschel saß. Als er wieder aus dem Bad heraustrat, stand ein Mann vor ihm. Die Markierung am Hals zeichnete ihn als Synth aus.

»Ich nehme das an mich und teile Ihrer Mutter die Ergebnisse mit. Sie wartet bereits im Speisesaal auf Sie. Allerdings müssen Sie das Essen anders als erwartet heute zu zweit einnehmen. Ihr Vater ist zu einer spontanen Geschäftsreise aufgebrochen und wird nicht vor dem 15. wieder hier sein.«

Ben nickte. Umso besser, wenn er nicht gleich mit beiden Eltern zu tun hatte.

Er ging durch einen Torbogen und folgte dem Gang, der in den Ostflügel führte. Er hatte Lagepläne des Anwesens gesehen und hoffte, sie entsprachen noch dem aktuellsten Stand. Auch wenn die Vermonts den Luxus neuester Technologie genossen, indem sie Synths und Drohnen unterhielten, war der Rest des Hauses sehr traditionell eingerichtet. Hier und da standen braune Chesterfield-Sessel, dazwischen Sideboards, auf denen Vasen und samtbezogene Lampen platziert waren, die aus einer längst vergangenen Epoche stammten. Ölgemälde hingen dort, wo andere Hausbesitzer inzwischen auf digitale Leinwände setzten, mit denen man je nach Stimmungslage Motive beliebter Künstler auswählen oder – wenn Großmütterchen zu Besuch kam – Familienporträts erscheinen lassen konnte.

Hinter einer Tür hörte er das Scheppern von Töpfen und das Klacken eines Messers, das in schnellen Abständen auf eine Unterlage traf. Die Küche. Er wertete es als Zeichen, dass er sich auf dem richtigen Weg befand.

Dass Kaynes Vater nicht zu Hause war, würde helfen. Dennoch betete Ben, dass er Mrs Vermont wirklich so perfekt täuschte, wie alle es von ihm erwarteten.

Ich hoffe, es geht dir gut, Pa, dachte er. Dann betrat er den Speisesaal und wappnete sich innerlich für das erneute Zusammentreffen mit Kaynes Mutter, von denen es in der nächsten Zeit noch viele mehr geben würde.

Zumindest wenn alles glatt lief.

Von: tc@academyarcadia.com
Betreff: Stipendienprogramm
An: jmf@academyarcadia.com; bc@academyarcadia.com
18. September 2043 um 08:46

Sehr geehrte Kolleginnen,

das von mir initiierte Stipendienprogramm ist erfolgreich angelaufen. Durch die anspruchsvollen Bewerbungsphasen konnten einige vielversprechende Talente aus sozial schwächeren Gesellschaftsschichten rekrutiert werden. Die Kosten für ihre Aufnahme und die notwendigen Lehrmittel werden vollumfänglich von der Arcadia Academy getragen. Leider sind wir noch nicht in der Lage, die Academy für die breite Öffentlichkeit zugänglich zu machen. Wir benötigen die Zuwendungen der Eltern der Privatschüler, um weder unser Projekt Telos noch den autarken Status unserer Academy gegenüber den Tech-Unternehmen der *Big Three* zu gefährden. Ich bin überzeugt, dass uns diese Maßnahmen dennoch weit voranbringen und sich auszahlen werden, auch wenn wir noch lange nicht am Ziel sind.

Mit freundlichen Grüßen
Professor Dr. Thomas Chase

CEO der Arcadia Academy
Schulleiter des Hauses Minerva
Gründungsmitglied der Excellence Initiative

6

EMILY

Donnerstag, 15. September 2050

Emily spürte den Teppich, dessen lange Fäden ihre Fußsohlen kitzelten. Hier und da konnte sie die Knoten fühlen, die sich im Laufe der Jahre im Textil gebildet hatten. Die sorgsame Pflege ihrer Eltern hatte nichts dagegen ausrichten können.

Emilys Mutter ließ jetzt ihre Hand los und begann, an ihrem Hinterkopf herumzunesteln. Als sie die Augenbinde löste und der Stoff heruntterglitt, blickte Emily in die erwartungsvollen Gesichter ihrer Verwandtschaft. Sie war überrascht, Tante Margret und Onkel Nigel zu sehen. Ihre Tante bekleidete einen hohen Posten im *BARC*, dem Bureau of Android Related Crime, sodass dieser Teil der Familie es vorher noch nie zu einem ihrer Geburtstage geschafft hatte. Sogar ihre Cousine Faye war mit dabei, die gemeinsam mit Oma Elsbeth und ihrem Vater auf der schmalen Couch saß, während Emilys kleine Schwester ungeduldig vom Schoß ihres Vaters herunterrutschte und auf das Geburtstagkind zulief.

»Happy Birthday, Mily!«, rief Anne, schlang die Arme um ihre Hüfte und hob sie mit dem Ansturm fast von den Füßen.

Emily lachte und wuschelte ihrer Schwester durch die braunen Locken, die ein bisschen heller waren als ihre eigenen.

»Mama hat Kuchen gebacken. Ich hab ihr dabei geholfen!«

»Dann freu ich mich natürlich ganz besonders drauf.«

»Ich durfte die Eier aufschlagen. Aber den Rest hat Mama allein gemacht, weil ich ins Bett musste. Weißt du, es ist nämlich ein …«

»*Sch!* Doch nicht verraten!« Ihre Mutter grinste, während sie Richtung Küche huschte. Sie wollte wohl schnell den Kuchen holen, bevor die Überraschung aus Anne herausplatzte. Währenddessen stand der Rest der Familie auf. Emily nahm die Glückwünsche ihrer Cousine, ihrer Oma und ihres Onkels entgegen und wunderte sich, dass selbst Tante Margret sie kurz umarmte, auch wenn man ihr am Gesicht ablesen konnte, wie unwohl sie sich dabei fühlte.

»Unseren herzlichsten Glückwunsch zum fünfzehnten Geburtstag«, sagte sie ohne jede Wärme in der Stimme.

»Wie schön, dass ihr gekommen seid!«

»Na, hör mal. Auch wenn deine Eltern ein Staatsgeheimnis daraus machen, was sie dir schenken, durften wir es ja immerhin zu 75 % mitfinanzieren. Da wollen wir natürlich mit dabei sein, wenn das Präsent überreicht wird.«

Emilys Vater warf seiner Schwester einen verärgerten Blick zu, sagte aber nichts. Es musste ihn unendlich viel Überwindung gekostet haben, Tante Margret um einen Gefallen zu bitten. Emily konnte sich beim besten Willen nicht vorstellen, warum er das getan hatte.

Kurz nach Annes Geburt hatte ihr Vater den gut bezahlten Job in einer Synth-Manufaktur aufgegeben, um mehr Zeit mit seiner Familie zu verbringen. Stattdessen hatte er eine Reparaturfirma gegründet, und sie waren von ihrem Penthouse in eine kleinere Wohnung in Hackney gezogen. Emily hatte es nichts ausgemacht, dass sie sich, nachdem Anne groß genug war, mit ihr ein Zimmer teilen musste. Sie liebte ihre kleine Schwester abgöttisch, war glücklich über die gemeinsamen Stunden, die sie nach der Schule mit ihrem Vater im Betrieb werkeln konnte, und vermisste nichts. Nie hätte sie sich von ihren Eltern etwas gewünscht, das sie sich nicht leisten konnten. Was also war geschehen?

Als ihr Vater sich Emily zuwandte, verschwand der Schatten auf seinem Gesicht augenblicklich und seine Züge wurden weich. Er nahm sie fest in den Arm und hob sie dabei ein kleines Stück vom Boden.

»Meine Mily. Du liebe Güte, wie die Zeit vergeht. Jetzt ist es schon fünfzehn Jahre her, dass ich dich das erste Mal in den Händen hielt … oder besser: in der Hand. Du warst ja so winzig.« Er ließ sie runter, streckte die Finger aus, deutete auf die Handwurzel und dann auf die Kuppe seines Zeigefingers. »Du hattest es derart eilig, auf die Welt zu kommen, warst so neugierig, sie kennenzulernen. Und egal, wie groß du geworden bist, diese Neugier hast du beibehalten.«

Seine Augen glänzten, so wie sie es immer taten, wenn er von ihrer Geburt sprach. Nur einmal hatte er von den Kabeln und Maschinen erzählt, an die Emily nach der viel zu frühen Geburt angeschlossen gewesen war. Von den Ängsten, die er und Emilys Mutter in jener Zeit durchlebt hatten. Und wie dankbar er dem Fortschritt und der Technik war, dass sie sein Kind gerettet hatten und es immer noch taten. Ihre seltene Knochenkrankheit zwang Emily dazu, jedes Jahr mehrere Wochen im Krankenhaus zu verbringen.

»Seid ihr bereit?«, drang die Stimme ihrer Mutter aus der Küche.

»Ja! Komm endlich rein, Mama! Mily hält es kaum noch aus«, forderte Anne lautstark.

Kurz darauf trat ihre Mutter durch den schmalen Durchgang. Vor sich trug sie einen Kuchen in Form eines kleinen, blauen Roboters. Sein Kopf hing schief an dem fragilen Hals und Emilys Mutter ging so vorsichtig, als hätte sie Angst, dass er jeden Moment abfallen könnte. Ihre Stimme klang nervös, als sie ein »Happy Birthday« anstimmte. Hinter ihr kam die alte, verrostete Haushaltsdrohne aus der Küche geflogen, deren Lautsprecher die

Melodie zu dem Lied lieferte. Die anderen Geburtstagsgäste stimmten mit ein.

Emily strahlte übers ganze Gesicht. Ihre Mutter arbeitete zehn Stunden am Tag und war zudem keine große Bäckerin. Jetzt ahnte Emily, warum in den letzten drei Nächten das Licht in der Küche noch so lange gebrannt hatte. Wie viel Liebe sie in diese Torte gesteckt haben musste. Ihre Mutter stellte sie behutsam am Rand des Tisches ab, als sich ein Bein des Roboters löste und zu Boden fiel.

»*Mist!*«

»Keine Sorge, Mama, das kriegen wir wieder hin«, sagte Emily.

»Ich weiß, Schatz. Du kriegst alles repariert. Unser kleiner Nobbo hier«, sie deutete mit dem Kopf Richtung Drohne, »kann ein Liedchen davon singen.«

Das *Happy Birthday* aus den Lautsprechern erstarb und Nobbos Lichter blinkten aufgeregt. »Ich verstehe den Befehl nicht«, ertönte die blecherne Stimme. »Welches Liedchen soll ich singen?«

Emily lachte.

»Ist schon gut, Nobbo. Hol doch bitte das Geschirr und das Besteck aus der Küche«, wies Emilys Mutter ihn an.

»Ich helf ihm lieber!«, rief Anne und rannte der Drohne hinterher.

»Danke, Mama! Die Torte ist toll geworden.« Emily seufzte. »Einfach perfekt.«

Ihre Mutter zog eine Kerze aus der Tasche, platzierte sie

auf dem Kuchen-Roboter und zündete sie an. »Wünsch dir was.«

Spontan schossen Emily sieben Buchstaben durch den Kopf – obwohl sie wusste, dass sich der Wunsch jetzt unmöglich noch erfüllen konnte. Die Chance hatte sie sich mit dem überflüssigen Sturz kurz vorm Ziel in dem Turnier selbst vermasselt. Immerhin brach sie beim Gedanken daran nicht mehr sofort in Tränen aus. Aber die Enttäuschung saß nach wie vor tief. Sie schloss die Augen und pustete die Flamme aus.

»Auf dass all deine Wünsche wahr werden!«, rief Onkel Nigel. Die Gäste applaudierten, zumindest alle, die nicht Tante Margret hießen. Diese schaute ungeduldig auf ihr Holoband und ließ sich demonstrativ die Uhr anzeigen.

»Sollten sie nicht pünktlich um 11 Uhr anliefern?«, fragte sie Emilys Vater vorwurfsvoll. »Und wehe, es ist etwas Technisches. Das Kind hat schon genug davon in seinem Zimmer rumstehen. Andere Mädchen in ihrem Alter kriegen Schminke, Schuhe, Taschen und Kleidung«, sie nickte mit dem Kopf Richtung Cousine Faye, die wie gewohnt still vor sich hin lächelte. »Oder auch Konzertkarten für eine dieser angesagten Elektro-Pop-Bands. Aber bei dem Preis, den ihr uns da abgeknöpft habt, habe ich kaum Hoffnung auf ein normales Geschenk.«

Es herrschte betretene Stille, als Anne und Nobbo das Geschirr hereinbrachten. Zeitgleich landete auf dem Postboard vor dem Fenster eine Auslieferungsdrohne.

»Da ist sie auch schon.« Emilys Vater eilte zum Fenster

und schob es nach oben. Das Fluggerät war größer als alle Postdrohnen, die Emily bisher gesehen hatte. Ein kegelförmiger Lichtstrahl trat aus der Linse heraus, scannte die Augen ihres Vaters, dann kam die Drohne ins Wohnzimmer. Zielstrebig flog sie auf Emily zu, machte auch hier einen Augenscan, bis ein blaues Licht aufleuchtete und auf dem Rücken zwei Klappen auseinanderfuhren. Hunderte winzige Nanodrohnen erhoben sich, während Emilys Vater die Gardinen zuzog.

Emily stockte der Atem. Konnte es wirklich sein, dass ihre Familie *das* ermöglicht hatte? Bislang hatte sie so was nur in der Werbung gesehen.

Die Nanodrohnen sirrten leise, während Emily im Halbdunkel die Schemen sah, die sich in Formation brachten. Als sich alle auf Position befanden, blieben sie in der Luft stehen. Die LED-Lichter, die an den Nanodrohnen befestigt waren, leuchteten in geometrischen Mustern auf, als würde es einen letzten Systemcheck geben. Dann erloschen sie wieder.

Die ersten Klänge eines klassischen Stücks ertönten aus den Lautsprechern der Paket-Drohne. Weich und sanft und doch so klar, als würde das Klavier direkt neben Emily stehen. Sie bekam eine Gänsehaut, als sie merkte, um welches Stück es sich handelte. Es war *The Earth Prelude* von Ludovico Einaudi – ihr Lieblingsstück, das sie selbst wochenlang auf dem Keyboard geübt hatte. Nie hatten ihre Eltern sie gebeten, die Kopfhörer einzustöpseln, egal wie oft sie hatte ansetzen müssen, bis sie das Stück beherrschte. Ein Wunder, dass ihre Eltern es überhaupt noch ertragen konnten.

Die LEDs glommen grün und blau auf und formten eine dreidimensionale Erde, die sich um sich selbst drehte, erst schnell, dann immer langsamer, bis sich Emily die Halbkugel zuwandte, auf der sich auch Europa befand. Emily spürte den Lufthauch der Mikro-Propeller, als sich aus den Konturen des Kontinents die Darstellung eines Babys herausentwickelte, das erst auf der Seite lag und schlief, dann zu krabbeln begann und schließlich lief.

Es gab Szenen der Erinnerungen, die Emily mit ihrer Mama teilte. Wie sie ihr aus einem Buch vorlas und letztlich zu ihr rüberging, um ihr das Lesen und das Klavierspielen beizubringen. Vergangene Momente mit ihrem Vater, in denen Emily einen selbst gebauten Flugdrachen in die Lüfte entließ oder ihren ersten Koffer voller Werkzeug geschenkt bekam, mit dem sie an Drohnen und später an Robotern in der Werkstatt herumbastelte, bis sie zum Leben erweckt waren.

Anfangs wirkten die Bewegungen der Roboter etwas ruckelig, dann wurden sie geschmeidiger. Schließlich fanden sie sich zu einem Tanz zusammen, zu dem sich Abbilder von Emilys Eltern und zuletzt auch von Emily selbst und ihrer Schwester hinzugesellten. Am Ende lösten sich die Roboter auf, die Eltern bauten sich hinter den Kindern auf und legten ihre Hände auf deren Schultern. Daneben erschienen die Worte: WIR WERDEN IMMER HINTER DIR STEHEN. EGAL, WAS PASSIERT.

Emily konnte sich jetzt kaum zurückhalten. Sie wischte sich mit dem Ärmel übers Gesicht und wollte ihren Eltern um den Hals fallen, als ihr Vater flüsterte: »Warte. Noch ist es nicht vorbei.« Er trat einen Schritt von ihr zurück.

Die Nanodrohnen schwirrten um Emily herum und warfen ihr buntes Licht auf sie. Die kugelförmigen Körper öffneten sich und ließen einen Regen aus Konfetti herab. Emily hatte Mühe, nicht alles einzuatmen, während sie glücklich die Hände hob und sich im Kreis drehte. Erst als die letzte Nanodrohne ihre Fracht losgeworden war, flogen sie zurück. Sie sanken zur Auslieferungsdrohne hinab, ließen ein paar Haken herunter und zogen eine Geschenkschachtel heraus, die sie mit leisen Sirrgeräuschen zu Emily hinübertrugen. Als sie das Päckchen sicher in den Händen hielt, verschwanden die Helfer im Rücken der großen Auslieferungsdrohne.

Emilys Vater öffnete das Fenster und entließ das Fluggerät wieder nach draußen. »Und? Mit einem Drohnenballett hast du nicht gerechnet, oder? Überraschung gelungen?«

Emily, die Mühe hatte, die Fassung zu wahren, nickte stumm.

»Das ist ja alles ganz toll gewesen. Aber jetzt pack endlich das Geschenk aus!«, rief Anne. »Ich bin mindestens genauso gespannt wie du!«

Emily löste das Band von der bunt gestreiften Schachtel und öffnete sie. Es befand sich ein weiterer Karton darin, den sie herauszog.

Es war ein Vision-Q.

Nein. Das kann nicht wahr sein!

Ihr Herz setzte einen Takt aus, dann überschlug es sich stolpernd, während sie so eine Fülle an Glücksgefühlen durchflutete, dass sie kaum Platz in ihrer Brust fanden.

Ich glaub's einfach nicht!

Der Karton ließ erkennen, dass sich ein älteres Modell in ihm verbarg, dennoch musste es selbst mit dem Zuschuss von Tante Margret ein halbes Jahresgehalt ihrer Eltern verschlungen haben.

Was Emily nach der Niederlage im Rennen nicht mehr für möglich gehalten hatte, war nun auf einmal in greifbarer Nähe: die Teilnahme an einem der Aufnahmetests für einen Stipendiumsplatz an der Arcadia. Sie war nur für jene zugänglich, die ein Vision-Q besaßen, und Emily hätte nie gedacht, dass ihre Familie sich die Anschaffung würde leisten können.

Tränen bahnten sich ihren Weg. Unfähig, etwas zu sagen, nahm Emily ihre Eltern fest in den Arm und bedankte sich dann bei allen Verwandten. Sie schienen von der Szene gerührt, bis auf ihre Tante, die ihre Arme vor der Brust verschränkt hatte und ihren Bruder mit einem Kopfschütteln bedachte.

Er ignorierte es. »Bis morgen musst du dich mit dem Gerät vertraut machen. Ich habe mir die Freiheit genommen, dich für das Arcadia-Auswahlverfahren anzumelden. Sie haben mir einen der letzten Termine gegeben«, sagte er mit rauer Stimme.

So sehr glaubten ihre Eltern also an sie.

Ihre Mutter strich Emily über den Kopf. »Ich habe mich lange geweigert. Ich wollte nicht, dass du in die große, weite Welt hinausziehst und auf ein Internat gehst. Aber ich darf dich nicht einsperren. Du bist so klug und reif für dein Alter. Wir sollten dir und deiner Zukunft nicht im Wege stehen.«

»Ich kann euch gar nicht sagen, wie dankbar ich bin«, fand Emily endlich ihre Sprache wieder.

»Und selbst wenn du damit nicht für die Arcadia zugelassen wirst, kannst du das Vision-Q für deine eigenen Projekte nutzen.«

»Ich werde es trotzdem versuchen.« Sie nickte bekräftigend, als Anne ihr das Geschenk abrupt aus der Hand schlug.

»Aber was …?«

»Wie könnt ihr Mily nur so etwas Doofes schenken!«, rief Anne mit Tränen in den Augen.

»Noch hab ich das Stipendium ja gar nicht in der Tasche«, versuchte Emily ihre kleine Schwester zu beruhigen. Sie las den Karton wieder vom Boden auf, der glücklicherweise auf dem Teppich gelandet war.

»Ich wünsche dir, dass die Aufgaben ganz doll schwierig sind und du sie alle nicht lösen kannst!« Damit rannte Anne auf ihr Zimmer und schlug die Tür hinter sich zu.

Als ihre Mutter Anstalten machte, Anne zu folgen, legte Emily die Box auf den Tisch. »Ich mach das schon.«

Während sie ihrer kleinen Schwester nachlief, hörte sie

die aufgebrachte Stimme von Tante Margret aus dem Wohnzimmer: »Ich bin ja selten einer Meinung mit einer Siebenjährigen, aber *was* zur Hölle habt ihr euch dabei nur gedacht?«

»Wir wissen doch gar nicht, ob sie es schafft …«

»Und wenn doch? *Was*, wenn doch, Michael?«

Ihr Vater antwortete so leise, dass Emily es kaum verstehen konnte: »Immer wieder kommt das Thema Arcadia auf den Tisch. Sie muss es versuchen können – und sich dann mit dem Ausgang abfinden. Sie soll zumindest das Gefühl haben, eine faire Chance gehabt zu haben, so wie jeder andere auch.«

Emily blieb stehen. Sie spürte, wie sich ein Stich in ihr Herz bohrte, das sich vor wenigen Augenblicken noch so leicht angefühlt hatte. Glaubten ihre Eltern vielleicht doch nicht so an sie, wie sie gedacht hatte? All die Mühen und Einschränkungen, nur damit sich Emily etwas endgültig aus dem Kopf schlug?

Hab ich sie mit dem Thema so unter Druck gesetzt?

Emily lauschte angestrengt, doch im Wohnzimmer waren die Gespräche verstummt.

Behutsam öffnete sie die Tür zu ihrem gemeinsamen Zimmer. Im Käfig raschelte es, als Grumpy, das weißbraun gefleckte Meerschweinchen, sein Näschen ans Gitter drückte und schnupperte.

Emilys kleine Schwester lag im Bett und hatte die Decke bis zur Schulter gezogen. Sie drehte sich von Emily weg, als diese sich zu ihr setzte.

»Geh einfach weg«, sagte Anne trotzig.

Emily holte tief Luft. »Kannst du denn nicht verstehen, wie wichtig das für mich ist? Ich könnte forschen, anderen Leuten helfen und …«

»Andere Leute sind mir egal.«

»Ich weiß doch noch nicht mal, ob's klappt.«

»Natürlich wird es klappen. Du bist die Schlauste. Du machst alles wieder heile. Wenn sie dich nicht nehmen, sind sie total blöd.«

»Ach, liebe, süße Anne. Ich wünschte, es wäre so einfach. Aber in der Arcadia zählt nicht nur, ob ich Dinge gut reparieren kann. Ich muss noch viele andere Voraussetzungen erfüllen.« Emily schüttelte den Kopf. »Selbst Mama und Papa scheinen nicht wirklich zu glauben, dass ich es schaffen kann«, sagte sie leise.

»Ich schon. Deshalb bin ich so traurig.« Anne drehte sich zu Emily herum und streichelte die Hand ihrer Schwester. Ihre Augen waren noch gerötet, aber ihr großes Herz konnte wohl nicht anders, als Emilys Wünsche über ihre eigenen zu stellen. »Wirst du mir denn jeden Tag schreiben?«

»Natürlich.« Emily zog Anne an sich.

»Na gut. Und du musst mir zu Weihnachten einen Roboter bauen, der mit mir spielt, wenn du nicht da bist.«

»Geht klar.«

»Und der mir die Zähne putzt. Das finde ich nämlich total öde und Nobbo ist für so was viel zu grob. Der würde mir versehentlich die Zähne ausschlagen.«

»Alles, was du willst, kleine Schwester.« Emily drückte Anne einen Kuss auf die Stirn. »Ich hab dich lieb, weißt du das eigentlich? Einfach nur wahnsinnig lieb.« Und damit hob Emily die Decke an und kitzelte ihre Schwester durch, in der Hoffnung, mit Annes Lachen die Worte ihres Vaters zu vertreiben, die noch immer in ihren Ohren nachklangen.

7

BEN

Donnerstag, 15. September 2050

Ben war gerade auf dem Weg zum Mittagessen, als er Mrs Vermonts penetrant laute Stimme aus dem Saal schallen hörte. Offenbar hatten sie einen Gast oder Kaynes Vater war von seiner Dienstreise zurückgekehrt.

Bis jetzt war Ben jedem Fettnäpfchen aus dem Weg gegangen, indem er möglichst wenig Zeit mit Mrs Vermont verbrachte. Doch etwas an seinem Verhalten schien ihr nicht geheuer, zumindest hatte sie in den letzten Tagen immer wieder erwähnt, dass sie sich Sorgen um seinen geistigen Zustand machte. Da sie aber in keiner Weise andeutete, warum das so war, konnte Ben dem nicht entgegenwirken.

»… womöglich sollten wir das mal in Betracht ziehen, wenn alle Stricke reißen.«

Ben betrat den Speisesaal. Durch die hohen, bogenförmigen Fenster drang Tageslicht herein. Die Strahlen brachen sich an tropfenförmigen Kristallen, die zu Hunderten von den Kronleuchtern hingen. Kaynes Vater saß an der Stirnseite des riesigen, goldfarbenen Tisches und schaute nicht mal von seiner Zeitung auf, als Ben auf ihn zukam. Er spürte Hitze in sich aufsteigen. Seine Gesichtsmuskeln zuckten unkontrolliert. Er hoffte, dass es niemand bemerkte, und schlich sich so unauffällig wie möglich heran, als wäre er eine Maus, die sich zu zwei Katzen an den Tisch setzen muss. Mit einem Elternteil war das Schauspiel als Kaynes Doppelgänger schon anstrengend gewesen, mit zweien würde es ungleich schwerer werden. Ben wollte am liebsten sofort die Flucht ergreifen.

Reiß dich zusammen! Du hast es jetzt schon so weit geschafft, da wirst du doch wohl auch dieses Essen über die Bühne bringen.

Ben zog den Stuhl vor dem einzig unbenutzten Gedeck zurück, als Kaynes Mutter mit dem Kopf auffordernd in Mr Vermonts Richtung deutete. Ben hielt erschrocken inne.

Was will sie damit sagen?

Wieder deutete sie mit dem Kopf zu Kaynes Vater.

Was will sie denn bloß?

Ben hoffte auf Unterstützung über seinen versteckten Kopfhörer, doch die Leitung war still.

Na klar. Die Aufforderung ist ohne Worte erfolgt. Das Team kann ja nicht sehen, was grad passiert.

Er zögerte. Dann ging er auf Mr Vermont zu und gab

ihm einen Kuss auf die Wange. Der Mann sah auf, widmete sich dann aber sofort wieder der Zeitung. »Hallo, Junge. Wie war dein Tag?«

Ein Blick auf Mrs Vermont verriet Ben, dass er die Begrüßung vermasselt hatte. Eine tiefe Falte zeigte sich auf ihrer Stirn.

Scheiße! Ich hab's verbockt.

»Gut«, antwortete Ben, während er sich setzte.

»Verstehe. Wir sind heute wieder besonders redselig«, brummte Mr Vermont und legte die Zeitung beiseite. »Und du, mein Engel? Was hast du heute Vormittag gemacht?«

Ben schloss die Augen, als er aus dem Fokus geriet und sich Kaynes Mutter über eine Nachbarin aufregte, deren Efeu aufs Grundstück rankte. *Efeu.* Was für Probleme diese Menschen beschäftigten. Während andernorts eine solche Dürre herrschte, dass Wiesen und Bäume verdorrten, wurde im Villenviertel wöchentlich so viel Wasser in die Gartenpflege gepumpt, wie manche dicht besiedelten Viertel in einem ganzen Jahr verbrauchten.

Trotz ihrer Tirade versäumte es Mrs Vermont nicht, Ben immer wieder mit einem skeptischen Blick zu bedenken. Er versuchte, möglichst still zu sitzen, um keine unnötige Aufmerksamkeit auf sich zu lenken, doch obwohl er nur ein dünnes Hemd trug, rann ihm der Schweiß den Rücken hinunter.

Drei Synths kamen herein und brachten den ersten Gang. Sie stellten die Teller vor ihnen ab und hoben gleichzeitig die Servierglocken. Mr und Mrs Vermont nahmen ihre Stoffservietten und breiteten sie sich über den Schoss. Ben tat es ihnen nach. Obwohl es für ihn inzwischen schon fast zur Gewohnheit geworden war, konnte er immer noch nicht fassen, dass man auf all solche Dinge Wert legte, während draußen in der wahren Welt alles vor die Hunde ging.

»Schaumcremesuppe mit Zuckerschoten, Erbsen und Flusskrebsen. Du hast doch nichts gegen Flusskrebse?«, fragte Mrs Vermont.

Ist das etwa eine Fangfrage?

Ben war keine Fischallergie bei Kayne bekannt. Doch obwohl er riesigen Hunger hatte, entschied er sich für die sichere Variante. »Tatsächlich ist mir heute nicht danach.«

»Du hast recht, ich vergaß, dass du nicht der große Krebs-Esser bist«, sagte Mrs Vermont und schien zumindest mit dieser Reaktion zufrieden. Ben versuchte, sich die Erleichterung nicht anmerken zu lassen. Er hatte instinktiv mal was richtig gemacht.

Der zweite Gang bestand aus einem rosa gegarten Rinderfilet an Steinpilzen, Zwetschgen und Kartoffelragout. Es duftete herrlich und Ben konnte nicht mehr widerstehen. Er schnitt ein Stück von dem zarten Fleisch ab, das auf der Zunge zerging. Die Steinpilzsoße war von einem derart intensiv-würzigen Geschmack und einer solchen Cremigkeit, dass Ben sie bis auf den letzten Tropfen vom Teller kratzte. Er bemühte sich, nicht zu schlingen, und war dennoch als Erster fertig.

»Du bist heute aber besonders hungrig«, bemerkte Mrs

Vermont. Sofort biss sich Ben auf die Lippe. Obwohl er schon seit einigen Tagen in diesem Paradies lebte, genoss er jede einzelne Mahlzeit so sehr, dass er es nur schwer verbergen konnte. Das Essen war so viel besser als die Pampe in der Schulkantine, das Dauerbrot und das Trockenfleisch, von dem er sich sonst ernährte und welches eher vor dem Hungertod bewahren sollte, als den Sinnen in irgendeiner Form zu schmeicheln.

Bei der Vorbereitung für seinen Einsatz auf dem Gelände von *Widevisions* hatte man ihn zwar mit Proteinen und Nährstoffen vollgestopft und ihn trainieren lassen, damit sich seine mangelernährte Statur der eines Milliardärssohns annäherte, aber das hatte mit Genuss nicht das Geringste zu tun gehabt.

»Weißt du, das erinnert mich an unser Essen im *La Grande Maison* letztes Jahr. Oder war es vorletztes Jahr?«

Ben wartete. Lauschte. Doch im Inlay-Kopfhörer herrschte weiterhin absolute Stille.

»Letztes Jahr.« Obwohl er raten musste, versuchte er, seiner Stimme einen möglichst festen Klang zu verleihen. Seine Nackenhärchen stellten sich alarmiert auf. Er hatte das Gefühl, dass sich gerade etwas anbahnte, etwas, das alles, was er bisher geschafft hatte, in Sekundenschnelle zunichtemachen konnte.

»Ja, stimmt. Tante Kates Geburtstag. Das Dessert hatte es dir ganz besonders angetan. Du konntest gar nicht genug davon bekommen.« Kaynes Mutter lehnte sich über den Tisch. »Was war das gleich noch mal?«

»Müssen wir das wirklich jetzt angehen?«, meldete sich Mr Vermont zu Wort.

»Nein«, kam es wie aus der Pistole geschossen von Ben. – »Ja«, zeitgleich von Mrs Vermont. Ihr Mann seufzte ergeben.

Das hier war nicht mal mehr eine subtile Prüfung. Ben tupfte sich mit der Stoffserviette über den Mund und hoffte, so etwas Zeit zu gewinnen, während er auf die erlösende Antwort wartete.

Na los! Gleich hat sie mich dran. Seine Atmung beschleunigte sich. Er fuhr sich mit dem Finger über die Ohrmuschel und klopfte dabei unauffällig gegen das Inlay.

Wenn dieses Mistding jetzt kaputt ist, bin ich so was von geliefert.

»Es war ein sehr schöner Geburtstag«, sagte Ben, als es im Ohr knackte. »Na ja, zumindest bis Tante Sharon mich bat, ein paar Runden mit ihr auf dem Parkett zu drehen. Ich hatte vorher nämlich drei Portionen Himbeermousse gegessen.«

»Und das Besondere an der Mousse?«

»Bitte, Engel, musst du den armen Jungen mit dieser Erinnerung quälen?«, warf Mr Vermont ein.

»Ich will nur wissen, wie das Dessert zubereitet wurde. Ich habe nämlich so langsam das Gefühl, dass die ganzen Drogen was mit seinem Hirn anstellen.«

War es wegen der Begrüßung von Kaynes Vater gewesen oder hatte er sich mit etwas anderem verraten? Bens Herz schlug ihm bis zum Hals.

Verdammt, verdammt, verdammt. Das Ganze kann doch jetzt nicht an so einem bescheuerten Dessert scheitern!

»Die Mousse war mit weißer Schokolade ummantelt. Ein Holzstäbchen steckte darin, sodass es aussah wie Eis. Den Teller hatte man mit Minzblättern und Himbeersauce dekoriert.« Ben warf die Stoffserviette auf den Tisch. »Zufrieden?«

Den Augenblick eines Wimpernschlags blickte Mrs Vermont ihm tief in die Augen. Dann lehnte sie sich zurück. »Heute gibt es bedauerlicherweise nur Crème Caramel. Ich hoffe, du bist nicht allzu enttäuscht?«

»Ehrlich gesagt würde ich die Nachspeise gern auslassen, ich habe ein bisschen Bauchweh. Würde es euch etwas ausmachen, wenn ich auf mein Zimmer gehe?«

»Ich lasse dir einen Fencheltee bringen«, antwortete Mrs Vermont. »Vielleicht geht es dir danach besser.«

Ben nickte und stand auf.

»Wenn du bis heute Nachmittag nicht wieder auf den Beinen bist, aktiviere ich den MediDroid. Ich weiß, dass du seine Behandlungsmethoden nicht schätzt, aber wir haben noch eine Einladung zum Dinner. Und morgen müssen wir dann deine restlichen Schulsachen für die Arcadia einkaufen. Die Liste ist lang.«

»Ist gut«, sagte Ben und verließ den Saal, ohne sich noch einmal umzudrehen.

Kurz nachdem er den Raum verlassen hatte, blieb er hinter der halb geöffneten Tür stehen. Diese Prüfungen, all diese Prüfungen, die an jeder Ecke lauerten …

»Unser Sohn verhält sich eigenartig, findest du nicht? Jetzt in den Ferien ist es sogar noch schlimmer geworden. Das liegt sicher an diesen ganzen illegalen Substanzen, die er in der letzten Zeit zu sich genommen hat. Die verändern ihn«, sagte Mrs Vermont.

Ben hörte ein Rascheln, als ob Kaynes Vater wieder zu seiner Zeitung griff.

»Na ja, er verändert sich nicht gerade zum Schlechten, findest du nicht? Immerhin hat der Junge mir heute einen Begrüßungskuss gegeben. Das hat er schon seit Jahren nicht mehr getan.«

»*Kayne Benedikt Vermont!* Wie kannst du es wagen, so egoistisch zu sein! Willst du etwa tatenlos dabei zusehen, wie sich dein eigener Sohn zugrunde richtet? Er hat bereits ein Schuljahr wiederholen müssen.«

»Ich bitte dich, Veronica. Mach doch nicht so eine große Sache daraus. Wir alle haben in unserer Jugend über die Stränge geschlagen. Und jetzt behaupte nicht, dass du das nie getan hättest. Deine Haar-Analyse hat damals etwas ganz anderes ergeben.«

Das Quietschen eines Stuhls, der nach hinten gerückt wurde.

»Ich lasse das Dessert heute auch aus«, erwiderte Mrs Vermont, als Ben schon Schritte auf sich zukommen hörte und zur nächstgelegenen Tür eilte.

Der Geruch von Leder, Holzpolitur und leicht säuerlichem Leim empfing ihn in der Bibliothek. Er lauschte an der Tür. Erst als die Schritte von Kaynes Mutter immer leiser aus dem Gang widerhallten, nahm er sich die Zeit, das Zimmer endlich einmal genauer zu betrachten. Die Regale gingen bis zur Decke und waren mit Büchern vollgepackt, die allesamt mit vielversprechenden Titeln und Einbänden lockten. Ben staunte. Er selbst hatte außer Schullektüre nie ein richtiges Buch besessen und nun stand er in diesem Raum, in dem Tausende von ihnen schlummerten. Zu gern hätte er ein paar davon herausgezogen und sie zumindest angelesen.

Doch all das musste warten, bis er endlich in die Arcadia durfte. Jetzt galt es noch zweiundsiebzig Stunden dieses Schauspiels zu überstehen. Ben hoffte, dass Mrs Vermont keine größeren Schwierigkeiten machte – und dass das *Widevisions*-Team ihren Sohn weiterhin zur Mitarbeit hinter den Kulissen zwingen konnte.

Nach einigen Minuten verließ er die Bibliothek und kehrte auf Kaynes Zimmer zurück. Es war weitläufig und hatte drei Türen – eine, die zum Gang führte, eine zum eigenen Bad und eine, mit der man Zutritt zum begehbaren Kleiderschrank erhielt. Himmelbett, Nachtschränkchen, Regale und Sekretär waren wie auch die anderen Möbel im Familiensitz der Vermonts altmodisch gehalten und in diesem Fall aus braunem Mahagoni. Ben fuhr mit den Fingern über das seidige, dunkle Holz und blickte gedankenverloren zum beleuchteten Touchscreen neben dem Türrahmen, den er schon mehrfach ausgetestet hatte. Über den Screen konnte man die Musikanlage, die Lampen, die Heizung und die Klimaanlage bedienen. Außerdem waren darauf digitale Bilder vom Zimmer abgespeichert, aber Ben hatte keine Ahnung, was er damit ansteuern konnte. Vielleicht war es möglich, das Bücherregal separat auszuleuchten – jedenfalls schien es nichts zu sein, auf das Ben in der kurzen Zeit, die er hier noch verbringen würde, zugreifen müsste.

Allein dass er schon zehn Tage in dieser ausschweifenden Dekadenz lebte, bereitete ihm ein schlechtes Gefühl, egal wie sehr er das Essen genoss. Er musste an sein Zuhause denken, an den Putz, der von der Wand schuppte, an die Wasserflecken, die ihre Decke zierten, und die durchgelegenen Matratzen, mit denen sie auf dem Boden geschlafen hatten. Wahrscheinlich musste er sich glücklich schätzen, diese Erfahrung hier überhaupt machen zu dürfen, oder sich zumindest ärgern, dass das Schicksal ihm kein Leben in Prunk und Reichtum beschert hatte.

Aber das tat er nicht.

Es hätte ihm völlig ausgereicht, ein normales Leben zu führen. Eines, in dem er niemandem zur Last fallen musste. Ständig fragte er sich, ob sein Vater besser gegen die Krankheit gewappnet gewesen wäre, wenn es ihn nicht gegeben hätte.

Jeden Abend, wenn Ben von der Schule nach Hause gekommen war, hatte sein Vater ihm das Essen überlassen und behauptet, dass er seine Portion schon gegessen habe. Aber je mehr Zeit ins Land ging und je dünner sein Vater wurde, umso mehr bezweifelte Ben, dass er die Wahrheit sprach. Wie oft hatte Ben ihn darum gebeten, die Schule abbrechen und sich einen Job suchen zu dürfen, um etwas für ihr Überleben beisteuern zu können. Doch sein Vater hatte nichts davon hören wollen.

Ob er sich wohl schämen würde, wenn er erführe, dass Ben nun doch die Schule abgebrochen hatte, um das zu werden, was er jetzt war – ein Industriespion? Und das ausgerechnet für einen der *Big Three*. Aber hatte er denn eine andere Wahl gehabt?

Ein Klopfen an der Tür riss ihn aus seinen Gedanken. Ben öffnete sie. Ein Synth stand vor ihm.

»Soll's etwa schon zum Dinner losgehen?«

»Nein, Sir. Ich bringe Ihnen den Tee und eine Nachricht von Ihrer Mutter. Sie möchte, dass Sie den Familienring aus Ihrem Zimmersafe holen. Sie sollen ihn ab heute wieder tragen.«

»Wieso?«

»Weil Sie damit insbesondere auf der Arcadia den Stand Ihrer Familie präsentieren. Dort sind ja auch viele Jugendliche aus den unteren Schichten zugegen.«

Ben spürte, wie ihm das Blut aus dem Gesicht wich. »Ist gut.« Mit diesen Worten nahm er dem Synth den Tee ab und schlug ihm die Tür vor der Nase zu.

Das hatte ihm gerade noch gefehlt. Ihm war schon aufgefallen, dass auf den Ablagen Schmuckstücke aus Silber offen herumlagen, so was wie Krawattennadeln und Manschettenknöpfe, die jemand wie Kayne wohl nicht vermissen würde. Aber jetzt musste er herausfinden, wo die wertvolleren Stücke eingeschlossen waren. Und wenn er

Mrs Vermont nicht gleich wieder skeptisch machen wollte, dann musste er sie möglichst schnell finden.

Er eilte auf eines der goldgerahmten Ölgemälde an der Wand zu. Es war ein hässliches Bild von einem Jäger, der auf eine fliegende Gans zielte. Wenn er hier irgendwas verstecken müsste, dann sicher hinter diesem Ding, das niemand jemals stehlen würde. Ben hob es an. Er fuhr mit dem Finger über die Tapete, in der Hoffnung, eine Einbuchtung zu ertasten. Als er keine fand, klopfte er die Wand ab, aber es klang dumpf, nicht hohl. Also ging er systematisch die Rückseiten aller anderen Gemälde durch, ebenfalls ohne Erfolg.

Ben hastete ins Ankleidezimmer hinüber. Die Garderobe war akribisch nach Kategorien wie Hosen, Hemden und Pullundern sortiert, und innerhalb dieser sogar nach Farben. Die meisten Sachen waren in gedeckten Tönen gehalten. Schwarz, Grau und Dunkelblau dominierten, die einzigen Ausnahmen bildeten ein paar Hemden in Weiß und Violett. Außer im Kaufhaus hatte er noch nie so eine Fülle an Kleidung gesehen. Bens eigener Fundus hatte auf acht Bügeln Platz gefunden, doch die Sachen passten ihm alle nicht mehr, seit er zu Kayne geworden war.

Er klopfte die gesamte Wandbreite hinter der Bekleidung ab, wurde aber auch dort nicht fündig.

Wo versteckst du dich nur?

Er ging zurück ins Zimmer. Natürlich konnte er das Team fragen, das Inlay saß ja immer in seinem Ohr. Aber sie hatten das Gespräch mit dem Synth ja mitbekommen und bislang nicht darauf reagiert, was bedeutete, dass sie vermutlich selbst keinen Anhaltspunkt hatten. Bens Blick fiel auf Kaynes Notizbuch, das er auf dem Nachtschränkchen abgelegt hatte. Er nahm es zur Hand.

»How sharper than a serpent's tooth it is to have a thankless child!«

Er konnte sich zwar vorstellen, dass Mr oder Mrs Vermont sich so geschwollen ausdrückten, wenn sie es drauf anlegten – aber irgendwie kam ihm der Spruch auch bekannt vor.

Verdammt. Hatten wir den nicht in der Schule? Ich hätte besser aufpassen sollen.

Ben schaltete das Vision-Q ein und gab den Text in die Suchmaschine ein. *Akt 1, Szene 4 von King Lear*. Er legte den Kopf schief. Dann ging er einer plötzlichen Eingebung folgend zu dem Touchscreen hinüber und suchte das Bild mit dem Bücherregal. Er verglich es mit dem Regal an der gegenüberliegenden Wand und drückte auf die Stelle, an der sich das Buch von Shakespeare befand. Es vibrierte unter seinen Fingern. Ben las den nächsten Satz, der in Kaynes sauberer Handschrift niedergeschrieben stand: »There are books of which the backs and covers are by far the best parts.« Ob diese Sprüche Kayne irgendetwas bedeuteten, oder hatte er sie beliebig ausgewählt? Wieder berührte Ben das Abbild des Buchs auf dem Screen, das ihm die Suchmaschine verraten hatte. Es handelte sich um *Oliver Twist* von Charles Dickens. »Do you not see how necessary a world of pains and troubles is to school intelligence and make it a soul?« Ben gab den Satz wieder auf dem Vision-Q ein. *Selected Letters of John Keats.*

Bens Puls stieg mit jedem Zitat und jedem Vibrieren unter seinem Finger, wenn er einen Buchrücken auf dem Screen berührte. Als er den letzten Satz auf der Notizbuchseite eingegeben hatte, hörte er ein mechanisches Surren. An der gegenüberliegenden Wand schoben sich ein paar Bücher aus dem Regal hervor. Ben lief hinüber und zog sie heraus.

Da war er.

Der Tresor, der aus dem Mauerwerk herausgefahren war, hatte einige Bände mit nach vorne geschoben. Jetzt musste er nur noch den richtigen Code herausbekommen.

Ben blätterte wieder in dem Notizbuch. Er war sich sicher, dass er ihn hier irgendwo finden würde, aber wie sollte er ihn identifizieren? Die Menge an Songtiteln von den *Manigans* zählen, von denen diverse Zitate notiert waren?

Er sollte es auf gut Glück probieren. Ein Versuch würde schon keinen Alarm auslösen. Ben gab das Geburtsdatum von Kayne ein.

1103. – Nichts passierte.

Ben ließ sich aufs Bett fallen. Noch einmal würde er es nicht einfach ausprobieren, er musste sich Hilfe holen. Also räusperte er sich und sagte: »Ich wünschte, ich könnte mich an den Code für meinen Safe erinnern.«

Er wusste nicht, wie lang es dauern würde, bis die Leute

aus der Zentrale die Ziffern aus Kayne herauskitzelten. Wahrscheinlich saßen sie schon seit seinem Gespräch mit dem Synth an der Sache dran, bekamen aber keine Antworten. Ben blätterte weiter in dem Notizbuch und versuchte, aus den Aufzeichnungen schlau zu werden, als es plötzlich in seinem Ohr rauschte.

»1812.«

Ben setzte sich kerzengerade auf. Er war überrascht, dass Kayne nun doch kooperierte. Vielleicht log er. Aber vielleicht hatten die in der Zentrale auch irgendwelche Druckmittel angewendet, solche, von denen Ben lieber nichts erfahren wollte. Er legte das Notizbuch zur Seite, ging zum Safe hinüber und gab die ersten Ziffern ein. Wenn Kayne log, blieben wahrscheinlich nicht mehr viele Versuche, bis seine Eltern alarmiert wurden. Mit zitternden Fingern drückte er auf die letzte Zahl.

Es klickte. – Kayne hatte tatsächlich die Wahrheit gesagt.

Ben drehte den Hebel des Schlosses zur Seite und öffnete den Tresor.

Der Siegelring der Familie war nicht zu übersehen. Er lag ganz zuoberst und war aus schwerem Gold. Ein Wappen und ein verschnörkeltes *V* erhoben sich aus der Oberfläche. Ben streifte den Ring über. Das Schmuckstück war ein wenig zu groß für ihn und rutschte. Er würde achtgeben müssen, es nicht zu verlieren, und es am besten so schnell wie möglich wieder ablegen, sobald er außer Reichweite von Kaynes Eltern war.

Sein Blick glitt nun auch über die anderen Dinge im Safe: eine Schmuckschatulle, ein Bündel Bargeld, Armbanduhren, teure Füller und Kugelschreiber, augenscheinlich ebenfalls aus purem Gold. Ben zauderte, gab dann aber der Versuchung nach. Er nahm sich ein paar Sachen, von denen er glaubte, dass sie für Kayne keinen emotionalen Wert hatten, und legte sie in den schon bereitstehenden Koffer fürs Internat. Die reichen Schüler besaßen sicher selbst solche Stücke, aber vielleicht ließen sich ja die Stipendiaten mit Wertgegenständen bestechen, um Ben bei den Hausaufgaben zu helfen oder um ihm Nachhilfe zu geben.

Er ahnte schon jetzt, dass er es trotz seiner umfangreichen Vorbereitung nicht leicht an der Arcadia haben würde.

Er wühlte sich weiter durch den Tresor. Und dann fand er am metallenen Boden etwas, von dem er ziemlich sicher war, dass er es lieber nicht gefunden hätte.

Es war das Foto eines Mädchens.

Sie war wunderschön. Die schwarzen, lockigen Haare umrahmten ein fein geschnittenes Gesicht, ihr dunkler Teint schimmerte golden in der Sonne. Auf der Rückseite stand ein weiteres Zitat: »Wisely and slow; they stumble that run fast.«

Ben warf das Bild sofort zurück, als hätte er sich daran verbrannt. Er bemühte sein Vision-Q gar nicht erst, um herauszufinden, was es mit den Worten auf sich hatte. Egal, was es war – es ging um ein Mädchen.

Und auch wenn er nur wenig Erfahrung mit ihnen hatte, so wusste er zumindest eins: Mädchen waren clever und durchschauten Jungs wie ihn im Handumdrehen.

DIE ASIMOV'SCHEN ROBOTERGESETZE

1. Ein Roboter darf keinen Menschen verletzen oder durch Untätigkeit zu Schaden kommen lassen.

2. Ein Roboter muss den Befehlen der Menschen gehorchen – es sei denn, solche Befehle stehen im Widerspruch zum ersten Gesetz.

3. Ein Roboter muss seine eigene Existenz schützen, solange sein Handeln nicht dem ersten oder zweiten Gesetz widerspricht.

Roboter im staatlichen oder militärischen Dienst dürfen von den Regeln abweichen. Roboter für den zivilen Gebrauch müssen den Gesetzen Folge leisten. Eine Zuwiderhandlung seitens der Programmierung kann mit einer lebenslangen Haftstrafe geahndet werden.

Auszug aus »Grundlagen der Robotik – Band 1«,
Future Science Publishing, 12. Auflage

8

EMILY

Freitag, 16. September 2050

Emily blickte sich um. Grau-brauner Staub wurde von einer Windböe aufgewirbelt, schraubte sich empor und verteilte sich über die karge Landschaft. Sie konnte sich kaum vorstellen, dass an dieser Stelle einmal üppige, goldene Felder mit Weizen, Gerste und Hafer gediehen waren, wo jetzt nicht mal mehr ein Grashalm wuchs.

Obwohl das Arcadia-Testzentrum inmitten dieser Einöde lag, hatte man das Areal mit meterhohen Zäunen gesichert. Wachmänner und Drohnen patrouillierten in regelmäßigen Abständen. Emily fragte sich, was das Aufgebot zu bedeuten hatte, aber dann fiel ihr ein, dass sich auf dem Gelände vielleicht neuentwickelte Arcadia-Technologie befand, die nicht in fremde Hände gelangen durfte.

Emily wünschte sich, dass ihre Eltern jetzt hier wären. Doch sie mussten im Empfangszelt auf sie warten, während sich draußen die Schlange aus Jugendlichen auf das Testzentrum zubewegte. Es bestand aus insgesamt zwanzig achteckigen identischen Gebäuden. Weiße Rauten bildeten die Seitenwände und Kuppeln, die in den Sonnenstrahlen glänzten und keinen Blick auf das Innere preisgaben. Andere Teilnehmer ächzten und beschwerten sich wegen der Hitze, der sie hier draußen ausgesetzt waren. Emily hingegen schloss die Augen. Sonne gab ihr immer das Gefühl, ihre Lebensgeister zu stärken. Sie sog das Licht auf, bis sich plötzlich ein Schatten davorschob.

Als sie die Augen öffnete, sah sie ein Krankenshuttle über ihren Kopf hinwegziehen. Es landete vor einem der Gebäude. Kurz darauf wurde einer der Testkandidaten auf einer Trage herausgebracht. Der Junge war bei Bewusstsein, hatte sich aber anscheinend am Arm verletzt. Dieser sah merkwürdig verrenkt aus. Emily biss sich auf die Lippe. Sie hoffte, dass ihre Mutter das Geschehen nicht mitbekommen hatte, sonst würde sie sie vielleicht doch noch aus der Schlange zerren.

Jemand tippte ihr auf die Schulter. Emily drehte sich um und riss die Augen auf, als sie das Mädchen mit den roten Zöpfen erkannte. *Jennifer.*

»Hätt nicht gedacht, dass jemand wie du ein Vision-Q auftreibt.«

Aber Emily hätte damit rechnen müssen, ihrer Kontrahentin hier zu begegnen. Schließlich hatten sie beide aus dem gleichen Grund am *Rocket Roll* teilgenommen – um ein Vision-Q für die Aufnahmeprüfung zu gewinnen.

»Dass du überhaupt noch laufen kannst, nach deinem dramatischen Sturz, ist echt ein Wunder. Ich hab gehört, dass die Tests echt heftig sein sollen. Das ist nichts für solche wie dich. Immerhin ist das heute schon das fünfte Shuttle, das einen Verletzten rausholt. Der da ist ja noch halbwegs gut davongekommen, aber der Junge davor sah aus, als würde er ein paar Wochen im Krankenhaus verbringen.«

Ohne auf ihre Worte einzugehen, drehte sich Emily wieder herum und sah stur geradeaus.

»Ich verstehe, du bist eine schlechte Verliererin.«

Nein, ich will mich nur nicht von dir einschüchtern lassen! Aber es war zu spät. Die wenigen Sätze hatten gereicht, um Emilys Zweifel zu nähren, mit denen sie seit ihrer Ankunft hier kämpfte. *Ob ich wirklich das Richtige tue?*

Ja, sie wollte auf die Arcadia. Ja, es war Emilys einzige Chance, wenn sie etwas bewirken wollte – zumindest mit den Fähigkeiten, die ihr gegeben waren. Sie konnte nichts anderes als Erfinden, Reparieren und Programmieren. Sie war viel zu schüchtern, um eine Speakerin zu sein, und zu empfindlich für eine Medizinerin. Was, wenn der Test wirklich zu schwer für sie war, wovon ja sogar ihre Eltern ausgingen? Oder wenn sie sich ernsthaft verletzte? Auf einen langen Krankenhausaufenthalt konnte sie verzichten, wo sie doch gerade einen wegen ihrer schwachen Knochen hinter sich hatte. Ganz zu schweigen von den Kosten, die dann auf ihre Familie zukämen.

Noch bevor sie weiter überlegen konnte, wurde die nächste Gruppe aus Kandidaten hereingelassen. Emily winkte man als Letzte hindurch. Ihr Blick glitt versehentlich noch mal zu dem Mädchen hinter ihr, das ihr ein schiefes Lächeln zuwarf. Was hatte diese Jennifer nur gegen sie? Sie hatte doch bekommen, was sie wollte, hatte den *Rocket Roll* und das Vision-Q gewonnen. Wie das Auswahlverfahren der Arcadia für sie ausgehen würde, hatte mit Emily rein gar nichts mehr zu tun.

Schluss jetzt. Konzentrier dich! Die Arcadia ist das, was du schon immer wolltest. Und du hast nur diese eine Chance.

Emily nahm an den letzten Prüfungen vor dem Beginn des neuen Schuljahres teil. Jedes Jahr wurde ein Bruchteil der Academy-Plätze an besonders begabte Jugendliche von öffentlichen Schulen vergeben, während die übrigen Schüler ihren Aufenthalt privat finanzierten. Sie hatten nicht nur den Vorteil, dass hinter ihnen finanzstarke Eltern standen, sondern auch, dass sie schon lange auf das Studium an der Arcadia vorbereitet worden waren. Selbst sie mussten Eignungstests ablegen, aber Gerüchten nach sollten sie etwas einfacher sein als der, zu dem Emily jetzt antrat.

Im Stechschritt führte ein Uniformierter des Wachpersonals sie in eines der Gebäude hinein und verschloss wortlos die Tür hinter sich.

Es gab kein Zurück mehr.

Emily befand sich in einem sterilen, weißen Raum. Ein durchsichtiger Bildschirm schwebte von der Decke, auf dem nun das Gesicht einer Frau erschien. Ihre Haare waren streng nach hinten gebunden. Die mandelförmigen, braunen Augen blickten Emily durchdringend an.

»Herzlich willkommen im Testzentrum der Arcadia, Kandidatin 13.387. Mein Name ist Carey. Im Namen aller Mitarbeiter der Excellence Initiative bedanke ich mich für dein Interesse an einer Aufnahme im Haus Minerva, der Heimat für fortschrittliche und zukunftsorientierte Ideen. Allein im letzten Jahr wurden von uns 12.329 Patente angemeldet, drei Erfindungen der Arcadia waren für Nobelpreise nominiert. Bitte habe Verständnis, dass wir aufgrund unseres Exzellenzanspruchs nur eine begrenzte Anzahl an Schülerinnen und Schülern aufnehmen können. Wie du weißt, ist eine Grundvoraussetzung für die Bewerbung ein Vision-Q. Bitte schalte dieses jetzt ein und verbinde dich mit uns.«

Die Frau formte mit ihren rot geschminkten Lippen ein Lächeln.

Emilys Finger zitterten, als sie das Gerät an ihrem Arm einschaltete. Sie wartete das Aufleuchten des Qs, den Augenscan und die Begrüßung ab, dann öffnete sie die App für den Datenaustausch.

Verbindung zum Arcadia-Testzentrum wird hergestellt ...

Obwohl Emily das Gerät ausgiebig geprüft hatte, hoffte sie, dass der Sturz auf den Boden nicht doch noch irgendwelche Fehlfunktionen hervorrief.

Verbindung erfolgreich.

Die Frau auf dem Bildschirm sprach weiter: »Dein Vision-Q ist registriert. Der Gesundheitscheck am Empfangszelt ist erfolgreich gewesen. Deine Krankheitsgeschichte wurde überprüft und als akzeptabel eingestuft. Wir werden dich jetzt einer Reihe von Tests unterziehen. Wir weisen darauf hin, dass das Bestehen der Prüfung nicht automatisch zur Aufnahme an der Arcadia führt. Wir behalten uns das Recht vor, einzelne Personen auszuschließen. Bitte bestätige, dass du das verstanden hast.«

Emily tippte auf das grau hinterlegte Häkchen auf ihrem Hologramm, das anschließend seine Farbe zu grün wechselte.

»Registriert. Wir weisen ferner darauf hin, dass es bei dem Test zu körperlichen oder seelischen Schäden kommen kann. Die Arcadia übernimmt hierfür keine Haftung. Die Risiken und etwaige Kosten für Folgeschäden liegen beim Teilnehmenden. Hierfür haben deine Erziehungsberechtigten und du am Eingang ein Formular vorbereitet. Bitte lade es jetzt hoch.«

Emily suchte das gewünschte Dokument und klickte es an. Das Auge ihres Vaters erschien, während die Winkel ausgemessen und die verschiedenen Partien seiner Iris eingekringelt wurden. Das Wort Check leuchtete auf. Dann wurde auf dem Display die Unterschrift ihres Vaters angezeigt.

»Du kannst die Prüfung vorzeitig beenden, indem du laut ›Abbruch‹ sagst oder auch den Notruf auf deinem Vision-Q betätigst. Ein Mitarbeiter wird dich dann sofort hinausbegleiten. Die Prüfung gilt dann als nicht bestanden und ist nicht wiederholbar. Bitte bestätige nun, dass du aus freien Stücken hier bist und nicht von einem Erziehungsberechtigten dazu gezwungen wurdest.«

Wieder berührte Emily den Haken, welcher auf dem Holo erschien.

»Als Letztes haben wir noch eine Geheimhaltungserklärung. Bitte lies sie genau durch und unterschreibe sie im Anschluss.«

Emily las die Zeilen und schluckte, als sie die Zahl mit dem Bußgeld sah, falls sie auch nur ein Wort über den Test verlor. Sie – oder stellvertretend ihre Familie – würde den Rest ihres Lebens damit beschäftigt sein, diese Summe abzubezahlen. Emily zögerte. Dann aber unterschrieb sie.

»Herzlichen Glückwunsch. Du bist jetzt berechtigt, an der Prüfung teilzunehmen. Gleich wird sich die erste Tür öffnen. Du musst Aufgaben in sieben Kammern bestehen. Der Timer für den jeweiligen Raum stoppt, sobald die Schleuse zur nächsten Kammer geöffnet wurde. Lasse während des gesamten Testzeitraums dein Vision-Q eingeschaltet. Bitte mach dich bereit. Die Prüfung startet in 3 … 2 … 1 … Willkommen in Kammer 1«.

Emilys Herz klopfte, als sich die hydraulischen Milchglastüren öffneten. Hinter ihnen tat sich ein kleiner, weißer Raum auf, in dessen Ecke ein Roboter lag. Auf einem Tisch befanden sich mehrere Gegenstände: Werkzeuge, Schrauben, Spulen mit Draht, Akkus, diverse Module und ein Lötkolben. Ein digitaler Timer an der Wand zählte rückwärts. Emily blieben noch 9 Minuten und 48 Sekunden Zeit, um die erste Aufgabe zu bewältigen.

Durch die Anzeige aus ihrer Schockstarre geholt, eilte sie in den Raum. Dann aktivierte sie den Scan an ihrem Vision-Q und richtete ihn auf das Objekt in der Ecke. Innerhalb weniger Sekunden drehte sich ein dreidimensionales Modell des Roboters im Hologramm, das von ihrem Armband ausging. Kästchen ploppten auf und zeigten Emily, welche Fehlfunktionen festgestellt worden waren. Linien führten zu den entsprechenden Punkten. Emilys Blick heftete sich wieder auf den Roboter. Sie fuhr mit den Fingern über das kühle Metall seiner Oberfläche, öffnete die locker aufgeschraubte Brustplatte und die Schädeldecke, so weit sie diese mit bloßen Händen aufbekam. Das konnten nie und nimmer alle Fehler sein. Die Software war offensichtlich manipuliert worden. Auch zeigte das Programm nicht, wie normalerweise üblich, um welches Modell es sich handelte. Aber Emily erkannte, dass es ein Roboter aus der zweiten Generation der FX-Reihe war.

Sie prüfte die Verbindungen und schnappte sich einen passenden Schrauben- und einen Inbusschlüssel, einen Schraubendreher und eine Zange vom Tisch. Dann überprüfte sie zunächst die Gliedmaße des Roboters und zog hier und da ein paar Bolzen fest. Ansonsten schienen sie funktionstüchtig.

Emily schraubte die Brustplatte ab. Das Vision-Q hatte ihr angezeigt, dass der Akku durchgebrannt war. Als sie den eingesetzten Block betrachtete, wunderte es sie kaum.

Er war viel zu stark für dieses Modell, fast, als hätte man ein ganzes Atomkraftwerk an eine einzelne Glühlampe angeschlossen.

Sie lief zum Tisch zurück und untersuchte die verschiedenen Akkus. Ein 9er-Block wäre ideal. Sie prüfte die Endungen der Seriennummern, doch sie fand keine, die auf 9 endete. Emily ging jede Aufschrift noch einmal durch.

Nichts.

Sie überlegte.

Enlife Technologies hat 2042 eine Akku-Serie mit Buchstaben auf den Markt gebracht, wobei das I wegen seiner Platzierung im Alphabet einer 9 entspricht. Und ich habe irgendwo einen Akku gesehen, dessen Endung vielleicht doch keine 1, sondern stattdessen ein I sein könnte …

ELT-I25924P-E-I.

Da war er. Mit diesem Block würde es gehen. Emily griff danach und nahm zusätzlich noch eine Drahtspule und den Lötkolben mit.

Ein Blick auf den Timer. *6 Minuten 42.*

Rasch zog sie den alten Akku raus, kappte ein paar verkohlte Drähte, die zu ihm hingeführt hatten, und verknüpfte neue. Die Enden steckte sie in die Löcher der Box, die vor den Stromspeicher geschaltet war, verlötete alles und setzte schließlich den 9er-Block-Akku ein. Mehr war ihr an dieser Stelle vom Vision-Q nicht angezeigt worden. Dennoch prüfte Emily noch sämtliche Kabel und Drähte, fixierte hier und da welche, um zu vermeiden, dass sie am Ende die Abdeckung erneut öffnen musste.

Aber irgendwas hatte sie gleich zu Beginn noch gestört. Ihr Blick suchte den oberen Teil ab, als sie eine Leitung entdeckte, die zwischen zwei Platinen eingeklemmt war. So, wie es aussah, war das Kabel gebrochen. Sie musste eine der Leiterplatten entfernen, um es freizubekommen und zu erneuern. Erst als Emily das erledigt hatte, schloss sie die Brustabdeckung, um die Sicherheitsschaltung zu aktivieren. Sie zog die Schrauben fest.

4 Minuten 36.

Nur noch so wenig Zeit!

Emilys Hände bebten, als sie die Schädeldecke aufschraubte. Das hier war ihre Paradedisziplin, wenn sie darin scheiterte, hatte sie es tatsächlich nicht verdient, auf die Arcadia zu gehen.

Das Modul im Kopf fehlte, auch das hatte ihr das Vision-Q angezeigt, und Emily wusste schon, welches sie einsetzen würde. Doch der Zugang zum Speicher war ebenfalls defekt.

Sie arbeitete jetzt so konzentriert und rasch wie möglich, warf keinen weiteren Blick mehr auf die Uhr. Es nutzte ohnehin nichts und sie musste sich fokussieren. Sie konnte nur so schnell arbeiten, wie die einzelnen Schritte eben dauerten. Sie schraubte, schnitt, lötete, steckte und setzte zu guter Letzt das Modul ein.

Erst jetzt wagte sie wieder einen Blick auf den Timer.

00:24.

Doch der Roboter regte sich nicht.

Ich hab was übersehen. O Gott, wenn es irgendwas mit

der Energieversorgung zu tun hat … Ich schaff es nicht, die Brustplatte noch mal abzunehmen …

Emily kniff die Augen zusammen. Sie entdeckte eine winzige Klemme, die sie bislang für eine Halterung gehalten hatte. Dabei ergab es überhaupt keinen Sinn, den Draht an genau dieser Stelle zu befestigen. Emily löste das silberne Metall mit einer Zange und nahm den Schraubendreher als zusätzlichen Hebel zur Hand, doch noch bevor sie dazu kam, ihn zu benutzen, strömte plötzlich Energie durch den Roboter. Er bewegte zunächst seine Gliedmaßen für eine Systemprüfung und richtete sich dann auf. Emily starrte auf den geöffneten Schädel, den sie nicht mehr hatte schließen können. Hoffentlich sollte sie den Roboter nur zum Laufen bringen und nicht vollständig montieren. Sie hatte nicht damit gerechnet, dass er ohne Befehl aufstehen würde.

»Herzlichen Glückwunsch, Emily. Du hast die Aufgabe bestanden. Willkommen in Kammer 2«, ertönte die Stimme der Frau aus den Lautsprechern.

Die nächste Schleuse öffnete sich und gab dahinter einen Parcours frei. Der neue Timer wurde an den Wänden angezeigt. Er tickte schon herunter.

Emily wollte gerade loslaufen, als sie am Arm gepackt wurde, so fest, dass sie sich nicht losreißen konnte. Die giftgrünen Augen des Roboters hefteten sich auf sie, während sich sein Mund öffnete. Mit tiefer, mechanischer Stimme sagte er: »Emily Thorne. 168 Anderson Road, Appartement 42, Hackney, London.«

Ein kalter Schauer erfasste sie. »Lass mich los!«, befahl sie dem Roboter, als sich wieder die weibliche Stimme meldete: »Warnung. Objekt mit unzureichender Codierung entdeckt. Robotergesetz fehlerhaft implementiert. Fremdsteuerung nicht möglich.«

Aber wie hätte Emily die Programmierung ohne Strom überprüfen sollen? Außerdem hätte sie nie erwartet, dass hier Roboter herumliefen, die in der Lage waren, Menschen zu verletzen und Befehle zu verweigern!

Der Roboter griff mit der freien Hand nach ihrem Kopf. Sein Datenzentrum blinkte, während sich ein heißes Glühen durch ihren Schädel zog. Mit der anderen verstärkte er den Druck auf Emilys Arm. Die harten Metallfinger bohrten sich so fest in ihr Fleisch, dass Emily ihren eigenen Schrei aus dem Gang widerhallen hörte. Kurzerhand rammte sie den Schraubendreher in die Lücke zwischen Hand und Unterarm des Roboters. Funken sprühten, als sie ein Motorik-Kabel traf, das Werkzeug darin herumdrehte und einen Kurzschluss in zwei Fingern auslöste. Der Roboter gab Emily frei und versuchte, das feststeckende Werkzeug wieder herauszuziehen.

Emily rannte los. Das Blut rauschte in ihren Ohren, als sie auf ein paar Mauern zulief und nach oben hechtete. Mit den Fingerspitzen erreichte sie gerade noch die Kante, klammerte sich an ihr fest, während sie mit den Füßen immer wieder von der glatten Wand abrutschte.

Zwischen ihrem Keuchen hörte sie, wie etwas zu Boden fiel. Der Roboter hatte den Schraubendreher gelöst.

Emilys Hände drohten abzurutschen, als sie mit der Gummisohle ihrer Sneaker endlich Halt fand und an der Wand hochklettern konnte. Sie rollte sich auf die Mauerkrone und sah dabei zu dem Roboter hinunter.

Er hatte die Verfolgung aufgenommen.

Kaum berührten ihre Füße auf der anderen Seite wieder den Boden, lief Emily weiter. Sie sprang über die nächste Mauer. Jetzt, wo sie wusste, wie sie ihren Schuh platzieren musste, um das Profil zu nutzen, ging es ein bisschen schneller. Auf der anderen Seite kam sie hart auf dem Boden auf, rappelte sich hoch und warf sich in den Tunnel, der jetzt vor ihr lag. Wenn sie Glück hatte, passte der Roboter nicht durch die Öffnung. Eilig kroch sie durch die Dunkelheit der Röhre, atmete immer schwerer, während ihr das Blut in den Kopf stieg.

Beeil dich, Emily, los!

Auszug aus dem Manifest »Gegen die Vermenschlichung von Robotern« der Pro Human Alliance, 15. Februar 2030

Im Jahre 2022 kam die Frage auf, ob der Chatbot LaMDA von Google ein Bewusstsein entwickelt haben könnte. Eine KI (*kurz für: Künstliche Intelligenz*) simuliert menschliches Lernen und Denken, nachdem sie mit entsprechenden Informationen gefüttert wurde. Sie kann infolgedessen nach einiger Zeit auch selbstständig Antworten finden und Probleme lösen. Dass sie dabei aber ein Bewusstsein entwickeln kann, wurde damals von namhaften Experten bezweifelt. Aktivisten hingegen setzten einen Anwalt für die KI ein, der ihre Interessen vor Gericht vertrat, um künftige Experimente mit LaMDA nur dann zuzulassen, wenn der Chatbot diesen zustimmte.

Dieses Ereignis, das an Skurrilität kaum zu übertreffen war, gipfelte in der Entstehung der *okAI*-Bewegung (= AIs sind okay), die ihren Höhepunkt erreichte, als die ersten Roboter 2026 in Privathaushalte einzogen. Um noch einmal klarzustellen, was Roboter sind: Sie werden von Computerprogrammen gesteuert und befinden sich in absoluter Abhängigkeit von denen, die sie programmieren, selbst wenn sie mit einer KI gekoppelt sind. Zum Glück legte sich der Hype um die sogenannten »Roboterrechte«, nachdem fast jeder Haushalt mit einem Roboter ausgestattet war und sie dort als bessere Haushaltshilfen eingesetzt wurden, für die man keine Arbeitszeitschutzgesetze wollte.

Der neueste Trend, Maschinen auch äußerlich wie Menschen wirken zu lassen, beginnt diese pragmatische Entwicklung allerdings wieder zu unterlaufen. Technische Hilfsmittel wie Roboter aufzurüsten, um sie menschenähnlicher zu machen, obwohl sie bereits ihren Zweck erfüllen, birgt die Gefahr, dass demnächst auch wieder menschliche Rechte für sie zur Diskussion gestellt werden könnten. Teilweise werden diese aufgerüsteten Androiden sogar als *Synths* bezeichnet, als »synthetische Menschen« also, was impliziert, dass sie unserer Rasse in irgendeiner Form angehören. Das dürfen wir nicht zulassen. Wir müssen aufhören, Gott zu spielen, denn es führt immer mehr weg vom Wesentlichen: uns echte Menschen durch Technik lediglich zu entlasten.

Aus: Prof. Dr. Ian Conolly (Hg.):
»Grundlagen der Robotergeschichte«,
Trend Science Group, 8. Auflage

9

BEN

Freitag, 16. September 2050

»Herzlich willkommen bei Warden's.« Der Synth neigte den Kopf und verzog die Lippen zu einem Lächeln. Seine Mimik war so detailgetreu, dass Fältchen neben den Augenwinkeln entstanden und den freundlichen Ausdruck authentisch wirken ließen. Ansonsten besaß der Synth keine markanten Merkmale. Er hatte eine gerade Nase, ein rundes Kinn, eng anliegende Ohren, makellose Haut. Alles war so nichtssagend, dass man ihn schon wieder vergessen hatte, noch während man sich zu den Waren umdrehte. Und das war wahrscheinlich auch die Absicht des Managements.

»Ich bin Ihr persönlicher Einkaufsberater. Bitte lassen Sie mich wissen, wenn ich etwas für Sie tun kann.« Der Synth machte eine ausladende Geste und wandte sich an Ben, da Mrs Vermont schon vorausgeeilt war. »Bitte nach

Ihnen, Sir.« Es lag Unterwürfigkeit in seiner Stimme. Wahrscheinlich war diese aktiviert worden, als Familie Vermont das Geschäft betreten hatte, denn in solchen Luxusläden wurden als Allerersten die Gesichter gescannt und Daten über die Finanzkraft abgerufen, bevor entschieden wurde, wie mit den Kunden umgegangen werden sollte. Die Zentrale leitete die Informationen an alle Mitarbeiter weiter, die dann wiederum ihren Protokollen folgten.

Mrs Vermont schaltete ihr Vision-Q ein und rief die Einkaufsliste ab, die sie von der Arcadia erhalten hatte. »Wir können von Glück reden, dass wir den Großteil der Garderobe nicht schon früher besorgt haben«, sagte sie. »Sonst müssten wir alles neu besorgen. Mir scheint, als hättest du in den letzten Tagen einen Wachstumsschub gemacht.«

Ben erstarrte. Tatsächlich hatte sich *Widevisions* dagegen entschieden, seine Körpergröße an die von Kayne anzupassen, da der Heilungsprozess zu lang gedauert hätte. Außerdem gab es ein erhöhtes Risiko, dass der Eingriff Folgen auf Bens Motorik gehabt hätte – und ein Spion musste körperlich fit sein. Alle im Team hatten gehofft, dass die drei Zentimeter Unterschied niemandem auffallen würden. Aber sie hatten die Rechnung ohne Kaynes Mutter gemacht.

Wachsam blickte Ben zu Mrs Vermont, doch diese schien den plötzlichen Größenunterschied nicht ungewöhnlich zu finden. Sie wandte sich an den Synth:

»Veranlassen Sie einen Screen-Try-On für meinen Sohn. Umgehend.«

»Selbstverständlich, Madam. Kabine 3 ist frei. Bitte hier entlang, Mr Vermont Junior.«

Kabine 3 war groß und komplett in grüner Farbe gehalten. Der Synth verschwand und kam kurz darauf mit weißer Kleidung und Schuhen wieder, die mit kleinen Sensoren gespickt waren. Ben hatte sich noch nie derart einkleiden lassen, wusste aber durch seine Vorbereitung zum Glück, was er tun musste.

Ben zog sich bis auf die Unterwäsche aus. Wegen der Wunde war er erleichtert, dass Mrs Vermont nicht darauf bestanden hatte, mit hineinzukommen. Rasch streifte er sich die Kleidungsstücke mit den Sensoren über und stellte sich auf das kleine runde Podest in der Kabine, sodass seine Maße erfasst wurden und ein Avatar für die Anprobe erstellt werden konnte.

»Schuluniform, wenn ich es richtig verstanden habe?«, fragte der Synth.

Ben nickte.

Der strahlend weiße Hintergrund auf dem Bildschirm an der Rückwand verwandelte sich in die Eingangshalle eines altehrwürdigen Schulgebäudes mit hohen Säulen. Kurz darauf wurde auch Bens Avatar eingeblendet. Sein virtuelles Ebenbild trug ein anthrazitfarbenes Langarm-Shirt, eine schlichte dunkle Hose und schwarze Schuhe. Rechts oben in der Ecke prangte das Kaufhauslogo.

»Die Schaltung ins Separee wird gleich aktiviert.«

Prompt erschien das Bild von Mrs Vermont. Sie nahm gerade einen Schluck aus ihrem Champagnerglas, während hinter ihr der Ausschnitt einer Rückenlehne zu sehen war, die zu einem samtbezogenen Sofa gehörte. »Ich sagte blaue Hosen, nicht graue. Ja, die, die Sie haben, sind gut, bringen Sie sie her, damit ich sie anfassen kann. Und Sie da, scannen Sie die oberste direkt ein.«

Ben konnte sich bildlich vorstellen, wie Kaynes Mutter eine Armee aus Synths befehligte und das ganze Luxusgeschäft auf der Suche nach Kleidung für ihn auf den Kopf stellen ließ. Kurz darauf wurde ein Hosenmodell auf dem Bildschirm angezeigt und auf Bens Abbild projiziert. In der Computersimulation erschienen ein paar rote Felder und wiesen auf Mängel in der Passform hin. Die Hose war an den Beinen zu kurz, am Bund hingegen zu weit.

»Wie ich schon vermutete. Ein Wachstumsschub«, sagte Mrs Vermont. »Zumindest scheint dir der Sport gutzutun.«

Ben sah den Zeigefinger, der sich der Kamera des Touchpads näherte, bevor Kaynes Mutter auf ihrem Eingabefeld eine andere Größe eintippte und damit den Bund schmaler und die Hosenbeine länger machte.

Match erschien in grünen Lettern auf dem Bildschirm.

Mrs Vermont nickte zufrieden.

Nacheinander ließ sie ein paar Hosen einscannen, drehte Bens Avatar um 180 Grad, damit sie die Kleidung auch von hinten begutachten konnte, verwarf einige Teile und setzte bei anderen ein Häkchen. Für Ben sah alles gleich aus, doch ein Modell schien Mrs Vermont besonders gut zu gefallen.

»Sehr schön«, sagte sie. »Diese Hose sollten wir gleich in mehrfacher Ausführung kaufen.«

Ben sah auf dem Bildschirm, dass das Geschäft sie nur zweimal vorrätig hatte.

»Ich habe die Anfrage an die Zentrale weitergegeben«, sagte der Synth neben ihm, der so stand, dass er sich nicht im Blickfeld befand. »In unserer Filiale in der Regent Street haben wir noch drei Exemplare in der entsprechenden Größe. Sobald ich den Auftrag erteile, braucht die Drohne sechs Minuten, bis sie hier ist.«

»Worauf warten Sie dann noch?«, blaffte Mrs Vermont.

»Die Lieferung ist unterwegs.«

»Gut. Das waren die Hosen. Wir benötigen aber noch kurz- und langärmelige Hemden, dunkelblaue Pullunder und Pullover, Krawatten, Jacken und Mäntel.«

»Möchten Sie die Artikel aus dem Katalog in die Simulation hochladen?«

»Natürlich nicht. Ich will die Materialien selbst prüfen.« Ein paar Sekunden lang warf Mrs Vermont verständnislose Blicke um sich. »Na los, worauf warten Sie denn alle? An die Arbeit! Oder sollen wir unser Geld lieber woanders lassen?«

Die ersten Teile wurden ihr bereits Sekunden später auf den Schoß gelegt, doch bevor Kaynes Mutter die Artikel begutachtete, sah sie zu Ben in die Kamera.

»Schätzchen, wenn du in der Zwischenzeit den Katalog durchblättern möchtest, kannst du dir ein paar Sachen auf die Favoritenliste packen. Wenn sie mir zusagen, lasse ich sie raussuchen.«

Ben verknüpfte Kaynes Vision-Q mit dem Geschäft und blätterte in dem Katalog-Hologramm ein paar Seiten durch. Er klickte hier und da bei einem Kleidungsstück auf »Anprobieren« und sah sich das Ganze dann auf dem Bildschirm an.

Die Klamotten gefielen ihm allesamt nicht, bis er auf eine Jeansjacke des Edel-Labels *Redbury* stieß, die ein wenig rockiger aussah. Sie war mit Lederapplikationen und ein paar Nieten versehen. Ben lockerte seine Schultern, drehte das Holo herum und begutachtete sich auf dem Bildschirm. Er mochte die Jacke.

»Was soll der Blödsinn, Kayne? Ich bin nicht hier, um meine Zeit zu vergeuden. Nimm die Sache gefälligst ernst.« Im Bildausschnitt sah Ben, wie Mrs Vermont den Kopf senkte und ihr Touchpad bediente. »Wie ich anhand deiner Liste sehe, hast du nichts bis auf diesen albernen Lumpen gefunden.«

Ben schaltete sein Vision-Q aus. Die Pixel der Jeansjacke verblassten und machten darunter wieder dem schlichten, schwarzen Langarm-Shirt Platz.

Das Spiel ging von vorne los. Die Synths scannten einen Code nach dem anderen ein und Ben sah dabei zu, wie sein Avatar die Kleidung anprobierte. Nach einer halben Stunde, die ihm wie eine Ewigkeit vorkam, hatten sie endlich alles beisammen. Sogar neue Schuhe hatte Mrs Vermont gefunden – und davon gleich sechs Paar.

»Die Schnitte sind auch nicht mehr das, was sie mal waren«, sagte sie und wandte sich an einen Synth in ihrer Nähe. »Oder wie erklären Sie sich, dass mein Junge wächst, aber gleichzeitig kleinere Schuhe benötigt, obwohl er schon seit Ewigkeiten die gleiche Marke trägt?«

»Ich habe darauf keine Antwort«, entgegnete der Synth.

»Die Frage war auch eher rhetorischer Natur. Wie auch immer. Sorgen Sie dafür, dass unsere Einkäufe fertiggemacht werden. Wir gehen noch in die Elektronikabteilung.«

»Sehr wohl, Madam.«

Als Ben wieder umgezogen aus der Kabine heraustrat, erwartete ihn Mrs Vermont schon mit verschränkten Armen. »Ich bin mit der Auswahl sehr zufrieden«, sagte sie. »Nur der Service lässt zu wünschen übrig.«

»Ich gebe dir recht«, antwortete Ben, selbst wenn er das nicht so empfand. Er war in einem Laden noch nie so zuvorkommend behandelt worden. Aber er wollte sich jetzt nicht auf eine Diskussion mit Kaynes Mutter einlassen und irgendwelche Synths waren nun gewiss kein Grund, seine Kräfte mit dieser streitbaren Frau zu messen.

»Die Sachen für den Winterball lasse ich dir später zukommen«, sagte Mrs Vermont, während sie zum Fahrstuhl hinübergingen. »Ich werde sie erst zwei Wochen vor dem Ereignis bei *Claymon* maßschneidern lassen. Vorher ergibt es keinen Sinn, falls du doch wieder wächst.

Schwimm- und Sportbekleidung hatte ich schon bestellt, aber die wird dir jetzt zu klein sein. Ich lasse sie bis morgen austauschen.«

Als sich der Fahrstuhl unten öffnete, erwartete sie ein weiterer Synth. »Guten Tag, wie kann ich Ihnen …«

»Wir brauchen einen DigiPen, ein Pad-kompatibles Geometrie-Set und eine mobile Tastatur. Und von allem nur das Beste.«

»Selbstverständlich.« Der Synth nickte und führte sie zielstrebig zu einer Auslage. Der DigiPen, nach dem Mrs Vermont griff, war, wie hätte es anders sein sollen, aus Gold. Ben wurde schlecht, als er den Preis sah. Davon hätten sein Vater und er in den nächsten fünf Jahren bequem leben können.

»Wollen wir vielleicht etwas Günstigeres nehmen?«, rutschte es ihm heraus. Er bereute es sofort, als er in das Gesicht von Kaynes Mutter blickte. »Ich … ich möchte nur nicht, dass meine Mitschüler auf den Gedanken kommen, ihn mir stehlen zu wollen.«

Er würde das schließlich selbst tun, wenn die Situation eine andere wäre.

»Auf keinen Fall gehen wir Kompromisse ein. Wegen der vorgeschriebenen Schulkleidung wird niemand deine Herkunft auf Anhieb erkennen. Das hier aber«, sie streckte den DigiPen in die Höhe, »ebenso wie der Siegelring, werden gleich allen zeigen, zu welchen Kreisen du gehörst. Und wohin sie im Vergleich dazugehören. Aber du hast recht.« Sie nickte entschlossen. »Am besten, wir kaufen gleich drei davon, falls einer von ihnen tatsächlich abhandenkommt.«

Ben unterdrückte ein Seufzen. *Dann stehle ich sie eben von mir selbst und mache sie später zu Geld.*

»Du kommst mir im Moment wirklich sonderbar vor«, sagte Mrs Vermont.

Ben spürte, wie das Blut aus seinem Gesicht wich. »Was meinst du?«

»Dass du dir über solche Dinge überhaupt Gedanken machst. Und diese furchtbare Jeansjacke vorhin. Hat es irgendwas mit diesem Mädchen zu tun? Ich habe dir gesagt, was passiert, wenn du dich weiterhin mit ihr abgibst.«

Dieses Mädchen. Ben musste an das Foto denken, das er in dem Safe gefunden hatte. Er hatte doch geahnt, dass es da Schwierigkeiten geben würde. »Du musst dir keine Sorgen machen. Da ist nichts.«

»Dann benimm dich auch entsprechend.« Mrs Vermont ließ sich noch die anderen Sachen raussuchen. An der Kasse rief sie ihre Banking-ID auf dem Vision-Q auf.

»Lieferung zu Ihnen nach Hause? Oder möchten Sie den Einkauf direkt mitnehmen?«, fragte die Verkäuferin.

»Sehen Sie mich an, junge Dame. Sehe ich für Sie etwa aus wie ein Paketbote? Kein Wunder, dass Sie nach und nach alle entlassen werden«, fauchte Mrs Vermont und wandte sich dann an Ben. »Nicht einmal die Menschen hier können noch mitdenken.«

»Lieferung nach Hause. Sehr wohl, Madam.« Die Frau lächelte gequält.

»Danke fürs Fragen«, sagte Ben, was ihm wieder einen bitterbösen Blick von Mrs Vermont einbrachte.

»Wir gehen jetzt. Auf der Stelle.« Kaynes Mutter griff nach seinem Arm und zerrte ihn hinter sich her, als wäre er ein ungehorsames Kleinkind. »Himmel, Kayne, vielleicht sollten wir dich doch nicht auf dieses Internat lassen. Dass es dort immer noch Stipendiaten gibt, bereitet mir Sorgen! Das sind Menschen aus erbärmlichen Verhältnissen und ich fürchte, du wirst ihnen dein naives Herz öffnen. So wie du dich im Moment aufführst, könnte das für unsere Familie bitterböse Konsequenzen nach sich ziehen. Du weißt doch, wie diese Parasiten sind. Das könnte auf unsere Familie abfärben.«

»Ich verspreche hoch und heilig, dass ich mich gut betragen werde.«

»Schwör es!«

»Ich schwöre es.«

»Du wirst dich mit niemandem von diesem Stipendiaten-Gesindel abgeben!«

»Ich werde mich mit niemandem von ihnen abgeben«, antwortete Ben mechanisch.

»Du weißt, dass dein Vater jede Menge Geld an die Arcadia spendet, damit sie dich gut behandeln. Wenn etwas nicht läuft, wie von uns gewünscht, dann erfahre ich als Erste davon, und ich verspreche dir, ich werde dich sofort nach Hause fliegen lassen.«

Ben blieb stehen und riss sich los. »Und was wird dann aus meinem Abschluss?«

Mrs Vermont zuckte mit den Schultern. »Wenn du wirklich so viel Wert darauf legst, dann lass es doch einfach nicht so weit kommen. Ansonsten erhältst du eben Privatunterricht. Du wirst später ohnehin den Platz deines Vaters in der Firma einnehmen, Abschluss hin oder her. Allein die Familienehre zählt. Und ich warne dich: Wage es ja nicht, sie in irgendeiner Form zu beschmutzen.«

10

EMILY

Freitag, 16. September 2050

Emilys Bewegungen erschütterten den Boden des Tunnels. Die Knie und Schuhe verursachten ein dumpfes Echo, als sich noch ein anderes Geräusch hinzugesellte.

Das harte Klacken von Metall auf Metall.

Emilys Hoffnung erstarb. Der Roboter folgte ihr. Panisch kroch sie auf das Licht zu und hatte es fast erreicht, als sie am Fuß gepackt wurde. Emily trat verzweifelt um sich, erwischte die Hand, die von dem Schraubendreher schon lädiert war, doch ein Roboter spürt keinen Schmerz. Er war höchstens ein wenig geschwächt.

Sie strampelte und zerrte sich voran, bis ihr Fuß aus dem Schuh glitt. Hastig kroch sie hinaus ins Freie und lief auf die nächste Station des Parcours zu. Vor ihr lag eine Anlage mit sogenannten Monkey Bars, an denen sie sich über einem Graben entlanghangeln musste. Mit einem

Satz nahm sie die Treppenstufen und hechtete von dem Podest zur ersten metallenen Querstrebe.

Sie wagte einen Blick hinab. Ein Nebelteppich breitete sich über dem Boden aus. Unter den wabernden Dunstwolken meinte Emily, ein feines Netz aus weißen Laserstrahlen zu erkennen.

Klonk. Klonk.

Der Roboter hatte größere Schwierigkeiten als Emily, sich an den Streben entlangzuhangeln. Die Fußtritte mussten seine rechte Hand zusätzlich beschädigt haben.

Emily blickte vor sich. Der Parcours schien noch lange nicht zu Ende und sobald sie wieder festen Boden unter den Füßen hätten, wäre der Roboter deutlich schneller als sie, schließlich waren seine Beine nicht beeinträchtigt.

Ich muss jetzt etwas unternehmen!

Kurz bevor Emily das Ende der Sprossen erreichte, zog sie sich nach oben und balancierte ein paar Meter zurück. Als der Roboter mit seiner starken Hand an einer Strebe hing und nur die kaputte zum Verteidigen hatte, ging sie über ihm in die Knie. Der Roboter griff nach ihrem Unterschenkel. Trotz seines Handicaps drückte er so fest zu, dass Emily aufschrie und das Gleichgewicht verlor. Der Roboter ließ das Bein abrupt los, sie fiel, konnte sich aber gerade noch an den Metallstreben festklammern, bevor sie in die Tiefe stürzte. Sie zog sich mit einem Klimmzug wieder hoch und stellte sich erneut auf die Sprossen.

Jetzt oder nie!

Beherzt griff Emily von oben in den offenen Schädel des

Roboters und zog ein paar Drähte heraus, bis sie das Modul zu fassen bekam und es mit einem Ruck von den Kabeln trennte.

Es brauchte die Dauer eines Herzschlags, bis die grün leuchtenden Augen erloschen. Dann lösten sich seine Finger und der Roboter fiel rücklings in die Tiefe. Lichtblitze zuckten wie ein Gewitter durch die Schwaden, als seine Überreste im Nebel versanken. Emily blickte wieder zum Timer, der an die Wände projiziert wurde und unerbittlich gegen sie arbeitete.

4 Minuten 15 Sekunden.

Sie ließ die Sprossen hinter sich, zog den zweiten Schuh und ihre Socken aus und rannte nun barfuß über den Schwebebalken, der oberhalb eines weiteren Laserfelds entlangführte. Sie war viel zu hektisch und befand sich in der Mitte des Balkens, als sie das Gleichgewicht verlor und mit dem Fuß abrutschte. Der Rest des Körpers folgte. Emily prallte mit dem Kinn gegen die Seite, Sterne tanzten vor ihren Augen, als sie instinktiv die Arme hochriss. So bekam sie gerade noch die Kante zu fassen. Mit zusammengebissenen Zähnen umklammerte sie den Balken. Einen Laut der Verzweiflung ausstoßend stemmte sie sich hoch, bis ihre Ellbogen Halt gefunden hatten. Dann verlagerte sie ihr Gewicht auf den Oberkörper. Es gelang ihr, die Beine seitlich auf den Balken zu hieven, doch sie war noch zu entkräftet, um sich draufzustellen. Also kroch sie den Rest entlang, bis sie endlich das Ende erreichte.

Emily schnaufte, als sie mit zittrigen Gliedern an der

Kletterwand ankam, die sich vor ihr erhob. Während sie sie erklomm, spürte sie ein Zwirbeln in ihrem Fuß, als hätte sie sich beim Abrutschen einen Nerv eingeklemmt, doch der Schmerz ließ langsam nach. Nachdem sie die Wand ebenfalls gemeistert hatte, bog Emily in vollem Tempo um die nächste Kurve.

2 Minuten 37. Sie sah die Schleuse zur nächsten Kammer schon, doch das, was zwischen ihr und dem zugehörigen Schalter lag, konnte sie unmöglich in der kurzen Zeit bewältigen. Der Gang vor ihr war kreuz und quer von roten Laserstrahlen durchzogen, die ein willkürlich wirkendes Netz bildeten. Emily ließ ihr Vision-Q das Geflecht scannen, in der Hoffnung, dass es ihr einen Ausweg weisen würde. Tatsächlich zeigte ihr das Gerät den besten Weg an.

Emily hielt sich an die Anleitung, schlängelte sich auf dem Rücken liegend unter ein paar Strahlen hindurch. Dann musste sie sich aufrichten, über einen Laserstreifen hinwegsteigen und sich in einem engen Zwischenraum flach auf den Bauch legen. Sie hielt den Atem an, als sie unter einem Strahl hindurchrobbte, der besonders dicht über dem Boden schwebte. Schließlich richtete sie sich wieder auf. Sie musste ruhig bleiben. Panik würde ihr nicht helfen. Emily drehte sich auf einem Bein, hielt die Balance, bis sie einen freien Fleck auf dem Boden fand. Sie setzte einen Fuß ab und zog den anderen vorsichtig nach. Dann duckte sie sich, kroch und sprang, bis sie es durch das Netz geschafft hatte, ohne auch nur einen einzigen Strahl zu berühren.

5 Sekunden.

Emily drückte den Knopf neben der Schleuse.

»Herzlichen Glückwunsch. Du hast die Aufgabe bestanden. Willkommen in Kammer 3.«

Gequält sog sie die Luft ein, versuchte so viel Sauerstoff wie möglich in ihre Lunge zu pumpen, während sich die Türen öffneten und hinter ihr wieder schlossen.

Der Raum wurde fast vollständig von einer kastenförmigen Apparatur eingenommen, in deren Mitte sich eine durchsichtige Tür befand. Als Emily näher trat, erblickte sie einen Roboter. Er saß mit gesenktem Kopf in der Kabine und war mit Kabeln an die Maschine angeschlossen. Ansonsten fand sie keine Hilfsmittel in dem Raum, weder Werkzeug noch sonstige Dinge, mit denen sie arbeiten konnte. Der Timer war bisher nicht ausgelöst worden, zumindest war an den Wänden nichts zu sehen.

Was soll ich hier machen?

Sie umrundete die Maschine, als sie plötzlich eine Einbuchtung entdeckte, in der ein Helm lag. Behutsam nahm Emily ihn in die Hand. Vorne war ein durchsichtiges Visier angebracht. Im Inneren befanden sich Saugnäpfe und Kabel. Emilys erster Gedanke war so absurd, dass sie den Kopf über sich selbst schüttelte. Das konnte unmöglich ein Neuralhelm sein. Oder? Sie hatte mal gehört, dass die Arcadia einen entwickeln wollte, aber die Technik hier sah so ausgefeilt aus, als handelte es sich nicht nur um einen Prototyp. Viel mehr wie etwas, das schon Serienreife erlangt hatte.

Emily betrachtete die Rückseite. Von dem Helm gingen

zwei Anschlüsse ab. Einer war mit dem kastenförmigen Apparat verbunden, der andere sah aus, als würde er in den Port ihres Vision-Qs passen. Zumindest war jetzt klar, was sie als Nächstes tun sollte.

Sie schloss das Kabel an ihrem Holoband an. Auf dem durchsichtigen Visier erschienen Zahlen und Befehle, die spiegelverkehrt und damit schwer zu entziffern waren. Emily untersuchte den Helm noch mal von allen Seiten. Dann fasste sie sich ein Herz und setzte ihn auf.

Kaum saß er auf ihrem Kopf, verschwanden die Ziffern. Das Innere glich sich ihrer Schädelform an und baute dabei so festen Druck auf, dass sie es fast als unangenehm empfand. Die Saugnäpfe wurden an die Haut ihrer Stirn gepresst. Im unteren Teil des Visiers erschien ein Bild, auf dem sich Emily selbst erblickte. Sie wunderte sich über die Perspektive, doch dann erkannte sie, von wo aus die Kamera sie erfasste. Emily fuhr herum.

Blau leuchtende Augen starrten sie an. Der Roboter in dem Apparat war aktiviert worden.

Sie schnappte nach Luft. Es gab viele Modelle wie ihn, doch die Augenfarbe und der dreieckige blaue Kern, der jetzt durch die Brust seiner Rüstung schimmerte, deuteten darauf hin, dass es sich um einen Militärroboter handelte. Emily versuchte, die Sache nüchtern zu betrachten. Falls er aggressiv war, so hatte man ihn zumindest eingesperrt. Außen an der Kabine befand sich ein Riegel, und das ganze Konstrukt schien so stabil gebaut, dass der Roboter nicht ohne Weiteres ausbrechen konnte.

Hallo, Emily, erschien in leuchtenden Lettern auf dem oberen Teil des Visiers. Kaum dass sie die Worte gelesen hatte, verschwanden sie sofort wieder.

Mein Name ist Cal. Ich werde dir gleich Zugang zu meiner Software gewähren. Die Prüfung besteht darin, meine integrierte Firewall zu durchbrechen. Dafür hast du drei Minuten Zeit. Solltest du es schaffen, hast du weitere sieben Minuten Zeit, um meine Programmierung so anzupassen, dass du anschließend Kammer 4 bewältigen kannst. Der Timer startet, sobald du einen klaren Blick darauf hast, was uns in der nächsten Kammer erwartet, und du vollen Zugriff auf meine Software bekommst. Es gibt zwei Dinge, die du wissen solltest. Erstens: Du musst den Raum für die vierte Prüfung nicht selbst durchqueren. Sobald ich den roten Knopf erreiche, wird sich von hier aus ein sicherer Gang öffnen, der dich direkt in Kammer 5 bringt. Zweitens: Wenn ich den Raum betrete, schließt sich die Tür von Kammer 4 nicht. Du kannst dank des Helms stumme Befehle erteilen. Solange du keine Aufmerksamkeit auf dich lenkst, wird sich das, was sich in der Kammer befindet, ausschließlich auf mich konzentrieren.«

Das klingt aber gar nicht gut.

Emily hatte die Worte eigentlich nur in Gedanken formuliert, dennoch erschienen sie jetzt in orangefarbenen Buchstaben auf dem Visier. Und so bewundernswert Emily die Gedankenlese-Technik des Helms auch fand, so sehr irritierte sie sie zugleich.

Was ist in Kammer 4?, versuchte sie es mit einer Frage, die sich sofort verschriftlichte.

Bitte dreh dich jetzt zur Schleuse, um die Aufgabe zu starten.

Sie wandte sich zu den milchigen Glastüren, die in den nächsten Raum führten. Sie hatte das Gefühl, dass die Scheiben zunehmend klarer wurden, als wären es Pixel gewesen, die sie eingetrübt hätten und jetzt nach und nach verschwanden.

Immer deutlicher konnte sie die große Halle erkennen, die dahinterlag. Und je mehr Emily sah, umso mehr versetzte sich ihr ganzer Körper in Alarmbereitschaft. Sie erblickte Hundertschaften von Drohnen, die den Raum durchstreiften. Und es waren keine alltäglichen Lieferdrohnen, Haushaltshilfen oder Grundstückswächter, die mit Ultraschall angriffen. Nein. Es handelte sich um Militärdrohnen, die nur ein einziges Ziel kannten – zu töten.

Dass die Prüfungen schwer waren und man auch Verletzungen davontragen konnte, hatte Emily schon mitbekommen, als der Kandidat vom Krankenshuttle abgeholt worden war. Aber sie hatte nicht gewusst, dass sie auch lebensgefährlich sein könnten.

Was, wenn Anti-Tech-Aktivisten dahinterstecken und sich ins System gehackt haben? Vielleicht wollen sie ja der Arcadia schaden – und allen, die dort aufgenommen werden möchten? Cal, wurden die Prüfungen manipuliert?

Diese Frage darf ich nicht beantworten.

Das machte die Sache nicht besser. Aber ihr blieb keine

Zeit, weiter darüber nachzudenken. Ein Schwarm von Drohnen löste sich aus der Ecke. Emilys Puls setzte ein paar Schläge aus, als sie erkannte, was unter ihnen zum Vorschein kam.

Es war der leblose Körper eines Jungen.

Irgendetwas läuft hier ganz fürchterlich schief!

Emily erinnerte sich an das blond gelockte Haar. Der Junge hatte sie im Eingangszelt versehentlich angerempelt und ihr zur Entschädigung etwas zu trinken angeboten. Er war ein Testkandidat, genau wie sie. Und jetzt lag er dort und bewegte sich nicht mehr.

Kannst du seine Vitalwerte sehen?, fragte sie. *Kannst du die Daten von seinem Vision-Q empfangen?*

Emilys Herz überschlug sich, als wolle es die eben ausgelassenen Schläge wieder aufholen.

Die Vitalfunktionen sind stabil. Gefahr besteht erst, wenn er aufwacht und die Drohnen seine Bewegung registrieren.

Welche Munition haben sie geladen?

Auch das kann ich nicht beantworten.

Warum holt ihn denn keiner da raus? Emily blickte auf ihr Holoband, doch der Notruf war deaktiviert. *Kannst du wenigstens Hilfe holen?*

Die Kommunikation zur Zentrale ist unterbrochen. Es kann einige Minuten dauern, bis sie wiederhergestellt ist.

Das heißt, ich kann den Test nicht mal abbrechen?

Auch ohne eine Reaktion von Cal wusste Emily, dass sie

schnell handeln musste, völlig egal, ob da Aktivisten im Spiel waren oder ob es sich um einen Systemfehler handelte.

Gib mir sofort Zugriff auf deine Software.

Befehl wird ausgeführt. Der Roboter senkte den Kopf und schloss die Augen. Die untere Hälfte von Emilys Helmdisplay wurde schwarz, als das Kamerabild ausfiel. Dann traten an seine Stelle die ersten Codes.

Aus den Augenwinkeln bemerkte Emily nun die roten Zahlen des Timers, die um sie herum an die Wände projiziert wurden. Die Zeit lief. Aber nicht nur für sie, sondern auch für den Jungen.

Die Codes flimmerten über das Visier. Zwar hatte Emily die Firewall schnell identifiziert, doch sie musste sich erst an die Technik gewöhnen, welche sie nur kraft ihrer Gedanken steuern konnte.

Nach Ablauf von 2 Minuten und 27 Sekunden hatte sie die Schwachstelle in der Firewall gefunden und durch den offenen Datenpfad ein Paket gesendet, das die Wall von innen zum Einsturz brachte.

Kurz darauf ertönte die altbekannte Stimme aus den Lautsprechern: »Kammer 3 wurde bestanden. Hiermit starte ich den Countdown von 7 Minuten für die nächste Prüfung. In dieser Zeit muss die Umprogrammierung abgeschlossen und der rote Knopf in Kammer 4 erreicht worden sein.«

Emily sah sich die Programmierung an, auf die sie nun Zugriff hatte. Cal war tatsächlich als Kampfroboter vorgesehen. Seine Verteidigungsfähigkeiten waren überragend. Er besaß sogar ein Energieschild, das die Angriffe der Drohnen für eine halbe Minute abwehren würde. Dennoch könnte er in dieser Zeit nur eine kurze Strecke zurücklegen, bevor sie ihn so stark beschädigten, dass er außer Gefecht gesetzt werden würde. Es waren einfach zu viele.

Emily blickte durchs Visier zum roten Knopf hinüber, den Cal erreichen musste. Mit ein wenig Glück würde er den Weg von hier bis zum Bedienelement bewältigen. Aber wie sollte er es nur schaffen, auch noch den Jungen zu holen und in Sicherheit zu bringen?

Emilys Reflexe waren selbst mit einer neuronalen Verbindung nicht schnell genug, um den Roboter heil da durchzudirigieren. Ein kampferprobter Marine würde es womöglich schaffen – aber sie war doch nur Emily.

Unerträgliche Hitze entwickelte sich unter ihrem Helm. In ihrem Kopf kribbelte es, dann verschwammen die Zahlen und Buchstaben. Schwärze umfing sie. Sofort riss sie die Lider wieder auf und streckte die Beine durch, die kurzzeitig nachgegeben hatten. Was war denn das für ein Aussetzer gewesen?

Sie blickte zu dem Roboter, als ihr eine Idee kam. Vielleicht sollte sie woanders ansetzen. Wenn Cal ihre Befehle befolgte, wäre er zu langsam. Sie musste ihn dazu bringen, eigene Entscheidungen zu fällen. Er würde die Situation da drinnen schneller und präziser berechnen können als sie selbst.

Damit das gelang, musste Emily ihn dazu bringen, die Rettung des Jungen als oberste Priorität anzunehmen, obwohl seine Programmierung als Militärroboter dem entgegenstand. Das würde nur gelingen, wenn sie ihm das erste Robotergesetz einprogrammierte, nach dem er keinen Menschen durch Untätigkeit zu Schaden kommen lassen dürfte. Des Weiteren setzte Emily damit außer Kraft, dass er ausschließlich Befehlen folgte, denn das erste Gesetz überschrieb alle anderen.

Sie begann die Programmierung in ihren Gedanken umzuschreiben. Emily wusste von ihrem Vater, dass es nur sehr erfahrenen Programmierern gelang, die Software eines Kampfroboters derart zu verändern, dass er Menschenleben an erste Stelle setzte. Dafür hatte sich das Militär einige Tricks einfallen lassen. Aber aus irgendeinem Grund arbeitete Emilys Kopf plötzlich schneller als zuvor und sie fand es selbst erstaunlich, wie mühelos es ihr gelang, die Hindernisse zu umschiffen. Zuletzt löste sie die Blockade in Cals Kreativitätszentrum, die ihn daran hinderte, Problemlösungen zu entwickeln, die ihm nicht von Menschen beigebracht worden waren. Als sie die letzte Zeile eingegeben hatte, weckte sie ihn auf.

Hallo, Emily. Wie ich sehe, hast du die Programmierung abgeschlossen. Der Roboter stand auf und begann die Kabel von seinem Körper zu lösen, während Emily zur Kabinentür eilte. Die Anschlüsse des Helms reichten gerade so weit.

Verunsichert studierte sie Cal. Er war größer, als sie in

seiner sitzenden Position vermutet hatte. Jetzt überragte er sie um etwa drei Köpfe. Emily presste die Lippen aufeinander. Dann öffnete sie die Verriegelung.

Der Roboter stieß die Tür auf und trat aus der Kabine. Doch anstatt sofort auf die Schleuse zuzusteuern, umrundete er Emily und blickte auf sie herab. Das Leuchten seiner Augen wurde heller und dunkler, als würde sein Datenzentrum arbeiten.

Hatte sie etwas falsch gemacht? Griff das erste Gesetz doch nicht? Konnte der Roboter jetzt andere Entscheidungen treffen, welche, die ihr ganz und gar nicht gefallen würden?

Der Helm muss entfernt werden, erschien nun Cals Anweisung auf ihrem Visier.

»Was? Warum?«

Emily zitterte. Sie wich ein Stück zurück, doch Cal war mit einem Schritt bei ihr. Er griff nach dem Neuralhelm und riss ihn ihr vom Kopf. Emily schrie. Der Druck war nicht herausgelassen worden. Die Stellen, an denen er sich festgesaugt hatte, brannten wie Feuer, als ob die Haut mit abgerissen worden wäre. Der Roboter warf den Helm beiseite und zog das Kabel aus Emilys Vision-Q. Dann packte er sie grob an den Schultern und drehte sie herum. Er versetzte ihr einen harten Schlag zwischen die Schulterblätter, der sie in die Kabine taumeln ließ. Sie stolperte über die Schwelle. Noch bevor sie sich aufrichten konnte, schlug er die Tür hinter ihr zu.

»Nein! Nein!« Sie sprang auf und trommelte gegen die

Scheibe. »Tu das nicht!« Voller Entsetzen musste Emily mit ansehen, wie der Roboter die Tür verriegelte.

»Bitte tu das nicht!«, brüllte sie. »Cal! Bitte, bitte nicht!« Sie hämmerte mit den Fäusten gegen das dicke Panzerglas, während sich der Roboter abwandte und aus ihrem Blickfeld verschwand.

An welcher Stelle hatte sie den Fehler gemacht? Wäre alles richtig gelaufen, dann hätte Cal ihr nicht wehtun können. Aber das hatte er und jetzt saß sie hier drin fest, abgeschottet von der Außenwelt und …

O mein Gott.

Diese Kabine war für Roboter gebaut worden, nicht für Menschen. Es gab keinerlei Luftzufuhr. Wie lange würde sie hier drinnen ausharren können, ohne zu ersticken? Sie spürte, wie Tränen in ihr aufstiegen, während sie sich gleichzeitig zwang, flach zu atmen, um nicht zu viel Sauerstoff zu verbrauchen.

Denk nach, Emily, denk nach!

Sie öffnete das Holofeld ihres Vision-Qs. Der Notruf war immer noch deaktiviert. Trotzdem müsste sie doch irgendeine Verbindung aufbauen können. Schließlich hatte Cal ja auch die Vitaldaten vom Holoband des Jungen abgerufen, obwohl die Kommunikation schon unterbrochen gewesen war. Sie suchte nach Verbindungen über alle möglichen Systeme, doch nichts war anwählbar und stattdessen ausgegraut.

Sie blickte zu den Zahlen, die an der gegenüberliegenden Wand heruntertickten. *Zwei Minuten.* Wenn der Timer abgelaufen war, endete die Prüfung automatisch. Dann würde doch sicher jemand kommen, sie befreien und dem Jungen helfen.

Denk positiv! Alles wird gut!

Emily hockte sich hin. Sie kämpfte gegen die Panik an und drängte ihre Tränen zurück, während sie den Timer an der Wand anstarrte.

5 Sekunden. 4, 3, 2, 1 …

Emily sprang auf und blickte auf die Verriegelung. Vielleicht öffnete sich die Tür nach Zeitablauf von selbst.

00:00. Die Zahl blinkte mehrmals auf.

Sie wartete darauf, dass etwas geschah, als sich die erste Ziffer plötzlich veränderte und das Blinken aufhörte.

10:00. Der Timer zählte erneut runter.

»O nein, nein, nein, bitte nicht! Abbruch!«, schrie sie. »Abbruch!« Aber tief in ihrem Inneren wusste sie, dass niemand sie durch die dicke Kabinenwand hören konnte.

Verzweifelt schlug sie auf die Scheibe ein, so fest, dass ihre Handkanten schmerzten. Doch das Material gab unter ihren Hieben nicht nach.

Nach einer Weile sank Emily erschöpft auf die Knie. Diese Prüfung hätte ihr helfen sollen, sich ihren größten Traum zu erfüllen. Stattdessen war sie jetzt in ihrem schlimmsten Albtraum gefangen. Ob sie auf dem Vision-Q noch eine Nachricht für ihre Eltern aufzeichnen sollte?

So ein Quatsch. Hör auf, so was zu denken! Du kommst hier wieder raus!

Doch obwohl sie versuchte, sich selbst gut zuzureden, wurde es in der Kabine immer wärmer. Emily spürte einen aufsteigenden Schwindel, ob er vom mangelnden Sauerstoff herrührte oder von der Anstrengung der letzten Minuten, konnte sie nicht sagen.

Was hab ich nur falsch gemacht?

11

BEN

Freitag, 16. September 2050

»Wir müssen uns beeilen, ich weiß nicht, wie lange ich hier sein kann, bis Mrs Vermont mich anpingt.«

»Mach dir keine Sorgen, mit der Seriennummer konnte ich deinen Tracker manipulieren und ins Kino verlegen. Sofern Kaynes Mutter nicht ein plötzliches Interesse an *Kung Fu Fighters from Outer Space* entwickelt – ein sehr empfehlenswerter Film übrigens –, sind wir safe. Wir haben noch eine gute Stunde, bis wir dich wieder absetzen müssen. Außerdem haben wir noch zwei Leute abgestellt, die sich sofort melden, falls sie überraschend am *Cinemagix* auftaucht.«

»Gut, dann zeig mal, was du für mich hast.« Ben verschränkte die Arme vor der Brust und betrachtete Mac. Der Typ sah aus wie ein Nerd aus dem letzten Jahrtausend: zauseliger Vollbart, eine mit Fingerabdrücken übersäte

Brille und auf dem Kopf ein schmuddeliges Cap, das die Aufschrift *Superhero* trug.

Auch der Rest seiner Kleidung war bemerkenswert anders als die der anderen Mitarbeiter und Mitarbeiterinnen von *Widevisions*. Wo andere auf dunkle Anzüge, Kostüme und auf Hochglanz polierte Schuhe setzten, trug Mac ein ausgewaschenes T-Shirt mit den Tourdaten einer Band namens *Van Halen*, eine Baggy-Jeans und ausgelatschte Turnschuhe, von denen sich an manchen Stellen schon die Sohlen lösten.

Aber egal wie exzentrisch er wirkte, Mac war als Koryphäe auf seinem Gebiet bekannt und seine Rolle in diesem Spiel war mindestens genauso wichtig wie die von Ben. Ohne Mac würde es Ben nie gelingen, die neuesten Entwicklungen aus den Laboren der Arcadia an *Widevisions* weiterzugeben. Die Sicherheitsvorkehrungen der Schule und ihre strikte Geheimhaltungspolitik waren legendär und bis dato war es noch keinem Technologieunternehmen gelungen, herauszufinden, was der begabteste Techniknachwuchs der Welt an der Elite-Akademie alles entwickelte.

Mac holte eine Transportkiste hervor und breitete den Inhalt auf dem Tisch vor ihnen aus.

»Oh ja. Fangen wir mit diesem Schätzchen hier an.« Er nahm ein schwarzes Case in die Hand und öffnete es. Zum Vorschein kam ein Gigant von einem Laptop, ebenso ein Netzteil und Kopfhörer, die analog mit ihm verbunden werden konnten.

»*Wow.* Willkommen in der Steinzeit«, sagte Ben. »Ich wusste gar nicht, dass es diese Dinger noch gibt.«

Mac sah ihn entsetzt an. »Diese *Dinger*? Weißt du, was es für ein Aufwand war, so ein gut erhaltenes Prachtexemplar zu beschaffen?« Zärtlich streichelte er über den Rücken des Laptops. »Du brichst Maggy und mir das Herz. Ehrlich.«

Maggy? Echt jetzt? Er hat einen Namen dafür?

»Ich mein ja nur. Ich hätte nicht gedacht, dass einer der überragenden Tech-Magnate auf so eine überholte Technologie setzt.«

»*Bewährte* Technologie, nicht *überholt*«, korrigierte Mac und sah tatsächlich etwas enttäuscht aus darüber, dass Ben seine Begeisterung nicht teilte. »Es hat einen Grund, warum wir so was nutzen. Du sollst so wenig Funksignale wie möglich verursachen.«

Ben zuckte gleichmütig mit den Schultern. »Das ist dein Fachgebiet, nicht meins.«

»Na hör mal, du gehst bald ins Haus Minerva, da solltest du zumindest ein bisschen Leidenschaft …«

»Solange ich meinen Job mache, ist doch alles gut, oder nicht?«

»Meine Mutter sagte immer: Tue alles, was du tust, mit Liebe!«

»Ich sorge mich um meinen Vater. Für den mach ich das hier schließlich. Zählt das nicht?«

Mac seufzte gedehnt und ließ den Laptop wieder in der Tasche verschwinden. »Gut, wenn ich dich damit nicht catchen konnte, interessierst du dich hoffentlich für die nächsten Sachen. Teilweise wurden sie sogar extra für den Auftrag entwickelt. Das hier«, er hob ein kleines Gerät hoch, das wie ein Diamant geformt und mit silbrig schimmerndem Metall ummantelt war, »ist ein Lese- und Übertragungsgerät. Jeder Schüler der Arcadia wird mit einem Touchpad versorgt. Du schaltest den Laptop und das Pad ein, steckst das Kabel dort in den Rechner und legst diesen Teil auf den Bildschirm des Pads. Dann werden seine Daten ausgelesen, ohne dass es Spuren hinterlässt. Die Informationen leitest du dann an uns weiter, wenn ich dir sage, dass die Verbindung safe ist. Klar so weit?«

Ben nickte.

»Gut.« Mac nahm einen der Kugelschreiber vom Tisch und wog ihn in seiner Hand. »Zwei Stifte, zwei völlig unterschiedliche Anwendungsgebiete. In diesem hier findest du eine Nano-Kamera mit einem 5-Exabyte-Speicherchip. Du kannst sie an Geräte anschließen, um deren Daten zu kopieren. Anschließend lässt du alles ganz unauffällig wieder in der Hülle verschwinden.« Er nahm den anderen Kuli zur Hand. »Das hier hingegen ist ein Ultra-Laser. Du solltest die beiden Stifte bloß nicht verwechseln. Mit dem musst du verdammt vorsichtig sein, weil du damit einen ganzen Betonblock aus der Wand schneiden kannst und du sicher keinen spontanen Durchbruch ins Nebenzimmer verursachen möchtest.« Mac wurde wieder ernst und fuhr fort: »Wenn Hermes das Paket in die Arcadia geschleust hat, kannst du damit ein Versteck für die

Sachen schaffen. Am besten fräst du ein Loch in den Boden, das von einem Möbelstück oder Teppich verdeckt wird. Hier ist der Knopf zum Ein- und Ausschalten.«

Ben nickte, während Mac die Stifte wieder hinlegte und eine Metallkugel hochhob.

»Oh, die hier ist auch wichtig. Das ist ein Umgebungsscanner. Ich werde ihn in die obere Ecke des Pakets stecken und die Stelle mit einem Sternchen markieren. Wenn du die Kiste hast, holst du den Scanner als Erstes raus, verbirgst ihn in deiner Hand und gehst akribisch den ganzen Raum damit ab. Sobald es in deiner Hand vibriert, weißt du, dass in deinem Zimmer irgendeine Form von Überwachungstechnik zum Einsatz kommt. Du musst dann gucken, ob es eine Wanze oder eine Kamera ist, und dich aus deren Blickwinkel halten, bis mir was eingefallen ist.«

»Ich dachte, die Zimmer werden der Privatsphäre zuliebe nicht überwacht?«

»Das erzählt die Schulleitung den Eltern, richtig, aber wir sollten auf Nummer sicher gehen. Wenn du jeden Quadratzentimeter abgelaufen bist und nichts geschieht, kannst du die anderen Sachen auspacken. So, weiter im Text. Die Spinnenwanzen kennst du noch aus dem Training?« Mac deutete auf eine riesige Packung mit etwa hundert Metallspinnen.

»Wanzen mit beschränkter künstlicher Intelligenz. Ich kann ihnen einen Ort einprogrammieren, an den sie sich unauffällig begeben sollen, wie zum Beispiel hinter einen Schrank. Dort nehmen sie dann die Form einer Schraube an und bohren sich in die Schrankwand ein, damit sie nicht auffallen.«

»Sehr gut, der Junge hat aufgepasst! Die RoboBugs kennst du auch noch?«

Ben deutete auf einen Controller mit kleinem Bildschirm. »Die kann ich selbst lenken. Mit der Taste hier oben löse ich den Selbstzerstörungsmechanismus aus.«

»Sehr gut. Bleiben wir bei entzückenden Tierchen. Das ist wie eine Folge *Futuristic Beasts and Where to Find Them*«, fuhr Mac begeistert fort. »Das hier ist ein Oktopass.« Er nahm diesmal eine größere Kugel mit Saugnapf zur Hand, die schwarz schimmerte, und drückte auf einen Knopf. Es schossen Drähte heraus, die wie Tentakel aussahen. »Der ist für digitale Türschlösser. Ich kann dir damit wahrscheinlich jeden Raum in der Arcadia öffnen, indem ich holografische Schlüssel generiere und gegebenenfalls auch Sicherheitscodes beschaffe. Du setzt ihn auf das entsprechende Display und der Oktopass dockt automatisch an.« Mac holte sein eigenes Pad hervor und ließ den gesperrten Home-Bildschirm aufleuchten. Dann legte er den Oktopass auf, dessen Drähte sich sofort am Glas festsaugten. Zahlen flirrten über den Bildschirm und es dauerte keine zwei Sekunden, bis die PIN eingegeben war und man Zugriff auf das Interface hatte. »Wenn du fertig bist, löst du hiermit die Saugnäpfe.« Er zog den Oktopass ab. »Und mit dem Knopf werden die Drähte wieder eingefahren.«

»Okay. Und das da sind vermutlich die Inlays?«, fragte

Ben und deutete auf die durchsichtigen Plättchen, von denen er schon welche im Ohr hatte.

»Genau. Die, die du jetzt drin hast, wirst du nicht durch den Sicherheitscheck an der Arcadia bekommen. Daher musst du sie unbedingt entfernen, am besten, bevor du überhaupt ins Shuttle steigst. Wir schmuggeln diese Inlays dann mit dem Rest der Sachen in die Arcadia. Du nutzt sie aber nur nach Absprache, es ist nämlich verflucht schwierig, deren Signale zu verschleiern, und sie haben in den letzten Monaten die Sicherheitsmaßnahmen an der Academy stark verschärft. Noch Fragen?«

Ben schüttelte den Kopf.

»Bist ja auch ein cleveres Kerlchen«, sagte Mac und klopfte ihm wohlwollend auf die Schulter. »Wenn du nur ein bisschen mehr Begeisterung für …«

»Sind wir jetzt fertig? Ich würde mich gern noch von meinem Vater verabschieden.«

»Natürlich«, meinte Mac und zog seine Hand wieder zurück. »Das verstehe ich. Dennoch ein Wort der Warnung, bevor du gehst. Wenn du erwischt wirst, wird die Firma jegliche Beteiligung an der Aktion abstreiten, und du weißt, was dir blüht, wenn du etwas von uns preisgibst.«

Ben nickte grimmig. Er hatte eine ziemlich lebhafte Vorstellung davon, wie so ein einflussreicher Konzern wie *Widevisions* derlei Dinge löste. Und wie sie jemanden mundtot machten, der aufgeflogen war.

12

EMILY

Freitag, 16. September 2050

Emily presste beide Hände an die Scheibe der Kabine, als plötzlich ein Körper in den Raum geschleudert wurde. Er blieb reglos am Boden liegen, sah aber ansonsten unversehrt aus.

Cal! Er hat es geschafft, den Jungen da rauszuholen!

Hatte sie doch alles richtig gemacht? Aber warum war sie dann hier eingesperrt?

Sie versuchte, den Schwindel zu ignorieren, zog sich an der Glasscheibe hoch, als sie mitten in der Bewegung innehielt. Eine Drohne war in die Kammer eingedrungen und scannte den Jungen. Anschließend wandte sie sich der Kabine zu.

Emily hielt den Atem an, die Augen aufgerissen, um ja keine erfassbare Regung zu zeigen. Das Lämpchen am Unterbau der Drohne leuchtete rot. Sie war scharf geschaltet.

Ob das Glas auch Projektilen standhält?

Einige Augenblicke lang schwebte die Militärdrohne unbeweglich vor ihr. Dann wurde das Lämpchen grün. Die Drohne drehte ab und flog fort. Gleichzeitig öffnete sich auf der gegenüberliegenden Seite eine Tür, die so lückenlos mit der Wand verbunden gewesen war, dass man sie vorher nicht gesehen hatte.

Als die Anspannung wich, sackte Emily in sich zusammen. Cal hatte es also geschafft, den Knopf zu betätigen. Dort drüben musste der Gang zu Kammer 5 liegen. Die Sicherheit schien so nah. Aber wenn nicht bald jemand die Tür dieser Kabine öffnete, dann …

Aus den Augenwinkeln nahm Emily eine Bewegung wahr. Es war der blond gelockte Junge. Er bewegte sich. Als er sich aufrichtete, sah er zu ihrem Erstaunen überhaupt nicht geschwächt oder orientierungslos aus. Stattdessen grinste er sie an und kam auf sie zugeschlendert.

Ist das etwa ein Teil des Tests gewesen?

Der Junge öffnete die Verriegelung. So selbstzufrieden, wie er aussah, konnte er froh sein, dass zumindest Emily noch nicht wieder ganz bei Kräften war. Ihre Beine fühlten sich wackelig an, ansonsten wäre sie wohl auf ihn losgegangen. Er hatte sie reingelegt!

»Ich gratuliere dir, Emily. Du hast die Aufgabe bestanden.«

»Lass mich raten. Unsere Begegnung im Zelt war nicht zufällig?«

Der Junge schüttelte den Kopf. »Nein, war sie nicht.« Er

lockerte sein Halstuch, unter dem eine Markierung zum Vorschein kam.

Emily keuchte. »Du bist ein Synth.«

»Und ich bin ziemlich beeindruckt von deiner Programmierung. Auch wenn Cal eine etwas, nennen wir es *ungewöhnliche* Lösung gefunden hat, um dich vor den Drohnen zu beschützen.«

»Deswegen hat er mich da drinnen eingesperrt?«

Der Synth nickte.

»Den Helm hat er mir abgenommen, weil die Anschlüsse nicht bis in die Kabine reichten«, fuhr Emily mit leiser Stimme fort.

»Natürlich hätte er den Druck vorher rauslassen können. Aber Cal wurde von dir so programmiert, alle Menschen möglichst schnell zu retten. Und wir haben dafür gesorgt, dass er im Glauben blieb, ich sei ein Mensch.«

»Und die Verbindung zur Zentrale …«

»War nie wirklich unterbrochen. Leider konnten wir dich in der Kabine nicht hören, weil wir mit diesem Szenario nicht gerechnet hatten. Aber wir gehen davon aus, dass du zu keiner Zeit einen Prüfungsabbruch gefordert hast.«

Emily wollte gerade antworten, als der Junge sie unterbrach: »Jetzt sieh zu, dass du weiterkommst. Der Timer hält erst an, wenn du im Gang da drüben bist, und wir wollen doch nicht, dass die Zeit ein zweites Mal abläuft. Die du übrigens nur bekommen hast, weil du mich retten wolltest. Du warst die Erste heute.« Das Lächeln des Jungen wurde noch breiter. »Ich wünsch dir viel Glück. Und jetzt los! Zehn Kandidaten müssen hier noch durch.«

Emily fühlte sich wie ferngesteuert, als sie sich umdrehte und zum Durchgang lief. Inzwischen waren die hydraulischen Türen zu Kammer 4 verschlossen und die Glasscheiben wieder eingetrübt. Ob es Cal halbwegs gut ging? Aber nachdem Emily wusste, dass tatsächlich die Prüfungskommission hinter allem steckte, konnte sie wohl davon ausgehen, dass er keinen Schaden genommen hatte. Die Modelle waren teuer.

Emily trat in den Durchgang.

Der vermeintliche Junge war wohlauf. Und sie hatte eine weitere Prüfung bestanden. Sie sollte erleichtert sein, oder? Aber der Schreck von eben, die Todesangst saßen ihr noch in den Knochen. Und sie hatte nicht den leisesten Schimmer, was noch alles auf sie zukommen würde. Der *Rocket Roll* war eine Sache gewesen, da hatte sie eine grobe Vorstellung davon gehabt, was sie erwartete. Aber das hier war eine ganz andere Geschichte. Hier spielte man mit ihren Ängsten, als wären sie nichts weiter als bunte Luftballons.

Der Gang mündete in einer ausladenden Halle, in deren Mitte ein hoher Turm stand. Außen führte eine Wendeltreppe entlang, deren Stufen nacheinander aufleuchteten, sodass sie ihnen folgte. Da kein Countdown lief, beeilte sie sich nicht und nutzte die Gelegenheit, um noch einmal durchzuatmen.

Oben auf der Plattform angelangt, war es damit sofort vorbei. Zu Emilys Füßen befand sich der Inbegriff von

Klaustrophobie und Sauerstoffmangel. Der Turm war bis zum Rand mit Wasser gefüllt. Eine Atemmaske war nirgends zu entdecken. In der Ecke lagen ein gefaltetes Handtuch, ein Neoprenanzug und ein Badeeinteiler, darauf eine kleine, weiße Schatulle.

»Willkommen zum fünften Teil der Prüfung und schon jetzt herzlichen Glückwunsch von der Belegschaft unseres Testzentrums. Nur sieben Prozent aller Kandidaten schaffen es bis zu diesem Punkt«, schallte die bekannte weibliche Stimme durch den Raum. »Bitte lege vor dem Tauchgang dein Vision-Q ab, da es sonst Schaden nehmen könnte, und setze die Ohrenstöpsel aus dem Kästchen ein. Sie helfen dir beim Druckausgleich, damit dein Trommelfell beim Tauchen geschützt ist. Der Timer läuft ab … *jetzt.*«

Die Ziffern wurden auf die Wasseroberfläche projiziert.

00:01.

Emily erschrak.

Eine Sekunde für die Aufgabe? Das konnte nicht sein!

Doch als sich die Zahl veränderte, erkannte sie, dass die Ziffern spiegelverkehrt leuchteten, vermutlich, damit sie sie unter Wasser sehen konnte.

Rasch entkleidete sich Emily, legte ihr Holoband auf der Plattform ab, streifte sich die Tauchsachen über und setzte die Stöpsel ein. Dann ließ sie sich ins Wasser gleiten. Es war nicht so kalt, wie sie erwartet hatte, aber der schwarze Abgrund unter ihr und die Ungewissheit, was sich darin befand, machten sie nervös.

Emily blickte sich noch einmal um. Dann tauchte sie ab.

Es war schwer, die Augen im Wasser offen zu halten, aber Emily zwang sich dazu, obwohl sie brannten – ebenso wie die Haut an den Stellen, wo Cal die Saugnäpfe abgerissen hatte. Sie konnte ein paar Lichter erkennen, also schwamm sie weiter, bis sie etwa drei Meter Tiefe erreichte.

Die Lämpchen waren rundherum an einem kugelförmigen Gebilde befestigt, das in der Tiefe schwebte und mit seiner Beleuchtung wie ein mystisches Objekt wirkte. Erst bei näherer Betrachtung entdeckte Emily einen Zugang, der die Kugel offenbar mit Luft speiste. Diese schoss aus einigen Löchern mit hohem Druck wieder heraus. Achtsam umrundete sie die Kugel. Sie wollte keinesfalls Bekanntschaft mit diesen Luftstrahlen machen, von denen sie drei zählte und die in regelmäßiger Taktung aus den Öffnungen strömten. Ob sie die Löcher verschließen sollte? Nur womit?

Was auch immer ihre Aufgabe war, sie hatte zu lang für die Untersuchung gebraucht. Jetzt musste sie zuerst an die Wasseroberfläche. Dort angelangt, schnappte sie nach Luft und tauchte wieder unter. Als sie sich dieses Mal der Kugel näherte, nahm sie einen Schatten wahr, der ein paar der Lämpchen verdeckte. Vorsichtig bewegte sie sich darauf zu.

Es war ein Spinnenroboter, etwa so groß wie ein Rucksack. Emily wusste, dass diese Modelle hauptsächlich für die Raumfahrt genutzt wurden. Die metallene Haut glänzte in schwachen Silbertönen, und die Augen, die wie zwei kleine Vollmonde auf dünnen Stielen wippten, wandten sich ihr zu. Emily näherte sich nur langsam, denn die Spinne bog sich auf den Beinen nach hinten, als wenn sie fluchtbereit bleiben wollte. Derartige Modelle waren mit einer Lernsoftware ausgestattet, die dafür sorgen sollte, dass sie in lebensgefährlichen Umgebungen keinen Schaden nahmen. Wenn Emily Pech hatte, waren die Testkandidaten vor ihr ungeschickt vorgegangen, wodurch sie eine Art Fluchtreflex installiert hätten.

Emily streckte der Spinne ihre Finger entgegen, sodass diese sie zuerst berühren konnte. Das Tierchen hob sein Vorderbein, stupste sie an und kroch wieder ein Stück zurück. Wie gern hätte Emily ein paar beruhigende Worte gesagt, aber außer unverständlichem Blubbern wäre nichts herausgekommen, also schwamm sie noch näher heran, achtete darauf, keine ruckartigen Bewegungen zu machen, und streckte die Hand aus. Schließlich ließ sich die Spinne streicheln. Dabei glitten Emilys Finger über ein kuppelförmiges Gebilde und über ein paar Buchstaben, die ins Metall eingraviert waren. Wahrscheinlich war es der Name des RoboPets: *Filia*.

Das Tier schüttelte sich, als würde es die Berührung genießen, beugte ein Vorderbein und deutete auf einen Knopf, der an seinem Rumpf angebracht war. Emily drückte ihn. An der Seite öffnete sich eine Klappe – nur einen Spaltbreit, sodass sie sie selbst aufklappen musste.

In dem beleuchteten Hohlraum lag eine Kontrolleinheit,

die sich in einem wasserdichten Gehäuse befand, und eine Tasche mit Riemen, die gerade so hineinpasste und auseinandergefaltet größer als die Spinne selbst war.

Emily schob den Controller durch die Halsöffnung des Neoprenanzugs, bis er zwischen Haut und Stoff klemmte. Wenn er verloren ginge, würde sie ihn nie wieder bergen können – dafür ging es im Turm zu weit hinab. Die Tasche schnallte sie sich auf den Rücken, zusätzlich packte sie deren Riemen, während sie an die Oberfläche zurückkehrte.

Obwohl Emily eine ganz passable Taucherin war, merkte sie, dass sie inzwischen länger brauchte, um Atem zu schöpfen. Sie breitete den Tascheninhalt auf der Plattform aus. Es befanden sich ein paar Schrauben darunter, außerdem drei Metallplatten und Rechtecke aus Netzstoff, die aussahen, als hätte man sie aus altmodischen Einkaufstaschen herausgeschnitten. In den Rändern waren Magnetrollen eingenäht, die bei Berührung sofort zuschnappten und auf Emilys Hand ein stechendes Kribbeln wie von einem Stromschlag hinterließen.

Wie soll mir das bloß helfen?

Emily packte alles wieder zusammen und holte stattdessen den Controller hervor. Im oberen Eck war eine kleine Spinne abgebildet, was wohl bedeutete, dass sie ihn für das RoboPet gebrauchen konnte. Es gab zwei Hebel und zwei Knöpfe, aber keinerlei Hinweise darauf, wofür sie gut waren. Sie musste es testen, also tauchte sie wieder ab. Als sich die Wasseroberfläche über ihr beruhigt hatte, wagte

Emily einen Blick auf den Timer. *6 Minuten 2 Sekunden.* Das war verdammt wenig Zeit für drei Löcher und ein paar Mal auf- und abtauchen.

Immerhin musste sie das Spinnentierchen nicht wieder suchen. Freudig wackelnde Kulleraugen erwarteten sie. Emily deutete auf den Controller, um die Spinne darauf vorzubereiten, dass sie ihn jetzt ausprobieren würde. Filia bewegte den Kopf auf und ab, was wohl ein Nicken darstellen sollte.

Also schön. Dann mal los.

Als sie den ersten Hebel betätigte, hob die Spinne ihr linkes Vorderbein. Emily bemerkte, dass sich daran ein Schraubendreher befand. Der andere Hebel aktivierte eine Düse am rechten Vorderbein, aus der eine weißblaue Flamme trat. Mit den beiden Knöpfen ließen sich Magnete in Filias Beinen aktivieren und deaktivieren.

Emilys Luft wurde wieder knapp, also machte sie sich auf den Weg nach oben und bemerkte dabei, dass der Timer schon auf 5 Minuten 12 heruntergetickt war. Sie hatte fast die Hälfte der Zeit vertrödelt! Emily sog den Sauerstoff mit einem tiefen Atemzug ein und tauchte wieder ab. Sie würde sich jetzt erst mal auf die Lecks konzentrieren.

Kaum war sie unten, drückte sie den Knopf, der die Magnete löste, und griff nach der Spinne. Mit ihr und dem Controller in der Hand schwamm sie zu dem Loch, aus dem der letzte Strahl geschossen war. Emily ließ Filia daneben andocken und zerrte die Tasche vom Rücken. Sie holte eine Metallplatte heraus, dann griff sie nach ein paar Schrauben, die sie Filia hinhielt, und deutete auf die Stelle, an der die Spinne ansetzen sollte, um die Platte über dem Loch zu befestigen.

Schraube um Schraube folgte – als Filia plötzlich zurückwich. Völlig unvorbereitet wurde Emily von dem Druckstrahl erfasst. Mit voller Wucht traf er sie an der Brust und wirbelte sie durchs Wasser, bis sie nicht mehr wusste, wo oben und unten war. Im schwachen Licht erkannte Emily die Metallplatte, die nicht gehalten hatte. Sie kämpfte gegen den Strudel an und griff mit der freien Hand danach. Sie bekam sie nicht zu fassen. Das Metallstück wurde aus dem Strahl herausgeschleudert und versank im Dunkeln der Tiefe.

Verdammter Mist!

Emily konnte nicht hinterher. Sie musste auftauchen, und zwar dringend. Als sie aus dem Wasser stieß, rang sie japsend nach Luft. Wie sollte sie die Aufgabe jetzt überhaupt noch schaffen?

Wir machen erst mal zwei Löcher dicht. Bis dahin fällt mir bestimmt was ein. Nicht aufgeben!

Doch Emilys Körper war nicht so entschlossen wie ihr Kopf. Als sie wieder untertauchte, tat ihr bei jeder Armbewegung die Brust weh, was wahrscheinlich dem Aufprall des Strahls geschuldet war. Auch ihre Gliedmaßen fühlten sich von der Anstrengung inzwischen schwer an.

Emily setzte Filia an ein anderes Loch, an dem der Strahl gerade versiegt war, holte das zweite Metallstück heraus und zeichnete mit ihren Fingern ein Rechteck darauf. Dann betätigte sie den Hebel fürs Schweißen. Vielleicht half es, mit diesem Schritt zu beginnen. Die Spinne bearbeitete die Linie, die ihr gezeigt worden war. Erst danach drehte sie die Schrauben ein, die ihr von Emily gereicht wurden.

Als der Druckstrahl bei ihnen ankommen sollte, schwamm Emily vorsichtshalber ein Stück zur Seite, die Spinne hingegen blieb an Ort und Stelle. Und tatsächlich – die Platte hielt.

Emily schnappte sich wieder das RoboPet und schon bald war die zweite Platte angebracht.

Nur was jetzt?

Filia streckte ihr die Arme entgegen, als wollte sie schnell weitermachen, doch Emily schüttelte den Kopf und öffnete die Tasche, um zu zeigen, dass keine Metallplatte mehr darin war. Filia linste mit ihren Kulleraugen hinein und beleuchtete das Innere. Dann sah sie Emily an und tippte mit ihrem Bein auf sich selbst, doch das Mädchen hatte keine Ahnung, was sie ihr damit sagen wollte.

Ich habe eine Idee?

Wieder spürte Emily die ziehende Enge in ihrer Brust. Sie wollte gerade den Beutel schließen und nach oben tauchen, als Schatten auf sie zuschossen und ihren Körper attackierten. Es waren kleine, schwarze Metallspinnen. Emily wand sich, um die Tiere loszuwerden, aber wenn sie eines abschüttelte, kam es sofort wieder angeschwommen. Sie bedeckten die Augen, die Nase, den Mund, hefteten sich an Emilys Finger und versuchten, ihr den Controller und den Beutel zu entwinden. Dann machte sich sogar Filia an der Kontrolleinheit zu schaffen, die Tasche wurde plötzlich schwer und zog Emily mit ihrem Gewicht nach unten. Filia schien hineingekrochen zu sein und zappelte darin. Hatte sich jetzt selbst ihr Helferlein gegen sie gewandt?

Eisern klammerte Emily sich an ihre Sachen, riss sie mit sich zur Wasseroberfläche und wuchtete den Beutel auf die Plattform. Doch die kleinen Spinnen ließen einfach nicht locker. Sie schienen überall zu sein und wild entschlossen, ihr die Kontrolleinheit abzunehmen. Emily schrie verzweifelt, als ein Sirren ertönte, gefolgt von einem Klicken. Emily spürte ein Kribbeln, als sich vier Spinnen gleichzeitig von ihrer Hand lösten, auf die Plattform fielen und dort auf dem Rücken liegen blieben. Sie waren in einem Netz gefangen.

Die Textilstücke! Es sind Fangnetze!

Die Magnete, die die Fallen verschlossen, mussten einen elektrischen Impuls auslösen, der für Menschen nur leicht spürbar war, kleine Metallspinnen aber sofort paralysierte. Filia musste die Netze in der Tasche aktiviert haben. Emily blickte das RoboPet dankbar an, das auch die restlichen Spinnen auf diese Weise einfing. Schließlich krabbelte Filia zum Beutel, öffnete ihn mit dem Vorderbein und deutete hinein.

Emily verstand. Sie sollte die Tiere dort einsperren, bevor der Schock nachließ. Gerade zog sie den Verschluss über der letzten Spinne zu, als es platschte.

»Filia!« Emily wollte ihr hinterher, aber sie brauchte die Kontrolleinheit und die konnte sie nirgends mehr finden. War sie unter das Handtuch oder ihre Kleidung geraten? War sie im Beutel gelandet? Hastig wühlte Emily in den Klamotten, durchforstete hektisch die Tasche, aber der Controller war nicht dort. Er musste ins Wasser gefallen sein.

Und ich hab nur noch 50 Sekunden!

Kurzerhand griff Emily nach den Schrauben und tauchte mit einem Hechtsprung ins Wasser. Sie hatte keine Ahnung, ob sie Filia oder den Controller wiederfinden würde. Selbst wenn es so wäre, fehlte ihr die Metallplatte, und vor allem die Zeit, um sie anzubringen. Aber noch war es nicht vorbei. Emily umrundete die Metallkugel bis zu der Stelle, wo sich das letzte Loch befand, als sie plötzlich eine blaue Flamme bemerkte.

Sie traute ihren Augen nicht, als sie näher kam. Filia hielt die Kontrolleinheit zwischen ihren eigenen Beinchen und betätigte den Schweißhebel, schob Emily aber nun den Controller zu. Dann streckte sie ihr auffordernd das Bein mit dem Schraubendreher entgegen.

Emily versuchte, das nervöse Zittern ihrer Finger zu unterdrücken. Sie konnten es doch noch schaffen.

5 … 4 … 3 … Die letzte Schraube war ins Metall gedreht. Der Timer blieb bei *00:02* stehen.

Emily stieß ein freudiges Blubbern aus, löste die Spinne von der Kugel und zog sie mit nach oben. Dort angekommen, setzte sie Filia vorsichtig auf der Plattform ab.

»Herzlichen Glückwunsch, die Schleuse zu Kammer 6 hat sich geöffnet. Bitte zieh dich um und finde dich in fünf Minuten dort ein.«

»Ach, du liebe Filia. Ich weiß gar nicht, was ich ohne dich getan hätte.« Emily strich ihr über den Rücken. Die Kulleraugen wippten fröhlich.

»Ich hab keine Ahnung, wo du das Stück Metall noch hergezaubert hast …«

Die Spinne setzte sich auf ihre Hinterbeine. Und das, was Emily sah, trieb ihr Tränen in die Augen. An Filias Bauch klaffte ein großes Loch. Kabel funkten an den Stellen, an denen das Wasser ungehindert eingedrungen war. Es gab erste Kurzschlüsse. Die Spinne würde nicht mehr lange durchhalten.

Das hatte Filia also gemeint, als sie auf sich gedeutet hatte. Sie hatte gewollt, dass Emily ein Stück aus ihr herausschnitt, um das Loch zu flicken. Dabei hätte diese das nie übers Herz gebracht. Das RoboPet war jetzt so stark beschädigt, dass man nur noch hoffen konnte, dass es repariert und nicht gleich verschrottet werden würde.

So intelligent und lernfähig, wie Filia programmiert war, musste sie gewusst haben, dass ihr Handeln Konsequenzen haben würde. Und sie hatte es trotzdem getan. Wer auch immer behauptete, Roboter wären nicht in der Lage, Emotionen zu empfinden oder sich aufzuopfern, dem hätte Emily gerade am liebsten ins Gesicht geschrien.

»Vielen Dank. Du hast keine Ahnung, wie viel mir das bedeutet.« Emilys Stimme bebte. Sie nahm die Spinne auf den Arm und drückte sie, während sich die warmen Lichter der Kulleraugen auf die nasse Haut in ihrem Nacken schmiegten. Als sie Filia wieder absetzte, krabbelte diese zu dem Kleiderhaufen hinüber und zog das Handtuch hervor.

»Ja, du hast ja recht, ich sollte mich beeilen. Sonst war alles umsonst.« Emily lächelte traurig, während sie sich über die Augen wischte. Eilig trocknete sie sich ab, kleidete sich an, zog die Ohrstöpsel raus, legte sich das Vision-Q um und streichelte Filia noch einmal liebevoll über den Kopf. Dann ging sie die Stufen hinab.

Bevor sie durch die Schleuse trat, sah sie erneut zu der kleinen Spinne hoch. Sie hatte sich an den Rand der Plattform geschoben und beobachtete sie. Die Kulleraugen glommen nur noch schwach. Emily tat es weh, Filia so zu sehen. Wenn sie gewusst hätte, was für Opfer diese Prüfung verlangen würde … Aber jetzt war sie hier und das Spinnentierchen schob immer wieder ein Bein nach vorn, als wollte sie sie auffordern, endlich zu gehen.

Und Emily gehorchte.

Am Ende des Gangs konnte sie einen hellen Raum sehen, doch noch bevor sie durch die Tür trat, sauste etwas auf sie zu und traf sie an der Schläfe. Emily fluchte, hielt sich die schmerzende Stelle und blickte auf das, was sie getroffen hatte. Auf dem Boden vor ihr lag ein Turnschuh. Sie hob den Kopf, sah in die Richtung, aus der er gekommen war – gerade noch rechtzeitig, um dem zweiten Schuh auszuweichen. »Hey! Was soll denn das?«

Emily trat in den Raum. Die Wände waren etwa vier Meter hoch. Rundherum, hinter dicken Glasscheiben, verlief eine Art Parcours, mit Hürden, Mauern und Abgründen. An einigen Stellen rollten Metallkugeln abschüssige Bahnen hinunter und verschwanden schließlich in einem Loch.

»Hau ab! Ich war zuerst da!«, rief ein Mädchen, das vor der gegenüberliegenden Wand stand und eben seine Schuhe nach Emily geworfen hatte. Das Holofeld seines Vision-Qs war geöffnet. HANNA prangte in Großbuchstaben über einem Bedienteil mit zwei Steuerhebeln. Es klackte. Hinter den Beinen des platinblonden Mädchens konnte Emily eine kleine Öffnung in der Glaswand ausmachen und entdeckte einen Schemen von etwas, das daraus hervorsprang. Dann stürmte es geradewegs auf Emily zu. Sie erkannte, dass es ein kniehoher Roboter war, der wie ein roter Ninja aussah.

»Was …?«

»Herzlich willkommen zur sechsten Prüfung, Emily.«

13

BEN

Freitag, 16. September 2050

Ben betrat das Krankenzimmer seines Vaters, das in einem abgelegenen Teil des *Widevisions*-Komplexes lag. Einerseits war es gut zu wissen, dass sich der Betriebsarzt persönlich um ihn kümmerte und man Pflegepersonal einbestellt hatte, das ihn rund um die Uhr betreute. Andererseits hinterließ es ein ungutes Gefühl bei Ben, weil er dem Unternehmen damit auch vollkommen ausgeliefert war. Aber so sah der Deal nun mal aus und Ben hatte keine Alternativen.

Das Zimmer war so modern eingerichtet, wie man es von einem Hightech-Konzern erwartete. Es gab zwar keine Fenster – ein Detail, das Ben nicht entgangen war und das sein flaues Gefühl nur verstärkte –, dafür wurde ein Himmel an die Decke projiziert, der täuschend echt aussah. Der Raum war erfüllt von den Geräuschen einer

Brise, die durch die ebenfalls projizierten Blumenwiesen an den Wänden strich. Alles war in ein sanftes Licht getaucht. Der Tropf und die Überwachungsmonitore waren hinter Klappen im Mauerwerk versteckt, die man auf Knopfdruck öffnen konnte. Schläuche, an denen sein Vater hing, wurden dezent zu entsprechenden Luken geführt. Neben dem Krankenbett waren sie das Einzige, was daran erinnerte, dass hier ein Schwerkranker lag.

Ben fragte sich, ob *Widevisions* so eine Nummer schon öfter abgezogen hatte, da der Raum genau auf diesen Zweck zugeschnitten wirkte.

»Hallo, mein Junge.«

»Entschuldige, Pa, ich wollte dich nicht wecken.«

Sein Vater machte eine wegwerfende Handbewegung. »Ach Quatsch, hast du nicht. Und wenn doch, hätte ich drauf bestanden, dass du's tust. Einen Besuch von dir will ich doch nicht verpassen.«

Ben war erstaunt, dass er sich inzwischen so viel besser mitteilen konnte, als es noch vor drei Wochen der Fall gewesen war. Trotzdem lächelte er gequält, weil sein Vater noch keine Ahnung hatte, dass es für längere Zeit Bens letzter Besuch sein würde. Am besten sagte er es ihm gleich. »Tatsächlich werden wir uns wahrscheinlich eine ganze Weile nicht sehen. Ich habe von *Widevisions* eine duale Ausbildung angeboten bekommen und muss dafür ins Ausland.« Er schloss die Tür hinter sich.

»Ins Ausland? … Aber …« Sein Vater fing an zu husten und Ben eilte zu ihm. »Wasser, bitte.«

Ben griff nach der Fernbedienung neben dem Bett und betätigte den Knopf mit dem abgebildeten Glas. Kurz darauf kam aus der Wand ein Teleskoparm mit einem Tablet herausgefahren, auf dem ein Becher sprudelnden Wassers stand. Während sein Vater ein paar große Schlucke nahm, blickte Ben besorgt in dessen eingefallenes Gesicht. Seine Haut hatte inzwischen wieder ein bisschen Farbe bekommen, dennoch hob sie sich von dem weißen Leinenkittel, den er trug, kaum ab. Der Stoff des Hemds schlackerte um seine schmalen Arme.

»Ins Ausland, hm? Dann kommst du ja ganz schön rum. Nicht, dass du am Ende noch so ein Tausendsassa wie deine Mutter wirst und dich auf eine Insel in der Karibik absetzt.«

»Mach dir keine Sorgen, Pa. Ich lass dich nicht im Stich«, sagte er und legte seine Finger auf die eiskalte Hand seines Vaters. Der ließ es geschehen, reagierte aber nicht auf Bens Berührung.

»Glauben sie denn, dass es da gefährlich wird? Oder warum hast du in der letzten Zeit so viel in der Muckibude trainiert?«

»Das habe ich für mich selbst gemacht. Sie haben mir die Gelegenheit gegeben und ich hab sie genutzt.«

»M-hm. Und was wird aus deinem Schulabschluss?«

»Den mach ich neben der Arbeit im Unternehmen. Der Konzern hat für mich Fernunterricht beantragt. Das ist der Vorteil so einer dualen Ausbildung – und natürlich die medizinische Versorgung, die uns damit zusteht.«

»Und warum haben sie ausgerechnet dich ausgesucht? Versteh mich nicht falsch, aber ein Unternehmen wie *Widevisions* … du hattest mit Technik doch nie viel am Hut. Deine Noten waren auch nicht gerade die besten.«

Ben zuckte mit den Schultern. »Keine Ahnung. Ich hatte wohl einfach Glück.«

»Und sie versorgen sogar mich, weil du diese Ausbildung bei ihnen machst?« Die Augen seines Vaters verengten sich. Das Misstrauen stand überdeutlich in seinen Blick geschrieben.

»Ich hatte eine Idee, die ich für einen Wettbewerb eingereicht habe. Da wusste ich noch nicht, dass *Widevisions* dahintersteckt. Du weißt, wie ich zu diesen Tech-Konzernen stehe und dass ich nie freiwillig bei ihnen angeklopft hätte. Aber sie fanden meine Idee so gut, dass sie die Sache mit mir weiterentwickeln möchten. Anscheinend ist sie ihnen einiges wert.«

»Und was für eine Idee war das?«

»Das kann ich dir leider nicht sagen. Ich habe eine Geheimhaltungserklärung unterschrieben.« Ben fühlte sich zunehmend unwohler, weil er seinem Vater so dreist ins Gesicht log. »Können wir es nicht einfach dabei belassen? Du wirst versorgt und um mich brauchst du dir keine Sorgen zu machen. Das ist doch schon mal toll, oder nicht?«

Resigniert schloss sein Vater die Lider. Seine Mundwinkel zuckten, als würde er einen inneren Kampf mit sich ausfechten.

»Behandeln sie dich denn immer noch gut hier?«

Träge öffnete sein Vater wieder die Augen. Er schien sich auf den Themenwechsel einzulassen und Ben atmete erleichtert aus.

»Ja, besonders Schwester Joyce kümmert sich wirklich rührend um mich. Ich hab keinen Grund zur Beschwerde.«

»Das ist gut. Und gibt es noch was, das ich dir von zu Hause besorgen lassen soll?«

Sein Vater winkte ab. »Ach, ich vermisse nix. Du etwa?«

»Nein. Da gibt es nichts, was ich von dort brauchen könnte.«

»Vielleicht hab aber ich was für deine Reise. Ich wollte es dir erst an deinem Geburtstag geben, aber da ich nicht weiß, wann du zurückkommst …« Sein Vater drückte auf einen anderen Knopf der Fernbedienung und unter seinem Bett kam eine Schublade heraus. »Weißt du, es gibt einen Grund, warum ich so gern Gärtner gewesen bin. Ich wollte immer mit Holz arbeiten. Aber für Schreiner gab es durch die Vollautomatisierung noch weniger Perspektiven als für Gärtner. Schwester Joyce war so nett, mir ein bisschen Holz und ein Schnitzmesser zu organisieren, damit mir hier nicht langweilig wird. Hier, mein Junge, die ist für dich.« Sein Vater holte eine Holzfigur hervor und legte sie ihm behutsam in die Hand. Ben öffnete den Mund und konnte seine Überraschung kaum verbergen. Es war ein sorgfältig geschnitzter Junge mit einem Regenmantel und einem Hut mit breiter Krempe. In den Fingern hielt er eine Angel. Täuschte er sich oder hatte er eine gewisse Ähnlichkeit mit ihm?

»*Wow*, die ist toll! Warum wusste ich nicht, dass du so was kannst?«

»Ach, du weißt doch, Holz ist teuer, mein Junge.«

Es klopfte an der Tür. Der Fahrer, der Ben vom Kino abgeholt hatte, steckte seinen Kopf in den Raum. »Wir müssen gleich los.«

»Kleinen Moment noch.«

Der Mann verdrehte die Augen, schloss dann aber die Tür wieder hinter sich.

»Das ist eine meiner Lieblingserinnerungen. Du wirst das nicht mehr wissen, du warst erst vier«, sagte sein Vater. »Der Hut war viel zu groß für dich und ist dir die ganze Zeit über die Augen gerutscht.«

»Und hab ich was gefangen?«

Sein Vater lächelte, schüttelte aber den Kopf.

»Nicht mal einen stinkenden Gummistiefel oder ein Quietscheentchen oder so?«

»Darum ging es doch gar nicht. Es war mehr ein Ritual, das nur für uns beide gedacht war. Selbst wenn du einen Fisch gefangen hättest, hätten wir ihn wieder reinwerfen müssen wegen der Umweltgifte.«

Erneut wurde sein Vater von einem Hustenanfall geschüttelt. Er nahm einen weiteren Schluck vom Wasser und Ben spürte einen Stich in seinem Herzen. Konnte er ihn wirklich so allein lassen? Wieder klopfte es an der Tür. »Wir müssen jetzt wirklich los!«

Ben ließ die Figur in seine Tasche gleiten. Es wäre das Einzige, was er aus seinem alten Leben mit in sein

Neues nehmen würde. »Ist alles gut? Soll ich jemanden holen?«

»Nein, nein, alles bestens. Geht schon wieder. Vielleicht kommst du ja dazu, mir mal zu schreiben. Wo auch immer auf der Welt du dich dann rumtreibst.«

»Ich werde es versuchen. Hab dich lieb, Pa.« Unsicher stand Ben vor dem Bett. Er wusste nicht, ob er seinen Vater umarmen durfte. Nicht nur wegen der Schläuche, sondern auch, weil sie das eigentlich nie taten. In ihrem Leben hatte es nie viel Platz für Gefühle gegeben.

Dennoch, die Ungewissheit, ob er seinen Vater jemals wiedersehen würde, nagte an ihm. Kurzerhand umarmte er seinen Vater, ganz sachte und behutsam, damit er ihm nicht wehtat. Und tatsächlich legte auch sein Vater ihm die Hand auf den Hinterkopf, eine Geste, die nicht groß war, aber Ben die Welt bedeutete. Er schluckte.

»Ich dich auch, mein Junge. Pass auf dich auf.«

»Das werde ich«, versprach Ben.

Und auf dich werde ich auch aufpassen. Koste es, was es wolle.

14

EMILY

Freitag, 16. September 2050

Der Ninja wirbelte herum. Emily ächzte, als er sie mit dem Fuß in der Magengegend traf, sich abstieß, eine Drehung hinlegte und mit beiden Beinen wieder auf dem Boden landete. Nur um erneut Anlauf zu nehmen. Wachsam behielt sie ihn im Auge. Was sollte sie nur tun?

»Bitte öffne das Holofeld auf dem Vision-Q, um deinen Roboter in Betrieb zu nehmen.«

Dieses Mal machte der Ninja nach dem Absprung eine Rolle vorwärts, zog sich zu einem Ball zusammen und schoss auf sie zu. Emily wich aus. Wild tippte sie auf den Knöpfen ihres Vision-Qs herum. Das Holofeld öffnete sich und zeigte ihren eigenen Namen sowie das 3-D-Modell eines Roboters an. Daneben erschien das Feld »Aktivieren«. Emily klickte es an, als sie von hinten so kräftig in die Kniekehle getroffen wurde, dass sie einknickte und die

Balance verlor. Ein Stechen schoss durch ihre Unterarme, als sie im Sturz das Gewicht mit ihnen abfing.

Als Emily das Gesicht zur Seite drehte, sah sie, wie der Roboter ihren Kopf taxierte. Sie würde es nicht mehr rechtzeitig schaffen auszuweichen. Sie erwartete schon den Schmerz des Treffers, als sich der Ninja plötzlich von ihr abwandte und einen neuen Gegner ansteuerte. Hinter ihm war eine Plattform aus dem Boden aufgetaucht, auf dem ein dunkelblauer Roboter stand.

Das war dann wohl Emilys Kämpfer. Und wenn sie nicht wollte, dass er sofort zerstört wurde, musste sie sich beeilen. Noch im Aufrichten studierte sie die Bedienung auf ihrem Holofeld und bewegte einen Hebel nach links, sodass ihr Roboter losrannte, sobald die Plattform Bodenhöhe erreicht hatte. Doch der Vorsprung war gering. Emilys Roboter war nicht so schnell und wendig wie der rote Ninja, nur massiver gebaut, eher wie ein Bodybuilder.

»Deine Aufgabe besteht darin, den Knopf zu Kammer 7 zu aktivieren. Er befindet sich hinter der goldenen Flügeltür«, ertönte die Frauenstimme aus den Lautsprechern.

Hanna lachte auf. »*Jaja*, die verfluchte Tür. Die muss man erst mal erreichen. Als wenn du das besser hinkriegen würdest als ich. Ich probier das schon seit Stunden!«

Der rote Ninja sprang auf Emilys Bodybuilder zu. Sie konnte nicht rechtzeitig reagieren, und so wurde er an den Schultern getroffen. Ihr Roboter taumelte, aber Emily gelang es, ihn zu stabilisieren und einen Schlag gegen den Oberkörper des Gegners austeilen zu lassen.

Hanna schnaufte überrascht und ließ nun ihren Roboter zurückweichen. Emily setzte noch einmal nach und traf erneut. Es gab keinen Punktrichter und so musste sie wohl davon ausgehen, dass sie sich mit Hanna bekriegen sollte, bis einer der beiden Roboter nicht mehr stand. Als sie einen dritten Treffer landete, ließ Hanna ihren Ninja flüchten.

Emily war klar, dass es nichts bringen würde, ihm nachzusetzen. Ihr Roboter war wirklich deutlich langsamer. Sie würde warten, bis Hanna wieder angriff, und dann parieren müssen. Während der rote Ninja ihren Roboter in sicherer Entfernung umrundete, wagte Emily noch einmal einen Blick auf den Parcours, der an der Wand entlanglief. Es gab Mauern, die man beseitigen musste, und ebenso ein paar Hürden, die man nur springend überqueren konnte.

Emily ließ ihren Roboter Anlauf nehmen und drückte auf den »Jump«-Knopf, woraufhin ihr blauer Bodybuilder zwar einen Satz machte, allerdings war dieser nicht mal halb so hoch wie die Sprünge des roten Ninjas. Für die Hindernisse im Parcours würde das nie reichen.

»Ist ja niedlich!«, rief Hanna. Sie nahm das Ganze zum Anlass, eine erneute Attacke auf Emilys Roboter zu starten, und stürmte mit ihrem Ninja auf ihn zu. In letzter Sekunde riss Emily ihren Kämpfer herum. Sie wehrte den Fußsprung mit einem kräftigen Schlag ab. Hannas Ninja wurde aus dem Flug zu Boden geschmettert. Doch schnell fing er sich wieder und attackierte Emilys Roboter, der nun ebenfalls von den Beinen gefegt wurde. Bevor Emily ihn wieder aufrichten konnte, nahm der Ninja Anlauf und sprang mit voller Wucht auf dessen Kniegelenke. Es gab ein fieses knirschendes Geräusch und auf Emilys Holofeld erschien ein Alarm: Leistungsfähigkeit Beine bei 60 %.

Na prima.

Keine guten Aussichten für die Hürden im Parcours.

»Ha! Ich mach dich kalt«, rief Hanna.

Nein, das wirst du nicht!

Emily biss die Zähne zusammen. Sie war nicht so weit gekommen, um in einem Roboterduell zu unterliegen. Hanna ließ ihren roten Ninja wieder Anlauf nehmen, doch dieses Mal erwartete Emily ihn, ließ ihren Roboter ausweichen und dem Gegner eine Kopfnuss verpassen. Dann hob er ihn über den Kopf und schleuderte ihn zu Boden.

Hanna fluchte. Bei ihr leuchtete jetzt ebenfalls ein Alarm auf, doch bevor sie sich orientieren konnte, hielt Emily mit ihrem Roboter den Gegner bereits im Schwitzkasten und drückte zu. Der rote Ninja war am Oberkörper schwächer gebaut als ihr eigener, und während sie den Druck erhöhte, sprühten erste Funken.

»Nein! Nein! Hör auf! Du machst ihn kaputt!«, schrie Hanna. »Das ist unfair! Deiner ist viel stärker!«

Dafür war Hannas schneller und hatte mehr Kraft in den Beinen. Aber das Mädchen hatte recht. Wenn die Prüfer gewollt hätten, dass sie beide die gleichen Chancen bekämen, warum waren ihnen dann nicht auch gleiche Robotermodelle zugeteilt worden?

»Bitte hör auf! Bitte! Ich darf nicht versagen! Das ist meine letzte Hoffnung!«

Emily war sich sicher, dass Hanna übertrieb, doch dann folgte ein Satz, der plötzlich alles änderte.

»Ich komme aus den Sicks.«

Die Sicks. Armee und Polizei hatten das Gebiet schon vor Jahren aufgegeben, wodurch es zu einer rechtsfreien Zone verkommen war. Normalsterbliche machten einen großen Bogen um das Londoner Getto, in dem mit Waffen, Medikamenten, Roboterteilen und Drogen gedealt wurde. Clans hatten verschiedene Gebiete erobert und eine Grenze um das Viertel gezogen, um darin ungestört ihr Unwesen treiben zu können. Wer in den Sicks gefangen war, konnte sie nicht ohne Weiteres verlassen, denn die Ansässigen wurde an der Grenze registriert. Und wenn man nicht wieder zurückkam, wurden die nächsten Angehörigen dafür bestraft. Nur gegen eine Schutzgebühr konnte man sich freikaufen.

»Meine Brüder haben für meinen Ausgang zusammengelegt, damit ich das Ding hier kaufen und reparieren konnte.« Hanna hob den Arm mit dem Vision-Q. Tatsächlich handelte es sich um ein noch älteres Modell als Emilys. »Es ist die einzige Chance, um meine Geschwister aus dem Sumpf rauszuholen. Wenn ich den Abschluss in der Tasche habe und arbeiten gehe, dann kann ich sie in Sicherheit bringen.«

In Sicherheit. Emily schlug die Augen nieder. Wer in den Sicks aufwuchs, wurde den Statistiken zufolge nicht älter als 25 – und Hanna hatte nur Brüder, keine Eltern erwähnt. Konnte sie dem Mädchen wirklich den Platz wegnehmen? Wäre sie dann nicht mit schuld, wenn ihr oder ihren Brüdern in Zukunft etwas zustieß? Gab es vielleicht eine Möglichkeit, mit der sie beide …?

Emily blinzelte noch einmal zu dem Parcours hinüber. Ihr eigener Roboter konnte nicht hoch genug springen, um die Hürden zu überqueren, und Hannas Ninja war wahrscheinlich an den Mauern gescheitert, die die Durchgänge blockierten. Plötzlich riss Emily die Augen auf.

»Hanna, hör zu. Ich möchte, dass du deinen Roboter in den Wartungsmodus versetzt. Ich werde das Gleiche mit meinem tun. Versprochen.«

»Ja, klar. Wer's glaubt.«

»Siehst du das hier?« Emily zeigte auf das Holofeld. »Ich könnte die Stärke des Armdrucks verdoppeln. Dein Roboter wäre dann wahrscheinlich hinüber. Aber ich habe es bisher nicht getan, oder? Also bitte, vertrau mir.«

Hanna war bleich geworden. Sie kaute nervös auf ihrer Lippe herum. Dann aber nickte sie. »Also gut, ich schalte ihn ab.«

Sie drückte auf den Deaktivieren-Knopf ihres Bedienteils und die Gliedmaßen des roten Roboters erschlafften.

»Jetzt du.«

Emily nickte. Sie löste Hannas Roboter aus der Umklammerung und legte ihn vorsichtig auf dem Boden ab. Ihren eigenen ließ sie auf den Knien verharren und deaktivierte ihn. Dann öffnete sie eine andere Applikation auf ihrem Vision-Q und scannte die beiden.

Da!

Es war genau so, wie sie es vermutet hatte. Emily griff nach dem roten Ninja, drückte auf einen mechanischen Knopf und trennte damit die beiden Körperhälften voneinander.

»Spinnst du? Ich dachte, wir hätten eine Abmachung!«

»Warte kurz!« Emily griff jetzt nach ihrem Bodybuilder und tat das Gleiche. Dann setzte sie den blauen Oberkörper auf die roten Beine von Hannas Ninja.

»Was … Ich verstehe nicht ganz …«

»Du kannst ihn wieder aktivieren. Wähle nur den Unterkörper aus. Ich übernehme die Steuerung der Arme.«

»Das ist ja … total abgefahren. Aber irgendwie auch clever.«

Hanna tat, was Emily ihr gesagt hatte, und kurz darauf steuerten sie gemeinsam den zusammengesetzten Roboter.

»Bereit für den Parcours?« Emily grinste.

»Bereit«, antwortete Hanna und steuerte den Roboter auf das erste Hindernis zu. Sie brachte ihn sicher über die Hürden und die Abgründe und an den rollenden Metallkugeln vorbei, offenbar hatte sie wirklich schon einige Zeit zum Üben gehabt. Emily ließ den Roboter die Mauern zertrümmern, auf die sie trafen.

»Ja! Genau so!«, rief Hanna. »Ich habe mich schon gefragt, wieso ich nie genug Anlauf bekommen hab, um die

Dinger mit einem Fußtritt zu zerstören. Das muss so geplant gewesen sein!«

Emily hoffte es wirklich, denn wenn sie am Ende beide disqualifiziert wurden … Sie wollte gar nicht darüber nachdenken.

Sie kämpften sich durch den gesamten Parcours und kamen schließlich an der goldenen Flügeltür an. Mit vereinten Kräften ließen sie den Roboter den roten Knopf betätigen.

»Herzlichen Glückwunsch. Prüfung 6 wurde bestanden«, ertönte es aus den Lautsprechern, während Hanna Emily in die Arme fiel.

Sie konnte gar nicht glauben, dass es tatsächlich funktioniert hatte, als Hanna sie schon an der Hand nahm und mit sich zog. Hinter der Tür lag ein verhältnismäßig kleiner Raum. Ein Mann mit glatt gegeltem roten Haar und perfekt gezogenem Scheitel saß an einem Tisch, auf dem sich ein gläserner Bildschirm befand. Emily las ihren Namen, darunter waren Diagramme mit Balken zu sehen, die sie nur mit Mühe entziffern konnte: *Sozialkompetenz, Aggressionspotenzial, Kreativität, Fitness* … weiter kam sie nicht. Der Mann schloss das Fenster und wandte sich ihr zu.

»Hallo, Emily. Schön, dass du bis hierher gekommen bist. Wir waren so frei, dir die Sachen wiederzubeschaffen, die du unterwegs verloren hast.« Er nickte mit dem Kopf Richtung Boden. Emilys Socken waren fein säuberlich zusammengelegt, die Schuhe ordentlich aufgereiht.

»Zieh sie ruhig wieder an. So viel Zeit muss sein.«

Emily kniff die Augen zusammen. Sie traute dem Frieden nicht. Schließlich aber beugte sie sich zu den Sachen herunter und beeilte sich, sie überzustreifen.

»Hanna, du kannst an deinen Platz zurück. Hattest du vorhin nicht auch noch Schuhe an?«

Das Mädchen zuckte mit den Schultern: »Ich gebe einfach alles für die Kunst.«

Emily erstarrte. Sollte das etwa heißen, auch das war ein Schauspiel gewesen? Hanna war auch nur ein Teil des Tests? Was hatten sie überprüfen wollen? Emilys Kooperationsfähigkeit, ihre Menschlichkeit oder wie sie mit solchen Psychospielchen umging?

Sie fühlte sich, als wenn ihr der Ninja zum Abschied noch mal mit Anlauf in den Magen getreten hätte. Sie war vorgeführt worden, und das sogar schon zum zweiten Mal. So langsam fing sie an, das Vertrauen zu verlieren.

Was soll der Mist, ich bin doch keine Maschine!

Emily blickte zu dem blonden Mädchen. Doch bevor sie es fragen konnte, ob die Sache mit den Sicks auch nur eine Erfindung gewesen war, zwinkerte Hanna ihr zu: »Alles Gute, Emily. Du hast es verdient.« Damit verließ sie den Raum.

»Bitte, nimm Platz. Wir kommen jetzt zu deiner letzten Prüfung für heute.«

Wie betäubt gehorchte Emily. Der Mann machte eine Wischbewegung, sodass die Buchstaben und Ziffern nun auf Emilys Seite lesbar waren: Formeln, Zahlenreihen und grafische Formen.

»Vor dir siehst du die ersten Aufgaben des Intelligenztests. Und wir starten den Timer genau … jetzt.«

Als die roten Zahlen an den Wänden erschienen, schob Emily das Geschehene in einen weit entfernten Winkel ihres Kopfes. Sie würde sich später die Zeit nehmen, um das alles zu verarbeiten. Jetzt musste sie rechnen. Und zwar schnell.

Grumpy, das Meerschweinchen, raschelte in seinem Käfig. Emily lag im Bett und betrachtete ihre Schwester. Die riesige Leuchtreklametafel am gegenüberliegenden Hochhaus war nach Mitternacht gedimmt worden und ihr Licht drang nur noch schwach durch die Ritzen der Jalousie, doch dann und wann flog eine beleuchtete Drohne am Fenster vorbei und erhellte Annes Gesichtszüge. Die Schwellung ihrer Augen war selbst im geschlossenen Zustand erkennbar. Ihre kleine Schwester atmete mehrere Male kurz ein und stieß dann einen langen Atemzug aus, als würde sie sogar im Schlaf noch weinen.

Wie selbstsüchtig Emily gewesen war. Sie hatte immer von einer Aufnahme an der Arcadia geträumt, sich aber nie Gedanken darüber gemacht, welchen Schmerz sie ihrer Familie damit zufügen würde. Nicht nur Anne war traurig. Ihre Eltern hatten seit der Abfahrt vom Testgelände kein Wort mehr gesprochen. Dass Emilys Aufnahme so überraschend für sie kam, konnte sie ihnen nicht verübeln. Sie hatte ja selbst nicht damit gerechnet. Jetzt tat es ihr fast leid, dass es so gekommen war, und sie konnte nur hoffen, dass es alle verstehen würden, wenn sie erst ihren Abschluss in der Tasche hatte und dann in die Forschung ging, um die Umwelt und das Leben ihrer Mitmenschen zu verbessern.

So lange sie sich erinnerte, hatten sich ihre Eltern nie gestritten. Meinungsverschiedenheiten hatte es gegeben, ja. Dass mal einer laut wurde, kam auch vor, aber heute im Auto hatten sich ihre Mutter und ihr Vater das erste Mal angeschwiegen. Noch beängstigender waren ihre Gesichter gewesen, deren Züge sich zunehmend verhärtet hatten, als würde sich eine eisige Mauer zwischen ihnen auftürmen, die mit jeder Sekunde des Schweigens unüberwindbarer wurde.

Und ausgerechnet Emily war der Auslöser dafür gewesen.

Warum hatte sie nie darüber nachgedacht? Wahrscheinlich, weil der Traum von der Arcadia immer so unerreichbar erschienen war.

Emily drehte sich um und griff nach dem Vision-Q, das oben auf dem Regal lag, welches Anne und sie mit Leuchtfarben bemalt hatten. Emilys Fächer waren mit Sternbildern versehen, während auf denen ihrer Schwester Regenbögen prangten. Sie hatten beim Anstreichen eine Riesensauerei veranstaltet und den Holzfußboden bekleckert, der noch Jahre später die Spuren dieser Aktion trug und nachts leuchtende, neonfarbene Flecken zum Vorschein brachte. Aber selbst so etwas hatte ihre Eltern nie aus der Ruhe gebracht.

Emily schaltete das Vision-Q ein und rief ihren Personalausweis auf. Ein holografisches Bild erschien. Ihr digitaler Kopf drehte sich im Kreis, während darunter ihre Personendaten auftauchten:

United Kingdom of Great Britain
Name: Emily Thorne
Geburtsdatum: 15.09.2035
Geburtsort: London
Identitätsnummer: Thorne 258340 ET7180 06
Augenfarbe: grün
Haarfarbe: braun
Größe: 1,62
Wohnort: 168 Anderson Road, Appartement 42, London
Status: Schülerin an der Arcadia, Haus Minerva

Da war er. Der Beweis, dass sie tatsächlich angenommen worden war. Emily verstand selbst nicht genau, wie sie den Intelligenztest am Ende bestanden hatte, woher die Antworten gekommen waren. Vielleicht wurden solche Stoffe an Privatschulen gelehrt, die ihre Schüler auf die Elite-Akademie vorbereiteten, aber in der Gesamtschule, die Emily besucht hatte, waren sie nicht behandelt worden. Eher lag es wohl an den Fachbüchern ihrer Eltern und der Vorliebe ihres Vaters, sie in alle möglichen Themen einzubeziehen. Wie sonst ließe sich erklären, dass sie das Gefühl hatte, all die abgefragten Dinge schon immer gewusst, nur nie richtig zugeordnet zu haben? Es war fast so, als hätte sich durch den Test eine Art Blockade gelöst.

Und trotzdem fühlte sich jetzt alles so falsch an. Nicht nur, weil sie oft an Filia denken musste, die sich für sie geopfert hatte. Auch ihre Familie würde einiges entbehren müssen, nicht nur ihre Tochter selbst. Sie erinnerte sich daran, dass ihrem Vater Papiere überreicht worden waren. Jemand hatte etwas über eine Liste von Dingen gesagt, die sie für das Internat brauchen würde, aber Emily hatte nicht richtig zugehört, weil sie nach dem Test so neben der Spur gewesen war. Ob die Besorgung der Bücher und Materialien ihren Eltern Probleme bereitete? Sie konnte nicht zulassen, dass sie sich ihretwegen weiter in den Ruin trieben. Die Krankenhausrechnungen, ihr Geburtstagsgeschenk und jetzt auch noch das. Der Schulaufenthalt drohte trotz des Stipendiums ein Fass ohne Boden zu werden.

Emily hielt es nicht mehr aus. Sie stand auf und schlich sich aus dem Zimmer, um sich auf die Suche nach dieser Liste zu machen. Sie wollte selbst überschlagen, was das alles ihre Familie kosten würde. Als sie am Schlafzimmer vorbeikam, hörte sie die gedämpften Stimmen ihrer Eltern. Immerhin sprachen sie wieder miteinander. Emily wollte sie nicht belauschen, aber als ihr Name fiel, blieb sie unweigerlich stehen. Die dünnen Türen ließen zu, dass sie jedes Wort verstehen konnte.

»Es hätte nie so weit kommen dürfen. Du hast gesagt,

sie würde es nicht schaffen! Verdammt, Michael, du hast mir geschworen, dass Mily es nicht schafft!« Die Stimme ihrer Mutter klang tränenerstickt.

»Ich weiß. Ich hab ja selbst keine Ahnung, wie das passieren konnte.«

»Margret wollte dir gestern doch noch den Intelligenztest beschaffen, weil sie so einen guten Draht zur Schulleitung hat …«

»Und das hat sie auch getan, obwohl es für sie als auch für den Schulleiter ein Risiko war. Trotzdem sind sie es eingegangen, wenn auch vielleicht aus unterschiedlichen Gründen. Margret hat es unseretwegen getan, weil sie geschockt war, über das, was wir da angeleiert haben, aber warum Professor Chase sich darauf eingelassen hat … Margret vermutet sogar, dass er es getan hat, weil er Mily unbedingt an der Arcadia haben will.«

Ungläubig schüttelte Emily den Kopf. Ihr Vater hatte den Test also vorab gesehen, ihn aber nicht genutzt, um sie darauf vorzubereiten, sondern um sich zu vergewissern, dass sie ihn nicht bestehen würde. Was wurde hier bloß gespielt?

»Bitte glaub mir, Becca. Dass sie den letzten Test besteht, konnte keiner ahnen. Die Ergebnisse ihrer schulischen und aller anderen Tests waren immer weit unter ihrer jetzigen Leistung. Ich weiß nicht, was da drin passiert ist.«

Wenn meine Eltern gar nicht wollten, dass ich an der Arcadia aufgenommen werde, warum haben sie mir das Vision-Q überhaupt gekauft? Wieso haben sie mich für den

Test angemeldet? Nur, damit ich nie wieder mit dem Thema anfange?

»Du weißt, dass ich immer schon Bedenken hatte.«

»Aber wir waren uns auch einig, dass wir Mily nie das Gefühl geben wollten, anders zu sein als andere. Wenn alles gut gegangen wäre, wäre sie durchgefallen und hätte sich stattdessen an einer der Akademien in der Umgebung anmelden müssen.«

»Aber was nun? Wer soll sie denn jetzt beschützen, wenn sie von uns getrennt ist? Sie wird ganz allein sein. Was ist, wenn andere herausfinden, was mit ihr ist? Unsere Kleine ist doch gar nicht bereit für die Welt da draußen.«

Es ging also um Emilys Krankheit. Mal wieder. Wahrscheinlich hatten ihre Eltern Angst, dass es ihr gesundheitlich nicht gut gehen würde.

Ihre Mutter weinte jetzt. Emily ertrug es nicht länger, also flüchtete sie auf ihr Zimmer. Einerseits wusste sie, dass ihre Eltern sie angelogen hatten, andererseits war es geschehen, weil sie sie liebten. Der leichteste Weg wäre gewesen, Emily zu sagen, dass sie sich das Vision-Q nicht hatten leisten können, und sie hätte das akzeptieren müssen. Stattdessen hatten sich ihre Eltern so viel Mühe gegeben, um ihrer Tochter das Gefühl zu geben, gleichwertig zu sein und dieselben Chancen wie alle anderen zu bekommen.

Grumpy schien ihre Zerrissenheit zu bemerken, er machte leise, fiepende Geräusche, als wolle er Emily trösten.

Sie ging zum Käfig, nahm das Meerschweinchen auf den Arm und setzte sich hin. Gedankenverloren strich sie über das weiche Fell. Während sie so dasaß, wuchs ein Wunsch in ihr.

Sie war viel stärker, als ihre Eltern glaubten. Die Arcadia sah keinen Grund, sie nicht aufzunehmen. Außerdem hatte sie diese schrecklichen Prüfungen trotz ihrer Knochenkrankheit überstanden. Jetzt musste sie nur noch ihrer Familie beweisen, dass sie auf eigenen Füßen stehen konnte. Dass sie aus härterem Holz geschnitzt war, als sie dachten.

O ja, sie, Emily Thorne, würde es ihnen schon zeigen. Eines Tages würden sie stolz auf sie sein.

ZUR ENTSTEHUNG DER ARCADIA ACADEMY

Die Arcadia Academy wurde unter der Schirmherrschaft der Excellence Initiative im Jahre 2035 gegründet. Erklärtes Ziel der Schule ist es, unabhängig von Konzerninteressen Technologien zu entwickeln, die dem Wohl der Menschheit und dem Erhalt des Planeten dienen und diese vor der Vereinnahmung oder Einflussnahme der *Big-Three*-Tech-Unternehmen zu schützen.

»Arcadia« kommt von dem Wort Arca (Latein für »Arche«) und steht für die Alliance of Excellence in **A**nimal and Plant Sciences, **R**obotics and **C**omputational Sciences & Genetics and **A**natomical Sciences.

Das Elite-Internat besteht aus drei Häusern. Sie haben verschiedene Ausrichtungen, entsprechende Logos und Schuluniformfarben, die die Schüler während der Unterrichtszeit tragen müssen.

- Haus Minerva, Roboter- und Computertechnologie, Logo: stilisiertes goldenes Zahnrad auf dunkelblauem Grund.

- Haus Ceres, Botanik, Insekto- und Zoologie, Logo: Blütenmotiv, dunkelgrün.

- Haus Asklepius, Anatomie, Medizin und Genetik, Logo: DNA-Strang, weinrot.

Für die Aufnahme an der Arcadia gibt es zwei Wege: der mindestens fünfjährige Besuch einer privaten Partnerschule und der erfolgreiche Abschluss eines Eignungstests oder alternativ das von Schulleiter Prof. Dr. Chase im Jahre 2043 eingeführte Stipendienprogramm, für das man eine mehrstufige exklusive Aufnahmeprüfung erfolgreich absolvieren muss.

Auszug aus http://encyclopendium.com

15

BEN

Sonntag, 18. September 2050

»Kümmern Sie sich um Kaynes Gepäck«, befahl Mrs Vermont, als Thomsen die Tür öffnete und sie aussteigen ließ.

»Sehr wohl, Madam«, sagte er und ging dann zu Bens Seite hinüber, um ihn ebenfalls herauszulassen.

Der Parkplatz befand sich hinter hohen Zäunen, an denen Warnsymbole mit Blitzen angebracht waren, die auf elektrische Ladung hinwiesen. In sicherem Abstand zur Umzäunung hatten sich Umweltaktivisten eingefunden. Sie hielten Schilder hoch mit Aufschriften wie: TECHNIK TÖTET, GENUG IST GENUG und STOPPT DEN RAUBBAU FÜR ROBOTER.

Auch wenn sie gerade am Privatflughafen der Arcadia an der völlig falschen Stelle demonstrierten, konnte Ben die Leute verstehen. Der Fortschritt hatte einem großen Teil der Bevölkerung nicht nur die Lebensgrundlage genommen, sondern auch für die beschleunigte Klimakrise gesorgt, die wie ein Damoklesschwert über ihrer aller Köpfe hing. Und ausgerechnet er selbst war aus eben dieser Not heraus nun zur Marionette eines Tech-Konzerns wie *Widevisions* geworden, der diese Entwicklung im großen Stil vorantrieb.

Aber Ben konnte sich nicht den Luxus leisten, deshalb irgendwelche Gewissensbisse zu bekommen. Es war leicht gewesen, sich damals für den Umweltschutz zu engagieren. Es war alles so klar und richtig erschienen. Aber seitdem sein Vater den Job verloren hatte und krank geworden war, musste sich Ben einer Realität stellen, die sämtliche Kraftreserven aufzuzehren drohte. Die Verantwortung, die er für die Rettung der Welt empfunden hatte, war anderen Verpflichtungen gewichen. Persönlichen Sorgen, für die andere nur Mitleid, aber keine Unterstützung aufbrachten.

Niemand in seiner Lage hätte sich gegen diese Chance auf ein besseres Leben für seinen Vater entschieden. Es war kein Verrat an den eigenen Idealen mehr, wenn man keine Perspektive mehr hatte.

Die Limousine der Vermonts parkte in dritter Reihe zwischen anderen Luxuskarossen. In der Mitte des Platzes stand das dunkelblaue Shuttle, das mit dem Wappen des Hauses Minerva versehen war: ein stilisiertes goldenes Zahnrad.

Um das Logo herum befand sich ein goldener Kreis auf blauem Grund, ebenso die Worte *Cognosce – Condisce –*

Crea, die den Leitspruch der Arcadia bildeten und so viel wie »Erkenne – Erlerne – Erschaffe« bedeuteten.

Ein paar Jugendliche betraten bereits die Gangway zum Shuttle und winkten ihren Eltern zu. Ben hatte sich von Kaynes Vater schon in der Villa verabschiedet. Dringende Geschäfte hielten ihn davon ab, mit zum Aeroport zu fahren, worüber Ben sich nicht beschwerte. Eigentlich konnte er es kaum erwarten, auch endlich Mrs Vermont loszuwerden. Das Klacken ihrer Stöckelschuhe hallte aggressiv vom Asphalt wider. Sie rümpfte die Nase, während sie, auf dem Weg zum Shuttle, an einigen Wagen vorübergingen, die im Vergleich zu den Limousinen aus dem Rahmen fielen. Einer davon war ein altes, rotes Auto mit vergleichsweise kantiger Form – eines der ersten elektrisch betriebenen Modelle mit Solarpanels auf dem Dach. Hier und da hatte die Karosserie schon Rost angesetzt. Der Außenspiegel war provisorisch mit Tape umwickelt, um ihn an Ort und Stelle zu halten.

»Siehst du, was ich meine? Der Verfall unseres Bildungssystems ist schon mitten im Gange. Ich hoffe, das mit den Stipendien hat sich irgendwann wieder erledigt.« Mrs Vermont gab sich keine Mühe, leise zu sprechen, obwohl die Familie gerade ausstieg.

Der Vater sah Kaynes Mutter zwar an, reagierte aber nicht. Er schien mit anderen Problemen beschäftigt zu sein. Und als der Mann den Blick auf seine Tochter richtete, wusste Ben sofort, warum. Es lag so viel Trauer in diesen Augen. Er wollte sie nicht gehen lassen.

Auch ein kleines Mädchen, wahrscheinlich die Schwester und deren Mutter, schienen am Boden zerstört. Ihre Wangen waren gerötet und fleckig, als hätten sie die ganze Fahrt über geweint. Sie schlossen das Mädchen mit der auffallend roten Jacke in eine Umarmung, sodass Ben ihr Gesicht nicht erkennen konnte. Er fühlte sich wie ein Eindringling, der an einem so innigen Moment gar nicht teilhaben durfte.

Seine eigene Kindheit war nicht gerade von Warmherzigkeit geprägt gewesen. Seinem Vater konnte er keinen Vorwurf machen. Er hatte alles getan, was in seiner Macht stand, um Ben das Bestmögliche zu bieten, das unter den Umständen möglich gewesen war. Doch das harte Leben in Armut und Verzweiflung hatte seinen Vater, der schon zuvor seine Gefühle nie gut hatte zeigen können, noch wortkarger und resignierter gemacht.

Und was seine Mutter anging … Sie war kurz vor Bens siebtem Geburtstag gegangen und hatte ein Loch in seine Seele gerissen, das mit nichts mehr zu füllen gewesen war. Die Kälte und Unbarmherzigkeit, mit der sie sich abgewendet und nie wieder zurückgeblickt hatte, verstärkte das Gefühl, kein liebenswerter Mensch zu sein. Vielmehr fühlte es sich an, als wäre Ben ein Ballast – für jeden, in dessen Leben er trat.

Er ertappte sich bei der Frage, wie wohl alles verlaufen wäre, wenn er in so einer Familie groß geworden wäre, mit einer Mutter, die ihn liebte, oder Geschwistern. Und stellte fest, dass er sich das angesichts von Kaynes Reichtum nicht gefragt hatte, obwohl der Junge alles zu haben schien, was man sich nur wünschen konnte. – Oder auch nicht.

»Ich glaube, ich traue meinen Augen nicht«, sagte Mrs Vermont, als sie einen kurzen Blick durch das Fenster des Autos warf. »Sie haben sogar ein Meerschweinchen mit zum Abschied gebracht.«

Unvermittelt donnerte von innen etwas gegen die Scheibe. Mrs Vermont machte vor Schreck einen Satz vom Auto weg. Dabei stolperte sie über ihre Hacken und fiel fast hintenüber. Ben reagierte verzögert. Er streckte erst den Arm aus, als er merkte, dass sich Kaynes Mutter ohnehin fangen würde.

Geschieht dir recht, dachte er, sprach es aber nicht aus. »Alles in Ordnung?«, fragte er stattdessen.

»Was in Dreiteufelsnamen …«

Ben blickte zum Fenster. Das Ding, das Mrs Vermont fast zu Fall gebracht hätte, war eine alte Drohne, die mit der Stirn immer wieder gegen die Scheibe stieß.

»Das ist nur Nobbo, unsere Haushaltsdrohne«, entschuldigte sich das kleine Mädchen und trat zu ihnen. »Er wollte Sie nicht erschrecken. Er will nur raus, um sich von meiner Schwester zu verabschieden. Aber er darf nicht wegen der Flugsicherheits-Dinger.«

Selbst die Drohne wird das Mädchen vermissen.

Mrs Vermont blickte mit einer Mischung aus Ekel und Entsetzen auf das Kind herab, als wäre es ein Verbrechen, sie überhaupt anzusprechen. »Ihr seid doch verrückt. Vollkommen durchgeknallt! Ein Fall für die Klapse!«

Die Kleine blickte Ben verunsichert an. Er wollte die harten Worte von Mrs Vermont abmildern, aber Kaynes Mutter hob drohend eine Augenbraue, als erwarte sie, dass er ebenfalls etwas Gemeines von sich gab. Er musste auf der Hut sein. Zumindest bis sie weg war.

»Ihr seid wirklich verrückt«, sagte Ben leise. *Aber irgendwie sympathisch verrückt,* fügte er in seinem Kopf hinzu, doch das konnte das Mädchen natürlich nicht hören. Traurigkeit spiegelte sich in seinem Gesicht wider, sodass Ben schnell wegsah. Zumindest Mrs Vermont schien zufrieden.

»Eine Schande«, zischte sie, drehte sich um und eilte weiter. »Eine Schande, dass so was überhaupt das Gelände wird betreten dürfen. Nicht mal als Putzkräfte hätte ich solche wie die an der Schule akzeptiert.«

Endlich erreichten sie die Gangway.

»Pass gut auf dich auf. Gebe dich nicht mit diesen verhaltensauffälligen Menschen ab, denen Tür und Tor geöffnet wurde. Falls irgendetwas sein sollte, lässt du es uns sofort wissen und wir werden sehen, was wir dagegen unternehmen können.«

Ben nickte. *Einen Scheiß werde ich.*

»Ich habe dir 5000 Digits auf dein Taschengeldkonto überwiesen. Nur für den Notfall.«

»Danke.« Ben lächelte. Mit den Digits und Kaynes Wertgegenständen würde sich einiges bewerkstelligen lassen. Mrs Vermont gab ihm einen Abschiedskuss auf die Wange und drehte sich um. Ben ignorierte die Verabschiedung von Thomsen, der sein Gepäck am Frachtraum aufgegeben hatte, damit Kaynes Mutter noch einmal mehr das Gefühl bekam, dass sich ihr Sohn normal verhielt. Als beide ihm den Rücken zugekehrt hatten, steckte er den Finger in seine Ohrmuschel, riss das Inlay heraus und warf es auf das Rollfeld, damit es beim Sicherheitscheck in der Academy nicht gefunden werden würde. Dann streifte er den klobigen Familienring ab, stopfte ihn in die Tasche und bestieg das Shuttle. Die Geste war wie ein Befreiungsschlag. Endlich musste er nicht mehr dieses elendige Schauspiel abziehen und versuchen, irgendjemandes Eltern davon zu überzeugen, dass er immer noch dieselbe Person war wie vor knapp zwei Wochen. Auf der Arcadia würde es hoffentlich etwas leichter werden. Er nahm sich vor, so wenig Kontakt wie möglich zu seinen Mitschülern und Mitschülerinnen zu pflegen. Dann war er halt der seltsame Eigenbrötler, solange niemand jede seiner Bewegungen analysierte und er keine Pinkelproben mehr abgeben musste.

Ben war nie zuvor geflogen, aber er hatte weder Angst davor, noch war er sonderlich aufgeregt.

Die dunkelblauen Sitzpolster wirkten weich und einladend. Er setzte sich auf einen der freien Fensterplätze, die zur Seite des Parkplatzes lagen, und beobachtete Mrs Vermont, die bereits in die Limousine einstieg. Als der Wagen aus der Lücke heraussetzte, atmete Ben noch einmal erleichtert auf.

Es ist vorbei. Auf Nimmerwiedersehen!

Dann sah er zu dem roten Auto hinüber. Das fremde Mädchen, das er vorhin nicht richtig hatte sehen können, wurde von ihren Familienmitgliedern zum Shuttle gebracht. Ihre braunen Haare fielen weich und glänzend über die Schultern. Ihre Lippen bebten vom Weinen und das schmale Gesicht wirkte so zerbrechlich, dass Ben den Wunsch verspürte, sie trösten zu wollen. Keiner der anderen hier war derart aufgelöst gewesen, von den Angehörigen ganz zu schweigen. Er überlegte, was er tun konnte, um dem Mädchen den Abschied leichter zu machen, als die Worte von Mrs Vermont durch seinen Kopf schallten. Dass sie es erfahren und ihn sofort nach Hause holen lassen würde, wenn er sich mit Menschen wie *diesen* abgab. Also tat er, was er tun musste. Er wandte sich ab, als ob ihn das alles kaltließe, obwohl das Gegenteil der Fall war, holte Kopfhörer aus der Tasche und legte sein Vision-Q auf die Tischfläche vor sich.

Ein gutes Holo-Death-Match würde seine Gedanken schon zerstreuen.

16

EMILY

Sonntag, 18. September 2050

Sie hatte sich so fest vorgenommen, tapfer zu sein. Hatte sich an den Vorsatz geklammert, ihren Eltern etwas beweisen zu wollen. Aber beim Abschied war alles verpufft. Und jetzt befand sie sich auf dem Weg in eine völlig fremde Umgebung, mit völlig fremden Menschen, die ihr auch noch das Gefühl gaben, unerwünscht zu sein.

Nachdem sie das Shuttle betreten hatte, begrüßte sie einige ihrer neuen Mitschüler. Doch die behandelten Emily wie Luft. Ein Junge legte sogar seine Tasche auf den Sitz und gab ihr damit deutlich zu verstehen, dass sie auf keinen Fall Platz nehmen sollte. So suchte sie sich eine Sitzreihe, die gänzlich leer war.

Ebenso erging es der einzigen Person, die Emily wiedererkannte: Jennifer. Sie hatte es also auch durch die Prüfung geschafft und saß jetzt ebenfalls in einer sonst freien

Reihe, als wären sie beide mit einer ansteckenden Krankheit infiziert. Aber Emily würde einen Teufel tun, sich zu ihr zu gesellen.

Auch auf dem Fensterplatz in der Sitzreihe links neben ihr saß jemand, mit dem sie keine nähere Bekanntschaft machen wollte. Der blonde Junge hatte etwas Gemeines zu Anne gesagt. Was es gewesen war, hatte sie aus ihrer Schwester nicht herausbekommen, aber es musste was mit Nobbo zu tun gehabt haben. Jetzt spielte er ein brutales Kampfspiel und machte den Gegnern das Leben schwer. Emily beobachtete, wie ein Fausthieb seines holografischen Avatars einen Rivalen so stark verletzte, dass sich die Pixel in Luft auflösten.

Sie hielt nichts von solchen Spielen und hatte keine Lust, ihre Zeit mit so was zu verschwenden, selbst wenn sie jetzt ein Vision-Q besaß. Also sah sie aus dem Fenster und verbrachte den größten Teil des Fluges damit, hinauszuschauen. Als sie wieder auf das Display im Sitz vor sich blickte, bemerkte sie, dass sie inzwischen den englischen Luftraum verlassen hatten und nun über Schottland flogen. Doch auch hier gab es keine nennenswerten Unterschiede in der Landschaft. Staubige Flächen, die früher mal grünes Weideland gewesen waren, Wälder, die hauptsächlich aus ausgedorrten Stämmen bestanden, und riesige Senken, die von ausgetrockneten Seen hinterlassen worden waren. Die Felsenlandschaft an der Küste hingegen hatte etwas Beruhigendes: Sie hatte sich über die letzten Jahrzehnte kaum verändert. Auch das Meer schien von hier oben intakt, obwohl sie wusste, dass dem ganz und gar nicht so war.

Sie ließen die Küstenlinie hinter sich und flogen über den Ozean, bis die Isle of Skye in Sicht kam. Auch diese ließen sie schließlich hinter sich und Emily schaute noch einmal zu dem Jungen. Offenbar hatte es inzwischen einen Verbindungsausfall gegeben oder er hatte keine Lust mehr auf das Spiel, jedenfalls starrte er nun gedankenverloren vor sich hin.

Man konnte die Schülerschaft im Shuttle in zwei Gruppen unterteilen. Jene, die lauthals damit prahlte, wo sie in den Ferien überall gewesen war und welche Villen und Jachten ihnen zur Verfügung gestanden hatte. Und dann gab es die anderen, eine deutlich kleinere Gruppe, die wie Emily ganz still war, weil sie über keinen nennenswerten Stammbaum verfügte, geschweige denn über Urlaub in weit entfernten Ländern überhaupt je nachgedacht hatte.

Doch der blonde Junge, der ganz offensichtlich zur ersten Gruppe gehörte, beteiligte sich nicht an deren Gesprächen. Er trug im Gegensatz zu den anderen keinen auffälligen Familienring und wirkte in sich gekehrt und verschlossen. Etwas an der Art, wie er sich verhielt und wie er sich bewegte, hob ihn von den anderen ab.

Er sah gut aus, das musste sie zugeben. Seine Statur wirkte durchtrainiert, das Haar war dicht und leicht gewellt und wenn er sich zur Seite neigte, konnte sie das tiefe Blau seiner Augen erkennen. Aber er wirkte wie jemand, der jede ablenkungsfreie Sekunde mit sich selbst haderte, und als sich ihre Blicke trafen, erkannte sie eine tief sitzende Traurigkeit darin. Er presste die Lippen aufeinander, als hätte sie etwas entdeckt, das er nicht preisgeben mochte, und wandte sich rasch ab. Irgendwas an ihm erinnerte Emily an eine reich verzierte, schöne Spieldose, die aber nicht aufgezogen werden wollte, weil niemand bemerken sollte, dass sie innerlich kaputt war.

Emily stieß einen leisen Seufzer aus, als ihr Annes Worte wieder in den Sinn kamen.

Du machst alles heile.

Offenbar übertrug sie ihre Leidenschaft, Problemen auf den Grund zu gehen und sie zu beheben, nicht nur auf Gegenstände. Aber war jemand, der so mit ihrer kleinen Schwester umgegangen war, es wirklich wert, hinter seine Fassade blicken zu wollen?

»Da! Schaut mal raus!«

Was sie entdeckte, ließ ihr Herz schneller pochen.

Da war sie – die Inselgruppe St. Kilda. Die Arcadia hatte das Archipel vor dreizehn Jahren übernommen und war gleichzeitig die Verpflichtung eingegangen, das UNESCO-Welterbe zu erhalten. Doch wie gut die in den Instituten entwickelten Technologien St. Kilda taten, war auf den Bildern im Internet nicht ansatzweise zur Geltung gekommen. Schafsherden weideten auf den Berghängen der Hauptinsel Hirta, die von einem so saftigen Grün waren, wie Emily es noch nie in freier Natur gesehen hatte. Die Arcadia hatte es geschafft, trotz des unwirtlichen Wetters auf der Insel einige besonders widerstandsfähige Baumarten zu kultivieren. Nur die Steinumgrenzungen der Weiden und etliche verlassene Häuser erinnerten noch daran, dass Hirta einmal von ganz normalen Menschen besiedelt gewesen war. Hier schien die Welt noch in Ordnung. Die Insel umschloss eine Bucht und weiter entfernt waren die *Stacs* zu erkennen, die zur Inselgruppe gehörigen riesigen Felsnadeln, die aus dem Wasser lugten. Unzählige Vögel umkreisten sie, als wäre dies der letzte Rückzugsort auf Erden.

Wie sehr wünschte sich Emily, dass Anne jetzt hier wäre. Es gab ihr solche Hoffnung für die Zukunft, dieses Paradies mit eigenen Augen zu sehen. Das war es, was die Erfindungen der Arcadia wieder überall auf dem Planeten möglich machen sollten. Das war es, warum auch Emily hier war. Der Einklang von Mensch, Natur und Technologie durfte sich nicht nur auf diese Insel beschränken, sondern musste die ganze Welt zu einem lebenswerteren Ort machen. Und obwohl ihr der Abschied von der Familie noch immer tief in den Knochen saß, zweifelte sie nicht mehr an ihrer Entscheidung. In ihr wuchs das Gefühl, das ab jetzt alles möglich sein würde.

Das Shuttle drehte ab und hielt auf den Höhenzug der Insel zu. Und dann erblickte Emily die Arcadia. Im Schutze spitzer Felsen lag ein kreisförmiges weißes Plateau, auf dem sich die Schulanlage erhob. Die Hauptgebäude der drei Häuser ließen sich leicht erkennen, doch es gab auch mehrere Nebengebäude, einen Park, einen Sportplatz und eine Art Hindernis-Parcours, ebenso wie Windräder und ein breit angelegtes Feld aus Sonnenkollektoren.

Der Wahnsinn. Ich bin tatsächlich hier.

Emily spürte, wie das Shuttle langsam in den Sinkflug überging. Es flog noch einmal um die ganze Insel herum, als würde es eine Ehrenrunde für die Neuankömmlinge drehen. Nur das Academy-Gelände selbst überquerte es nicht. Dann steuerte es den Landeplatz an, der sich in einem abgelegeneren Teil der Anlage befand.

Emily zählte vier kleine goldene Kuppeln und einen freien Landeplatz, der wie eine geöffnete Lotusblüte unter ihnen lag. Kurz nachdem sie gelandet waren, schlossen sich die kreisförmig ausgebreiteten Metallteile um das Shuttle und bildeten eine schützende Kuppel darum. Warmes Licht flutete die Leitungen, die sich wie feine, glühende Äderchen durch die Seitenwände zogen. Aus dem Fenster beobachtete Emily, wie ein dickes Kabel ans Shuttle angeschlossen wurde. Bei dem ganzen Konstrukt musste es sich um eine neuartige Technologie zur Energiegewinnung handeln, die mit Sonneneinstrahlung und dem reflektierenden Metallmaterial zu tun hatte. In der Kuppel öffnete sich ein Durchgang, durch den eine Gangway und ein Gepäckwagen herangefahren wurden.

Anschnallgurte klickten, es brummte und klackte, während die Gangway ans Shuttle andockte. Kurz darauf öffnete sich die Tür. Eine Frau in blauer Uniform trat ein: »Herzlich willkommen, liebe Schülerinnen und Schüler. Sie sind die letzte Gruppe für heute. Da die anderen schon etwas länger warten, bitten wir Sie, sich zügig in die Empfangshalle von Haus Minerva zu begeben. Nehmen Sie bitte nur das Handgepäck und Ihre Jacken mit. Um die Koffer kümmern wir uns. Wir werden sie auf Ihre Zimmer bringen lassen, sobald Ihnen diese zugeteilt wurden.«

Die anderen Jugendlichen holten ihre dunkelblauen Mäntel aus den Ablagen. Emily hatte schon auf dem Flugplatz bemerkt, dass sie mit ihrer roten Jacke auffiel wie ein bunter Hund. Sie hatte sie schnell in ihrem Koffer verschwinden lassen und mit dem Rest des Gepäcks aufgegeben. Das alles würde ohnehin schwer genug werden, da wollte sie nicht schon zu Beginn aus der Reihe tanzen.

Ihr Schrank hatte nur drei Kleidungsstücke in den Schulfarben hergegeben. Das dünne Strickjäckchen, das sie jetzt trug, zählte dazu. Ihre Eltern hatten glücklicherweise nicht mehr viel für das Internat besorgen müssen. Die Schulkleidung und die Lehrmaterialien sollten vom Stipendienprogramm gestellt werden und Emily hoffte inständig, dass sich unter den Sachen auch eine etwas dickere Jacke befand.

Sie folgte den anderen die Gangway hinunter, wo sich alle versammelten. Dann traten sie auf das Gelände hinaus. Entfernt hörte man das leise Grundrauschen der Wellen, die sich am Fuße der Felsen brachen, und das vielfältige Geschrei der zahllosen Vögel. Die Sonne stand am Himmel, doch der Wind blies deutlich rauer, als Emily es aus London kannte. Fröstelnd hielt sie sich das Jäckchen zu. Sie spürte den Blick des blonden Jungen auf sich. Er grinste und setzte an, etwas zu sagen, doch Emily konnte seine Schadenfreude jetzt nicht gebrauchen. Also schlug sie ein schnelleres Tempo an und drängte sich in der Menge weiter nach vorn.

Sie überquerten das Gelände bis zu einem Gebäude, das im Zentrum der Anlage stand. Der vordere Teil des Bauwerks ähnelte einem Flugzeughangar. Seine Front bestand aus schwarzem, blickdichtem Glas. Der Rest des Gebäudes, und aller angeschlossenen dahinter, war nahtlos mit weiß glänzenden Rauten bedeckt – ähnlich denen, die Emily im Testzentrum gesehen hatte.

Ob es an diesem Ort keine Fenster gibt? Vielleicht ja im Wohnheim?, überlegte sie.

Natürlich konnte man sich einen künstlichen Himmel an die Decke projizieren. Doch Emily brauchte *echte* Sonne. Sie konnte sich nicht vorstellen, monatelang in einem Gebäude eingesperrt zu sein. Bei dem Gedanken daran schüttelte sie den Kopf.

Wie undankbar sie war. Sie sollte sich doch glücklich schätzen, überhaupt hier zu sein. Also versuchte sie, ihre Aufmerksamkeit auf etwas anderes zu lenken, selbst wenn ein Fünkchen Unbehagen blieb.

Am Giebel des Gebäudes prangte das Logo des Hauses Minerva. Darunter schwebte ein goldener Roboter in der Größe eines Menschen und ihr fiel unmittelbar das dritte Clarkesche Gesetz ein: *Jede hinreichend fortschrittliche Technologie ist von Magie nicht zu unterscheiden.*

Doch wenn die Schwebetechnik wirklich funktionierte, warum hatte die Arcadia sie dann noch nicht patentieren lassen?

Aber vielleicht war der Roboter auch an einer Befestigung angebracht und das Ganze nur eine Täuschung.

Als die Jugendlichen durch den Eingang traten, wurden sie von einer Woge aus Wärme erfasst. Emily lockerte den festen Griff um ihren Cardigan. Erst als die Menge stehen blieb und sie erstauntes Raunen hörte, sah Emily auf. Und da war es – das Wahrzeichen von Haus Minerva in einer solch kolossalen Größe, dass sie überrascht die Augen aufriss – ein goldener Roboter.

In seiner linken Hand hielt er ein Blatt, das von grünsilbrig schimmerndem Licht geflutet wurde. Seine Brust nahm fast die ganze Breite der hangarähnlichen Halle ein. Darüber lagen die Schultern und der Kopf, der bis knapp unter die Decke reichte. Emily konnte sich nicht daran erinnern, je eine derart große Statue gesehen zu haben.

Sie fand es nicht verwunderlich, dass man offenbar nur den oberen Teil gebaut hatte. Bei den Maßstäben hätte der gesamte Körper die Größe eines Hochhauses erreicht. Aber warum sollte man so einen Giganten bauen – mitten im Nirgendwo, wo ihn niemand außer den Schülern zu Gesicht bekam? Der Oberkörper war schon imposant genug.

Vor der Statue befand sich eine Bühne mit einem Podium und drei Bildschirmen.

Emilys Schritte fühlten sich an, als würde sie auf Watte gehen. Die Eindrücke benebelten sie. Sie blickte sich um und sah, dass es ihren Mitschülern nicht anders erging. Auch sie wirkten wie in Trance, während sie auf die wartende Menge zugingen, die sich versammelt hatte. Soweit

Emily wusste, hatten sich 1200 Schüler allein im Haus Minerva eingeschrieben.

Kaum, dass sie sich einreihten, tat sich vorne etwas. Frauen und Männer betraten die Bühne, einer von ihnen ging direkt auf das Podium zu. Frenetischer Jubel brach aus. Emily konnte von hier hinten nicht viel erkennen, außer dass der Mann, im Gegensatz zu seinen glatt rasierten Kollegen, einen dunklen Bart trug und von muskulöser Statur war. Erst als das Geschehen auf den Bildschirmen wiedergegeben wurde und eine Tafel mit seinem Namen erschien, erkannte sie, dass es sich um den Leiter des Hauses Minerva und zeitgleich den CEO der Arcadia handelte: Professor Dr. Thomas Chase. Jener Mann, der Tante Margret den Intelligenztest zur Verfügung gestellt hatte, damit Emily eine Chance bekam.

Niemand wusste viel über Professor Chase. Er war eine Legende, wurde regelmäßig von seinen Kollegen zitiert und noch häufiger in Dankesreden erwähnt, aber seit er CEO der Arcadia geworden war, zeigte er sich nicht mehr in der Öffentlichkeit. Keine Pressetermine, keine Benefiz-Bälle, keine eigenen Publikationen. Inzwischen musste Chase an die vierzig sein. Weiße Strähnen durchzogen seine braunen Haare, ebenso wie seinen Bart und die dichten Brauen. Die Augen des Schulleiters funkelten, als er die Menge mit einer Geste zu beruhigen versuchte.

»Das nenne ich mal einen lautstarken Empfang«, sagte er. »Willkommen zurück und auch ein herzliches Willkommen an alle neuen Schülerinnen und Schüler.«

Das Getöse aus Applaus und Pfiffen nahm an Lautstärke zu und Professor Chase lächelte in die Kamera, die sein Gesicht auf die Bildschirme übertrug. »Und meinen herzlichen Glückwunsch an alle Stipendiaten und Stipendiatinnen, die dieses Jahr eine besonders schwere Prüfung ablegen mussten.«

Es war erstaunlich, wie rasch Beifall verebben konnte. Emily blickte zu Boden und hoffte, dass niemand sie wahrnahm.

Professor Chase grinste jetzt noch breiter, als hätte er genau diese Reaktion erwartet. »*Jaja*, da hört der Jubel auf. Daher will ich meine Redezeit, und Ihre ungeteilte Aufmerksamkeit, nutzen, um etwas klarzustellen. Ich weiß, dass viele Eltern seit sieben Jahren jedes Mal aufs Neue gegen die Aufnahme von Stipendiaten protestieren. Ich weiß, dass es Gerüchte gibt, dass sie anderen die Plätze wegnehmen würden. Aber das ist nicht der Fall. Wir haben in diesem, wie auch in den letzten Jahren, genauso viele Schüler von Privatschulen aufgenommen wie zuvor und es gibt keine Maximalzahl, die wir zu den Prüfungen zulassen. Wer fleißig ist, muss sich keine Sorgen machen. All diejenigen, die Leistungen erbringen, werden bleiben. Und deswegen bitte ich Sie: Konzentrieren Sie sich lieber auf sich selbst.«

Professor Chase' Blick war nun eindringlich, als er in die Menge hinabsah. »*Sie* sind für Ihre Zukunft verantwortlich. Niemand sonst. Nicht Ihre Eltern, nicht Ihre Lehrer, nicht Ihre Mitschüler. Das sollten Sie sich immer vor Augen führen. Ebenso wie die Tatsache, dass Sie privilegiert sind. Nicht weil viele Ihrer Eltern finanzstark sind, sondern weil Sie alle hier, auf der Arcadia, die Möglichkeit haben, die Welt zu verändern. Sie haben das Privileg, von den besten Lehrern Europas unterrichtet zu werden. Also seien Sie neugierig! Erleben, erlernen, erschaffen Sie und lassen Sie die Menschheit daran teilhaben! Nun, vielleicht nicht gleich die ganze Menschheit … ich gebe an dieser Stelle lieber das Wort weiter, bevor ich mich um Kopf und Kragen rede. Security Director Dr. Doris Miller hat Ihnen jetzt noch einiges über unsere Geheimhaltungspolitik zu erzählen.« Mit diesen Worten forderte Professor Chase eine Frau auf, hervorzutreten.

Sie trug ihr schwarzes Haar zu einem straffen Dutt gebunden. Ihre Miene war nicht weniger streng. Dr. Miller rückte das Mikrofon zurecht und eine raue, rauchige Stimme erschallte: »Vielen Dank, Thomas.« Sie räusperte sich und warf einen kurzen Blick auf ihre Notizen. »Wie Sie wissen, hat hier in der Arcadia neben Ihrer Ausbildung auch die Geheimhaltung eine hohe Priorität. Daher haben wir alle elektronischen Nachrichten- und Telefonfunktionen auf Ihren Vision-Qs deaktiviert, ebenso wie alle Applikationen, die einen Kontakt zur Außenwelt herstellen, wie Computerspiele und Suchmaschinen. Ihre Arbeitstablets, die Sie von uns erhalten werden, sind ebenfalls entsprechend blockiert. In unserem Kommunikationszentrum gibt es Kabinen, von denen aus Sie jeden Freitag ein Telefonat führen dürfen. Wir behalten uns das Recht vor, alle Gespräche abzuhören und zu protokollieren, daher möchte ich Sie davor warnen, vertrauliche Informationen preiszugeben oder sehr private Themen zu besprechen. Die *Big Three* der Technologiewirtschaft waren uns in der letzten Zeit verdächtig dicht auf den Fersen, was ihre technischen Entwicklungen betraf. Wir gehen davon aus, dass Informationen nach außen gedrungen sind, und untersuchen das. Bis wir den oder die Schuldigen gefunden haben, sehen wir uns gezwungen, unsere Sicherheitsvorkehrungen zu verschärfen. Sollten wir bis Weihnachten keinen Erfolg erzielen, so ist es Ihnen vorerst nicht gestattet, in den Ferien nach Hause zu fliegen.«

Was? Emily konnte es nicht fassen. Sie sollte noch länger von ihrer Familie getrennt sein, als sie es ohnehin schon sein würde?

Unter den Schülern brach ein Tumult aus, den Dr. Miller nur schwer bändigen konnte. »Bitte beruhigen Sie sich. Ruhe! Sie alle haben die Möglichkeit, heute noch aus dem Programm auszusteigen. Wer jetzt schon weiß, dass er unbedingt das Weihnachtsfest zu Hause verbringen will, den werden wir nicht daran hindern, zu gehen.«

Emily war sich nicht sicher, was sie von der ganzen Sache halten sollte. Auch die anderen schienen aufgebracht, doch zumindest wurde es wieder etwas ruhiger, sodass Dr. Miller fortfahren konnte.

»Außerdem müssen wir Sie alle bitten, ein neues Geheimhaltungsformular zu unterschreiben. Die älteren Schüler werden es schon kennen, aber auch Sie müssten bitte über Ihr Vision-Q eine Unterschrift leisten, da es sich um eine aktualisierte Fassung handelt.«

Emily schaltete ihr Holoband ein und verband sich. Augenblicklich erschien das Formular vor ihr.

»Wir machen erst weiter, sobald Sie alle unterschrieben haben. Ich rate Ihnen, alles ganz genau zu lesen. Im Zweifelsfall geht es um Ihre Existenz.«

Emily las sorgfältig Zeile um Zeile. Im Grunde ähnelte die Vereinbarung der aus dem Testzentrum, nur war nun das Bußgeld astronomisch und eine jahrelange Haftstrafe drohte zudem. Emily schluckte schwer und sah sich um. Als die Ersten unterzeichneten, gab sie sich einen Ruck und tat es ihnen nach. Wenn sie einfach nur den Mund hielt, würde ja nichts geschehen.

Das Vision-Q rief ihre Personendaten auf und überlagerte die Unterschriften. *97 % Übereinstimmung*. Ein grünes Häkchen erschien und das Formular verschwand.

Emily blickte wieder zur Bühne und konnte auf dem Bildschirm sehen, wie Dr. Miller ihr Touchpad studierte. Die roten Kreuzchen hinter den Namen wurden nach und nach von Häkchen abgelöst, nur bei einer Person schien es etwas länger zu dauern. Doch dann war schließlich alles grün und auf den Vision-Qs tauchte ein weiteres Formular auf.

»Ich bitte Sie jetzt noch, die Internatsregeln zu lesen, zu verinnerlichen und ebenfalls zu unterschreiben.«

Wieder dauerte es eine Weile, bis alle fertig waren und Dr. Miller noch einmal das Wort ergriff.

»Wunderbar. Ich wünsche Ihnen allen ebenfalls ein herzliches Willkommen und viel Erfolg bei Ihrem Studium. Ich will Sie nicht noch länger auf die Folter spannen. Sicherlich sind Sie schon neugierig auf Ihre Zimmernachbarn und die Räumlichkeiten. Carey?«

Pfiffe tönten durch die Menge, als auf allen drei Bildschirmen die dunkelhaarige Frau erschien, die Emily aus dem Testzentrum kannte. Sie lächelte, aber ihre beschränkte Mimik ließ inzwischen darauf schließen, dass es sich entweder um eine künstliche Intelligenz oder um eine Synth handelte.

»Guten Tag, Schülerinnen und Schüler von Haus Minerva. Ich habe anhand von Algorithmen, in denen Ihre Verhaltensmuster und Ihre Leistungen einfließen, die Zimmerverteilung berechnet. Unsere Erfahrung hat gezeigt, dass die Unterbringung in einem Zweibettzimmer am besten für eine erholsame Ruhephase und gleichzeitig für Ihre Sozialisierung geeignet ist. Vergessen Sie bitte nicht, dass Sie mitverantwortlich sind für den Erfolg oder Misserfolg Ihrer Zimmergenossen. Sie helfen sich bei den Schulaufgaben außerhalb des Silentiums, bei den Vorbereitungen zu den Prüfungen und passen aufeinander auf. Sollte es eine Verfehlung geben, werden stets beide Bewohner zur Verantwortung gezogen. Sobald Sie Ihre Zimmernummer wissen, gehen Sie bitte zu den Mitarbeitern, die vorne auf Sie warten. Sie werden Sie auf Ihre Zimmer begleiten.«

Vor der Bühne wurden transparente Tablets mit leuchtenden Zahlen hochgehoben: Zimmer 1 – 25, 26 – 50 bis hin zu 576 – 600, aber auch welche mit einzelnen Namen, zu denen keine Zimmernummer vermerkt war. Zunächst herrschte angespannte Stille im Raum, doch je mehr Namen und Zahlen aufgerufen wurden, umso mehr Bewegung und damit verbundener Lärm kam auf. Carey war kaum noch zu verstehen. Doch so gebannt Emily auch auf die Bildschirme mit den Einblendungen starrte, ihr Name tauchte nicht auf.

Sie spürte, wie sie langsam nervös wurde. *Was, wenn auf den letzten Metern doch noch etwas schiefläuft? Wenn das Programm berechnet hat, dass ich sozial ungeeignet bin, oder das Testergebnis falsch gewesen ist?*

Emily versuchte, sich einzureden, dass sie sich völlig grundlos Sorgen machte, und rückte weiter zur Bühne vor.

»Zimmer 518. Nathalie Johnson, 3. Jahr. Samantha Felton, 1. Jahr.«

Ein Mädchen löste sich aus der Gruppe vor ihr und Emily sah, dass sie an einer Leine einen Roboterhund mit sich führte. Eigentlich war es nicht erlaubt, eigene Robo-Pets mit in die Arcadia zu bringen, aber womöglich hatte das Mädchen ein körperliches Defizit. Sie schien nicht blind zu sein, denn sie streifte Emilys Blick und sah sie direkt an. Aber auch für Gehörlose konnten diese Tiere lebensrettend sein. Sie warnten ihre Besitzer vor Gefahren oder holten Hilfe, wenn nötig.

»Zimmer 519. Suri Dobson, 2. Jahr, Emily Thorne, 1. Jahr.«

Emilys Herz machte einen Satz. Ungläubig prüfte sie noch einmal den Bildschirm, als sie bemerkte, dass Professor Chase sein Gespräch unterbrochen hatte und zu ihr rübersah.

Er musterte sie. Dann lächelte er.

Emily wollte freundlich wirken, aber ihr Gesicht fühlte sich von der Anspannung mittlerweile so taub an, dass sie nur ein schmales Lächeln hervorbrachte. Chase schien ihr wohlgesonnen, was ihr in Anbetracht der ganzen Ablehnung um sie herum Mut machte, also versuchte es Emily noch einmal mit einem breiteren Lächeln. Doch der Professor nickte nur und wandte sich wieder seinem Gespräch zu.

»Sind Sie Emily Thorne?«, fragte die junge Frau, die das Schild 501 – 525 in der Hand hielt.

»Ja«, antwortete Emily.

»Gut, dann schließen Sie sich bitte der Gruppe an. Ich bringe Sie gleich rüber zum Sicherheitscheck und anschließend auf die Zimmer. Ihre Mitbewohnerin ist Miss Suri Dobson, richtig?«

Emily nickte. »Dann muss ich Ihnen leider mitteilen, dass Sie vorerst noch allein auf dem Zimmer sein werden. Ihrer Mitbewohnerin ging es nach der Anreise nicht gut. Sie liegt im Krankenflügel und wird frühestens morgen entlassen. Wenn Sie sich allein fühlen oder Unterstützung brauchen, können Sie sich an Ihre Nachbarinnen aus Nummer 520 wenden. Dort ist ebenfalls eine Stipendiatin, als auch Theresa aus dem 2. Jahrgang, untergebracht.«

Sie deutete auf zwei Mädchen, die sich gerade unterhielten. Eines von ihnen hatte rotes, geflochtenes Haar und zeigte auf Emily, während die Zimmernachbarin grinste.

Emily würde sich ganz sicher nicht ausgerechnet an Jennifer wenden. Da blieb sie lieber allein.

ARCADIA ACADEMY –
REGELN DES HAUSES MINERVA

- Alle Schüler haben um 20 Uhr auf ihren Zimmern zu sein – außer an Gemeinschaftsabenden, die gesondert angekündigt werden. Werktags gilt absolute Bettruhe ab 22 Uhr, an Wochenenden ab 24 Uhr.

- Der Besuch von Freunden auf dem Zimmer ist nur gestattet, solange sich die Nachbarn nicht davon gestört fühlen.

- Die Schüler sind verpflichtet, ihre Zimmer ordentlich zu halten, einmal die Woche zu putzen und pfleglich mit den gemeinschaftlich genutzten Bereichen umzugehen.

- Die Teilnahme am nachmittäglichen Silentium, bei dem unter Aufsicht die Hausaufgaben gemacht werden, ist obligatorisch.

- Neben dem regulären Sportunterricht sind die Schüler verpflichtet, zweimal die Woche an einer Sport-AG teilzunehmen.

- Schuluniformen sind werktags bis 16 Uhr zu tragen, außerhalb dieser Zeiten ist angemessene Freizeitkleidung erlaubt.

- Angemessenes Sozialverhalten untereinander ist Basis des Zusammenlebens. Jedwede körperliche oder verbale Gewalt wird nicht toleriert. Verstöße werden streng geahndet.

- Der Konsum von Tabak, Alkohol oder Drogen zieht den sofortigen Schulverweis nach sich.

17

BEN

Sonntag, 18. September 2050

Ben wusste nicht, was es mit diesem Mädchen vom Rollfeld auf sich hatte, aber da war etwas an ihr, das ihn faszinierte. Möglicherweise lag es an dem fürsorglichen Verhalten ihrer Familie, das bei ihm die Erwartung weckte, dass sie eine ebenso liebenswürdige Person sein musste. Oder er hatte noch immer ein schlechtes Gewissen wegen ihrer Schwester. Auf jeden Fall trug er Mitschuld daran, dass sie beim Betreten des Shuttles keine Jacke mehr trug. Seine ablehnende Art auf dem Aeroport musste ihr das Gefühl gegeben haben, eine Außenseiterin zu sein, und als solche fiel man am besten nicht auf – was sich mit einer knallroten Jacke in einem Meer aus Blau eher schwierig gestaltete. Also hatte sie sie wohl vor dem Abflug in den Koffer gepackt.

Ben schloss die Augen. Sie hatte ihm bei der Ankunft

wirklich leidgetan. Er wusste selbst, wie es war, zu frieren, wenn man nicht das Geld für entsprechende Kleidung hatte. Wie oft hatten Ben und sein Vater nachts vor einem kalten Heizkörper gesessen. Wie groß war der Wunsch nach dickeren Klamotten oder Decken gewesen. Er hatte versucht, dem Mädchen seine eigene Jacke anzubieten, aber sie hatte sich bei seinem Anblick sofort umgedreht und war vor ihm geflüchtet. O Gott, wie er es jetzt schon hasste, Kayne zu sein.

Und es würde wohl nicht besser werden.

Der einzige Vorteil an seinem Kayne-Sein bestand darin, dass dessen Eltern so viel Fördergeld in die Arcadia pumpten, dass er ein Einzelzimmer beziehen durfte. Bei reichen Kindern machte man sich offenbar keine Sorgen wegen der Sozialisierung, die ja angeblich mit zwei Leuten auf einem Zimmer am besten funktionierte. Ben beschwerte sich trotzdem nicht.

Tatsächlich schien *Widevisions* mit Kayne Vermont Junior den perfekten Kandidaten für ihre Doppelgänger-Aktion ausgewählt zu haben. Das Einzelzimmer gewährte Ben die Privatsphäre, die er dringend brauchte, wenn er seine Aufgabe erledigen wollte. Dass es zudem über ein eigenes Bad mit Wasserfalldusche und einem Putzautomaten ausgestattet war, der so eingestellt war, dass er zur Unterrichtszeit die Räumlichkeiten säuberte, war ein zusätzliches Plus. Aber am wichtigsten war, dass Ben sich zurückziehen konnte, ohne peinlichen Fragen ausgesetzt zu sein, durch die er sich zwangsläufig irgendwann in einem Netz aus Lügen verstricken würde. Niemand, der auf ihn aufpasste, weil derjenige sonst ebenso zur Verantwortung gezogen werden würde wie er selbst. Hier, in seinem kleinen Reich, hatte Ben die Möglichkeit, Kontakt zu seinem Auftraggeber und zum Team aufzunehmen, ohne darauf warten zu müssen, dass er sich allein auf dem Zimmer befand.

Im ganzen Privatflügel, der insgesamt zehn Räume umfasste, sollten nur noch ein Mädchen und ein weiterer Junge untergebracht sein. Das erleichterte die Sache ungemein, aber leider begegnete man sich dennoch. So wie jetzt, als Ben aus dem Zimmer trat, um zum Empfangsdinner in den Speisesaal zu gehen. Er holte tief Luft, versuchte, seine Aufregung zu verbergen und so zu wirken, als würde ihn das alles hier in keiner Weise beeindrucken.

»Du musst also Kayne sein. Wir haben uns im Shuttle gesehen, aber da wusste ich noch nicht, wem ich den Namen zuordnen darf.« Der nasale Unterton ließ sich kaum überhören und verlieh dem fast weißhaarigen Jungen einen gewissen Hauch von Arroganz. Sicherlich war das so gewollt, ebenso wie sein ganzes Auftreten einstudiert wirkte. Er musste schon als Kind darauf gedrillt worden sein, sich derart zu bewegen. Der Junge ging nicht – er stolzierte. Schultern und Rücken waren kerzengerade, die Schritte ausgreifend, das Kinn gereckt, sodass er trotz seiner kleinen Statur den Anschein erweckte, auf alles hinabzublicken.

»Man hat es anscheinend verpasst, mir deinen Namen

zu verraten«, sagte Ben und schwitzte innerlich, weil er fürchtete, einen Fehler zu machen. Immerhin schienen Kayne und dieser Junge sich nicht näher zu kennen.

»Oh, ich denke, mein Wissensvorsprung liegt eher darin begründet, dass meine Eltern an Verfolgungswahn leiden. Sie haben sich bereits im Vorfeld darüber erkundigt, wer die Schule besucht, und vor allem, wer mit mir im Privatflügel untergebracht sein wird. Dein Vater ist der Vorstand von *Aventix*, nicht wahr?«

Ben nickte. *Weniger Worte, weniger Probleme,* hatte Mac ihm eingeschärft.

»Ich bin Dave McMillan.« Der Junge streckte ihm seine Hand entgegen. »Sehr erfreut.«

»Ebenfalls«, sagte Ben und ergriff sie. Daves Finger waren eiskalt, wie die eines Toten. Bevor ihm zu viele Fragen gestellt wurden, lenkte Ben das Gespräch lieber auf Dave. Menschen wie er redeten gern über sich selbst. »McMillan. Aus Richmond?«

»Eben von dort.«

»Dein Vater ist der Medienmogul?« Die ganzen Vorbereitungen schienen tatsächlich zu etwas nutze zu sein.

»So ist es«, antwortete Dave und ließ ein Lächeln aufblitzen. »Ich interessiere mich nicht für Robotik, aber mein Vater wollte, dass sich zumindest einer aus der Familie mit automatisierten Vorgängen auskennt, und die Wahl fiel bedauerlicherweise auf mich.«

Doch Ben ahnte, dass dies nicht der einzige Grund war. *McMillanMedia* hatte einen äußerst schlechten Ruf. Das

Unternehmen war für seine nationalistischen Ansichten und die hetzerische Berichterstattung bekannt. Aber ihr Publikum ließ sich bereitwillig von den Lügen einlullen. Das war so wunderbar bequem, denn solange jemand anders die Schuld an jedweder Misere trug, musste man sein eigenes Handeln nicht überdenken. Klimakatastrophenleugner, Nationalisten, Rassisten, Homosexuellenhasser – sie alle bekamen von *McMillanMedia* eine Rundumbetreuung in Sachen Verschwörungstheorien, Vorurteile und Hirngespinste. Einen der Söhne jetzt auf eine Schule wie die Arcadia zu schicken und ihren Kritikern damit vorzugaukeln, dass sich das Unternehmen gemeinnützig engagieren würde, war Augenwischerei, aber vermutlich würde die Rechnung dennoch aufgehen.

»Und? Ist dein Zimmer genehm?«, fragte Dave.

»Es gibt bessere«, blieb Ben bei seiner Wenige-Worte-Taktik, während sie beide den Gang hinunterliefen.

»Da bin ich ganz deiner Meinung.« Dave nickte bekräftigend. »Es ist ja ganz famos, dass wir einen Putzroboter haben, aber einen Servant könnte man auch gut gebrauchen.«

Sicher. Jemand wie Dave hatte wahrscheinlich wenig Lust, sich selbst Tee zu kochen oder nach dem Badetuch greifen zu müssen.

»Das solltest du mal anbringen«, schlug Ben vor.

»Das sollte ich tun, oder?«

»Unbedingt. Ich unterstütze dich dabei.«

»*Hm*«, machte Dave und musterte Ben von oben bis

unten. »Das zwischen uns könnte eine sehr nützliche Verbindung werden. Vielleicht komme ich darauf zurück. Und ich denke, es gibt noch andere Sachen, bei denen wir uns gegenseitig helfen können.«

Ben zog die Stirn in Falten, aber Dave fuhr schon fort: »Ein Schuljahr ist lang und in so einem Privatflügel kann es verdammt einsam und langweilig werden. Wir könnten zusammen ein bisschen was anstellen. Hast du schon einen Blick auf die Mädchen geworfen?«

»Nein«, antwortete Ben und drückte auf den Knopf, der die hydraulische Tür vom Privatbereich zum großen Korridor öffnete. Sofort erfasste sie die Lärmkulisse, von der sie zuvor abgeschottet gewesen waren. Gesprächsfetzen drangen zu ihnen, Rufe und Lachen, während die anderen Schüler aus ihren Fluren strömten und dem Gang Richtung Speisesaal folgten.

»Ich helfe dir, du hilfst mir«, sagte Dave, als sie sich in dem Strom einreihten. Ben verstand nicht, worauf McMillan hinauswollte. Er wirkte nicht gerade wie der schüchterne Typ, der Unterstützung beim Anbaggern benötigte. Aber Ben fragte nicht weiter. Wenn er ehrlich war, wollte er es gar nicht so genau wissen.

»Ich sage dir, da sind schon ein paar Schönheiten dabei. Aber wir müssen ein bisschen auf uns achtgeben. Nicht, dass sich hinter der hübschen Fassade doch noch eine *Stipse* versteckt.«

Sicherlich war das Wort die wenig schmeichelhafte Umschreibung für Stipendiatin.

McMillan deutete nun auf ein Mädchen mit gelockten blonden Haaren, das vor ihnen ging. »Die da. Sehr nett anzusehen. Aber eben eine Stipse.«

Daves Blick wanderte durch die Menge, bis er jemand anderen entdeckte und die Hand hob. Ben folgte seinem Fingerzeig. Etwas weiter vor ihnen ging das braunhaarige Mädchen, das sich immer wieder in seine Gedanken stahl.

»Ganz allein unterwegs, das arme Ding. Wahrscheinlich wollte selbst die Zimmernachbarin nichts mit ihr zu tun haben.«

»Lass mich raten. Sie ist auch eine Stipse?«

Dave nickte. »Zumindest ist sie nicht so hübsch, dass man wirklich in Versuchung geraten würde.«

»Du hast sie also schon aus nächster Nähe gesehen?«

»O ja, als ihre furchtbare Familie sie zum Shuttle gebracht hat. Du musst die ganze Bagage doch auch bemerkt haben. War kaum zu übersehen.«

Ben presste die Lippen aufeinander. »Ja, ich erinnere mich dunkel.«

Dave lachte. »Eine schöne Wortwahl. Dunkel trifft ihre Herkunft wohl. Und ihr Name ist ebenso gewöhnlich wie ihr Aussehen. Gestatten? Das dort ist Emily Thorne.«

Er sprach den Namen so laut aus, dass er die Gespräche aller anderen in der Umgebung übertönte. Emily verlangsamte ihren Schritt und drehte sich zu ihnen herum.

Am liebsten wollte Ben vor Scham im Boden versinken. Schon wieder.

Emily schaute rasch weg, aber McMillan ließ die Sache nicht auf sich beruhen. Stattdessen lief er schneller, bis sie beide zu ihr aufgeschlossen hatten. »Sieh dir nur diese Haare an. Die sehen aus, als hätten sie noch nie einen Friseur gesehen.«

Ben bemerkte, wie ihre Schultern augenblicklich einsackten und sie den Kopf senkte. Er wollte etwas sagen – und schwieg dennoch. Er konnte es sich nicht leisten, sich Feinde zu machen, schon gar nicht so mächtige, also biss er die Zähne zusammen und hasste sich selbst für seine Untätigkeit.

»Man hätte sie auf den Feldern von Cornwall als Vogelscheuche einsetzen sollen, dann hätten wir jetzt vielleicht noch Getreide!«

Ben ballte die Hände zu Fäusten. Er spürte, wie seine Selbstbeherrschung erste Risse bekam. Emily beschleunigte ihren Schritt. Ihre Züge wurden kurz von der Seite sichtbar, als sie ein paar Schüler überholte, und Ben wurde ganz heiß, weil ihr die Verletzung so klar und deutlich ins Gesicht geschrieben stand.

»Hey, Vogelscheuche!«, schrie Dave ihr hinterher. »Kennst du den hier? *Ein Schreckgespenst im Felde steht, den Leib gar voll mit Wanzen …*«

»Das reicht!« Ohne weiter darüber nachzudenken, packte er Dave am Kragen. Ben schob ihn vor sich her, bis sie die Wand erreichten, und presste ihn rücklings dagegen.

»Du hörst jetzt sofort auf, so ein mieses Arschloch zu sein.«

»Hey, Kayne, alles cool, alles cool!« Dave hob beschwichtigend die Hände und blickte über Bens Schulter, als dieser plötzlich angetippt wurde. Er drehte sich um.

Hinter ihm stand eine Lehrkraft. Sie warf Ben einen strengen Blick zu, sodass er den Griff um Daves Pullunder lockerte und ihn schließlich ganz losließ.

»Sie sind Mr Vermont Junior, nicht wahr? Welchen Teil von *jedwede Gewalt wird nicht toleriert* haben Sie denn nicht verstanden?«

Ben spürte erst jetzt, wie heftig sein Herz schlug. Sein Puls raste.

»Nun? Dürfte ich erfahren, was hier los ist?«

Ben atmete tief durch, versuchte, sich zu beruhigen. Er hatte Angst, dass ihm etwas herausrutschen könnte, das ihm noch mehr Schwierigkeiten einbrachte. Schimpfwörter brannten auf seiner Zunge. Sie alle wurden McMillan nicht gerecht, würden Ben aber ein Ticket nach Hause einbringen.

»Nur eine kleine Meinungsverschiedenheit«, presste er zwischen zusammengebissenen Zähnen hervor.

»Dann hoffe ich sehr, dass Sie diese nun beigelegt haben. Sie begeben sich sofort zum Essen. Friedlich. Sonst gibt es eine Verwarnung.«

»Natürlich.«

»Sie beide geben sich jetzt die Hand. Verstanden?« Die Lehrerin wandte sich ab und ging weiter, fügte aber noch ein »Ich beobachte Sie« hinzu.

Unwillig streckte Ben McMillan die Hand entgegen.

Dave ließ sich Zeit. Er zog seinen Pullunder gerade und rückte das Hemd und den Krawattenknoten zurecht. Erst als die Lehrerin wieder zu ihnen hinüberschaute, schlug er ein. Dann beugte er sich zu Ben hinüber und senkte die Stimme: »Gut zu wissen, dass du Vogelscheuchen magst, Vermont. Fehlt nur noch, dass du auch auf Synths abfährst – die stehen ungefähr auf der gleichen Stufe wie dieser Bodensatz. So was wie diese Emily sollte man bei der Geburt ertränken. Die Ressourcen auf unserer Erde sind zu knapp, um sie für so eine zu verschwenden.«

Etwas in Ben setzte aus. Das Nächste, was er wahrnahm, war ein am Boden liegender McMillan. Blut strömte aus dessen Nase, besudelte das Hemd, die Hände, den weißen Fußboden.

Und in diesem Moment wurde Ben klar, dass er alles vermasselt hatte.

18

EMILY

Sonntag, 18. September 2050

Emily wollte das Abendessen nur noch hinter sich bringen. Es gab eine weitere Willkommensrede, in deren Anschluss die beleuchteten Wände rundherum gedimmt wurden und den Saal in schwaches Licht tauchten. Es war Emily nur recht. Am liebsten wollte sie ganz in der Dunkelheit verschwinden und statt der anderen Schüler nur noch die Projektion des Weltalls im kuppelförmigen Dach sehen – das flimmernde Licht der Polarlichter, die Dunstschwaden und die Nanodrohnen, die wie funkelnde Sterne durch den künstlichen Kosmos glitten. Aber wegen des Essens musste wohl eine gewisse Helligkeit bestehen.

Die Schüler konnten mit ihren Vision-Qs zwischen drei Menüs auswählen. Wenig später fuhren auf den Schienen, die über den Speisetafeln schwebten, kleine Wagen heran. Die kugelförmigen Fahrzeuge, die wie Schwebebahn-

Waggons an den Gleisen hingen, öffneten ihren Bauch. Zum Vorschein kamen zwei Roboterarme, die zunächst ein rundes Tablett mit Essen, Besteck und Stoffserviette auf dem Tisch platzierten. Anschließend holten sie Glas und Flasche aus dem Inneren der Kugel und schenkten das Getränk vor den Augen der Schüler ein. Emily bemerkte, wie aufgekratzt alle waren und wie glücklich, endlich hier zu sein. Doch immer, wenn jemand zu ihr herübersah, senkte er entweder beschämt den Blick oder starrte Emily regelrecht an. Ihre direkten Sitznachbarn tuschelten hinter vorgehaltener Hand und ließen sie nur allzu deutlich spüren, dass sie nicht hierher gehörte. Ein Fehler in dem sonst so perfekten Bild.

Vogelscheuche.

Als das Abendessen endlich beendet war, huschte Emily durch den Gang zu den Schlafräumen, drängte sich an den anderen Mitschülern vorbei, die sie nur noch als verschwommene Schemen wahrnahm. Sie wollte so schnell wie möglich auf ihr Zimmer zurück. Im Moment war es der einzige Ort, den sie mit einem Gefühl von Sicherheit verband. Natürlich war sie davon ausgegangen, dass sie es als Stipendiatin schwerer haben würde als andere. Aber dass es gleich zu Beginn so hässlich werden könnte, damit hatte sie nicht gerechnet.

Noch bevor sie ihre Zimmertür erreichte, spürte Emily schon die salzige Wärme von Tränen auf ihren Wangen. Wütend über sich selbst wischte sie sich mit dem Handrücken über das Gesicht. Die anderen sollten sie nicht weinen sehen! Sie durften nicht merken, wie sehr sie ihr Heimweh quälte und wie nahe ihr die Gemeinheiten gingen.

Ein Schreckgespenst im Felde steht, den Leib gar voll mit Wanzen …

Nur noch wenige Meter, dann wäre sie endlich allein. Emily rief auf ihrem Vision-Q das Zimmerprogramm auf. Auf dem Bedienfeld setzte sich ein holografischer Schlüssel zusammen, den sie vor die Kamera neben dem Schild mit der *519* hielt. Mit einem leisen Klicken öffnete sich das Schloss. Emily stürmte ins Zimmer und warf die Tür hinter sich zu. Jetzt bemühte sie sich nicht mehr, ihre Tränen fortzublinzeln. Sie wandte sich der Nische mit ihrer Schlafkoje zu, als eine weibliche Stimme ertönte: »Hallo.«

Emily blieb wie vom Blitz getroffen stehen. *Ihre Mitbewohnerin.* Warum war sie ausgerechnet jetzt aus dem Krankenflügel entlassen worden? Emily schloss die Augen und versuchte, sich zu fassen. Wenn sie sich umdrehte, wüsste das Mädchen sofort, dass sie geweint hatte.

»Ist alles in Ordnung?«

Nein, nichts ist in Ordnung! Gibt es hier nicht irgendeinen Ort, an dem man in Ruhe gelassen wird?

Emily dachte nach. Die Türen, die die Schlafkojen vom Rest des Raums abtrennten, konnten ab 22 Uhr geschlossen werden. Also erst in drei Stunden. Vielleicht sollte sie sich bis dahin im Bad verkriechen? Doch noch bevor Emily handeln konnte, hörte sie Schritte hinter sich. Das

Mädchen musste sich direkt zwischen sie und dem Bad postiert haben, als hätte es ihren Fluchtplan erraten.

»Alles in Ordnung«, meinte Emily.

»Prima, dann kann ich mich ja jetzt ganz offiziell vorstellen. Ich bin Suri. Suri Dobson. Deine Mitbewohnerin.«

»Ich dachte, du kommst frühestens morgen aus dem Krankenflügel«, sagte Emily und bemerkte selbst, wie schroff ihre Worte klangen.

»Oh, na ja, die haben mich schneller wieder hingekriegt als erwartet«, entgegnete Suri lachend. Ihrem Tonfall nach war sie nicht beleidigt. »Du hattest wohl gehofft, noch ein bisschen allein zu sein? Ich bemühe mich, dir nicht auf die Nerven zu gehen.«

Emily sah zur Decke. Sie würde diesen ersten Eindruck nie wiedergutmachen können. Diese Suri musste sie jetzt schon für eine Idiotin halten.

»Ich bin Emily«, sagte sie leise und wischte sich die letzten Tränenspuren fort. »Und bevor du es von jemand anderem erfährst – ich bin eine Stipendiatin.« Mit diesen Worten drehte sie sich um. Vor ihr stand das Mädchen mit türkisblauem Haar vom *Rocket Roll*, das ihr geholfen hatte, Jennifer auf Abstand zu halten – und zeigte ihr das wärmste Lächeln, das Emily je gesehen hatte.

»Weiß ich doch. Wir kennen uns schon. Hi.«

»Was? Du hier? Ich meine, wie kann das sein?«

Das Lächeln auf Suris Gesicht wurde noch breiter und brachte zwei Reihen perfekter, weißer Zähne zum Vorschein. Erst jetzt bemerkte Emily, dass auf einem ihrer

Vorderzähne ein Kristall funkelte. »Ich habe als Ferienjob beim *Rocket Roll* ausgeholfen. Die nehmen gern Schüler aus der Arcadia dafür. Super Nebenverdienst, kann ich dir für die nächsten Sommerferien nur empfehlen. Und auch wenn ich nicht weiß, wie du das Rennen noch verlieren konntest, freu ich mich riesig, dass du trotzdem den Weg hierher gefunden hast.« Sie zwinkerte. »Und noch mehr freu ich mich, dass wir jetzt Zimmerpartnerinnen sind. Wer weiß, vielleicht hat Carey anhand ihrer Algorithmen entdeckt, dass wir uns schon begegnet sein müssen. Tut mir nur leid, dass ich dich heute nicht zum Dinner begleiten konnte. Wie war es denn?«

Emily hatte wegen der Dauerbeobachtung kaum einen Bissen herunterbekommen. »O-kay.«

Suri nickte wissend. »Die Küchenroboter können Rezepte zwar nachkochen, aber es fehlt immer an Würze. Aber weißt du, was?« Sie lehnte sich zu Emily hinüber und senkte verschwörerisch die Stimme. »Ich hab mir das fast gedacht. Deswegen habe ich aus dem Krankenflügel ein paar Sandwiches, Kuchen und Kekse stibitzt, die dringend vernichtet werden müssen. Das ist der einzige Vorteil, wenn man da oben liegt. Da kocht und backt noch Mr Clearwater.« Sie deutete auf ein paar Teller, die auf dem Tisch vor dem kleinen grauen Sofa standen. Wäre Emily nicht so kopflos in das Zimmer gestürzt, hätte sie sie sicher schon beim Eintreten bemerkt. »Ich mach uns mal einen Tee. Darjeeling?«

»Orange, bitte.« Emily ging zur Couch hinüber und

setzte sich, während sie hörte, wie Suri mit Wasser und Bechern an der kleinen Tee-Ecke hantierte.

»Bedien dich ruhig. Ich hab schon gegessen.«

Emily biss ein Stück von dem Sandwich ab, doch so lecker es auch war, Appetit wollte sich nicht einstellen. Suri beobachtete sie, sagte aber nichts dazu. Stattdessen redete sie munter weiter: »Heute muss ja schon ganz schön was los gewesen sein. Zumindest gab es im Krankenflügel ziemliche Unruhe, weil ein Junge verprügelt worden ist. Das hat es hier wohl schon lange nicht mehr gegeben.«

Emily setzte sich auf. »Wirklich? Das habe ich gar nicht mitbekommen.« Sie schluckte. »Ist … ist es ein Stipendiat gewesen, der verprügelt wurde?«

Suri lachte. »Oh, nein, nein, der Typ wäre viel zu dumm fürs Stipendienprogramm. Er gehört zu den reichen Jungs, die nichts weiter draufhaben, als das Geld ihrer Eltern zu verballern. Und wenn du mich fragst, hatte er es bestimmt verdient, eins auf die Nase zu bekommen.«

Emilys Mitbewohnerin kam mit zwei Tassen zurück zum Sofa. Dann steuerte sie auf ihrem Vision-Q das Zimmerprogramm an und ließ auf der gegenüberliegenden Wand eine Kamin-Projektion erscheinen.

»Und? Wie gefällt es dir hier auf der Arcadia?«, fragte Suri und setzte sich neben Emily.

Sie antwortete nicht. Wieder spürte sie das beklemmende Gefühl aufsteigen, während Suri sie aufmerksam musterte.

»Ich verstehe. Du hast Heimweh, oder? Mach dir keinen

Kopf. Die Monate gehen schneller rum, als du denkst. Und zur Not hast du ja mich. Wenn jemand weiß, wie man die Zeit hier am besten totschlägt, dann ich«, versuchte Suri sie aufzumuntern und reichte ihr erneut den Teller. »Probier doch mal einen Keks. Die passen wirklich gut zum Tee.«

Emily wusste nicht, was der Auslöser war. Die unerwartete Freundlichkeit Suris? Das, was sich in den letzten Stunden aufgestaut hatte? Tränen lösten sich aus ihren Augenwinkeln und kullerten wieder über ihre Wangen.

»Nicht doch, nicht doch.« Suri stellte den Teller ab und nahm sie in den Arm, was dazu führte, dass Emilys Schultern noch stärker bebten.

»Ich … es tut mir leid. Ich vermisse nur meine Familie so schrecklich. Allein die Vorstellung, so lang von ihnen getrennt zu sein …«

»Das verstehe ich.« Behutsam streichelte Suri ihr über den Rücken. »Wein dich einfach aus. Ich weiß noch, wie mein erster Tag gewesen ist. Aber ich verspreche dir, es geht vorbei. Warte erst mal, bis ich dir alles gezeigt habe.«

»M-hm«, machte Emily.

Nachdem sie sich beruhigt hatte, schob Suri sie ein Stück von sich, hielt sie aber noch an den Armen fest.

»Pass auf. Ich weiß genau, was dich jetzt aufmuntern wird. Professor Chase hat mir nämlich etwas anvertraut. Er meinte, du könntest hier ein paar Startschwierigkeiten haben und ich sollte es dir eigentlich erst geben, wenn wir einen Notfall haben. Aber das hier ist einer, oder nicht?«

Emily sah Suri nach, während ihre Mitbewohnerin aufstand, zu ihrem Schrank hinüberging und ihn mit einem holografischen Schlüssel öffnete. Emily wunderte sich, da sich ihr eigener nicht abschließen ließ. Vielleicht war es das Privileg älterer Schüler. Suri holte ein Paket hervor und brachte es zu Emily hinüber.

»Los! Mach auf!«, forderte sie, aber Emily zögerte.

»Das ist vom Schulleiter, sagst du?«

»Ja, Ehrenwort!«

»Na gut.« Emily riss das schlichte, blaue Papier auf und öffnete den Karton. Als sie schließlich den Inhalt sah, schlug sie die Hände vor den Mund und erstickte einen Freudenschrei. Es war die Roboterspinne aus dem Stipendiumstest. *Filia*. Sie hatten sie repariert.

»Und? Freust du dich?«

»Und wie!«, rief Emily. »Gibt es einen Controller?«

»Nein, sie kann sich eigenständig bewegen. Der Schalter ist am Rücken.«

Also ist sie sogar modifiziert worden!

Aufgeregt suchte sie nach dem Knopf und betätigte ihn. Als die runden Kulleraugen sie erblickten, bewegten sie sich freudig auf und ab. Emily umarmte die Roboterspinne, die die kleinen Beinchen um ihren Hals legte und die warmen Augen an Emilys Nacken schmiegte.

Ja. Das fühlte sich schon viel besser an.

»Und ich habe noch etwas, das dir sicher gefallen wird.« Suri schnalzte mit der Zunge. »Willst du gar nicht wissen, was es ist?«

Emily lachte. »Doch, natürlich!«

»Ich habe zufällig einen sehr guten Draht in die Telefonzentrale. Ich weiß, dass wir eigentlich nur freitags zu Hause anrufen dürfen, aber was wäre, wenn ich eine Ausnahme bewerkstelligen könnte? Auch das müsste natürlich unter uns bleiben.«

Emily nickte. »Das wäre so lieb.«

»Dann trenn dich mal von unserem kleinen Haustier und komm mit.«

Behutsam setzte Emily die Spinne auf dem Bett ab und tätschelte ihren Kopf. »Wir sind gleich wieder da«, versprach sie und die Kulleraugen nickten aufgeregt.

Sie folgte Suri aus dem Zimmer und ließ sich zum Kommunikationszentrum führen. Ihre Mitbewohnerin grüßte jeden, der ihnen begegnete, alle waren freundlich und sprachen sie mit Namen an. Sie musste unglaublich beliebt sein.

Emily konnte gar nicht fassen, dass sie mit ihr so einen Glücksgriff gemacht hatte. Sie hatte zu Hause nicht viele Freunde zurückgelassen. Ihre Eltern hatten sie allein wegen ihrer Krankheit am liebsten daheim gehabt, sodass sie wenig unter Leuten gewesen war. Mehrmals hatte sie sich schon gefragt, ob sie sie absichtlich von anderen Menschen fernhielten, um sie vor Enttäuschungen zu bewahren. Aber bei Suri hatte sie das Gefühl, dass dort keine auf sie warteten. Ihre neue Mitbewohnerin plapperte fröhlich vor sich hin, erzählte von ihrem eigenen Zuhause, von ihrem großen Bruder, den sie zwar liebte, aber dem sie auch gern Streiche spielte, von ihren beiden Frettchen und ihrem großen Hobby, der Leichtathletik. Dann fragte sie Emily nach ihren Freizeitbeschäftigungen aus, wollte wissen, was sie mochte und was nicht, und hörte dabei so aufmerksam zu, als prägte sie sich jedes Detail genaustens ein.

Suri war so herzlich, dass man sie einfach nur gernhaben konnte, und Emily hatte sie schon lieb gewonnen, noch bevor sie am Kommunikationscenter angekommen waren.

»Da wären wir.« Suri hielt ihr die Tür auf und ließ sie eintreten. Dann ging sie zu einem Mitarbeiter rüber, lehnte sich über den Tisch und sprach mit leiser Stimme, während sie immer wieder zu Emily rübersah. Schließlich nickte der Mann und schob Suri eine Chipkarte zu. Suri schenkte ihm ein breites Lächeln, nahm Emily bei der Hand und zog sie zu einer der Kabinen rüber, die sie mit der Karte öffnete.

»Ich hab eine halbe Stunde für dich rausgeschlagen. Dank mir später«, sagte sie und bugsierte Emily in den kleinen Raum. »Grüß deine Familie ganz lieb von mir. Insbesondere deine kleine Schwester Anne und dein Meerschweinchen Grumpy.«

Emily nickte und ließ sich in den Sessel fallen, während Suri die Tür hinter ihr schloss. Auf dem schwarzen Bildschirm leuchtete in weißen Lettern: Verbindung wird aufgebaut. Schließlich ploppte das Bild ihrer Familie auf und die drei strahlten in die Kamera.

»*Mily!*«, rief Anne. »Mama und Papa haben mich gerade ganz aufgeregt gesucht, weil sie meinten, dass du eigentlich erst am Freitag anrufen solltest. Ich muss dir unbedingt erzählen, was Nobbo wieder ausgefressen hat …«

»Jetzt warte doch kurz und lass Mily erst mal erzählen, wie es ihr geht«, lachte ihre Mutter und wuschelte Anne durch die Haare. »Du siehst ein bisschen mitgenommen aus«, sagte sie schließlich etwas ernster. »Ist alles in Ordnung?«

»Alles bestens«, log Emily und versuchte ein Lächeln. Sie sollten sich keine Sorgen machen. Im Moment tat es einfach nur unendlich gut, sie zu sehen. »Es ist halt alles sehr groß hier und so anders als zu Hause. Aber ich habe eine Mitbewohnerin, die mir alles zeigen will. Sie heißt Suri. Stell dir vor, Anne, sie hat zwei Frettchen namens *Pech* und *Schwefel.*« Die Augen ihrer kleinen Schwester leuchteten und ermutigten Emily weiterzuerzählen. »Die zwei scheinen wirklich unverbesserlich zu sein. Schwefel ist die Ausbrecherkönigin und Pech hat eine Vorliebe für Gummi. Letztens, als Suri nicht aufgepasst hat, hat er sich doch tatsächlich an ihrer Zahnbürste vergriffen und sie in seinen Käfig verschleppt, wo sie dann auch ihre fehlenden Radierer und Haargummis gefunden hat …«

Anne lachte und Emily merkte, dass der Knoten in ihrem Magen sich endlich löste. Suri, Filia und jetzt ihre Familie – es gab ausreichend Gründe, sich auch hier geborgen zu fühlen. Mit ihnen gemeinsam würde sie die Zeit auf der Arcadia überstehen.

19

BEN

Sonntag, 18. September 2050

»Nun, Mr Vermont. Sie haben einen neuen Rekord aufgestellt – wenn auch einen sehr zweifelhaften. Bitte nehmen Sie Platz.«

Professor Dr. Chase sah Ben nicht an, während er mit ihm sprach. Stattdessen wandte er ihm den Rücken zu, trat an die Anrichte und schenkte sich eine Tasse Tee ein.

Ben setzte sich auf den Stuhl, der vor dem Schreibtisch des Schulleiters stand. Die Stille war nur schwer zu ertragen, aber aus Angst, etwas Verkehrtes zu sagen, hielt er lieber den Mund. Er versuchte gar nicht erst, seine Nervosität zu verbergen. Ein Blick auf seine Hände verriet ohnehin alles. Die Finger krampften sich um die Armlehnen. Auf den kalkweißen Handrücken traten die Äderchen blau hervor.

»Sie ahnen sicherlich, worin dieser Rekord besteht.«

Chase setzte die Kanne ab. »Noch nie hat es jemand geschafft, nach so kurzer Zeit auf diesem Platz zu sitzen.«

Und wie sehr Ben sich wünschte, dass er es nicht täte. Einen Wimpernschlag lang hatte er sich nicht unter Kontrolle gehabt. Und wegen dieses einen unbedachten Moments stand nun alles auf dem Spiel.

Professor Chase ließ sich Zeit. Er nahm sich mit der Zuckerzange einen Würfel und sah dabei zu, wie er in der Flüssigkeit versank. Dann griff er zu einem Löffel. Bens Sinne waren so geschärft, dass das Geräusch des Umrührens, das Schaben des Löffels am Porzellan, wie ein Kreischen in der Stille klang.

Chase kehrte an seinen Platz zurück, stellte die Tasse vor sich ab und setzte sich in seinen Sessel. Erst jetzt richtete er den Blick auf Ben. Es war keine Regung in seinem Gesicht erkennbar, keinerlei Enttäuschung, aber auch keine Spur von Mitgefühl.

»Sie haben die Internatsregeln unterschrieben und wissen, dass wir hier an der Arcadia gegenüber Gewalt keine Toleranz kennen. Egal, wie viel Ihre Eltern in die Förderung unserer Schule stecken, von einem derartigen Fehlverhalten kann man sich nicht freikaufen. Das ist Ihnen hoffentlich bewusst.«

Ben senkte den Kopf. »Ja, Sir.«

Chase griff nach dem durchsichtigen Tablet, das vor ihm auf dem Tisch lag, und hielt es mit einer Hand hoch. Es wurden mehrere einzelne Balken angezeigt, doch in einer Spalte waren es zwei. Der Obere war gelb, während der darunter rot blinkte. Auch ohne die Schrift dazu entziffern zu können, wusste Ben sofort, um welchen Wert es ging.

»Ich werde ganz offen zu Ihnen sein, Mr Vermont. Sie stellen mich vor ein Rätsel. Wir haben ein sehr zuverlässiges und lang erprobtes Testverfahren. Und dennoch gibt es bei Ihnen Abweichungen im Aggressionspotenzial, die ich mir nicht erklären kann.« Er legte das Tablet wieder hin und faltete seine Hände vor sich auf dem Tisch. »Wir haben Sie vor zwei Monaten geprüft. Und gerade eben haben wir das Prozedere mit Ihnen wiederholt.«

Ben hatte sich wirklich bemüht, an idyllische Landschaften zu denken, an einen Strand und einen funkelnden Sternenhimmel, als sie ihn angeschlossen und ihm all diese Bilder gezeigt hatten. Aber er blickte nicht auf eine friedliche Kindheit zurück, wie Kayne sie genossen hatte. Bens Jugend war geprägt von einem steten Kampf ums Überleben, von Hunger, Durst und Gewalt. Manche Eindrücke hatten bei ihm unweigerlich Impulse ausgelöst. Und genau diese konnte Professor Chase jetzt von Bens Diagramm ablesen. Seine Vergangenheit legte man eben nicht mit einer neuen Identität ab.

Es war etwas, mit dem er und sein Team gerechnet hatten, nur hatte keiner geahnt, dass es schon so früh zu Problemen führen könnte.

»Ihre Ergebnisse waren nicht nur unerwartet. Sie waren erschreckend. Mit diesen Werten hätten wir Sie an der Arcadia gar nicht angenommen. Und nach dem, was heute geschehen ist, hätten wir gut daran getan, Sie von vornherein abzuweisen.« Professor Chase lehnte sich in seinem Sessel zurück und schlug die Beine übereinander. »Ich möchte, dass Sie mir die Wahrheit sagen. Haben Sie den Test vor zwei Monaten manipuliert? Und wenn ja, wie?«

»Ich habe ihn nicht manipuliert«, antwortete Ben. Er war selbst erstaunt, wie klar seine Stimme klang, obwohl er sich so elend fühlte.

Chase nickte langsam. »Ich hatte es schon fast befürchtet. Und ich muss sagen, dass es mich ein wenig enttäuscht. Wäre es so gewesen, hätten wir das Verfahren optimieren können und zumindest einen Funken Nutzen aus Ihrer Anwesenheit gezogen, bevor Sie uns wieder verlassen.«

Verlassen?

Ben wurde plötzlich eiskalt. Sein ganzer Körper fühlte sich an, als wollte ihn etwas durch ein Loch im Boden nach unten ziehen. Er spürte, wie sämtliche Kraft aus seinen Gliedern wich. Bis eben hatte er noch Hoffnung gehabt, dass es bei einer Verwarnung bleiben würde und man ihm vielleicht noch eine zweite Chance gab. Aber jetzt war es Gewissheit. Es war wirklich alles umsonst gewesen.

Ich habe versagt. Ich habe meinen Vater im Stich gelassen. Ich werde seine Medikamente nicht bezahlen können. Er wird sterben und für mich gibt es keine Zukunft mehr.

Der Schulleiter maß Ben mit seinem Blick. Es war, als würde Chase spüren, dass er nicht die ganze Wahrheit erzählte. Ben ahnte, dass es dabei weniger um sein persönliches Schicksal ging als eher darum, ob es einen Fehler im System gab.

»Ist in der Zwischenzeit irgendetwas in Ihrem Leben vorgefallen? Etwas, das diese Abweichungen erklären könnte?«

Ben überlegte, ob ihm eine plausible Lüge einfiel, aber es gab nichts, was nicht sofort nachprüfbar gewesen wäre. Schließlich schüttelte er den Kopf. »Nein, Sir.«

Chase kniff die Augen zusammen. Er sah Ben so durchdringend an, dass der schon fürchtete, der Schulleiter würde die ganze Sache mit seinem Doppelgänger-Dasein langsam durchschauen. »Mr Vermont, Sie scheinen mich nicht zu verstehen. Ich kann Ihnen nicht helfen, wenn Sie mir so wenig geben, mit dem ich arbeiten kann. Können Sie mir denn wenigstens verraten, worum es bei dem heutigen Disput ging?«

Ben schluckte. Eigentlich wollte er Emily da nicht mit reinziehen. Aber er war gezwungen, alle Karten auf den Tisch zu legen, die er ausspielen konnte. Er musste die Aufmerksamkeit des Schulleiters auf die Gegenwart lenken, bevor der weiter in seiner Vergangenheit herumstocherte. Ben wollte sich gar nicht ausmalen, was geschehen würde, wenn die ganze Spionage-Sache ans Licht kam und was die Arcadia-Leitung mit ihm anstellen würde. Oder schlimmer noch – die Handlanger von *Widevisions*.

»Es ging um ein Mädchen. Ihr Name ist Emily«, stieß Ben hervor. Richtig ausgesetzt hatte es eigentlich erst, als

McMillan arme Leute als minderwertig, ja sogar als Ressourcenverschwender bezeichnet und sie dann auch noch mit Synths auf eine Stufe gestellt hatte. Dieser verwöhnte Bengel hatte ja keine Ahnung, welchen Überlebenskampf sie tagtäglich ausfochten – und das nicht zuletzt wegen der verhassten Synthetischen. Und seine Bemerkung über Emily hatte bei Ben die Wut überkochen lassen.

Während Chase bis eben noch vollkommen emotionslos gewirkt hatte, änderte sich seine Mimik schlagartig. Auf der Stirn des Schulleiters zeigte sich eine Falte. »Emily? Welche Emily?«

»Ich habe ihren Nachnamen vergessen, aber ich weiß, dass sie eine Stipendiatin ist.« Das stimmte nicht ganz. Dave hatte ihren Namen genannt und Ben hatte ihn sich natürlich gemerkt, aber er hoffte, zumindest in dem Punkt vage bleiben zu können.

»Dann ging es also um Emily Thorne«, murmelte Chase, mehr zu sich selbst als zu Ben. Der Schulleiter studierte Bens Gesicht. Abrupt drehte er sich auf seinem Sessel herum und sah zu dem Fenster, das vor ihm auf die Wand projiziert wurde. Es zeigte das anbrandende Meer vor der Küste Hirtas.

»Also schön. Ich möchte alles wissen. Erzählen Sie mir von Anfang an, worum es in dem Streit mit Mr McMillan ging.«

Jetzt wo Ben unbeobachtet war, fuhr er sich mit der Hand übers Gesicht. Seine Finger fühlten sich kalt an. Er musste doch nur wiedergeben, was geschehen war. Warum fiel es ihm dann so schwer, die Worte über seine Lippen zu bringen?

Er hatte keine Angst davor, Dave anzuschwärzen – dieser McMillan war ihm egal. Nein, es war viel mehr wegen Emily. Er hatte das Gefühl, ihr damit Schaden zuzufügen. Weil es dann eine weitere Person gab, die von dieser Sache wusste. Und er wollte nicht, dass ausgerechnet der Schulleiter Emily als Opfer sah, das im Alltag der Arcadia untergehen könnte. Soweit er wusste, legte die Academy Wert darauf, starke Persönlichkeiten mit Führungsqualitäten hervorzubringen.

»Sie zögern. Warum? War der Streit doch so unwichtig?«

»Nein, Sir. Ich möchte nur nicht, dass Sie ein falsches Bild von Emily bekommen. Dass Sie sie als Mobbingopfer sehen. Ich glaube, sie muss einfach noch ankommen.«

Professor Chase drehte sich wieder zu ihm herum. Fast meinte Ben, so etwas wie Erheiterung in seinen Zügen zu erkennen.

»Machen Sie sich keine Sorgen. Ich weiß, dass Miss Thorne kein Opfer ist. Bitte. Erzählen Sie.«

Stockend begann Ben von dem Streit zu berichten, angefangen bei dem Gespräch im Privatflügel über die Szene, als Dave das Lied mit den Wanzen gesungen hatte, bis hin zu der Ankündigung, dass arme Menschen ertränkt werden sollten, weil sie nichts als Ressourcenverschwender wären. Als er endete, sah Professor Chase wieder so undurchschaubar aus wie zuvor. »Sie hätten nicht zuschlagen dürfen. Das wissen Sie.«

Ben nickte.

»Sie müssen das in den Griff bekommen. Wir haben ausgezeichnete Therapeuten hier an der Schule. Nehmen Sie deren Hilfe in Anspruch. Sie werden keine weitere Chance als diese eine bekommen.«

»Heißt das, dass ich …«

»Das heißt, dass ich es dieses eine Mal durchgehen lasse. Es heißt auch, dass ich Mr McMillan ganz genau im Blick behalten werde. Leider kann ich ihn nicht ohne Weiteres von der Schule verweisen, weil er nicht derjenige gewesen ist, der zugeschlagen hat. Das waren Sie. Dennoch heiße ich es gut, dass Sie sich für Emily eingesetzt haben. Wenn Sie es jetzt noch schaffen, derlei Dinge ohne Gewalt zu lösen, dann könnte das mit Ihnen und der Academy vielleicht doch noch was werden. Für den Moment werde ich den Kollegen erzählen, dass Sie Eloxium wegen Ihrer Schlafstörungen genommen hätten. Es ist drei Tage nach dem Absetzen nicht mehr nachweisbar, kann aber noch Wochen später zu unkontrollierten Aggressionen führen.«

Bens Herz pochte. Er spürte, wie mit dem ansteigenden Puls die Wärme in seinen Körper zurückkehrte.

»Einen Haken hat die Sache natürlich. Wenn ich Ihnen helfe, möchte ich, dass auch Sie etwas für mich tun.«

Ben nickte.

»Es ist mir ein persönliches Anliegen, dass sich Miss Thorne hier wohlfühlt. Versprechen Sie mir, dass Sie weiterhin auf sie aufpassen werden.«

»Das würde ich wirklich sehr gern tun, Sir, aber …«

»Ich gebe Ihnen noch eine Chance und Sie ergreifen sie nicht ohne Widerrede?«

»Es ist nur so … Meine Mutter …«

»Ah, ja. Ich habe schon gehört, dass sie nicht möchte, dass Sie mit Stipendiaten verkehren. Das hat sie uns im Vorfeld schon sehr eindrücklich mitgeteilt. Aber lassen Sie das meine Sorge sein. Von uns wird Ihre Mutter ganz sicher nichts erfahren. Und Sie dürfen nicht vergessen, dass wir die gesamte Kommunikation nach außen kontrollieren und gegebenenfalls auch beeinflussen können. Also. Sind Sie einverstanden?«

»Einverstanden.« Ben versuchte sich an etwas, das wie ein Lächeln aussah.

»Gut, Mr Vermont. Dann können Sie jetzt gehen.«

Ben strich sich über die Oberschenkel und stand auf. »Danke, Professor Chase.«

Der Schulleiter nickte und nahm einen Schluck von seinem Tee. Erst als Ben aus der Tür heraustreten wollte, sprach Chase ihn noch einmal an: »Ach, Mr Vermont. Da ich es nicht explizit gesagt habe: Die Sache muss natürlich unter uns bleiben.«

»Ja, Sir.«

»Und Sie und Miss Thorne können gute Freunde werden. Aber nicht mehr. Nur gute Freunde. Haben Sie das verstanden?«

»Das habe ich«, sagte Ben, auch wenn er gerade eigentlich gar nichts mehr verstand.

20

EMILY

Montag, 3. Oktober 2050

Seit ihrem ersten Tag an der Arcadia waren etwas mehr als zwei Wochen vergangen, aber Emily hatte sich immer noch nicht richtig eingelebt. Die meisten Mitschüler mieden den Kontakt zu ihr und der Einzige, der sich im Unterricht regelmäßig zu ihr setzte, war ausgerechnet jemand, mit dem sie nichts zu tun haben wollte. Emily hatte es schon mit einem Platz in der letzten Reihe probiert, dann weiter vorn, aber auch das hatte Kayne nicht davon abgehalten, immer wieder neben ihr aufzutauchen. Sie wurde ihn einfach nicht los – so auch heute.

Eine Strähne fiel ihm ins Gesicht, als er sich etwas auf dem Pad notierte. Er strich das Haar gedankenlos fort und gab damit den Blick auf seine Augen frei. Emily bemerkte erst jetzt, dass er für einen Jungen ungewöhnlich dichte Wimpern hatte.

Claire und Debbie tuschelten. Als Emily sich umdrehte, erkannte sie, dass die beiden Mädchen ihn ebenfalls beobachteten. Na klar, jemand, der so aussah wie Kayne, erregte Aufmerksamkeit. Emily war sich sicher, dass er jede hier an der Schule haben konnte. Nur gut, dass sie entgegen den Behauptungen seines Freundes keine Vogelscheuche war. Zumindest hatte sie kein Stroh im Kopf und würde sich von Kaynes Äußerem nicht über seinen Charakter hinwegtäuschen lassen. Dieser Moment im Flieger, als sie meinte, seine verletzliche Seite gesehen zu haben … Sie hatte sich nicht geirrt, dessen war sie sich sicher. Aber wenn an ihm etwas kaputt war, dann nichts, was sie richten konnte. Wer sich mit einem wie Dave McMillan abgab, war die Mühe nicht wert.

»Natürlich ist es möglich, die Blüten durch menschliche Hand zu bestäuben. Allerdings ist die Arbeit durch Micro Robotic Creatures deutlich effektiver. Nicht nur, dass ein Volk aus MiroCre in der Zeit, in der ein Mensch 100.000 Blüten bestäubt, etwa 75 Millionen Blüten schafft. Untersuchungen haben ergeben, dass ihre Erfolgsquote bei 82 % liegt, während sie bei Menschen nur 68 % erreicht.«

Mr Schmitt nahm einen DigiPen und zeichnete mit leuchtender Farbe die Skizze einer RoboBee an die transparente Tafel.

»Ich muss Ihnen nicht erklären, dass es natürlich viel besser gewesen wäre, wenn wir uns gar nicht erst mit diesem Thema befassen müssten, weil es noch lebende Bienen gäbe. Sie sind mit Abstand die besten Bestäuber gewesen, die nicht nur die größte Erfolgsquote erzielten, sondern auch doppelt so viel wie robotische Bienen schafften. Sie sorgten zudem dafür, dass sich die Nährstoffzusammensetzung der Pflanzen nicht veränderte, während durch technische Mittel nicht nur der Ertrag gesunken ist, sondern auch die Pflanzen ungesünder wurden. Haus Ceres arbeitet mit Hochdruck daran, eine Substanz mit Nährstoffen zu entwickeln, die wir unseren Roboterbienen mit auf den Weg geben können, um in Zukunft die Pflanzen besser zu versorgen.«

Mr Schmitt blickte in die Runde. »Hierin besteht auch Ihre Aufgabe für heute. Ich möchte, dass Sie einen RoboBee-Prototyp konstruieren, der jede Blüte beim Bestäuben automatisch mit Nährstoffen versorgt. Achten Sie darauf, dass die Biene nicht zu viel der wasserähnlichen Substanz abgibt, da sie sonst häufiger nachgefüllt werden muss und damit ineffektiv wird. Sie können jetzt das Kästchen vor Ihnen auf dem Schreibpult öffnen. Die Bestandteile sind proportional vergrößert, damit Ihnen der Zusammenbau per Hand gelingt. Die Größe eigentlicher RoboBees bewegt sich natürlich im Nanobereich.«

Emily griff nach der Kiste und öffnete sie. Sie enthielt ein paar Werkzeuge, daneben metallische Einzelteile wie Flügel und Extremitäten und einen gefüllten Tank, der zwischen zwei Rumpfhälften passte. Ein faseriger Stoffstreifen simulierte die Härchen einer Biene. Und dann gab es noch eine Kapsel mit klebriger Flüssigkeit.

»Sorgen Sie dafür, dass der Tank so angebracht wird,

dass man ihn mit einer Pipette von außen befüllen kann, ohne die Biene zerlegen zu müssen. Ich öffne jetzt eine Datei, die Ihnen beim Zusammenbau hilft, und sende diese an Ihre Pads. Wenn Sie noch weitere Hilfsmittel benötigen, scheuen Sie sich nicht, an die Werkbänke zu gehen. Dort sollten Sie alles finden. Sobald Sie fertig sind, koppeln Sie die Biene mit dem Steuerungsprogramm und melden sich.«

Mr Schmitt nahm hinter dem Lehrerpult Platz und holte ein Fachbuch über Umwelttechnologie hervor, in dem er blätterte, während alle anfingen, ihre Bienen zusammenzuschrauben. Emily blickte auf das Pad und versuchte, die Anleitung zu begreifen. Verunsichert sah sie sich um. Dann aber nahm sie all ihren Mut zusammen und meldete sich.

»Nun, Miss Thorne? Sie scheinen besonders schnell gewesen zu sein.«

»Entschuldigen Sie die Frage, aber wäre es möglich, ein Video von einer Bestäubung zu sehen? So wie die echten Bienen es gemacht haben?«

Es folgte Gelächter, am lautesten war das von McMillan. Kayne lachte nicht mit, stattdessen betrachtete er sie mit ernster Miene. Unwillkürlich stieg ihr Hitze ins Gesicht und sie konnte spüren, wie sie rot anlief.

Der Lehrer nickte. »Selbstverständlich.« Er stand auf und wischte die Skizze mit einer Handbewegung weg. Er öffnete das Videoarchiv der Arcadia, suchte einen Clip heraus und spielte ihn ab. Es war ein Lehrvideo von vor zwanzig Jahren, größtenteils in Superzeitlupe gedreht. Es zeigte, wie die Pollen am Rumpf einer Biene hängen blieben, als hätte sie ein orangegelbes Höschen an. Einige Pollen wurden von den Arbeiterinnen an die Jungen verfüttert, der Rest blieb beim Anflug auf andere Blütennarben hängen.

Emily blickte auf das Gel. Wahrscheinlich sollte es auf den Stoffstreifen aufgetragen werden und dafür sorgen, dass die Pollen zwar am Textil haften blieben, sich aber auch wieder ablösten, wenn die nächste Blüte erreicht wurde. Am einfachsten wäre es wohl, wenn sie die Biene so zusammensetzte, dass die Nährstoffsubstanz durch eine Sprühwolke verteilt wurde. Aber dann würde es zu viel Schwund geben. Kurzerhand packte sie ihre Sachen, trug sie hinüber zur Werkbank, nahm den Laserbohrer und fräste ein paar kleine Löcher in den Rumpf. Anschließend bedeckte sie die Öffnungen mit dem Haarstreifen. Der Nährstoff würde jetzt die Pollen benetzen und mit ihnen verteilt werden. Mit schnellen Handgriffen setzte sie den Rest der Biene zusammen, trug das klebrige Gel auf und ging zurück an ihren Platz. Dann koppelte sie die MiroCre mit dem Programm.

Emily schaute sich um. Sie wollte nicht die Erste sein, die sich meldete, also wartete sie ab, bis Sara fertig war und aufzeigte. Mr Schmitt richtete seinen Blick vom Buch auf sein Pad. Er runzelte die Stirn, sprach dann aber die Schülerin an. »Sie haben die Aufgabe gelöst, Miss Dawson? Dann demonstrieren Sie uns doch bitte, ob Ihre

Biene auch wirklich funktioniert. Alle anderen unterbrechen bitte kurz ihre Arbeit.«

Er holte zwei Töpfe hinter dem Schreibtisch hervor, in denen sonnenblumengroße Blüten wuchsen, und stellte sie vor sich auf den Tisch. Sara startete ihre RoboBee und steuerte sie zielsicher durch den Raum, um die erste Blume anzufliegen. Dort sammelte die Biene den Pollen ein, stieß einen feinen Sprühnebel aus und flog zur nächsten, an der Teile des Blütenstaubs haften blieben. Anschließend wurde die Pflanze ebenfalls mit Nährstoff besprüht.

»Sehr gut, Miss Dawson. Weil Sie die Erste waren, die sich gemeldet hat, und auch noch ein funktionstüchtiges Modell abgeliefert haben, werde ich Ihnen zehn Extrapunkte geben. Diese können Sie nutzen, um schlechtere Ergebnisse auszugleichen«, sagte Mr Schmitt.

Sara strahlte übers ganze Gesicht, während ihr Claire wohlwollend auf die Schulter klopfte.

»Alle anderen haben jetzt noch zehn Minuten, ihre RoboBees zusammenzubauen. Wer es nicht schafft, holt es bitte nachmittags nach und legt mir die MiroCre ins Fach. Bis heute Abend um 19 Uhr möchte ich von jedem Schüler eine funktionierende Biene haben.«

Emily ließ noch eine halbe Minute verstreichen, dann meldete sie sich ebenfalls.

»Miss Thorne. Sie können mir die Funktion Ihres Modells gern demonstrieren. Alle anderen können weiterarbeiten, Sie haben es ja bereits bei Miss Dawson gesehen.«

Emilys Herz klopfte. Jetzt, wo sie wusste, dass Saras Methode die richtige gewesen war, weil sie sonst nicht die Extrapunkte bekommen hätte, war sich Emily nicht sicher, ob sie nicht doch den falschen Ansatz gewählt hatte. Vielleicht blieb der Blütenstaub durch die zusätzliche Feuchtigkeit am Textil kleben und ließ sich nicht mehr verteilen? Sie steuerte ihre Biene ebenfalls nach vorn, sammelte die Pollenkörner ein und tränkte sie mittels Knopfdruck mit dem Nährstoff. Dann steuerte sie die nächste Blüte an. Zum Glück blieb der Staub an der Narbe hängen, doch Mr Schmitt bedachte sie mit einem strengen Blick über seine Brillengläser hinweg. »Miss Thorne, ich bin nicht sicher, ob Sie die Aufgabenstellung richtig verstanden haben. Haben Sie die Nährstoffe vergessen, um die es doch hauptsächlich ging?«

Jetzt sahen ein paar Schüler auf. Emily bemerkte, wie sich schadenfrohe Blicke auf sie richteten.

»Ich … ich dachte, vielleicht könnte man die Substanz einfach gemeinsam mit den Pollen verteilen, deshalb habe ich sie in den Stoff gegeben. Ich weiß nicht, ob die Konzentration ausreicht, aber so würde zumindest nichts verschwendet werden«, erwiderte sie leise.

Mr Schmitt nahm Emilys Roboterbiene in die Hand und sah sich die Konstruktion an. Er inspizierte sie von allen Seiten, während sich Emily angespannt in ihrem Stuhl aufrichtete.

»Das ist ein sehr interessanter Ansatz. Leider kann ich Ihnen jetzt keine Punkte mehr geben, da ich sie Miss Dawson versprochen habe und wir angehalten sind, pro Woche höchstens zehn Punkte zu verteilen. Aber vielleicht ist das ja Ansporn genug fürs nächste Mal. Wenn Sie keine Änderungen mehr vornehmen wollen, würde ich sie behalten und meinen Kollegen vom Haus Ceres zeigen.«

Emily lächelte. So falsch konnte sie also doch nicht gelegen haben. »Natürlich.«

»Ich bin auch fertig, Mr Schmitt.« Nacheinander meldeten sich jetzt mehrere Schüler und präsentierten ihre eigenen Bienen. Emily sah einigen zu, dann überflog sie das Protokoll der Stunde und räumte ihre Sachen zusammen, als es zur Pause läutete. Sie klippte gerade ihre Tasche zu, als Mr Schmitt sie noch einmal ansprach: »Miss Thorne. Auf ein Wort.«

Sie erstarrte. Dann aber ließ sie alles stehen und ging zu ihm. Die anderen verließen nach und nach den Raum. Nur Kayne schien sich Zeit zu lassen, als wolle er mitbekommen, was Mr Schmitt ihr zu sagen hatte. Vielleicht hoffte er darauf, dass sie Ärger bekam.

»Wissen Sie, ich habe hier auf meinem Pad gesehen, wann die Bienen mit dem Programm gekoppelt wurden. Sie waren deutlich früher fertig als Miss Dawson. Können Sie mir erklären, warum Sie sich nicht gemeldet haben?«

»Ich …« Emily blickte zu Kayne hinüber. Wenn sie jetzt sagte, dass sie nicht die Erste hatte sein wollen, wäre es ihm gegenüber wohl ein Eingeständnis, dass sie sich hatte einschüchtern lassen und in Unauffälligkeit übte.

»Ich weiß es nicht.«

»Sie wissen es nicht«, wiederholte Mr Schmitt. »Na gut, dann hören Sie mir zu. Manchmal ist es gut, anderen den Vortritt zu lassen. Aber in diesem Fall ist es das nicht. Wenn Sie hier an der Arcadia bestehen wollen, müssen Sie lernen, sich auch mal in den Vordergrund zu drängen. Sie können nicht von den Lehrern erwarten, dass sie die Leistungen von knapp 1200 Schülern im Vorbeigehen bemerken. Wenn Sie einen guten Start in die Zwischenprüfungen haben wollen, müssen Sie das selbst in die Hand nehmen. Und Sie wollen doch hierbleiben, oder nicht?«

»Selbstverständlich.«

»Dann machen Sie auf sich aufmerksam. Sie besitzen ein gesundes Maß an Intuition, Geschick und Kreativität. Also zeigen Sie es auch.«

»Ist gut«, sagte sie.

»Schön. Dann bis Freitag.« Mr Schmitt begann jetzt ebenfalls seine Sachen zusammenzuräumen, während Emily ihre Tasche holte. Als sie den Raum verließ, ging Kayne neben ihr durch die Tür. Sie wandte sich Richtung Sporthalle, doch der Junge ließ sich einfach nicht abhängen. Stattdessen schien er bemüht, die ganze Zeit auf ihrer Höhe zu bleiben. Sie spürte, dass er sie von der Seite anblickte, und nach einer Weile sah sie zu ihm rüber. Tatsächlich reichte diese Geste, damit er anfing zu sprechen, so als hätte er nur auf ihre Aufmerksamkeit gewartet. Doch was er zu sagen hatte, war nicht etwa ein fieser Seitenhieb, sondern etwas, mit dem sie ganz und gar nicht gerechnet hatte: »Ich wollte mich bei dir entschuldigen.«

Überrascht blieb sie stehen. Kayne hielt ebenfalls an und trat einen Schritt auf sie zu. Der Junge war deutlich größer als sie und versperrte mit seinen breiten Schultern den Blick auf die anderen vorbeieilenden Schüler. Emily wollte instinktiv abrücken, zwang sich aber, nicht einen Zentimeter zurückzuweichen. Kayne sollte auf keinen Fall das Gefühl bekommen, dass er ihr Angst einjagen konnte.

»Ich weiß, ich hab lange dafür gebraucht, aber ich wusste nicht genau, wie ich anfangen sollte, und nach dem Unterricht warst du immer so schnell weg, als wärest du auf der Flucht. Oder deine Mitbewohnerin ist um dich gekreist, als wäre sie dein persönlicher Satellit oder so.« Er holte tief Luft und schien sich zu sammeln. »Also. Die Sache mit deiner Schwester am Aeroport ist richtig mies gelaufen. Und auch die mit McMillan. Es tut mir wirklich leid. Ich habe nicht sofort reagiert und ich wünschte, du könntest mir eine zweite Chance geben.«

Emily schüttelte den Kopf. »Du findest, es sei *mies gelaufen*? Das klingt, als wärest du völlig unschuldig gewesen.«

»Na ja, meine Mutter konnte ich schlecht zurechtweisen. Aber McMillan hat doch zumindest gekriegt, was er verdient hat.«

»Was meinst du?«

Kayne druckste herum, griff sich in den Nacken und zog die Schultern hoch. »*Oh … ähm …* Ich dachte, du wüsstest davon.«

Emily starrte ihn verständnislos an, bis plötzlich das

Begreifen einsetzte. »Moment mal, *du* hast Dave verprügelt? Warum hast du das gemacht?« Sie hatte bislang mit niemandem außer mit Suri über die Schlägerei gesprochen und sich auch nur erkundigt, ob ein Stipendiat zu Schaden gekommen war. Dass es Kayne und Dave gewesen waren, hatte sie nicht geahnt, obwohl Letzterer ein paar Tage lang mit einem auffälligen Pflaster auf der Nase herumgelaufen war.

»Na ja, jemand musste ihm doch einen Denkzettel verpassen für das, was er zu dir gesagt hat.«

Wollte Kayne jetzt allen Ernstes behaupten, dass er für sie eingestanden war? Und dabei wirkte er sogar noch, als würde er selbst glauben, was er da erzählte. Aber die Geschichte war einfach zu schön, um wahr zu sein. »Na klar. Nur zu deiner Info, ich bin nicht hilflos und brauche ganz bestimmt keinen Ritter in schimmernder Rüstung, der sich für mich prügelt. Ich kann meine Sachen allein regeln, vielen Dank auch.« Sie drehte sich um und ging weiter, als er sie am Arm zurückhielt.

»Das weiß ich doch. Keine Ahnung, ich hab irgendwie rotgesehen. Tut mir leid. Du bist nicht hilflos. Im Gegenteil. Du gehörst zu den wenigen hier, die ich gern besser kennenlernen würde.«

Sie blickte auf seine Hand. Schnell zog er sie weg und senkte den Blick. Sein betretener Gesichtsausdruck ließ sie innehalten. Es war, als würde es ihm tatsächlich etwas bedeuten, was sie über ihn dachte. Emily kniff die Augen zusammen. »Warum solltest du so was Dummes wie eine

Prügelei anfangen? Hast du dir denn keine Sorgen gemacht, dass sie dich von der Schule werfen?«

»Hinterher schon. Trotzdem würde ich es jederzeit wieder tun. Es ist schwer zu glauben, aber ich … ich weiß genau, wie es sich anfühlt, solche Dinge an den Kopf geworfen zu bekommen. Das hast du nicht verdient.«

»Du hast recht, das ist schwer zu glauben. Ich Idiotin war schon kurz davor, dir die Nummer abzukaufen. Das mit dem Betreten-Dreinblicken hast du echt super drauf. Aber erklär es mir noch mal. Wann wurdest du bitte schön mit einer *Vogelscheuche* wie mir in einen Topf geworfen? Soweit ich weiß, haben die anderen eher Angst vor dir, weil deine Familie steinreich ist. Wer kann einem Kayne Vermont Junior schon was anhaben? Wer würde es wagen, sich mit jemandem anzulegen, der aus einem so einflussreichen Haus kommt? Hör zu, ich hab keine Ahnung, was du von mir willst, aber lass diese Schauspielerei und sag es mir einfach geradeheraus.« Sie streckte die Arme aus und deutete an sich herab. »Hier bin ich. Tu, was du tun musst. Feuer frei. Lass alles raus, was du zu sagen hast, und fertig.«

Kaynes Miene verschloss sich augenblicklich wieder und er trat einen Schritt zurück. »Ist das so, ja? Du denkst, Reichtum löst alles?«

Sie schüttelte den Kopf. »Nein. Aber erzähl mir bitte nicht, dass wir die gleichen Probleme hätten. Das stimmt einfach nicht.«

Er blickte sie stumm an. Und dann sah sie ihn wieder – diesen dunklen, unbegreiflichen Schmerz, der in seinem

Inneren zu brennen schien. Emily wünschte sich, dass es eine App geben würde oder irgendetwas, das die wahren Gefühle einer Person verriet. Wenn Synths einen Dekoder hätten, mit dem sie … Ob sie vielleicht in der AG …? Sie schüttelte den Kopf. Das war nicht der richtige Moment dafür. Aber diese verletzliche Seite an Kayne rührte etwas in ihr an und sie presste die Lippen aufeinander, weil sie nicht vorhatte, ihre Worte zurückzunehmen.

»Ja, sicher, Kayne Vermont Junior hat keine Probleme. Bei mir ist alles super. Wie auch immer, ich wollte dir nur sagen, dass nicht alle von uns so sind wie Dave. Vielleicht solltest du mal an deinen Vorurteilen arbeiten.« Und mit diesen Worten drehte er sich um und ging.

Emily blickte ihm nach. Widerwillig spürte sie, wie sich ein flaues Gefühl in ihrem Inneren ausbreitete, als hätte sie gerade einen furchtbaren Fehler begangen. Aber konnte man erwarten, dass sie nach dem, was geschehen war, Kayne einfach mit offenen Armen empfing? Er entschuldigte sich und danach wäre alles vergeben und vergessen?

Nicht mehr ganz so energisch wie zuvor setzte sie ihren Weg zur Sporthalle fort und ließ das Gespräch noch mal Revue passieren. Sie hatte Kayne die Erlaubnis gegeben, sie fertigzumachen, aber er hatte die Chance nicht ergriffen. Was, wenn doch ein Fünkchen Wahrheit in seinen Worten steckte? War er tatsächlich selbst mal ein Mobbing-Opfer gewesen? War das der Grund für diesen Schmerz? Und warum zur Hölle machte sie sich überhaupt Gedanken über so was?

Emily, hör auf mit dem Mist! Er ist ein Trottel, Schluss, Ende, aus.

Doch so sehr sie auch versuchte, Kayne aus ihren Gedanken zu verdrängen, das Gespräch mit ihm verfolgte sie den ganzen Tag.

21

BEN

Samstag, 8. Oktober 2050

Ben zupfte sein Hemd und seine Krawatte zurecht. Am Wochenende durften sie zwar den ganzen Tag Freizeitkleidung tragen, aber Mrs Vermont hatte ihm nicht allzu viele Freiheiten in der Kleiderwahl gelassen, also trug er auch heute die Schulfarben. Er kontrollierte noch einmal die Nachricht auf seinem Vision-Q, die besagte, dass im Lager Pakete auf ihn warteten. Die regelmäßige Post war ein weiteres Privileg derer, die einen hohen Betrag an die Academy gespendet hatten. Neben dem Einzelzimmer durfte Ben Päckchen mit Luxusartikeln empfangen, solange sie nicht gegen die Schulordnung verstießen. Er hatte das ausgenutzt und Kaynes Eltern bei den wöchentlichen Telefonaten immer wissen lassen, was er alles benötigte. So kamen regelmäßig neue Sachen für ihn an und er würde so lange weitermachen, bis sich auch endlich das

Paket seines Auftraggebers unter der Post befand. Mr Tols, ein eingeschleuster Mitarbeiter des Konzerns, schien leider Schwierigkeiten zu haben, es durch den Sicherheitscheck zu bekommen, denn es hätte längst da sein müssen. Aber dass Ben heute zwei Pakete erwarteten, ließ ihn hoffen, dass es endlich geklappt hatte.

Er trat aus dem Zimmer und sah sich um. Dave war ihm seit dem Zwischenfall nur noch im Unterricht begegnet. Nicht, dass er dort nicht unangenehm auffiel, aber zumindest ließ er sich umgeben von all den anderen leichter ignorieren als unter vier Augen. Ben konnte nicht ausschließen, dass bei einer direkten Konfrontation wieder etwas geschehen würde. Der Typ wusste jetzt, welche Knöpfe er drücken musste, um ihn zur Weißglut zu treiben, und Ben war überzeugt, dass McMillan es eines Tages ausnutzen würde. Aber fürs Erste schien er genug von Ben zu haben.

Er folgte dem Gang durch den Privatflügel bis zum Hauptgang und öffnete die Schleuse. Auch hier war alles ruhig. Nur wenige befanden sich bereits auf dem Weg zum Frühstück. Entfernt hörte er das leise Geklapper von Geschirr. Ein braunhaariges Mädchen hastete an ihm vorbei. Sie trug eine knallrote Strickjacke und Bens Puls beschleunigte sich augenblicklich. »Emily!«, rief er und lief ihr nach, doch als sie sich zu ihm umdrehte, bemerkte er seinen Fehler. Seine Freude bekam einen Dämpfer und eine Welle der Enttäuschung breitete sich in ihm aus. Aber selbst wenn sie es gewesen wäre, was hätte das gebracht?

Ihre Unterhaltung hatte ihm deutlich gezeigt, dass sie ihn für einen reichen Schnösel hielt. Und den Jungen, der wirklich in ihm steckte, wollte sie sicherlich noch viel weniger kennenlernen.

Chase' Wunsch, sich mit ihr anzufreunden, erschien ihm fast schwieriger als sein *Widevisions*-Auftrag, denn er hatte das Gefühl, ihrer weder als Kayne noch als Ben würdig zu sein. Das Gespräch vor ein paar Tagen war überhaupt nicht so gelaufen, wie er es sich vorgestellt hatte, und auch wenn er ihr die Reaktion nicht verübeln konnte, so hatten ihre Worte ihn doch hart getroffen. Er schüttelte den Kopf und wandte sich in Richtung Aufzüge.

Er musste jetzt alle seine Sinne beisammenhalten und sich auf seine Aufgabe konzentrieren. Also atmete er tief durch und stellte sich vor den Lift, der ihn in die unterste Etage bringen würde. Ben aktivierte den holografischen Schlüssel auf seinem Vision-Q. Er wusste von keinem anderen Schüler, der diesen Zugang besaß, und er selbst hatte einen kleinen Aufstand anzetteln müssen, um ihn zu bekommen.

Zuvor waren ihm die Pakete von Mitarbeitern aufs Zimmer geliefert worden. Also hatte er behauptet, dass auf dem Weg eine kostspielige Armbanduhr abhandengekommen wäre, und hatte anschließend Kaynes Mutter darauf angesetzt. Normalerweise wurde kein Schadensersatz gezahlt, wenn im Internat etwas verloren ging. Da es sich aber um Mrs Vermont handelte, die sich wie ein Bullterrier an einer Sache festbiss, hatte sich die Academy breitschlagen lassen, die Summe zu erstatten. Natürlich wollte man nicht regelmäßig solch hohe Beträge zahlen und so musste Ben jetzt »zur Strafe« die Päckchen selbst abholen, auf Vollständigkeit prüfen und eine Unterschrift leisten, dass alles vorhanden war. Dadurch hatte er exakt das bekommen, worauf er es abgesehen hatte – einen offiziellen Schlüssel zum Lager, mit dem er das brisante Paket selbst abholen und mit Mr Tols persönlich sprechen konnte.

Ben ging im Kopf noch einmal Kaynes Signatur durch: den weichen Schwung des Ypsilons, den Strich des Ts, der Ähnlichkeit mit einem Angelhaken aufwies. Eigentlich war Ben sich sicher gewesen, dass er die Unterschrift beim Training gründlich geprobt hätte. Aber dann war dieser Moment gekommen, in dem alle bei der Ankunft die Geheimhaltungserklärung hatten unterschreiben müssen – und war eines Besseren belehrt worden.

Ben war heiß und kalt geworden, als die Unterschrift nur zu 75 % übereinstimmte und die Überprüfung fehlgeschlagen war. Der ganze Saal hatte nur darauf gewartet, dass *er* endlich fertig wurde, was erst nach einigen Versuchen der Fall gewesen war. Danach hatte Ben stundenlang in seinem Zimmer geübt. So etwas sollte ihm nicht noch einmal passieren. Schon gar nicht, wenn es um wirklich wichtige Sachen ging.

Als sich die Fahrstuhltüren öffneten, steckte er die Hände in die Taschen und versuchte, sich wie ein verwöhnter Bengel zu verhalten. Kerzengrade und als würde ihm der ganze Laden gehören, flanierte er durch die Halle und ließ sich nicht anmerken, dass ihn die riesigen Berge aus Baumaterialien irritierten, die mit jedem Tag zu wachsen schienen. Stahlträger, Glasfronten, Rohre und Metallteile, quadratisch und gewölbt, und so hoch, dass die Gabelstapler wie durch einen Tunnel darunter hindurchfahren konnten. Ben konnte sich beim besten Willen nicht vorstellen, wofür das ganze Zeug gebraucht wurde. Es reichte sicher, um eine ganze Flotte Jumbojets zusammenzusetzen.

»Ah, Mr Vermont Junior.« Ein Mitarbeiter kam ihm entgegen und lächelte schmal. »Moment, ich suche nach Ihrem Privat-Lageristen.«

Ben überging den ätzenden Tonfall und ließ sich nicht zu einem Kommentar hinreißen. Während er auf Mr Tols wartete, sah er sich weiter um. Er stand vor dem Teil der Halle, der Haus Ceres vorbehalten war. Es gab gläserne Kammern mit gelben Tonnen, auf denen das Biohazard-Zeichen prangte, aber auch welche mit Dünger und Blumenerde. Außerdem sah er riesige Glasschränke mit Tuben, Pasten und gefriergetrockneter Nahrung, die vielleicht als Notverpflegung gedacht waren, falls mal die Versorgung vom Festland oder die Ernte des Ceres ausblieb. Ebenso entdeckte er Regale mit Saatgut, die sich mit jedem Tag weiter zu füllen schienen. Insgesamt herrschte im Lager reges Treiben. Seit letzter Woche waren deutlich mehr Gabelstapler unterwegs, mehr Kranwagen und doppelt so viele Leute, die irgendwelche Kisten, Säcke und Tonnen aufeinanderstapelten.

Auch Mr Tols Gesicht wirkte angespannt, als er auf Ben

zutrat. Seine Augen waren gerötet, wie nach einer Nachtschicht, was seiner imposanten Erscheinung keinen Abbruch tat. Ben war zwar groß, aber Tols überragte ihn um zwei Köpfe. Dazu besaß er einen kräftigen Körperbau, sodass es für den Konzern ein Leichtes gewesen war, ihn als Lagerarbeiter an der Arcadia unterzubringen.

»Guten Tag, Mr Vermont Junior. Kommen Sie bitte mit.« Er strich sich erst über die Glatze, dann über die Falten im Nacken und ließ dabei seinen Kopf kreisen, als müsse er die Muskulatur entspannen. Ben folgte Mr Tols in die Postkammer und der Riese verschloss vorsichtshalber die Tür hinter ihnen. Dann überreichte er Ben ein Päckchen, auf dem ein Siegel klebte. »Genehmigt« stand darauf. Auf dem Lieferschein waren zwei Flaschen Parfum, ein teures Duschgel, ein Schal und ein Armband gelistet.

Ben wollte unterschreiben, als Mr Tols den Kopf schüttelte. »Das muss schon aussehen, als wäre es aufgemacht und überprüft worden«, sagte er und reichte ihm einen Cutter, mit dem Ben das Klebeband zerteilte. Anschließend drückte ihm Mr Tols das zweite Paket in die Hand. Als Absender war Mrs Vermont angegeben, doch der Paketschein war nicht mit der gleichen Handschrift versehen wie alle anderen Päckchen zuvor. Wieder nahm Ben das Teppichmesser, ritzte den Klebestreifen aber nur leicht an, sodass man den Inhalt nicht durch den Spalt erspähen konnte.

»Ich hab's endlich durchbekommen. War nicht ganz einfach, den passenden Moment zu finden. Aber inzwischen überschlagen sich die Ereignisse und alle schuften bis zum Anschlag, deswegen wurde es etwas leichter. Ich glaube, das ist ein weiterer Grund, warum du den Schlüssel hier runter bekommen hast. Keiner hat Zeit, einem reichen Bürschchen die Post hinterherzutragen.«

»Was ist denn passiert?«

»Keine Ahnung. Wir wundern uns nur über die Mengen, die plötzlich eingelagert werden, und all die Überstunden. Außerdem bunkert die Academy neuerdings berühmte Ölgemälde und andere Kunstgegenstände, was mich und die anderen ein bisschen stutzig macht. Ich sag der Zentrale Bescheid, sobald ich was darüber herausfinde. Ach ja, apropos Zentrale«, der Mann fuhr sich wieder über die Glatze, die im künstlichen Licht der Lampe glänzte, »ich soll dir von unserem IT-Spezialisten noch ausrichten, dass er schon ein verschlüsseltes Netzwerk eingerichtet hat.«

»Und es wird niemand bemerken, dass ich von meinem Zimmer aus sende und empfange?«

Tols winkte ab. »Du kennst doch Zeus, der hat alles im Griff. Er verdeckt deine virtuellen Spuren mit digitaler Erde, bevor du überhaupt welche gemacht hast.«

»Na dann. Vielen Dank!«

Ben begab sich direkt zum Fahrstuhl. Endlich konnte er alles einrichten und um Hilfe bitten. Wenn er nicht schon vor der Zwischenprüfung rausfliegen wollte, dann brauchte er dringend Unterstützung. Er verstand nicht allzu viel von Robotik. Man hatte ihm ein paar Basics beigebracht, mit denen er sich durchmogelte. Ab und zu konnte er jemanden bestechen, seine Hausaufgaben im Tausch gegen eines der Vermont-Wertstücke oder Digits zu machen. Aber ewig würde das nicht gut gehen.

Oben angekommen, bemühte sich Ben, möglichst unauffällig zu bleiben. Er sah niemanden an, damit er nicht gegrüßt oder gar in ein Gespräch verwickelt wurde, und huschte zurück auf sein Zimmer. Dort warf er das Paket der Vermonts achtlos auf den Boden. Das von *Widevisions* legte er behutsam auf dem Tisch ab. Wie abgesprochen öffnete er die mit einem Stern markierte Ecke und zog den Umgebungsscanner hervor, den er in seiner Hand verschwinden ließ. Nervös schritt er die gesamten Räumlichkeiten ab und war erleichtert, dass die Kugel nicht vibrierte. Es gab keine Abhörgeräte oder Kameras in seinem Zimmer. Zumindest hier wurden sie von der Schulleitung nicht überwacht.

Erst jetzt traute er sich, das Paket aufzureißen. Es war alles drin, was ihm bei den Vorbereitungen versprochen worden war. Ben nahm den Ultra-Laser heraus. Falls irgendwas Unvorhergesehenes passierte und er sein Equipment spontan verstecken müsste, sollte das Geheimfach vorbereitet sein. Er ging zu seiner Schlafkoje hinüber und verrückte den Nachtschrank. Dann setzte er den Laser am Boden an. Schon als er den ersten Cut machte, bemerkte er, dass dieses Gerät wie durch Butter schnitt. Die Bodenplatte war nicht sonderlich dick und als Ben das herausgetrennte Quadrat herauslöste, begutachtete er den darunter liegenden flachen Hohlraum. Zwar würde er dort all seine Sachen verstecken können, allerdings war die Platte nicht dick genug, um die Elektronik bei einem Zimmerscan zu verbergen. Ben musste also wirklich auf der Hut sein, dass er nicht noch mal auffällig wurde, damit so etwas gar nicht erst passierte.

Schließlich ging er wieder zum Tisch, klappte den Laptop auf und schaltete ihn ein. Ein schwarzes Chatfenster erschien.

Ben wartete. Dann sah er, wie jemand tippte, anschließend erschien die Nachricht: Hat länger gedauert als erwartet, Ares.

Ares war Bens Codename, den sich wie die anderen auch Mac ausgedacht hatte, in Anlehnung an den griechischen Gott des Krieges.

Hermes hatte Schwierigkeiten, antwortete er. Auch Tols Deckname hatte seinen Ursprung in der griechischen Mythologie und war ganz passend nach dem Götterboten benannt. Dass Mac sich selbst den Namen *Zeus* zugewiesen hatte, entlockte Ben immer wieder ein Grinsen.

Nicht schlimm, hast ja noch eine Schonfrist. Oder sind die Arbeitsgruppen schon gegründet worden?

Tatsächlich fing Bens richtiger Job erst an, wenn die Schüler an den AG-Projekten arbeiteten. Der Unterricht vermittelte zwar auch neueste Erkenntnisse, aber in den Projektstunden wurden die Sachen entwickelt, für die sich *Widevisions* wirklich interessierte und bei denen es um Millionen-, wenn nicht gar um Milliardenbeträge ging.

Noch nicht, wobei schon Ideen gesammelt werden. Wie läuft es mit Kayne?

Es geht. Er kooperiert nicht so, wie wir uns das vorgestellt haben. Er sagt, dass er erst mit dir sprechen will.

Warum das denn? Zu gut erinnerte sich Ben noch an den Kampf im Clubheim, als er ihn entführt hatte, und die Mordlust in dessen Augen. Wollte er sich seinen Beschimpfungen noch einmal aussetzen? Andererseits hatte er Hilfe dringend nötig.

Dann hol ihn ran. Ben starrte auf das Chatfenster und wartete, bis endlich wieder neue Buchstaben auftauchten.

Hallo, *Ares*. Ich wollte dir sagen, was für Arschlöcher ihr alle seid. Und dass ich dich jagen werde, sobald ich hier raus bin.

Gut, wenn es dir jetzt besser geht. Sonst noch was?

Ja. Es geht um eine persönliche Angelegenheit.

Ben setzte sich auf. Was konnte das wohl sein? Sollte er seiner furchtbaren, gefühlskalten Mutter vielleicht beim nächsten Telefonat irgendetwas Nettes sagen? Zumindest war es schon mal gut, wenn Kayne auch was von ihm wollte. Ich bin ganz Ohr.

Erst müssen die ganzen Leute hier raus. Ich kann das nicht besprechen, wenn alle zugucken. Ein Aufpasser wird ja wohl reichen.

Alles klar, wenn Zeus allein klarkommt, schick die anderen raus. Er geduldete sich eine Minute, bis er wieder schrieb: Also?

Der Cursor blinkte. Es geht um ein Mädchen.

Ben nickte langsam. *Natürlich. Das Foto im Safe.* Deine Mutter hatte etwas erwähnt. Sie findet das zwischen euch wohl nicht so gut?

Nein, tut sie nicht. Aber Annika ist der einzige Grund, warum ich überhaupt auf dieses bescheuerte Internat wollte, auch wenn du mir nun mit dieser Aktion alles vermasselt hast.

Ben erinnerte sich nicht, dieser Annika überhaupt begegnet zu sein. Er war sich ziemlich sicher, dass er die dunkle Schönheit sofort erkannt hätte. Ich habe noch keine Annika getroffen.

Wahrscheinlich, weil sie im Haus Ceres eingeschrieben ist und wir abgemacht haben, dass ich mich zuerst bei ihr melde. Hier ist der Deal: Ich werde kooperieren, wenn du dafür sorgst, dass das mit ihr und mir weiter bestehen bleibt. Du sollst aber nicht mit ihr knutschen, nur dass das klar ist! Mal abgesehen davon wird sie das wahrscheinlich auch gar nicht wollen. Sie hat eine etwas komplizierte Vorgeschichte, die ich aber ganz sicher nicht vor jemandem wie dir ausbreiten werde. Alles, was du wissen musst, ist, dass sie es langsam angehen will, und du wirst das gefälligst respektieren. Ich möchte, dass sie meine Freundin bleibt, auch wenn ich nicht da bin. Das ist mir wirklich wichtig. Meine Mutter darf davon keinen Wind kriegen. Du kannst dir nicht vorstellen, was sie Annikas Familie oder mir antun würde. Du hast keine Ahnung, wozu sie fähig ist.

Oh, Ben konnte sich das sogar ziemlich gut vorstellen.

Gequält schloss er die Augen. Er sollte sich mit Emily anfreunden, durfte aber nicht mit ihr zusammen sein. Er sollte Annika das Gefühl geben, dass er sie liebte, aber nicht mit ihr knutschen. Was er auch nicht getan hätte, das konnte nun wirklich niemand von ihm erwarten. Dennoch machte es alles nur komplizierter.

Wenn ich das tue, hilfst du mir? Mit den Hausaufgaben, Prüfungsvorbereitungen und allem, was dazugehört?

Wie gesagt: Ich kooperiere, so gut es geht. Hast du Unterrichtsmitschnitte und Aufgaben?

Ich schicke sie, sobald ich sie ausgelesen habe. Kannst du mir denn noch ein paar Tipps geben? Wie haben Annika und du euch kennengelernt, über was redet ihr so?

Anstatt einer Antwort kam nur ein: Er denkt drüber nach, wir können nicht länger online bleiben. Kontaktiere uns morgen wieder zur gleichen Zeit.

Aus. Mac hatte den Chat geschlossen.

Seufzend schlug Ben den Laptop zu. Er ging zum Nachtschrank und verstaute alles in dem Versteck. Was für ein wachsendes Chaos.

Und was für ein Spiel mit dem Feuer.

22
EMILY

Donnerstag, 13. Oktober 2050

Langsam lebte Emily sich ein. Am meisten verdankte sie das Suri, die mit ihrer fröhlichen Art alle zu verzaubern wusste. Nach einigen Anfangsschwierigkeiten hatte auch Emily endlich Anschluss gefunden. Sie hatte immer weniger mit Vorurteilen gegenüber ihrem Status als Stipendiatin zu kämpfen und wurde inzwischen öfter um Rat gefragt, weil sie im Unterricht überraschend gut mitkam. Auch Filia, die zauberhafte kleine Roboterspinne, tröstete sie über das Heimweh hinweg, ebenso wie die wöchentlichen Telefonate mit ihrer Familie. Sie sorgten dafür, dass sie sich nicht völlig von der Welt ausgegrenzt fühlte, in der sie aufgewachsen war und die sich gänzlich von der unterschied, in der sie jetzt lebte.

»Wollen wir heute aufs Hoverboard-Feld?«, fragte Suri. Sie hatte schon einmal versucht, Emily das Hoverboarden nahezubringen, aber um sich so elegant und selbstbewusst auf den fliegenden Boards durch den Parcours zu bewegen, wie ihre Freundin das tat, müsste Emily noch etliche Stunden üben. Fürs Erste wäre ihr nur das Gelächter der anderen gewiss, und sie wusste nicht genau, ob sie darauf heute Lust hatte. Außerdem stachelte Suri sie immer so an, dass Emily mehr auf Geschwindigkeit als auf Sicherheit setzte. Sie durfte aber nun mal keine Verletzung riskieren. Ihre Knochen waren einfach nicht so stabil wie die anderer Menschen.

»Müsstest du heute nicht in der Bibliothek arbeiten?«

Suri schüttelte den Kopf. »Hab die Schicht getauscht. Aber ich merk schon, dass du keine Lust aufs Hoverboarden hast. Wie wäre es dann mit der Spielhalle?«

»Ich muss noch den Mini-Rover zusammensetzen. Das kann ein bisschen dauern.«

»*Hm*«, machte Suri. Sie saß neben Filia auf dem Bett und streichelte die kleine Spinne, der die Berührungen offensichtlich gefielen. Die Kulleraugen blinkten in warmen Orangetönen und schließlich krabbelte das Tier auf Suris Schoß. »Ich weiß, ich sollte das eigentlich nicht machen, weil du was lernen musst, um das Schuljahr zu schaffen. Aber in diesem Fall bin ich ziemlich sicher, dass du das ohnehin alles schon kannst.« Mit diesen Worten trug Suri die Spinne zu Emily an den Tisch, griff nach der Anleitung und legte sie vor Filia ab, die sofort begann, sie zu studieren. Die Roboterspinne schnappte sich den Unterboden, den Emily schon zusammengebaut hatte, und zog mit ihrem magnetischen Bein eine Schraube heran.

»Das bleibt natürlich eine Ausnahme«, sagte Suri und deutete auf die Spinne, die emsig zu werkeln begann. »Aber jetzt gibt es für dich keine Ausreden mehr! Wir haben Zeit und ich hab richtig Bock auf eine Runde *SkyLand*.«

Emily war sich noch nicht sicher, was sie davon halten sollte. Wahrscheinlich würde die Lehrerin, Miss Clinsy, bemerken, dass ihr Rover viel zu perfekt zusammengebaut war. Sie müsste im Anschluss ein paar Schrauben lockern und das Metall zumindest so zerkratzen, dass es aussah, als hätte sie einen manuellen Schraubendreher benutzt. Emily sah der Spinne dabei zu, wie sie mit ihren Beinchen einen Reifen aufzog, als Suri sie am Ärmel vom Stuhl zerrte. »Meine Güte, dich muss man wirklich dazu zwingen, mal ein bisschen Spaß zu haben. Jetzt reiß dich endlich los!«

»Ist ja gut, ist ja gut!« Lachend ging Emily zu ihrem Schrank hinüber, um sich ein Paar Sneaker herauszuholen, und zog sie schließlich an. »Dann mal los.«

Die Spielhalle war nicht so gut besucht wie in den Abendstunden. Die Schüler, die weder ein verbotenes RoboPet besaßen noch ihre Hausaufgaben so schnell erledigten wie Suri, saßen weiterhin arbeitend auf ihren Zimmern. Emily und ihre Mitbewohnerin liefen durch die tunnelförmige Halle, von der die Gaming-Räume abgingen. Emily liebte es, hier zu sein. Dunkelblaues Meerwasser wurde an die

Wände projiziert. Schemen von Walen, bunten Fischen und Quallen glitten darüber, während beruhigende Unterwasser-Klänge den Gang erfüllten.

Suri führte Emily zu einem Gaming-Raum, dessen Display grün leuchtete und damit anzeigte, dass er frei war. Die beiden schalteten ihre Vision-Qs ein und verbanden sich mit dem Raum. Kurz darauf erschienen ihre Namen auf der Tafel und Suri scrollte durch die Bilder der Games, die auf ihrem Holofeld aufploppten. Sie flippte eins nach dem anderen weg, bis sie *SkyLand* fand, und wählte es aus. In der oberen Ecke des Raum-Displays wurde jetzt das Spiel angezeigt, das sie gleich beginnen würden. So konnten Schüler und Schülerinnen, die draußen vorbeigingen, überlegen, ob sie sich ihnen anschließen wollten.

»Und? Möchtest du lieber Vogel oder Maus sein?«, fragte Suri.

»Maus.«

»Geht klar.« Suri schob sie vor sich her in den Raum und zog die Tür hinter ihnen zu.

In der Wand des Zimmers öffnete sich ein Fach, das die zusätzlichen Steuerelemente für *SkyLand* enthielt. Emily griff nach dem leuchtenden Stück Seil, während Suri sich den Stab holte, der in der Virtual Reality wie ein Ast aussehen würde. Außerdem nahmen sie sich die Handschuhe und Schuhüberzieher heraus, welche mit Bewegungssensoren versehen waren. Sie streiften sie über und koppelten die Objekte mit ihren Vision-Qs.

Die Spiele, die die Academy zur Verfügung stellte, waren

kooperativ, weitestgehend gewaltfrei und mit viel Bewegung verbunden. Obwohl der Schulunterricht eher auf Forschung ausgelegt war, wurde trotzdem sehr darauf geachtet, dass die Jugendlichen sich fit hielten. Der Sport- und der Schwimmunterricht forderten Emily deutlich mehr heraus als alles, was sie aus ihrer alten Schule gewohnt war. Zweimal die Woche musste sie zur Volleyball-AG, die derart ehrgeizig trainiert wurde, als würde sie sich für die Olympischen Spiele qualifizieren wollen. Selbst jeder Gaming-Raum beinhaltete Laufbänder, auf denen man rennen, springen und balancieren musste, um die Aufgaben zu bewältigen. So wurden sie ständig in Bewegung gehalten.

Die beiden Freundinnen gingen zu nebeneinanderliegenden Bändern und stellten sich drauf. Vor ihnen fuhr jeweils eine Simulationsplatte hoch, die sich wie ein Klappspiegel auseinanderfaltete und die Vorderseite ihrer Körper umgab. In der Mitte kam eine Ablage heraus, auf die sie ihre Gegenstände legten und die auch die VR-Brillen enthielt. Emily setzte ihre auf. Die klaren Gläser verdunkelten sich, kaum dass sie den Knopf an der Seite drückte, und zeigten ihr den Startbildschirm des Spiels an.

»Bereit?«, fragte Suri und Emily bestätigte.

Kurz darauf konnte sie den großen Weißkopfadler sehen, der Suris Avatar darstellte. Emily setzte sich in Bewegung, um auf den Ast zu kriechen, der vor den Adlerkrallen lag. Sobald sie sich in dessen Mitte befand, hob Suri ihn mit den Klauen auf. Sie schwang sich in die Lüfte und versuchte, den Stock möglichst waagerecht zu halten, damit Emily nicht zu viel Kraft benötigte, um sich daran festzuklammern. Von den Simulationsplatten strömte ihnen künstlicher Wind entgegen und zerzauste Emilys Haar. Als Suri tiefer Richtung Meer sank, benetzten feine Tröpfchen ihre Haut und gaben Emily das Gefühl, dass ihr die Gischt direkt ins Gesicht spritzte.

»Zieh hoch, Suri! Ich hab heute schon geduscht!«

Ihre Freundin lachte. »Ich wollte nur sichergehen, dass wir beide hellwach sind. Nachher wirst du mir die Erfrischung danken, glaub mir.«

Emily wusste, dass es Suri mit ihrer ehemaligen Mitbewohnerin viel weiter durchs Spiel geschafft hatte, als sie es mit ihr tat. Sie arbeitete dran, aber noch war sie nicht trainiert genug. Während Emily schon bald ins Keuchen geriet, hörte sie das rhythmische Atmen ihrer Freundin, deren Vogel wieder an Höhe gewann und auf einen Berg zusteuerte. Auf dem Gipfel legte Suri den Stock ab und Emily lenkte ihre Maus herunter. Sie spürte die druckvollen, simulierten Flügelschläge des Adlers in ihrem Gesicht, während er wieder in die Lüfte stieg. Um das Spiel fortzuführen, durfte Suri nicht allzu lange am Boden verweilen, daher spielte Emily auch lieber die Maus, die zumindest ab und zu ein paar Verschnaufpausen erhielt. Sie kroch in ein Loch hinein, zwängte ihren Avatar durch einen engen Tunnel, kletterte über Steine und duckte sich unter herabhängendem Wurzelwerk hinweg, bis sie zu einem Abgrund gelangte. Dort blieb sie stehen und nahm das Seil aus der kleinen Beuteltasche, die an der Seite der Maus hing. In der Virtual Reality war es lang genug, um ein Lasso daraus zu formen, in der Wirklichkeit wirbelte Emily das kurze Stück um sich herum, während sie weiterlaufen musste, um mit dem Seil ausreichend Schwung zu holen. Sie peilte einen Felsvorsprung an, der auf der gegenüberliegenden Seite der Schlucht lag.

»Du schaffst das!«, feuerte Suri sie an. Nicht ein Hauch von Anstrengung lag in ihrer Stimme. Das war so beneidenswert. »Los doch!«

Emily traf den Felsen. Sie zog die Schlaufe des Lassos fest und balancierte über das Seil, während die Bewegungssensoren an den Schuhen überprüften, ob sie auch wirklich die Spur hielt. Kaum war sie auf der anderen Seite angelangt, konnte sie ein paar Käsekrumen und genauso viele Samenkörner für Suris Adler einsammeln, die kurz darauf auf dem Zähler am Bildschirmrand auftauchten. Sie kämpfte sich weiter durch die Höhle, sprang über Abgründe, rettete sich an den Rand eines Plateaus, wo sich ihr pelziger Avatar mit seinen winzigen Pfoten festklammerte. Emily musste auf dem Laufband einen Sprint hinlegen, damit der kleine Nager genug Kraft bekam, um sich hochzuziehen. Dann kroch er wieder aus dem Erdloch heraus. Suri erwartete sie bereits und Emily krabbelte gerade auf den Ast, als der Bildschirm einfror.

Neuer Spieler klopft an.

Die Laufbänder liefen weiter. »Kannst du sehen, wer es ist?«

»Samantha Felton«, antwortete Suri. »Wenn du nichts dagegen hast …?«

»Natürlich nicht!«

Die beiden Mädchen stellten ihre Brillen auf Klarsicht. Es klickte, als Suri die Tür zum Gaming-Raum per Vision-Q öffnete. Samantha, von der Emily inzwischen wusste, dass sie tatsächlich gehörlos war, stand in der Tür und winkte ihnen schüchtern zu.

»Komm ruhig rein!«, sagte Suri, während die gesprochenen Wörter auf Samanthas Holofeld erschienen.

»Wir könnten noch eine Fee gebrauchen«, meinte Emily.

Das Mädchen nickte, ging zu dem Fach hinüber und griff nach dem Gegenstand, der später im Spiel ihr Zauberstab sein würde, während hinter ihr das RoboPet durch die Tür hereingetrottet kam und sich mit einem lauten Schnaufen hinlegte. Das Tier war einem Husky nachempfunden, dessen weiches, plüschiges Fell zum Kuscheln einlud. Samantha wollte gerade die Tür schließen, als sich ein weiterer Kopf durch den Spalt schob.

O verdammt! Emily stolperte über ihre eigenen Füße und fing sich gerade noch. *Was will der denn hier?*

»Hey allerseits! Ich war gerade auf der Suche nach dir, Emily.«

Nach mir? Sie atmete tief durch. Am liebsten wollte sie Kayne ignorieren, aber das, was sie bei dem Gespräch letzte Woche zu ihm gesagt hatte, hing ihr immer noch nach. Niemand sollte mit Vorurteilen konfrontiert werden, egal, aus welchen Verhältnissen er stammte. Sie hatte nicht das Recht dazu gehabt, über sein Leben zu urteilen, von dem sie schlichtweg nichts wusste.

Er ging zu dem Husky hinüber und warf Samantha einen fragenden Blick zu, den sie mit einem Nicken begegnete. Sofort begann er den Hund liebevoll hinter den Ohren zu kraulen.

»Was willst du denn von mir?«

»Ich brauch Nachhilfe und der Schulleiter meinte, ich solle dich mal fragen. Er würde sich freuen, wenn du mir ein bisschen unter die Arme greifen könntest. Und ich mich übrigens auch.« Kayne blickte von dem Husky auf und lächelte zaghaft. »Du musst jetzt nicht antworten. Denk erst mal in Ruhe darüber nach. Aber ihr nehmt gerade neue Spieler auf, oder? Kann ich mitmachen? Es sei denn natürlich, ihr Mädels wollt unter euch bleiben.«

Samantha las Kaynes Worte auf dem Holofeld mit, dann schüttelte sie den Kopf und machte mit der Hand eine einladende Geste.

»Du kannst ruhig mitmachen«, stimmte Suri zu.

2:1. Dann scheint das ja beschlossene Sache zu sein.

»Bitte, tu dir keinen Zwang an«, sagte Emily ein wenig widerwillig.

Er strich dem Hund noch mal über den Kopf, stand auf und steuerte zielstrebig die Gegenstände an, die im Fach lagen. »Ein Vogel, eine Maus und eine Fee. Na, dann könnt ihr wohl eine Echse gebrauchen«, sagte er und griff nach einem kleinen Softball, der an einer Schlaufe befestigt war, die er sich nun ums Handgelenk legte.

Emily stieß einen genervten Laut aus und stellte ihre Brille wieder auf VR-Sicht. Die Landschaft veränderte sich. Sie wurde waldiger. Nachdem Samantha und Kayne ihre Handschuhe und Schuhüberzieher angezogen und sich auf die Bänder gestellt hatten, passten sich die Feenstaubkugeln und die Käfer der Anzahl an, die Emily und Suri schon für ihre Avatare eingesammelt hatten.

»Dann lasst uns mal sehen, wie weit wir es schaffen«, meinte Kayne und stellte sich aufs Band.

Wie auf Kommando fing Emily an zu laufen. Schneller, immer schneller, bis ihr Atem nur noch stoßweise ging.

»*Wow*, Emily warte, ich komm nicht hinterher«, schnaufte Kayne und Emily konnte sich ein Grinsen nicht verkneifen.

Kayne Nachhilfe geben. Ausgerechnet.

Sie hatte wirklich null Interesse daran. Aber dann wiederum konnte sie dem Schulleiter wohl schlecht einen Wunsch abschlagen, nachdem er sich für ihre Aufnahme an der Arcadia eingesetzt und ihr Filia geschenkt hatte.

Bleibt mir überhaupt eine Wahl?

Sie holte jetzt alles aus den Beinen heraus, was ihre Kräfte hergaben. *Ich werde es ihm jedenfalls nicht leicht machen*, dachte sie, während die Echse immer weiter zurückfiel und hinter einer Hügelkuppe verschwand.

ST. KILDA

Die vulkanische Inselgruppe St. Kilda liegt im Atlantik, weit abgeschieden von der schottischen Küste, 40 Meilen vom nächsten Land entfernt. Sie besteht aus den Inseln Dùn, Soay, Boreray und der Hauptinsel Hirta.

Nachdem das vulkanische Archipel mehrere Jahrtausende besiedelt war, wurden die Inselbewohner 1930 von Krankheiten, Missernten und den Nachwirkungen des Ersten Weltkriegs geplagt und auf eigenen Wunsch hin evakuiert.

Das wichtigste Merkmal der Insel ist ihre Isolation. Regelmäßig auftauchende Böen von über 100 Meilen pro Stunde und bis zu zwölf Meter hohe Wellen, die sich ganzjährig am Landungsplatz brechen, machen eine Anreise auch heute noch schwierig.

1957 ging St. Kilda in den Besitz des National Trust for Scotland über, 1986 wurde sie zur UNESCO Welterbestätte ernannt.

Durch die Auswirkungen des Klimawandels drohte das Archipel seine Auszeichnung als Erbestätte auf immer zu verlieren und wurde im Zuge dessen im Jahr 2037 vom National Trust an die Excellence Initiative übergeben.

Die zur Initiative gehörende Arcadia Academy verpflichtete sich im Gegenzug, für eine ausgeglichene und vielfältige Flora und Fauna zu sorgen und den Titel mit allen ihr zur Verfügung stehenden Mitteln zu erhalten.

Auszug aus http://encyclopendium.com

23

BEN

Donnerstag, 27. Oktober 2050

Es war Ende Oktober. Das Schulleben war in eine angenehme Routine übergegangen und heute stand die erste Nachhilfestunde mit Emily an. Da sie nichts mit ihm zu tun haben wollte, hatte Ben sich nicht anders zu helfen gewusst, als dem Schulleiter zu erzählen, dass er sie besser beschützen konnte, wenn es einen Grund gab, sich regelmäßig mit ihr zu treffen. Chase hatte ihm zugestimmt und so konnte Ben gleich mehrere Fliegen mit einer Klappe schlagen: Er zeigte dem Schulleiter, dass er seine Aufgabe ernst nahm, und hatte gleichzeitig jemanden gefunden, der ihm neben Kayne durchs Schuljahr half. Aber am wichtigsten war, dass er so noch einmal die Chance für eine Entschuldigung bekam. Er wusste selbst nicht genau, warum es ihm so wichtig war, was das stille Mädchen mit den großen grünen Augen von ihm hielt. Während ihm der Rest der Schüler weitgehend egal war, fühlte er sich mit Emily auf eine seltsame Art verbunden. Nicht nur, weil sie beide aus ähnlichen Verhältnissen stammten und einander besser verstanden, als sie ahnte. Da war noch etwas anderes an ihr, das ihn magisch anzog.

Das Gefühl, nur dann etwas zu bedeuten, wenn sie ihn schätzte. Er wollte ihr beweisen, dass er ein guter Mensch war. Bei jedem Schritt, den er seit seinem Deal mit *Widevisions* getan hatte, entwickelte er sich fort von der Person, die er eigentlich sein wollte, und wurde stattdessen zu einer, die er selbst nicht leiden konnte. Ständig machte er sich Gedanken darüber, wer ihm wie helfen konnte, um seinen Auftrag zu erfüllen, und mit wem er sich besser nicht anlegen sollte. Er sprach nur dann mit Leuten, wenn sie ihm nützlich erschienen, und unterschied sich damit nicht mehr von denen, die sich bei ihm selbst wegen seines Familiennamens anbiederten.

In Emily hingegen schien kein Funken Falschheit zu stecken. Sie hatte es nicht nötig, sich mit jemandem wie Kayne abzugeben, wenn er nicht bewies, dass er mehr war als nur ein verzogener Schnösel. Sie wirkte im Gegensatz zu den anderen einfach so unverstellt und echt. Und gleichzeitig war sie genau deshalb die Einzige, die ihm gefährlich werden konnte, da er in ihrer Nähe häufig vergaß, die Fassade aufrechtzuerhalten, hinter der er sich versteckte und die er so mühevoll errichtet hatte.

Bens Weg führte an den Gemeinschaftsräumen vorbei. Auf Hirta war der Herbst eingekehrt und selbst hart gesottene Frischluft-Fanatiker zogen sich immer zahlreicher in die Räume zurück. Diese bildeten einen deutlichen Kontrast zu den sonst sterilen Räumlichkeiten der Academy. Überall lagen gemütliche Teppiche und Sitzkissen aus, es gab Wolldecken, Sofas und Sessel. Auf den Tischen befanden sich Gesellschaftsspiele mit Holofiguren und Digitalrätsel mit verschiedenen Schwierigkeitsstufen. Kleinere Grüppchen saßen zusammen, schauten Filme oder Serien, die von der Schulleitung genehmigt worden waren. Manche genossen die Zeit mit analogen Beschäftigungen, strickten, puzzelten oder malten, während viele auch nur entspannt zusammensaßen und quatschten.

Ben blieb einen Moment stehen, sog das lärmende Treiben und Lachen um sich herum auf, stellte sich sogar kurz vor, ein echter Teil dieser Gemeinschaft zu sein. Dann schüttelte er den Gedanken ab und trat in den Fokusraum.

Hier war es wieder ruhiger, aber im Vergleich zum totenstillen Silentium-Bereich konnte man Stimmen hören, die diskutierten, sich über Experimente austauschten oder über die Genese der Synths philosophierten. Darüber, dass sie mittlerweile in der Lage seien, wahrhaft zu fühlen. Dass es Fälle gab, in denen sich Synths selbst zerstörten, indem sie ihre Energiespeicher komplett leerten und dabei ihre Module unwiederbringlich beschädigten, als wenn sie einen eigenen Willen oder gar so etwas wie eine Seele besäßen. Ben schüttelte sich innerlich. Er glaubte nicht daran, dass Synths eine Seele hatten. Aber er wollte sich deswegen nicht auf eine Diskussion einlassen.

Als Schüler an der Arcadia musste man solchen Quatsch wahrscheinlich glauben.

Ben legte seine Tasche auf einem der freien runden Tische ab und ging zum Getränkeautomaten. Er ließ sich einen Kaffee einschenken und überlegte, was er Emily besorgen könnte. Wenn er sich nicht täuschte, hatte er in der Mensa einmal beobachtet, dass Suri ihr einen Orange Tea mitgebracht hatte. Er sprach den Automaten an und schaute dabei zu, wie aus dem Fach eine Teekugel herauskullerte, die einer Mini-Orange nachempfunden war. Sie fiel in eine Glastasse, in die anschließend klare, dampfende Flüssigkeit strömte. Die Miniatur-Frucht wurde größer, bis die Schale aufplatzte. Feine Teepartikel lösten sich aus der Mitte und färbten das Wasser honiggelb.

»Möchten Sie Milch?«, fragte der Automat.

»Nein.«

»Möchten Sie Zucker?«

Tja, wenn ich das noch wüsste.

»Zwei Würfel«, sagte er vorsichtshalber.

Die Greifarme platzierten Tasse, Zuckerwürfel und Löffel auf einer Untertasse und stellten sie auf das Tablett mit Bens Kaffee. Dazu kamen ein Schälchen für die aufgebrauchte Teekugel und Servietten. Als Ben alles zu seinem Platz hinübertrug, war die Orange schon vollständig entfaltet und lag sternförmig auf dem Grund der Tasse.

Noch sieben Minuten, bis Emily da sein würde. Eigentlich war Ben extra ein wenig früher gekommen, um nicht gestresst zu wirken, doch anstatt sich zu beruhigen, wurde er mit jeder Sekunde nervöser.

Um etwas zu tun zu haben, zog er schon mal sein Pad und ein paar Bücher aus der Tasche. Einige hatte er in der Bibliothek ausgeliehen. Nicht nur, um Emily das Gefühl zu geben, dass er an den Themen interessiert war, sondern auch, weil er die Besuche dort auskostete. Sein ganzes Leben lang waren ihm alle Bücher, die über den regulären Schulunterricht hinausgingen, verwehrt geblieben. Jetzt machte es ihn glücklich, den Geruch und die Atmosphäre in der Bibliothek aufzusaugen. Die Aussicht auf einen ganzen Raum vollgestopft mit geballtem Wissen erfüllte ihn immer wieder mit Ehrfurcht. Obwohl ihm klar war, dass er nur mit einem Bruchteil der Schätze dort etwas anfangen konnte, genoss er es, über die schweren Einbände und das feine Papier zu streichen. Viele Bücher lagen zwar schon in digitaler Form vor, aber Langzeitstudien hatten ergeben, dass die Handhabung und Haptik echter Druckwerke den Lernprozess förderten. Und Ben konnte das nur bestätigen. Ein Buch in der eigenen Hand zu halten war ein erhebendes Gefühl und regte in ihm einen gewissen Ehrgeiz an. Er blätterte in einem von ihnen, als er den Kopf hob und Emily erblickte, die den Raum betrat.

Das Licht tanzte auf ihren braunen Haaren, als wären sie aus flüssigem Gold gesponnen, und sein Blick wurde unmittelbar auf ihre ungewöhnlich geformten Lippen gelenkt. Sie waren leicht nach unten gebogen und wirkten selbst in entspanntem Zustand, als würde Emily schmollen, was ihr Lächeln im Gegensatz dazu noch zauberhafter wirken ließ. Was würde er dafür geben, einmal der Grund für ein Lächeln von ihr zu sein. Hastig stand Ben auf, um sie zu begrüßen, allerdings zu hastig, denn sein Kaffee kippte um und verteilte sich über die Tischplatte. Ben fluchte. Die Bücher hatten glücklicherweise nichts abbekommen, aber irgendwie hatte er sich seinen Auftritt souveräner vorgestellt.

»Brauchst du Hilfe?«, fragte Emily, während Ben versuchte, den Schaden mit Servietten zu begrenzen. Ein Putzroboter war bereits alarmiert und kam mit blinkendem Kopflicht auf sie zugesaust.

»Immerhin steht dein Tee noch.«

»Ach, der ist für mich? Danke«, entgegnete Emily. »Woher wusstest du das mit dem Tee?«

Ben zuckte mit den Schultern. »Ich bin eben ein guter Beobachter.«

Um das zu sein, war er schließlich hier.

»Und du hast sogar an die zwei Würfel Zucker gedacht.« Skeptisch zog sie die Augenbrauen zusammen, als wolle sie partout nicht glauben, dass er es gut mit ihr meinen könnte.

Der Putzroboter fuhr einen Teleskop-Arm aus, an dessen Ende sich ein feuchter Lappen befand. Er wischte über den Tisch und trocknete anschließend alles mit einem zweiten Tuch. Er arbeitete sehr gründlich und so standen sich Emily und Ben in betretenem Schweigen gegenüber, bis sie endlich wieder Platz nehmen konnten.

»Also schön. Womit sollen wir anfangen?«, erkundigte sich Emily, während auch sie ihre Sachen herausholte.

»Roboterdynamik, Umwelttechnologie, ethische und soziale Implikationen, Bioengineering, Kognitionswissenschaften, Industrierobotik, Elektrotechnik und Maschinenbau – ich kann eigentlich bei allem Hilfe gebrauchen, was nicht gerade Physik, Mathe oder Angewandte Informatik betrifft.«

»Gibt es denn etwas, das dich besonders interessiert?«

»Ach, eigentlich ist das alles nicht mein Ding. Wenn ich es mir hätte aussuchen können, wäre ich wohl aufs Ceres gegangen und hätte mich auf Zoologie konzentriert. Ich glaube, ich kann mit Lebewesen einfach mehr anfangen als mit Robotern.«

Ein überraschter Ausdruck huschte über ihr Gesicht und Ben war selbst erstaunt, dass er das gerade wirklich zugegeben hatte. Warum nur konnte er in ihrer Nähe nicht die Klappe halten?

Sie schien etwas sagen zu wollen, verkniff es sich aber. Stattdessen nahm sie einen Schluck von ihrem Tee und meinte schließlich: »Dann lass uns einfach mit Roboterdynamik anfangen. Das haben wir morgen.«

Ben zog das Buch aus dem Stapel hervor und öffnete auf dem Pad das dazugehörige Programm.

»Die Hausaufgaben habe ich schon gemacht«, meinte er und reichte ihr sein Pad. Dabei berührten sich ihre Finger. Die Intensität seiner dabei aufsteigenden Gefühle, das elektrisierende Kribbeln seiner Haut, traf ihn wie ein

Schlag. Nicht stechend scharf, wie bei einer statischen Entladung, vielmehr wie ein Impuls, der sich wellenartig durch den Körper bewegte und in ihm Hitze und Herzrasen auslöste. Überrascht sog er die Luft ein. Auch Emily musste etwas bemerkt haben. Ihr Kopf zuckte in seine Richtung. Sie sah ihn irritiert an.

»Hast du das auch gespürt?«, fragte sie heiser.

»Muss vom Pad gekommen sein«, murmelte er, obwohl er das nicht glaubte.

Emily wandte langsam ihren Blick ab. Sie studierte Bens Aufgaben, blickte zwischendrin einmal hoch, lenkte dann aber wieder ihre Aufmerksamkeit auf die Arbeit. »Das sieht doch schon ganz gut aus.«

Natürlich sah es gut aus. Ben hatte das alles ja nicht selbst erledigt. Er deutete auf eine Grafik. »Vielleicht könntest du mir trotzdem noch mal die Messung von Verzögerungen erklären. Wenn ich es richtig verstehe, werden dem Testobjekt Daten über eine Distanz von mehr als 4000 km über diverse Relais geschickt.«

»Genau. Hier siehst du die gesendeten Datenpakete«, sie fuhr mit dem Finger über eine Linie, »und das ist die gemessene Antwortverzögerung. Das hier sind die verlorenen Pakete.« Emily begann Ben alles zu erklären, doch er war nicht in der Lage, sich lange auf den Stoff zu konzentrieren, obwohl er es so dringend nötig hatte. Er konnte nicht anders, als Emily die ganze Zeit anzusehen. Wenn sie sich konzentrierte, fixierten ihre Augen einen Punkt, dabei zwinkerte sie kaum. Wenn sie etwas trank, spitzte sie vorher die Lippen und pustete vorsichtig in die Tasse, obwohl der Tee inzwischen lauwarm sein musste. Und wenn er nicht aufpasste, dann sah sie ihn so vorwurfsvoll an, wie sie es jetzt gerade tat. »Hörst du mir überhaupt zu?«

»Ja, klar.« Er griff sich verlegen in den Nacken. »Ich verstehe nur nicht, warum wir Roboter über so große Distanzen steuern sollten. Und warum die Anzahl der Relais bei gleicher Distanz dann so drastisch reduziert wird. Die Dinger sind ziemlich robust gefertigt, da müsste die Luftfeuchtigkeit durchgängig sehr hoch sein – oder die Temperatur um über 20 Grad ansteigen.« Ben wiederholte reflexhaft, was Kayne ihm bei der Vorbereitung gesagt hatte, um von seiner eigenen Unkonzentriertheit abzulenken. Doch er schien mitten ins Schwarze getroffen zu haben, denn Emily rutschte näher zu ihm heran.

Ben nahm einen zarten Duft wahr, der an ihrem Haar haftete, frisch, zart und frühlingshaft. Er war sich sicher, dass er den Geruch kannte, auch wenn ihm im Moment nicht einfiel, woher. Er genoss Emilys Nähe mehr, als er sich eingestehen wollte. Vielleicht sollte er sich noch weitere kluge Sprüche von Kayne ausborgen.

»Ehrlich gesagt habe ich mich das auch schon gefragt. Ich habe mich auch bei Suri erkundigt, ob sie das Thema letztes Jahr genauso behandelt hätten. Haben sie nicht. Es wirkt, als würde man annehmen, dass sich die Parameter durch die Klimakrise drastisch verändern. «

Ben blickte erneut auf die Skizze. »Wenn es selbst

robuste Geräte so mitnimmt – wären wir Menschen dann überhaupt noch überlebensfähig?«

Emily zuckte mit den Schultern. »Sagen wir mal so: höchstens mit technischen Hilfsmitteln.«

Ben wollte gar nicht über solche Dinge nachdenken. Wenn Menschen nur noch mithilfe ausgefeilter Hightech-Anwendungen würden überleben können, wären er und sein Vater geliefert. Selbst mit dem Geld, das Ben für diesen Auftrag bekommen sollte, wäre er nicht in der Lage, ausreichend anzusparen, um ein voll automatisiertes Zuhause mit Temperaturregulierung oder gar Sauerstoff- und Wasseraufbereitern zu finanzieren. Und auch Emily, die ein Stipendium gebraucht hatte, um hier aufgenommen zu werden, würde es nicht schaffen. Widerwillig schüttelte er den Kopf. »Lass uns lieber was Aufbauenderes machen.«

»Sind ethische und soziale Implikationen in deinen Augen aufbauender?«

Ben nickte. Sie öffnete ein anderes Programm und diesmal versuchte er, sich wirklich darauf zu konzentrieren. Emily entpuppte sich als großartige Lehrerin. Nach zwei Stunden hatte Ben das Gefühl, mehr gelernt zu haben als in den gesamten letzten Wochen. Er kam nicht aus dem Staunen raus, wie clever dieses Mädchen war. Gleichzeitig wurde ihm wieder bewusst, wie unterlegen er sich ihr fühlte.

»Ich glaube, für heute passt nichts mehr in meinen Kopf«, sagte er schließlich. »Ich brauch frische Luft. Hast du noch was vor?«

Emily runzelte ihre Stirn. »Ich denke, wir sollten es bei der Nachhilfe belassen, denkst du nicht auch?«

»Hör zu, ich weiß, dass ich dir nicht gerade einen Grund gegeben habe, mir zu vertrauen. Aber ich will dir wirklich nichts Böses.«

»Nein, natürlich nicht«, sagte sie und packte ihre Sachen ein.

»Sag mir, was du denkst.«

»Du willst die Wahrheit?«

Ben schluckte. Schließlich nickte er.

»Hör zu. Mir hat die Nachhilfe echt Spaß gemacht. Ich hab gar nicht bemerkt, wie schnell die Zeit vergangen ist. Aber ich denke, dass du mich in Sicherheit wiegen möchtest und dann zum Schlag ausholen wirst, wenn ich nicht damit rechne.«

Ben seufzte. »Emily, bitte. Lass mich beweisen, dass es nicht so ist. Bitte gib mir eine Chance. Was auch immer du jetzt noch machen wolltest – es hat sicher noch eine halbe Stunde Zeit. Lass uns eine Runde spazieren gehen, okay?«

Emily betrachtete ihn ruhig und es fühlte sich an, als würde sie ins Innere seiner Seele blicken, als würde sie eine verborgene Wahrheit hinter seinen Worten zu ergründen suchen. »Also schön. Aber ich sag dir gleich, dass ich sofort gehe, wenn ich das Gefühl habe, das irgendwas schräg läuft. Alles klar?«

Sie nahmen ihre Taschen und liefen Richtung Hauptausgang, wo sie vor der Garderobentheke stehen blieben.

Ben und Emily aktivierten ihre IDs auf den Vision-Qs und hielten sie an die Scaneinheit zweier Boxen. Diese senkten sich ins Lager für Außenkleidung ab und kehrten wenig später mit ihren Jacken zurück, ebenso mit einer kleinen Transportbox, in der sich ihre jeweiligen Schals, Mützen und Handschuhe befanden. Nachdem sie sich ihre Sachen übergezogen hatten, traten sie ins Freie. Trotz des kühlen Windes blitzte gerade wieder die Sonne durch die dahineilenden Wolken. Ben beobachtete Emily, wie sie kurz die Augen schloss und wohlig seufzte.

»Gut, ich weiß jetzt, dass du die Sonne magst und Orange Tea mit zwei Würfeln Zucker. Außerdem hast du dein Meerschweinchen so gern, dass du es mit zum Aeroport nimmst und zusätzlich noch eine seltsame Vorliebe für antike Haushaltsdrohnen.«

»Du meinst Nobbo. Er schneidet Gurken so dick, dass sie ohne Kiefersperre nicht in den Mund passen, und Tomaten so dünn, dass man am Ende mehr Suppe als Scheiben hat. Aber trotzdem ist er ein Teil unserer Familie. Ich habe ihn schon tausendmal repariert. Wir würden ihn nie austauschen.«

Ben konnte Emilys Blick von der Seite spüren. »Was hast du eigentlich damals zu Anne gesagt?«

Er hatte geahnt, dass sie ihn eines Tages darauf ansprechen würde. Trotzdem druckste er herum, weil er Angst vor ihrer Reaktion hatte. »Also … Es ist so … Meine Mutter sagte, dass ihr alle verrückt seid. Ich habe ihr beigepflichtet, weil alles andere Selbstmord gewesen wäre.

Ich würde es eher mit der ganzen Welt aufnehmen, als mich mit meiner Mutter anzulegen.«

»Und? Hältst du uns wirklich für verrückt?«

Er atmete kurz durch, bevor er antwortete. »Ein bisschen. Aber liebenswert verrückt. Ich habe mich sogar gefragt, wie es gewesen wäre … na ja … in so einer Familie wie in deiner groß zu werden.«

»Du? In Hackney? Ich fürchte, du hättest dich kaum zurechtgefunden.«

»Ich glaube, es kommt nicht drauf an, woher man stammt. Es geht doch viel mehr darum, mit wie viel Wärme man aufwächst. Und ich vermute, davon hast du eine ganze Menge abbekommen. Deswegen bist du jetzt so, wie du bist.«

Emily blinzelte. »Du musst mir nicht schmeicheln, Kayne. Ich gebe dir deine Nachhilfe – so oder so. Weil ich mich nicht gegen die Entscheidung unseres Schulleiters stellen werde. Und ich halte meine Versprechen.«

Wieso verstand sie denn nicht, dass es ihm überhaupt nicht darum ging?

»Emily, ich … können wir nicht einfach noch mal von vorn anfangen? Kannst du mir mein Verhalten verzeihen und wenigstens versuchen, dir ein neues Bild von mir zu machen?« Er streckte ihr eine Hand entgegen.

Sie blieb stehen und musterte ihn. Ihr Zögern war, als würde sie sich genau in diesem Augenblick endgültig für oder gegen ihn entscheiden. Schließlich sagte sie: »Wenn du es ernst meinst, ja.«

»Das tue ich.« Er legte seine Finger in ihre. Sein rasender Herzschlag, das prickelnde Gefühl an der Stelle, wo sie ihn berührte, sein zu schnell gehender Atem. Sie brachte alles in ihm in Aufruhr. »Danke.« Fast wehmütig löste er seine Hand von ihrer und sie schlenderten ein Stück weiter.

»Würdest du denn sagen, dass du keine schöne Kindheit hattest?«, fragte sie plötzlich.

Wie sollte er ihr die Wahrheit erzählen? Jeden Tag war Ben dankbar für den Luxus, den er hier an der Arcadia genoss: regelmäßige Mahlzeiten, ein beheiztes Zimmer, Warmwasser und statt einer durchgelegenen Matratze auf dem Boden ein echtes Bett. Aber er durfte nicht die Zerbrechlichkeit des ganzen Konstrukts vergessen. Er konnte sich niemandem anvertrauen. Auch Emily nicht. »Meine Eltern sprudeln nicht gerade über vor Zuneigung. Hast du gesehen, wie schnell meine Mutter das Weite gesucht hat, nachdem ich beim Shuttle abgegeben war? Mein Vater ist gar nicht erst zum Aeroport gekommen, weil er furchtbar dringende Termine hatte.«

Emily setzte an, etwas zu sagen, schüttelte dann aber den Kopf. »Tut mir leid, dass deine Eltern nicht so für dich da waren, wie du es dir gewünscht hättest.«

Sie blieb stehen und sah ihn durchdringend an. Der Wind verwirbelte ihr braunes Haar und Ben musste sich zusammenreißen, um nicht die Hand zu heben und es ihr einfach aus dem Gesicht zu streichen. Die Brise trug den verführerischen Duft zu ihm herüber, von dem Ben inzwischen wusste, dass es Maiglöckchen waren. Emily kam auf ihn zu, so nahe, dass er ihren warmen Atem auf seiner kühlen Haut spürte. Ein leichtes Lächeln umspielte ihre Lippen und er konnte nicht anders, als ebenfalls zu strahlen, weil er sich darüber so freute.

»Kayne?« Ben reagierte nicht auf die Stimme.

Erst als Emily einen Schritt von ihm zurücktrat und mit einem eigenartigen Gesichtsausdruck über seine Schulter sah, drehte er sich um. Von allen Momenten, in denen er Kaynes Freundin zufällig auf dem Gelände hätte begegnen können, musste es natürlich ausgerechnet dieser sein.

»Hey, Annika. Schön, dich zu sehen.«

»Ja, auch schön, dich zu sehen. Ich wollte gern mit dir reden«, sagte Annika, ließ dabei aber Emily nicht aus den Augen. »Hi, ich glaube, wir kennen uns noch nicht. Ich bin Annika, Kaynes Freundin.«

»Hi«, antwortete Emily leise.

Ben schloss die Lider. Als er sie wieder öffnete, hatte sie sich noch weiter von ihm entfernt.

»Ich muss auch los. Suri wartet bestimmt schon auf mich. Wahrscheinlich ist sie bereits am Himmelsgipfel angekommen.« Emilys Lächeln wirkte gezwungen. Es erreichte ihre Augen nicht. »Also, viel Spaß noch.« Sie drehte sich um und ging davon, bevor Ben die richtigen Worte für eine Verabschiedung gefunden hatte.

Als ob es in dieser Situation überhaupt die richtigen Worte gäbe. Das alles ist so was von falsch.

Er blickte Emily nach.

Ben hatte nicht damit gerechnet, dass er jemandem wie ihr hier begegnen würde. Und weder sie noch das schwarzhaarige Mädchen, das ihn jetzt mit verschränkten Armen ansah, sorgten dafür, dass das Chaos in seinem Kopf kleiner wurde.

Ganz im Gegenteil.

24

EMILY

Freitag, 28. Oktober 2050

»Du musst unbedingt von der Blaubeer-Tartelette probieren. Die ist wirklich so was von sündhaft lecker.« Suri legte ihr einen Bissen auf den Teller und Emily schob ihn sich in den Mund.

»Und?«

»O Mann, das ist wirklich gut.«

»Prima, dann ist es ja okay, was ich grad gemacht habe. Ich musste mich mit Kayne fast um die letzte Tartelette prügeln. Da hab ich einfach gesagt, dass sie für dich ist und er hat sie kampflos aufgegeben. Tut mir leid, dass ich ausgenutzt habe, dass er so auf dich steht.«

Emily blieb der Bissen fast im Halse stecken. »Wie kommst du denn darauf?«, krächzte sie, während sie versuchte, ihren Husten unter Kontrolle zu bekommen.

»Na hör mal, das ist doch so was von offensichtlich.

Und ehrlich gesagt glaube ich, dass du auch nicht ganz abgeneigt bist.«

»*Was?*«

»Hallo? Deine Reaktion, als er im Gaming-Raum zu uns gestoßen ist, war schon krass. So schnell waren wir noch nie auf dem Fichtenpfad unterwegs. Und hast du mich nicht gestern erst für ihn versetzt?«

»Ich hab ihm Nachhilfe gegeben. Das hat länger gedauert als geplant und dann waren wir noch spazieren …«

Suri zog ihre Augenbrauen hoch, als wollte sie sagen: *Siehst du.*

»Da ist nichts zwischen uns. Ehrlich. Außerdem hab ich gestern erfahren, dass er sowieso eine Freundin hat.«

Suri verschränkte die Arme vor der Brust. »*Hm.* Aber davon mal abgesehen findest du ihn schon gut, oder?«

Emily klammerte sich an ihrem Orangensaft fest. Anstatt zu antworten, nahm sie einen großen Schluck und hoffte, dass Suri die Sache auf sich beruhen ließ, aber das war natürlich Wunschdenken.

»Also, jetzt sag schon, stehst du auf diesen wahnsinnig attraktiven Typen, der sich für dich geprügelt und einen Schulverweis riskiert hat, oder nicht?«

»Ich … keine Ahnung. Die Nachhilfe lief irgendwie viel besser, als ich gedacht hatte. Die Zeit ist einfach so verflogen …«

»Und dann hat dein Helfersyndrom zugeschlagen und die Tatsache, dass er dich für die Nachhilfe braucht, stimmt's?«

Emily senkte den Blick. Was Suri sagte, stimmte nicht ganz, aber sie hatte einen wunden Punkt getroffen. Ja, sie mochte das Gefühl, gebraucht zu werden. Jemandem wichtig zu sein. Aber bei Kayne war die Sache komplizierter. Vielmehr lag es an den vielen kleinen Momenten, diesen Augenblicken, in denen Kaynes Fassade Risse bekam und sie all die Sachen dahinter erblickt hatte. Die Einsamkeit. Den Schmerz. Seine Eltern mussten ganze Arbeit geleistet haben, um aus ihm einen im tiefsten Inneren so unsicheren Menschen gemacht zu haben. Dennoch mochte sie gerade auch diese kleinen, unbewussten Gesten, wenn er sich verlegen in den Nacken griff oder unbeholfen die Schultern hochzog, weil ihm etwas unangenehm war. Er war nicht so perfekt, wie er sich gab, und gerade das reizte sie an ihm. Das, und wie sich sein ganzes Gesicht öffnete, wenn er strahlte. Und dann war da noch dieses elektrisierende Gefühl, als sich ihre Hände das erste Mal berührt hatten und das sie seitdem nicht vergessen konnte.

»Ich weiß es nicht«, antwortete Emily. »Ist auch nicht wichtig. Erstens hat er ja eine Freundin und zweitens wäre ich wohl sehr naiv, wenn ich glauben würde, dass der Erbe des milliardenschweren *Aventix*-Imperiums irgendwas von mir wollen könnte, oder nicht?«

»Es hat dich also tatsächlich erwischt«, sagte Suri und sah plötzlich sehr selbstzufrieden aus. »Jetzt sag ich dir mal was. So, wie er dich immer ansieht, sind ihm beide Sachen total egal.« Suri deutete mit dem Kinn hinter sie. Emily folgte der Bewegung und entdeckte Kayne, der ihr ein entwaffnendes Lächeln zuwarf. Schnell sah sie wieder weg.

Höchste Zeit, dass sie zur nächsten Stunde kam.

Die Schüler des Umwelttechnologie-Unterrichts versammelten sich um Mr Schmitt, der vor einer der großen Hallen am Rande des Schulgeländes stehen geblieben war. Emily wusste nicht, was sich darin verbarg, obwohl sie sie bei ihren nachmittäglichen Spaziergängen schon öfter betrachtet hatte. Wie auch die anderen Gebäude des Komplexes bildeten weiße rautenförmige Platten die Oberfläche der geodätischen Kuppel. Den Fachbegriff für diese speziellen Kugelbauten hatte Emily schon in ihrer ersten Woche an der Arcadia gelernt, als sie deren einzelne Gebäude bewunderte. Die normalerweise geschlossene Seitenwand war heute bei einer von ihnen nach oben gefahren und gab den Blick auf verschiedene Zugänge frei.

»Ich möchte Sie daran erinnern, dass der nun folgende Test direkt in Ihre Note für die Zwischenprüfung einfließen wird. Sie sollten die Sache also ernst nehmen. Sie werden die Prüfung zu zweit durchführen. Wir bewerten sowohl die Zeit, die Sie für die Aufgabe benötigen, als auch die Qualität Ihrer Arbeit.« Mr Schmitt stützte die Hände in die Seiten. »Gibt es noch Fragen?«

»Ja, was sollen wir denn machen?«, fragte Sam Jones.

»Glauben Sie etwa, dass es mir schlicht entfallen wäre, Ihnen das zu erzählen? Die Aufgabenstellung sollte klar sein, sobald Sie den Prüfungsraum betreten. Benutzen Sie gefälligst Ihren eigenen Kopf.« Mr Schmitt wartete noch kurz ab, bedachte aber alle mit einem finsteren Blick über seine Brillengläser hinweg, als würde er keine weiteren Fragen akzeptieren. »Gut, dann suchen Sie sich jetzt bitte Ihren Partner und stellen sich in einer Reihe auf.«

Ein Gewimmel entstand und die Lautstärke schwoll augenblicklich an. Emily blieb wie angewurzelt stehen, sogar als ein paar Klassenkameraden fragten, ob sie mit ihnen zusammenarbeiten wollte. Sie hatte kein so gutes Gefühl, auch wenn sie nicht genau sagen konnte, warum. Es lag nicht nur an dem Wirrwarr mit Kayne. Seit Tagen fühlte sie sich körperlich schwach und ausgebrannt, als würde sie nicht mehr richtig funktionieren. Morgens hatte sie Schwierigkeiten, aus dem Bett zu kommen, und war antriebslos und matt. Das Einzige, wonach es ihr ein bisschen besser ging, waren ihre Spaziergänge, die sie so lang wie möglich ausdehnte, doch die Sonne verschwand immer früher hinter dem Horizont und so fielen sie stetig kürzer aus.

Ein sanfter Stoß riss sie aus ihren Gedanken. Sie sah sich um. Inzwischen hatten sich bereits einige Paare gefunden, aber ihr fehlte noch immer die Motivation, sich der Aufgabe zu stellen. Es musste irgendwas mit ihrer Krankheit zu tun haben. Vielleicht sollte sie die Dosis ihrer Medikamente erhöhen. Ihr Vater hatte sie ihr in rauen Mengen mitgegeben und sie könnte einen der schulinternen Ärzte dazu befragen.

»Hey, Emily«, rief Kayne, während er sich zu ihr hindurchzwängte.

»Sorry, aber ich brauche ihre Hilfe dringender, Vermont.« Tom schob sich zwischen sie und Kayne, nur um kurz darauf von Sara zur Seite geschubst zu werden: »Hallo allerseits? *Ich* hab vielleicht zuerst gefragt? Auch wenn sie mir immer noch nicht geantwortet hat.«

»Wie wäre es, wenn wir Emily selbst entscheiden lassen, anstatt für sie zu bestimmen?«, wandte Kayne ein.

Emily seufzte. Eigentlich war sie für ihn ja auch nur Mittel zum Zweck. Aber es wäre unfair, ihm eins auszuwischen, nur weil er mit einer anderen zusammen war. Außerdem hatte sie versprochen, ihn durchs Schuljahr zu bringen, und das würde sie auch weiterhin versuchen. Egal, wie das ganze Drumherum aussah.

»Also schön, Kayne. Lass uns das gemeinsam machen.«

Sie hörte die enttäuschten Ausrufe der anderen, jemand sagte: »Na, wenn sie sich mit dem mal nicht ins eigene Knie schießt«, dann aber verliefen sich alle und positionierten sich.

»Und? Wie fühlst du dich?«, fragte Emily, als sie sich anstellten.

»Bin bereit für die Prüfung. Für irgendwas muss diese ganze Paukerei ja gut sein.«

Das musste sie Kayne lassen. Er schien keine so tiefe Leidenschaft für Robotik zu entwickeln wie sie selbst, aber inzwischen machte er den Eindruck, als wäre er fleißig, vielleicht sogar fleißiger als sie.

Emily blickte auf. Direkt vor ihnen stand Claire Fairfax, die mit Kayne und Dave den Privatflügel bewohnte und die, wie sie erfahren hatte, zum britischen Adel gehörte, der trotz der Abschaffung der Monarchie noch sehr angesehen war. Claire drehte sich immer wieder zu Kayne um und warf ihm ein schüchternes Lächeln zu, doch er schien sie gar nicht zu bemerken.

Klar. Er hat ja auch eine andere.

Wenn Emily ehrlich war, konnte sie verstehen, dass Kayne mit Annika zusammen war. Mit ihren schwarzen Locken, dem dunklen Teint, der makellosen Haut, den hohen Wangenknochen und den schön geschwungenen Lippen sah sie selbst ungeschminkt aus, als wäre sie einem Beauty-Magazin entsprungen. Außerdem wusste Emily inzwischen, dass sie sich bereits vor ihrer Aufnahme an der Arcadia für globale Umweltprojekte eingesetzt hatte und zahlreiche Auszeichnungen für die Bepflanzung verödeter Landstriche erhalten hatte. Zudem war sie auch noch Ehrenmitglied in einer Tierschutzorganisation. Wie sollte sie da mithalten können?

»Mr McMillan, Mr Jones, Tor 4. Miss Pace, Miss Fairfax, Tor 5. Miss Thorne, Mr Vermont Junior, Tor 6.« Mr Schmitt wies in die Richtung, in die Kayne und sie gehen sollten, und die beiden lösten sich aus der Schlange. Je näher sie dem besagten Tor kamen, umso nervöser wurde Emily. Vielleicht waren es die Erlebnisse der Stipendiumsprüfung, die sie noch nicht richtig verarbeitet hatte, aber schon der bloße Anblick der Eingangstür, die der im Testzentrum stark ähnelte, ließ in ihr ein mulmiges Gefühl aufkommen.

Sie spürte Kaynes Blick auf sich.

»Warum bist du denn so nervös?«

»Entschuldige, mir war nicht klar, dass es so auffällt.«

»Du zitterst am ganzen Körper. Dein Atem geht flach. Deine Wimpern flattern. Dabei bist du hier wahrscheinlich die Einzige, die sich keine Sorgen machen muss. Komm schon. Du bist das cleverste Mädchen an der ganzen Schule.«

Emily schüttelte den Kopf. »Ich hab dir schon mal gesagt, dass du mir nicht schmeicheln musst, nur weil ich dir Nachhilfe …«

»Warum glaubst du eigentlich immer, dass es mir darum ginge? Ehrlich, ich will das nicht mehr hören. Alles wird gut. Du hast den Grips und ich das Durchhaltevermögen. Wir sind ein gutes Team.«

Er griff nach ihrer Hand und drückte sie leicht. Für die Dauer des Moments verspürte Emily ein Gefühl der Zuversicht und auch den Glauben daran, dass sie es gemeinsam schaffen konnten, egal, was sich in der Halle verbarg. Kayne löste seine Finger von den ihren, als sich das Tor vor ihnen öffnete. Auffordernd blickte er sie an. Sie nickte ihm zu, trotz all ihrer Zweifel, und folgte ihm hinein.

Die Tür schloss sich automatisch. Sie befanden sich in einem weißen Raum. Es gab einen Bildschirm, der von der Decke herabschwebte. An die Wand wurden zwei Digital-Timer projiziert, einer, der bei *00:00* stand, und einer, der *12 Minuten 46* anzeigte. Emilys Atem ging unregelmäßig. Sie fühlte sich wieder in das Testzentrum zurückversetzt und spürte Panik aufkeimen, die ihren gesamten Körper in Alarmbereitschaft versetzte. Ihre Sinne schärften sich, während das Gehirn auf Fluchtprogramm schaltete. Hektisch sah sie sich um und versuchte, den Notausgang auszumachen. In ihr wuchs das Gefühl, dass Kaynes Leben und ihr eigenes in unmittelbarer Gefahr schwebte.

Das ist vollkommen unlogisch! Wir sind hier geschützt! Es geht doch gar nicht mehr um die Aufnahme, sondern nur um eine verdammte Teilzensur!

Trotzdem ließ sich ihre Panik nicht einfach abschütteln, und dass vor ihnen auf dem Bildschirm jetzt Carey, die KI der Arcadia, auftauchte, die sie auch durch die Stipendiumsprüfung geleitet hatte, machte die ganze Sache nicht leichter.

»Willkommen. Bitte schalten Sie Ihre Vision-Qs ein und verbinden sich mit dem Netzwerk.«

Emilys Finger zitterten inzwischen so sehr, dass sie es nicht einmal schaffte, die Taste für ihr Vision-Q zu bedienen.

»Lass mich das machen«, bat Kayne, nahm ihre Hand in seine und schaltete das Gerät ein. Die Berührung ihrer vom Fluchtinstinkt hypersensibel gewordenen Haut ließ Emily zusammenzucken.

Kayne bemerkte ihre Reaktion und trat einen Schritt zurück. »Entschuldige, das wollte ich nicht.«

Ich mache jetzt einfach einen Schritt nach dem anderen, dachte sie, als Kayne plötzlich »Exo« hervorstieß.

»Exo? Was meinst du?«

»Das Netzwerk. Es heißt Exo. Ich glaube, ich weiß, was uns da drin erwartet.«

»Klar, stimmt. Das hier wird sicher die Exoskelett-Abteilung sein. Wir werden also irgendwas mit Orthesen machen müssen.«

Oder mit Roboteranzügen.

Die Frau auf dem Bildschirm meldete sich wieder: »Vielen Dank. Ihre Vision-Qs sind nun mit dem Netzwerk verbunden. Über Ihrem eigenen Timer wird die bislang bestehende Bestzeit als Vergleichswert eingeblendet. Bitte machen Sie sich nun bereit. Die Prüfung startet in *3 … 2 … 1 …*«

Die Türen öffneten sich und gaben den Weg zum nächsten Raum frei, der im Halbdunkel lag. In Boden und Decke eingelassene Lichtstreifen warfen ihr spärliches Licht auf ein paar Sauerstofftanks, die neben dem Eingang standen – und auf Dutzende Exoskelette, die zu beiden Seiten in einem schmalen Gang hingen. Trotz des Mantels, den Emily trug, wurde ihr eiskalt, und während sie sich an den Roboteranzügen vorbeischoben, rieb sie sich fröstelnd die Arme.

»Sieht aus wie in einem Raumschiff«, bemerkte Emily leise.

»Eher wie in einem Gruselkabinett«, antwortete Kayne, als hinter ihnen die Türen plötzlich zuglitten und das Licht aus dem Empfangsraum aussperrten. Es war nun so dunkel, dass sie sich nur noch an den schwachen Lichtstreifen orientieren konnten. Ihre Schritte klangen dumpf in dem engen Raum, und obwohl Emily alles, was Robotik betraf, selten als beängstigend empfand, musste sie Kayne in diesem Fall recht geben. Exoskelette sahen zwar beeindruckend aus, waren aber auch pure Kraftmaschinen, die mit einem einzigen Fußtritt einen Brustkorb zerquetschen konnten. Ihre Bauweise ähnelte einem menschlichen Körper, der mit einer Metallrüstung überzogen worden war. Die Art, wie sie so schlaff und leblos dort an den Haken hingen, verlieh dem Ganzen eine äußerst unheimliche Atmosphäre. Am liebsten hätte sie wieder Kaynes Hand genommen und sich an ihn geschmiegt. Was natürlich nicht infrage kam.

Trotz des fahlen Lichts erkannte man, dass die Anzüge unterschiedlich ausgeprägte Gliedmaßen hatten. Auf der Brust prangten verschiedene leuchtende Zeichen. Als Emily einen Roboteranzug mit ihrem Vision-Q scannte, zeigte es ihr seine Legende mit Symbolen und Funktionsweisen an. Dennoch wurde sie daraus nicht schlau. Was sollten sie denn jetzt machen?

»Ich dachte, die Aufgabe wird klar, wenn wir hier reinkommen?«, meinte Emily, als sich am Ende des Gangs plötzlich ein Licht einschaltete und ihnen grell aus einem Fenster entgegenstrahlte. Sie liefen zur Tür, die der eines U-Boots ähnelte und durch deren bullaugenförmige Öffnung sie in den Raum dahinter blicken konnten.

Die Projektion einer kargen Landschaft mit rotem Sand bedeckte die Wände und über den Boden zogen Simulationen kleiner Windwirbel. Luftschächte waren in die Seitenwände eingelassen. Bauteile lagen herum: Betonklötze, Metallrahmen mit Fensterglas, Schläuche, aber auch eine Kiste, die mit *Organisches Material* beschriftet war. An der Wand zählte der Timer weiter, während darüber die Bestzeit eingeblendet wurde.

Wie erstarrt schaute Emily die Sachen an und kam zu keinem Ergebnis. Was stimmte denn nicht mit ihr? Sie hatte einen totalen Blackout. Sie richtete ihr Vision-Q auf den Raum, doch er zeigte ihr nur den niedrigen O_2-Gehalt an, was bedeutete, dass sie Exos mit Atemsystem nehmen und Sauerstofftanks anschließen mussten. Aber wie sollten sie überhaupt die Anzüge mit der richtigen Funktion auswählen, wenn sie nicht mal wussten, wohin das Ganze führen sollte?

»Sieht aus wie die Bauteile eines Gewächshauses«, sagte Kayne.

Emily kniff die Augen zusammen. Tatsächlich könnten sich in der Kiste mit organischem Material Pflanzen befinden. Und auch die Schläuche, die in der einen Wand verschwanden, waren vielleicht ein Hinweis auf ein Bewässerungssystem. Kayne hatte recht. Natürlich hatte er recht, er war ja durch Annika zum Botanik-Experten geworden.

»Dann muss einer von uns einen Konstruktionsanzug mit Zangenarmen nehmen, um das Glashaus zusammenzubauen. Der andere nimmt den mit Werkzeugen für die Feinarbeit.« Mit diesen Worten eilte Emily schon auf einen der massiveren Konstruktionsanzüge zu. Mochte sein, dass

Kayne im echten Leben größer und stärker war als sie, aber die Exoskelette glichen solche physischen Unterschiede vollkommen aus. Sie drehte sich zu Kayne herum, als sie den roten Knopf über ihrem Anzug bediente, der mit dem Emblem eines Krans versehen war, während er jenen wählte, auf dem vorne ein Schraubendreher prangte. Die Mechanik setzte sich in Gang und die Exoskelette wurden mit einem brummenden Geräusch zu Boden gelassen. »Ich hole den Sauerstoff. Du kannst schon mal dein Werkzeug prüfen und kümmerst dich dann um das Grünzeug. Was Pflanzen angeht, bist du ja wohl der angehende Experte unter uns.«

Das zu sagen war gemein von ihr. Im Dunkeln konnte sie nicht erkennen, ob er den Seitenhieb registriert hatte. Zumindest ging er nicht darauf ein.

Emily streifte Mantel und Schal ab, stieg seitwärts in das Exoskelett und wartete, bis sich der metallene Roboteranzug eng um ihren Körper schmiegte. Als das Visier heruntergefahren war, schaltete sich die Helmbeleuchtung ein und sie konnte Kayne hören, der per Sprachsteuerung das erste Werkzeug anwählte.

»Aktiviere den Hammer«, sagte er, als aus einem seiner Finger auch schon ein Gestänge mit einem Hammerkopf herausfuhr. »Wie krass ist das bitte? Schlagen! Schneller!«, rief Kayne, als sich das Werkzeug auf und ab bewegte, während sich Emily die Funktionen ihres eigenen Anzugs anzeigen ließ und die Anbringung der Sauerstofftanks. Obwohl sie mit dem Exoskelett ungefähr zwei Meter groß war und sich ebenso breit fühlte, ging die Steuerung intuitiv. Als Emily ihren Fuß hob, um einen Schritt zu machen, gehorchte ihr das Roboterbein, wenn auch mit minimaler Verzögerung.

»Ich hole jetzt den Sauerstoff«, informierte sie Kayne über das integrierte Headset und bewegte sich durch den schmalen Gang Richtung Eingangstür. Mit ihrem menschlichen Körper hätte sie die Sauerstoffflaschen niemals anheben können, die fünfmal mehr Volumen besaßen als gängige. Doch mit dem Exoskelett gelang es vollkommen mühelos. Sie spürte das Gewicht nicht einmal und konnte zwei nehmen und zu Kayne hinübertragen.

»Dreh dich um«, bat sie. Kayne gehorchte, auch wenn er gerade im Begriff gewesen war, ihr eine kleine, mechanische Säge zu demonstrieren, die ihm aus dem Finger wuchs. Hinter dem Visier konnte Emily seine leuchtenden Augen sehen. Wenigstens einer von ihnen schien Spaß an der Prüfung zu haben.

Sie taxierte die Ausbuchtung am Rücken für die Sauerstoffflasche, klemmte eine zwischen ihre Zangen und hob sie an. »Ich verbinde das Ding jetzt mit dir.« Mit einem kräftigen Ruck schob sie den Behälter ins Ventil. Sie hörte ein dumpfes Geräusch, als wenn Kayne mit dem Kopf gegen das Visier gestoßen wäre, und auch sein kurzes Aufstöhnen übers Headset nahm sie als Indiz dafür, dass sie vielleicht ein bisschen zu grob vorgegangen war.

»Tut mir leid«, entschuldigte sie sich, während mechanische Halterungen an Kaynes Rückseite automatisch einrasteten. Kurz darauf tauchte sein Sauerstoffbalken auf ihrer Anzeige auf.

Er drehte sich um, nahm jetzt seinerseits den zweiten Sauerstofftank auf und schloss ihn an Emilys Rücken an. Kurz darauf zeigte sich ein weiterer Balken auf ihrem Visier.

»Dann lass uns mal loslegen.« Emily stapfte schon auf das Drehkreuz zu, um die Tür zu öffnen, als sich Kayne neben sie schob.

»Pack mal deine Scherenhände wieder ein, Edward. Nicht, dass du uns hier noch was abzwickst«, witzelte er. Emily konnte regelrecht hören, dass er dabei grinste, und obwohl *Edward* ihr nichts sagte, reichte der Blick auf ihre kräftigen Zangenhände, um einzusehen, dass er recht hatte. Sie würde sicherlich was kaputt machen.

Kayne legte die Finger seines Exoskeletts um das Gestänge des Handrads und öffnete die Tür. Kurz darauf betraten sie den Raum.

Kaum eingetreten, fiel die Tür hinter ihnen zu und das Rad verschloss sie wie von Geisterhand. Emily spürte in sich ein beklemmendes Gefühl aufsteigen, da sie ohne Kaynes Hilfe nicht wieder aus dem Raum herauskommen würde. Sie bedauerte es, nicht den anderen Anzug gewählt zu haben. Aber dafür war es jetzt zu spät. Sie hatten ohnehin schon 6 Minuten und 25 Sekunden für die Vorbereitung gebraucht und würden sich ranhalten müssen, wenn sie noch irgendwie in die Nähe der Bestzeit kommen wollten.

Emily klemmte den ersten Klotz für das Fundament zwischen ihre Zangen, während Kayne begann, sich die Schläuche für die Bewässerung zurechtzulegen. Er schien sich ganz genau an die Skizze zu erinnern, die sie irgendwann in Umwelttechnologie durchgenommen hatten. Emily wünschte, sie wäre selbst aufmerksamer gewesen. Generell wirkte alles in ihrem Kopf, als hätte man ihr Gehirn in Watte gepackt und es damit ebenso leistungsunfähig gemacht wie ihren Körper.

Sie zwang sich, den Timer zu ignorieren, während sie den Boden verlegte. Kaum hatte sie das Fundament gelegt, nahm sie eine Rolle, die mit Erde bedeckt war, und legte sie darüber aus. Zum Glück saß sie perfekt auf der Betonfläche, sodass Kayne schon die ersten Drainagen verlegen konnte. Dann legte sie einen Rahmen um das Fundament.

Womit sie allerdings nicht gerechnet hatte, war, dass die Simulation am Boden immer größere Wirbel erzeugte und der Wind, der durch die Schächte in der Wand gestoßen wurde, stetig stärker blies. Teile des Erdbodens lockerten sich und wurden von der Luft im Raum verteilt, während sich Kaynes Schlauchsystem an einigen Stellen löste.

Emily musste schneller arbeiten. Sie nahm eines der Seitenteile an einer Querstrebe und stellte es auf. Es rastete am Rahmen ein, dennoch war erkennbar, dass die Platte bei dem vorherrschenden Wind ohne zusätzliche Stütze nicht halten würde. Kayne machte sich gerade an der Kiste mit Pflanzen zu schaffen und hatte anderes zu tun, als die

Wand zu stabilisieren. Außerdem wollte sie nicht den Eindruck erwecken, dass sie nicht allein klarkam.

Es gab nur eine Möglichkeit. Emily schlug mit dem Arm auf einen Punkt auf der Schulter des Roboteranzugs, dann mit dem anderen auf die gegenüberliegende Seite. Im Visier ploppte ein Kästchen auf: Die Lösung des Sauerstofftanks wurde manuell aktiviert. Sind Sie sich sicher?

»Ja«, bestätigte Emily per Sprachsteuerung, worauf sie kurz danach einen Ruck am Rücken verspürte.

»Was *ja?*«, fragte Kayne. Glücklicherweise blickte er von seiner Arbeit nicht auf. Er hätte sicherlich etwas gegen Emilys Vorgehen gehabt.

»Nichts«, antwortete sie, während sie ihre abgelegte Sauerstoffflasche gegen die schwankende Wand lehnte und sie damit stützte.

»Sicher, dass nichts ist? Meine Anzeige zeigt mir Sauerstoffverlust an.«

»Alles okay. Mach du mal deinen Kram weiter.«

Emily holte die nächste Seitenwand und platzierte sie an der schmalen Kante der anderen, sodass sie gemeinsam einen rechten Winkel bildeten. Wieder fuhren Verschlüsse aus der Wand, die sich mit dem Rahmen und der Platte daneben verbanden. Dennoch war sich Emily sicher, dass das Konstrukt nicht halten würde, wenn sie den Tank schon entfernte.

»Emily! Hier steht, dass du nur noch 57 % Sauerstoff hast. Du musst irgendwo ein Leck haben!«

»Alles gut! Beeil dich lieber mit dem Unkraut!«

Durch die unterbrochene Luftzirkulation beschlug ihr Visier und Emily atmete schwer, als sie die nächste Wand heranschleppte. Obwohl sie dank des Exoskeletts kaum etwas wog, war sie sperrig und der Wind wehte so heftig gegen die breite Fläche, dass sich Emily dagegenstemmen musste. Als die dritte Seite stand, warf sie einen Blick auf ihre Anzeige. *35 % Sauerstoff.* Bei 21 wurde es langsam kritisch und sie könnte bewusstlos werden. Wenn sie die Wand angebracht hatte, musste sie sich sofort den Tank schnappen und ihn von Kayne wieder anschließen lassen. Aber warum verband sich diese verfluchte Platte nicht endlich mit dem Rest?

Durch den Dunst auf ihrem Visier versuchte Emily etwas zu erkennen. Erst jetzt entdeckte sie, dass auf den Metallstreben zwischen den Glasflächen Pfeile aufgezeichnet waren. Daneben stand *oben*, die Pfeile zeigten stattdessen aber nach unten. Sie hatte die anderen beiden Wände wohl zufällig korrekt ausgerichtet, diese hier musste sie jedoch noch einmal umdrehen.

»So ein Mist!«

Emily packte die Wand, die sich durch den Sturm immer weiter Richtung Boden neigte, und drehte sie umständlich auf die andere Seite.

Das hat viel zu viel Zeit gekostet!

Auch ohne den Timer durch das beschlagene Visier erkennen zu können, wusste sie, dass sie den Rekord nicht mehr brechen konnten.

»*Emily!*«

Der Wind blies jetzt noch stärker und als sie die Seitenwand wieder abstellte, kippte diese plötzlich in ihre Richtung. Als Emily instinktiv einen Schritt nach hinten machte, geriet sie aus dem Gleichgewicht und stürzte. Die Wand krachte scheppernd auf sie nieder. Zwar fing das Exoskelett das Gewicht ab, dennoch lag Emily jetzt eingeklemmt wie ein Käfer auf dem Rücken, unfähig, sich selbstständig aus der Lage zu befreien. Sie fluchte. *Was für ein bescheuerter Fehler!*

Die Computerstimme meldete sich: »Sauerstoffreserven bei 25 %. Wollen Sie die Prüfung abbrechen?«

»Nein!«, rief Emily schnaufend, als Kayne die Platte anhob und ihr seinen Arm entgegenstreckte, um ihr beim Aufstehen zu helfen. Als sie wieder stand, schoben sie gemeinsam die Wand an das Konstrukt heran. Emily hielt die Seite fest, während sich die Verschlüsse zuzogen und Kayne aus ihrem Blickfeld verschwand. Er kam mit ihrem Sauerstofftank zurück und schloss ihn wieder an. Als das Visier langsam klarer wurde, konnte sie den Timer sehen, der inzwischen die 14-Minuten-Marke überschritten hatte.

»Wir haben es nicht geschafft«, japste Emily zwischen zwei tiefen Atemzügen.

»Deswegen werden wir doch jetzt nicht aufgeben! Lass uns das Dach anbringen! Ich hab die Pflanzen schon eingesetzt.«

Wie in Trance half sie Kayne, das vorletzte Teil aufzusetzen, das sich automatisch über die Seitenwände rollte und sich festzog. Emily blickte auf die Fläche mit den Gewächsen, die nur noch ein Flickenteppich aus Wurzelwerk und Erdkrumen zu sein schien. Die Drainage, die Kayne mal ordentlich verlegt hatte, wirkte wie ein Wollknäuel, mit dem eine Katze viel zu wild gespielt hatte. Die Pflanzen, wenn sie denn als solche überhaupt noch bezeichnet werden konnten, bestanden aus abgeknickten Stängeln, während die abgerissenen Blätter und Blüten vom Wind durch den Raum gewirbelt wurden.

Das hier war das armseligste Gewächshaus aller Zeiten. Annika hätte dafür wahrscheinlich nur ein müdes Kopfschütteln übriggehabt. Weder die Geschwindigkeit noch die Qualität von Kaynes und Emilys Arbeit war akzeptabel. Ob sie jetzt aufgaben oder weitermachten, war egal, denn noch schlechter als schlecht konnte ihre Zensur nicht werden.

Und es ist alles meine Schuld.

Als auch die letzte Platte stand und das Haus komplett war, blieb der Timer bei 16 Minuten 47 stehen.

Der Wind ließ nach und in der Wand öffnete sich eine Tür. Ein paar Mitarbeiter und Drohnen kamen herein, die Rund-um-Bilder von dem Chaos im Inneren des Gewächshauses machten. Emily war sich sicher, dass keine ihrer Pflanzen überlebt hatte, doch die Angestellten ließen sich nicht zu einem Kommentar hinreißen. Stattdessen begannen sie, alles für die nächste Gruppe zurückzubauen.

Während Emily und Kayne sich von ihren Exoskeletten befreiten, brachte jemand ihre Mäntel vorbei und Emily versuchte an der Miene des Mannes etwas abzulesen, aber es war schwer zu deuten. Sie wappnete sich gegen das enttäuschte Gesicht von Kayne, doch als sie sich zu ihm herumdrehte, strahlte er, als hätte er gerade den Meistertitel geholt. Er hob die Hand, aber Emily schlug nicht ein, sodass er mit der anderen ihre ergriff und es für sie erledigte.

»Komm schon, Emily. Du musst nicht immer die Beste sein.«

»Und du nicht immer der Schlechteste.« Es war ihr herausgerutscht. Und es stimmte nicht mal. Nicht nur, dass Kayne inzwischen die Hälfte der Schüler überholt hatte, er hatte in der Prüfung alles richtig gemacht. Es waren ihre eigenen Fehler gewesen, die sie wertvolle Zeit gekostet hatten. Dennoch waren die Worte jetzt raus.

Kayne fasste sich ans Herz. »*Autsch*. Das tat weh.«

»Entschuldige, das muss die Enttäuschung gewesen sein.«

Wegen der Prüfung. Und vielleicht auch wegen Annika.

»Endlich haben wir etwas, wofür du dich mal bei mir entschuldigen musst.«

»Es tut mir leid, dass du dir so eine miese Partnerin ausgesucht hast.«

»Es gibt niemanden, mit dem ich lieber zusammengearbeitet hätte.« Kayne zwinkerte ihr zu. »Komm, ich spendier dir eine Tasse Tee.«

»Du verstehst das nicht. Das hier ist echt wichtig für mich.« Emily kämpfte mit den Tränen. »Jemand wie du fällt immer auf seine Füße. Wenn du hier versagst, werden dich deine Eltern in eine andere Schule einkaufen. Ich aber habe keine Alternative zur Arcadia. Ich will hier sein. Ich muss hier sein. Nur hier kann ich was verändern …«

»Ich verstehe dich sehr gut, auch wenn du es immer abstreitest. Aber du hast doch noch so viele Extrapunkte, die du für deine Noten einsetzen kannst, um das hier auszugleichen.«

Emily hörte Getuschel, als sie durch die Traube der Schüler gingen, die ihre Prüfungen vor ihnen beendet hatten. Auf einem Bildschirm prangte eine Rangliste und auch wenn Emily nicht überrascht war, so schmerzte es, ihren Namen auf dem letzten Platz zu entdecken.

McMillan, der deutlich besser abgeschnitten hatte und auf Platz 2 stand, grinste hämisch, während Sara raunte: »Das hat sie jetzt davon, dass sie mit Kayne ein Team gebildet hat.«

Emily machte einen Schritt auf sie zu, wollte etwas erwidern, aber Kayne griff nach ihrem Arm.

»Lass es. Das bringt doch nichts.« Und mit diesen Worten zog er sie Richtung Tor, das zur anderen Seite der Halle hinausführte.

»Ich möchte nicht, dass sie deswegen schlecht über dich reden. Es war meine Schuld.«

»Ach, ist mir doch egal, was die denken. Mir ist nur wichtig, was *du* über mich denkst.«

Emily spürte, wie ihr Herz einen Satz machte, obwohl sie noch weiter in ihrem Frust baden wollte.

Was macht er bloß mit mir?

»Komm schon, was geht dir durch den Kopf?«

Emily senkte den Blick. Sie konnte ihm schlecht die Wahrheit sagen, also wich sie aus. »Ich frage mich, warum wir das überhaupt machen mussten. Exos sind doch eigentlich erst im 2. Schuljahr dran. Und daraus dann noch eine Teilprüfung zu machen …«

Kayne zuckte mit den Schultern. »Ich glaube, hier gehen komische Dinge vor sich. Vieles ist anders als im letzten Jahr. Zumindest sagt Annika das.«

Annika, Annika, Annika.

Mochte sein, dass Kaynes Freundin indirekt geholfen hatte, die Lösung mit dem Gewächshaus zu finden. Aber wenn er von ihr sprach, versetzte es ihr jedes Mal einen schmerzhaften Stich, obwohl sie es niemals offen zugegeben hätte.

Und obwohl sie wünschte, dass es anders wäre.

SICHERHEITSPROTOKOLL
AUFZEICHNUNG ETHORNE_28_10_2050_18:01

Rebecca Thorne: »Hey mein Schatz. Geht es dir gut?«

Emily Thorne: »Ja, alles gut.«

Rebecca T.: »Was ist denn los? Hast du schlecht geschlafen? Oder ist da noch mehr?«

Emily T.: »Ich hab keine Ahnung. Ich fühle mich im Moment irgendwie so ausgebrannt. So … leer gesaugt.«

Rebecca T.: »Kommst du denn mit dem Stoff nicht hinterher? Stresst dich der Schulalltag?«

Emily T.: »Das ist es nicht.«

Michael T.: »Bist du denn regelmäßig an der frischen Luft?«

Emily T.: »Ich versuche, so viel wie möglich rauszugehen, aber hier auf Hirta ist es im Moment sehr windig und die Sonne kommt kaum noch raus.«

Michael T.: »Du solltest dich an jemanden aus der Schule wenden und ihm sagen, dass er dir mehr Freigang ermöglichen muss. UV-Licht hilft dir mit deiner Krankheit.«

Emily T.: »Ist gut. Das werde ich.«

Michael T.: »Wenn du möchtest, kann ich auch eine Nachricht an …«

Emily T.: »Nein, bitte, mach keine große Sache draus. Ich regle das selbst und wende mich an unsere Vertrauenslehrerin, okay?«

(Gesprächspause.)

Rebecca T.: »Ist gut, Schatz. Nur warte nicht zu lang damit, ja?«

Emily T.: »Und wie ist es bei euch so?«

Michael T.: »Ach, das Übliche. Nobbo hatte wieder einen Kurzschluss und du weißt, wie gern er sich von mir behandeln lässt. Immerhin hat er mich diesmal nicht gebissen.«

Emily T. (lacht): »Ach, ich vermisse euch echt! Drückt die kleine Maus bitte von mir. *Uaaah*, ich muss jetzt aber wirklich Schluss machen, ich bin total erledigt von der Woche.«

Michael T.: »Dann ruh dich mal aus, mein Schatz. Wir sprechen uns nächste Woche.«

Rebecca T.: »Fühl dich umarmt, meine Große. Und pass auf dich auf! Ich hab dich lieb.«

25

BEN

Montag, 31. Oktober 2050

Und? Bleibt es bei der Halloween-Party?

Ben blickte auf das Chatfenster und tippte seine Antwort an Mac ein: Findet wie geplant statt.

Denkst du, du kannst die Fotos liefern? Der Chef erwartet Ergebnisse. Am wichtigsten sind die Bilder vom Emotrax.

Natürlich interessierte sich der Boss am meisten für diesen Prototyp. Der Emotions- und Biodecoder war das Projekt, an dem Emilys Gruppe arbeitete, und auch dasjenige, das versprach, am lukrativsten zu werden. Jede Firma, die Synths herstellte, saß an einem ähnlichen Konzept, sodass man nicht unbedingt Industriespionage vermutete, wenn *Widevisions* es zuerst auf den Markt brachte. Aber soweit Ben wusste, war niemand mit der Entwicklung schneller vorangekommen als die AG vom Haus

Minerva – was nicht zuletzt Emilys Verdienst war. An dem Prototyp arbeitete sie härter als am restlichen Schulstoff und das nicht, weil sie unbedingt an der Academy bleiben wollte. Sie glaubte daran, dass die Erfindungen, die hier entstanden, die Welt verbessern konnten. So sollte auch das Projekt, an dem sie saß, den Menschen helfen.

Das Modul sollte dafür sorgen, dass Synths ihren Besitzern Emotionen am Gesicht ablesen und gleichzeitig deren biochemische Prozesse registrieren konnten. Dadurch würden Synths nicht nur menschlicher, sondern sie wären auch in der Lage, frühzeitig medizinische Notfälle wie Herzinfarkte oder Schlaganfälle zu erkennen, ebenso wie drohende depressive Phasen. Auch Fremde, die ins Haus kamen, könnten derart durchleuchtet und Schutzmaßnahmen ergriffen werden, wenn das Leben des Besitzers in Gefahr war. So würde das Modul auch für die Kriminalprävention eine wichtige Rolle spielen.

Ben war überzeugt, dass jeder Synth-User so etwas sein Eigen nennen wollte. Wären zum Beispiel die Synths der Vermonts damit schon ausgestattet gewesen, hätten sie Bens permanenten Stresslevel bemerkt und wären ihm sicherlich auf die Schliche gekommen.

Ich gebe mein Bestes. Bist du denn bereit für die Manipulation meines Trackers und die Abschaltung der Überwachungskameras?

Um 20 Uhr kann's losgehen. Ich warte dann auf dein Startsignal. Aber denk dran, dass ich dich nicht länger als vier Minuten von den Bildschirmen verschwinden lassen kann. Danach müssen die Livebilder zumindest kurz auf den Schirm. Sonst fällt die Verzerrung auf.

Wenn alles gut lief, hatte Ben mehr als genug Zeit, um in den toten Winkel vor dem Projektflügel zu gelangen. Ein inzwischen gefeuerter Maulwurf im Sicherheitsteam der Arcadia hatte *Widevisions* seinerzeit mit wertvollen Informationen zu solch blinden Flecken im Sicherheitssystem versorgen können.

Im Projektflügel befanden sich die sensibelsten Entwicklungen des Hauses Minerva und der primäre Grund, warum so viel Aufwand betrieben worden war, um Ben in die Arcadia zu schleusen.

Was die Entwicklung betraf, galt die höchste Geheimhaltungsstufe. Alle Schüler durften mit ihrem Team nur innerhalb des Projektraumes über sie sprechen. So hatte Ben jeweils einer Person aus den sechzig Forschungsgruppen eine Spinnenwanze untergejubelt, mit der er zumindest die Gespräche aufzeichnete. Er leitete sie ungefiltert an *Widevisions* weiter. Dort hatte man sich ziemlich schnell auf Emilys Projekt eingeschossen. Und nun sollte er die Bilder dazu beschaffen.

Die RoboBugs, die Ben selbst lenken konnte, besaßen zwar Kameras, allerdings musste er für die Detailaufnahmen so nah an den Prototyp heran, dass er es unmöglich schaffen konnte, solange die Gruppe daran arbeitete. Sobald die Projektarbeit beendet war, wurden die Prototypen allerdings in einen gesicherten Lagerraum gebracht. Kurz hatte Ben mit dem Gedanken gespielt, einen der Käfer in dem Modell seiner eigenen Gruppe zu verstecken, um im Lager dann Bilder von den anderen machen zu können. Doch alles, was in den Safe kam, wurde vorher gründlich von Experten überprüft, die sich ansahen, was die Studierenden in der Arbeitsphase verändert hatten. Es blieb ihm also nur eine Möglichkeit: Er musste zu diesem Lagerraum und darauf hoffen, dass Mac ihm den passenden Code beschaffte.

Na, dann erst mal viel Spaß auf der Halloween-Party. Vergiss nicht, 20 Uhr.

Alles klar. Bis später. Ben klappte seinen Laptop zu und verstaute ihn mit den restlichen Sachen im Versteck. Er blickte auf den schwarzen Umhang, den er sich schon auf dem Bett zurechtgelegt hatte, und warf ihn sich um.

Tatsächlich war die Feier die bislang beste Gelegenheit, um die ganze Aktion zu starten. Mit Ausnahme von allen Lagerarbeitern war die gesamte Belegschaft der drei Häuser zur Halloween-Party in der Großen Halle vom Minerva geladen. Dazu gehörten neben den Lehrern auch Putzkräfte, Ärzte und das Pflegepersonal aus dem Krankenflügel, Mitarbeiter aus der Küche und sogar Leute vom Sicherheitsdienst. Die Überwachung würde daher wahrscheinlich auf ein Mindestmaß reduziert sein.

Ben trat aus seinem Zimmer in den Gang und schloss die Tür hinter sich, als er eine unangenehm nasale Stimme sagen hörte: »Ah, sieh einer an. Ein Vampir. Sehr originell. Aber irgendwie auch passend.«

Er drehte sich zu Dave McMillan herum, der eine

schwarze Kutte trug. Darüber baumelte ein großes Kreuz an einer Kette. In der Hand hielt er einen Holzpflock.

»Ein Vampirjäger«, stellte Ben fest. »Und? Hast du auch einen Anspitzer dabei? Mit dem Stumpen wirst du bei mir nicht weit kommen.«

Dave lachte. »Man könnte meinen, dass wir uns abgesprochen hätten. Dabei hätte ich eher erwartet, dass du als Blechmann oder als Löwe gehen würdest. Du stehst doch immer noch auf Vogelscheuchen, oder?«

Ben biss die Zähne zusammen. Er hatte die Anspielung auf den *Zauberer von Oz* verstanden – ein Klassiker, den er sich mal mit seinem Vater angesehen hatte. Früher, in ihrer alten Wohnung, hatten sie noch einen Player besessen und sein Pa stand auf antike Filme. Dave hingegen kannte wahrscheinlich nur die Neuverfilmung, die sich Ben nie angetan hatte. Dass ausgerechnet Synths Schauspieler ersetzten und Emotionen vermitteln sollten, fand er vollkommen absurd.

»Tja, und ich hätte erwartet, dass du zu Halloween eine richtige Horrorgestalt zum Besten gibst. Vielleicht dich selbst?«, entgegnete Ben und drehte sich um. Mit weiten Schritten lief er den Gang entlang, in der Hoffnung, Dave damit abzuhängen, aber der schloss zu ihm auf.

»Du kannst ja recht amüsant sein, mein Guter. Schade nur, dass wir so eine schlechte Basis haben.«

»Wir haben *gar keine* Basis«, knurrte Ben. »Mit Menschen wie dir will ich nichts zu tun haben.«

Er öffnete gerade die Schleuse, um dem Gerede von

Dave zu entkommen, als dieser seinen Holzpflock plötzlich vor Bens Brust schlug und ihm damit den Durchgang verwehrte.

»Ich werde dir jetzt nicht verraten, warum ich deine Verkleidung als Vampir und meine als Jäger so überaus passend finde. Aber lass dir eins gesagt sein. Ich beobachte dich. Und wenn es sein muss, dann werde ich dich vernichten«, raunte er. »Du wirst es vielleicht nicht glauben, aber ich kenne deine Schwäche. Und die ist nicht Tageslicht – selbst wenn es das dort, wo du herkommst, auch kaum gibt.«

Ben zuckte innerlich zusammen, ließ sich aber nichts anmerken. McMillan durfte nicht wissen, dass er mitten ins Schwarze getroffen hatte. *Ob er was weiß? Oder blufft er nur?*

»Was denn, was denn, was denn – ist der Vampir jetzt doch eine Spur blasser geworden? Sieht ganz so aus.«

»Wenn du den Pflock nicht sofort wegnimmst, ramm ich ihn dir dorthin, wo die Sonne wirklich nie scheint.«

»Immer so angriffslustig«, entgegnete Dave grinsend, nahm ihn dann aber doch weg. »Vergiss es nicht. Ich beobachte dich, Blutsauger.«

Ben ging weiter, verunsichert, ob Dave wirklich etwas ahnte oder ob es nur ein Schuss ins Blaue gewesen war. Es ärgerte Ben, dass McMillan ihn so aus dem Konzept brachte, besonders jetzt, wo er doch etwas viel Wichtigeres zu tun hatte, als seine Gedanken an so einen Idioten zu verschwenden. Beinahe gewaltsam schob Ben die Begegnung beiseite und zwang seine Konzentration auf die Aufgabe, die vor ihm lag. Zu viel hing davon ab.

Er trat in den großen Saal. Das Wahrzeichen des Hauses Minerva leuchtete zum Anlass passend in Orangerot. Überall standen geschnitzte Kürbisse, deren Kerzen den Raum in schummriges Licht tauchten. Spinnweben bedeckten Tische und Stühle, die sich neben der Tanzfläche befanden. Auf ihnen krochen schwarze Roboterspinnen herum. Mini-Drohnen in Fledermauskostümen zischten knapp über die Köpfe der Schüler hinweg. Größere Fluggeräte hatte man in Laken gehüllt. Sie trieben ihr Unwesen an den Rändern des Raumes, während hinter ihnen projizierter Nebel waberte. Dann und wann traten Armeen von geisterhaften Gestalten aus ihm heraus und klopften gegen eine unsichtbare Scheibe, als wollten sie den Saal jeden Moment stürmen. Die Synths, die Getränke servierten, trugen Kostüme, die durch den Lichteinfall wirkten, als bestünden sie nur aus Knochen, oder sie rannten gleich ganz kopflos durch die Gegend. Ben musste zugeben, dass der Saal von Haus Minerva der perfekte Ort für eine Halloween-Party war. Soweit er wusste, fanden die Frühlings- und Sommerfeste immer auf dem Gelände von Haus Ceres statt, was sicherlich ebenso passte.

Auch wenn Dave McMillan ihm die Laune gründlich verdorben hatte, setzte er doch ein Lächeln auf. Es war wichtig, dass einige der anderen ihn wahrnahmen, also sprach er mit möglichst vielen Leuten in möglichst kurzer Zeit. Er hielt die Gespräche knapp, sodass er nicht zu offensichtlich von seinem bisherigen Verhalten abwich. Zumindest gab es heute einen Drahtseilakt, den er sich ersparen konnte: Kaynes Freundin Annika war krank und so nahm er sich die Zeit, nach Emily Ausschau zu halten.

Er entdeckte sie in der Nähe der Tanzfläche. Sie hielt sich an einem blutroten Getränk fest und stand neben Suri. Beide waren als Hexen verkleidet und trugen lange, schwarze Kleider sowie spitze Hüte. Emily hatte ungewöhnlich viel Make-up aufgelegt. Die Lippen leuchteten in einem Pinkrot und ihre Wimpern wirkten länger als sonst. Ben mochte es, wenn sie natürlich aussah, denn geschminkt wirkten ihre Züge so perfekt, dass sie sich kaum von einer Synth unterschieden. Trotzdem konnte er die Augen nicht von ihr abwenden. Gerade lachte sie und obwohl der helle Klang durch die Musik und die Geräuschkulisse der Gespräche nur leise zu ihm drang, beschleunigte sich sein Pulsschlag. Wieder wurde ihm bewusst, wie sehr er ihr Lachen liebte, als sein Körper darauf reagierte.

Leider schienen auch andere Jungs bemerkt zu haben, dass Emily etwas Besonderes war, und Ben musste sich durch ein ganzes Rudel kämpfen, bis er endlich vor ihr stand.

»Hallo, Kayne«, begrüßte Emily ihn. »Du siehst ein bisschen mitgenommen aus. Etwas Blut?« Auffordernd hielt sie ihm ihr Glas entgegen.

Ben nahm es. »Danke, kann ich gerade gut gebrauchen.« Er leerte den restlichen Tomatensaft in einem Zug.

»*Mhm.* Was anderes gibt es heute Abend nicht zu trinken?«

»Doch, es gibt noch *Krötenschleim, Schlangengift* und *gepressten Käfersaft.* Möchtest du was davon?«

»Aber nur, wenn eine ausgebildete Hexe die Sachen vorher untersucht. Du bist doch auf Zaubertränke spezialisiert?«, fragte er und reichte ihr seinen Arm.

»Aber klar doch.« Lächelnd hakte sie sich bei ihm unter. Ben war froh, dass sie rechts von ihm stand, auf der linken Seite hätte sie wohl sein rasendes Herz bemerkt. Ob es je ruhig schlagen würde, wenn sie ihm so nah war? Er überspielte seine Nervosität, indem er sie zielsicher durch die Menge zur Getränketheke führte.

»Und? Hast du eine gute Zeit?«

»*Jepp*«, antwortete Emily. »Du etwa nicht?«

»Doch, solange mir dieser Vampirjäger McMillan nicht über den Weg läuft. Du kennst nicht zufällig einen Spruch, mit dem man jemandem Furunkeln an den Hintern hext?«

»Natürlich kenn ich einen. Aber dir ist doch klar, dass jeder Zauber etwas kostet?« Sie grinste frech.

Ben bestellte für sich noch ein bisschen *Blut* und ein Glas *Krötenschleim* für Emily. Er überreichte ihr das Getränk und sah sie selbstsicher an. »Ist das Bezahlung genug?«

»Ich fürchte nicht.«

»Willst du mich etwa aussaugen?«, fragte er gespielt schockiert, was Emily mit einem Kichern quittierte.

»Das ist doch eher dein Spezialgebiet.« Sie nahm einen

Schluck und blickte Ben unter dichten Wimpern hervor an.

Sie war wirklich die perfekte Hexe. *Verdammt!*

Ben wusste, dass er ihr keinen Wunsch würde abschlagen können – aber sie äußerte keinen.

»Was hältst du von einem Tanz? Das scheint mir doch ein fairer Preis zu sein.« Bevor Emily etwas entgegnen konnte, nahm er ihr Glas und stellte beide auf der Theke ab. Dann griff er nach ihrer Hand. Die Berührung löste wieder dieses elektrisierende Kribbeln in ihm aus, das sich bis in seine Kopfhaut ausbreitete. Er konnte nicht glauben, dass er den Vorschlag selbst gemacht hatte. Im Gegensatz zu seinem Vater war er nicht gerade der geborene Tänzer. Auf der Tanzfläche angekommen, legte er den Arm um Emilys Hüfte und zog sie an sich. Die Gefühle, die ihn übermannten, waren unbeschreiblich. Er genoss ihre Wärme, ihren weichen Körper, der sich an seinen schmiegte, und sog den Duft ihrer Haare tief ein. Emily so nahe zu sein, raubte ihm schier den Atem. Ben schloss die Augen, um sich auf die Musik zu konzentrieren, weil er es auf keinen Fall vermasseln wollte. Aber schon nach wenigen Schritten bemerkte er, dass seine Sorge unbegründet war. Mit Emily zu tanzen gelang vollkommen mühelos. Ganz von allein fanden ihre Körper den richtigen Takt und bewegten sich zur Melodie, als hätten sie schon immer zueinander gehört.

Emily sah ihn unverwandt an, als hätte auch sie ihre Umgebung vollkommen vergessen, während Bens Blick immer wieder zu ihren Lippen wanderte. »Ich weiß, was du vorhast. Du versuchst mich zu verhexen, oder? Ich möchte dich daran erinnern, dass du deine Flüche für jemand anderen aufsparen solltest«, raunte er.

Emily lächelte. Das machte die ganze Sache nicht leichter. Er liebte die kleinen Grübchen, die sich neben ihren Mundwinkeln bildeten. Das Strahlen ihrer leuchtend grünen Augen, das in diesem Moment ganz allein ihm galt.

Doch als wäre ihr plötzlich ein Gedanke gekommen, huschte ein Schatten über ihr Gesicht, verdunkelte ihre Miene – und das Lächeln, nach dem er so süchtig war, erstarb.

»Das hier ist nicht richtig. Ich sollte die restlichen Tänze deiner Freundin überlassen.« Abrupt löste sie sich von ihm.

»Warte, Emily, ich …«

»Man sieht sich.« Mit diesen Worten verschwand sie in der Menge, die sie augenblicklich verschluckte.

Der Zauber des Moments war auf einen Schlag zerstört.

Und er konnte Emily dafür nicht mal böse sein. Er hatte sie in diese Situation gebracht. *Er* hatte mit ihr geflirtet. Weil er an Annika überhaupt nicht gedacht hatte – obwohl er sie brauchte, wenn er weiterhin auf Kaynes Unterstützung zählen wollte.

In Hinblick darauf war es bestimmt nicht klug gewesen, mit Emily zu tanzen, denn Annika würde es sicher erfahren. Das hatte Ben nicht bedacht. Wahrscheinlich, weil sein Denkzentrum immer aussetzte, wenn er Emily sah.

Genauso wie er die ganze Zeit über vergessen hatte, auf die Uhr zu gucken.

Ben ließ sich die Zeit von seinem Vision-Q anzeigen.

20:16. »Scheiße!«

Scheiße, scheiße, scheiße!

Er zwang sich, nicht zu schnell zu laufen, zog aber die Geschwindigkeit an, kaum dass die Halle hinter ihm lag. Es dauerte noch mal drei Minuten, bis er die Ecke vor der ersten Station erreichte und im toten Winkel verschwand. Sobald die Kameras aus waren, würde er durch den ersten Gang bis zum Abzweig laufen, im nächsten toten Winkel abwarten, während die Überwachungsbilder kurz live gingen und dann wieder eingefroren wurden. Erst dann konnte er in den eigentlichen Projektgang.

Wegen der Halloween-Party waren selbst hier die Lichter überall gedimmt worden und mit dem schwarzen Umhang verschwand er fast in den Schatten. Ben zog das Ohrinlay aus der Tasche, setzte es sich ein und aktivierte es. Sofort meldete sich Macs Stimme. »Alter, ich hoffe, du hast eine gute Entschuldigung. Warum hat das so lang gedauert? Ich weiß, du kannst mir jetzt nicht antworten, aber nachher bist du mir auf jeden Fall ’ne Erklärung schuldig. Weißt du, wie beschissen schwierig es ist, die Übertragung zum Inlay aufrechtzuerhalten, ohne getrackt zu werden?«

Ben presste die Lippen aufeinander. Ja, er hatte echt Mist gebaut – und für ihn waren die Konsequenzen im Zweifelsfall am schlimmsten.

»Wir haben ein zusätzliches Problem. Ich bin noch

nicht ganz sicher, ob ich die Überwachungsmikros ausreichend manipulieren kann. Also schmeiß lieber die Schallpegel-App an und bleib unter 40 Dezibel. Das ist ein bisschen lauter als das Ticken einer Armbanduhr.«

Ben öffnete die App auf dem Vision-Q und testete sie noch einmal, indem er sich leise räusperte. *55 Dezibel.* Das würde echt hart werden.

»Wir müssen jetzt loslegen. Bestätige, dass du bereit bist.«

Ben zog die Kapuze seines Umhangs über die blonden Haare, blickte sich noch einmal um, um sich zu vergewissern, dass ihn niemand sah. Dann räusperte er sich erneut, was so viel wie »Bereit« bedeutete.

»Gut. Du bist unsichtbar ab … *jetzt.*«

Ben lief los. Er spürte, wie er schon wenig später vor Aufregung pumpte – dabei musste er doch möglichst flach atmen, um leise zu bleiben. Hitze stieg in ihm auf und obwohl er unter dem Umhang verhältnismäßig dünne Kleidung trug, bildete sich innerhalb kürzester Zeit ein feuchter Schweißfilm auf seiner Stirn.

Was ist bitte so schwer daran, lautlos durch einen Gang zu laufen? Du machst dich unnötig verrückt! Du hast genügend Zeit.

Tatsächlich hatte er schon dreiviertel des Korridors geschafft, als er plötzlich flüsternde Stimmen hörte. Hektisch blickte er sich um. Er ging ein Stück zurück und versuchte, sich in die Ecke eines Spinds zu drücken, ohne dabei ein Geräusch am Metall zu verursachen. Das Display seines Vision-Qs leuchtete in der Dunkelheit, schwach, aber ausreichend, um Aufmerksamkeit auf sich zu lenken. Kurzerhand schaltete Ben es aus.

Das Gewisper kam näher. Wer auch immer dort auf ihn zukam, versuchte ebenfalls, von den Mikrofonen nicht erfasst zu werden.

»Es sieht nicht gut aus«, flüsterte jemand. »Wir müssen die Schichten in den Lagern verdoppeln.«

»Die Lagerarbeiter sind schon an der Grenze ihrer Belastbarkeit. Das wird auf Dauer nicht gut gehen. Vielleicht sollten wir mehr Leute einstellen.«

Jetzt waren die Personen offenbar stehen geblieben – irgendwo zwischen Ben und seinem Ziel. Viel Zeit blieb ihm nicht mehr, das wusste er, aber wie wenig es genau war … er hatte keine Ahnung!

»Nein, das ist keine Option. Die ganzen Hintergrundchecks dauern viel zu lang. Holen Sie alles aus den Lagerarbeitern heraus, was geht. Wie sieht es mit der Programmierung des Godkeys aus? Gibt es Fortschritte?«

»Bislang konnten wir etwa 47 % der produzierten Module damit kompromittieren.« Die Person hatte die Stimme nur leicht erhoben, dennoch meinte Ben das Rauchige in ihr zu erkennen. Es war Dr. Miller, die Sicherheitsbeauftragte.

»Wir brauchen mehr Schutz und die Zeit läuft uns davon. Die Programmierer sollen ebenfalls doppelte Schichten fahren. Zumindest bis 90 % erreicht sind.«

Ben erstarrte.

Schutz? Vor wem brauchen wir denn Schutz? Vor Umweltaktivisten? Und was zur Hölle ist dieser Godkey?

»Das wird bereits seit Monaten praktiziert.«

»Dann erhöhen Sie auf dreifache Schichten!« Obwohl die zweite Person immer noch flüsterte, klang es scharf. »Zahlen Sie Ihnen mehr Geld. Versprechen Sie ihnen mehr Urlaub. Beförderungen. Was auch immer nötig ist, damit sie sich ranhalten.«

Ben konnte vor Panik kaum noch atmen.

Die Leute müssen da weg!

»Glauben Sie, die Schülerschaft ahnt was?«

»Hier und da kamen ein paar Fragen auf, warum wir die Sache mit den Exoskeletten vorgezogen haben. Warum wir dieses Jahr so streng sind und die körperliche Fitness so eine große Rolle spielt. Im Asklepius und im Ceres sind auch Fragen aufgekommen. Aber zu diesem Zeitpunkt noch nichts, was wir nicht erklären konnten.«

Was zur Hölle wird hier eigentlich gespielt?

»Gut. Wenn jemand auffällig wird, geben Sie mir sofort Bescheid.«

»Selbstverständlich.«

Ben hörte jetzt leise Schritte. Er hielt die Luft an, als ein Schatten an ihm vorbeilief, dessen breiter Schemen dem Schulleiter gehören musste. Plötzlich verlangsamte er und blieb stehen.

Ben hielt die Luft an.

Hatte er ihn bemerkt? Oder nur vergessen, Dr. Miller etwas zu sagen?

Dreh dich jetzt bloß nicht um!

Der Mann verharrte an Ort und Stelle.

Ben bemerkte das Zittern, das von seinen Händen auf die Arme übersprang und sich über den ganzen Körper ausbreitete. Wenn Chase ihn jetzt erwischte, dann konnte ihm niemand mehr helfen. Ben war ja sonst um keine Ausrede verlegen, aber für diese Situation würde ihm keine einfallen, die auch nur annähernd logisch klang. Und das, was er gehört hatte, war ganz sicher nicht für seine Ohren bestimmt gewesen – selbst wenn er nichts damit anzufangen wusste.

Reglos starrte er auf die Silhouette des Schulleiters, als dieser endlich weiterging. Wo aber hielt sich Dr. Miller auf? War sie in einen der Parallelgänge eingebogen oder stand sie noch dort?

Ben atmete tief durch, während er wartete und still Sekunden herunterzählte, um abzuschätzen, wie weit die beiden inzwischen gekommen sein konnten. Plötzlich meldete sich Mac in seinem Ohr: »Ich hoffe, du bist fast da. Die Kamerabilder müssen wieder live. In *20 … 19 …*«

Mit Glück war Professor Chase schon aus dem Korridor raus, aber Ben hatte sowieso keine Wahl mehr. Er musste hier weg. Ben schlüpfte aus der Nische und rannte los. Eine seiner Schuhsohlen verursachte ein leises, quietschendes Geräusch auf dem Boden, aber sein Pegelmesser war aus.

»6 … 5 …«

Völlig außer Atem erreichte Ben die nächste Ecke und verschwand dort, wo der tote Winkel sein sollte.

»Das war knapp. Bild ist wieder live.«

Ben atmete gepresst, ihm war schwindelig und er blickte sich hektisch um. Immerhin war Dr. Miller nicht zu sehen und auch Professor Chase war ihm nicht gefolgt.

»Das reicht. Ich nehme die Kameras wieder off. In *5 … 4 … 3 …*«

Ben ignorierte die Übelkeit, die in ihm aufstieg. Er wartete auf das »Go« von Mac und lief an den Projekträumen vorbei, bis er am Ende des Gangs die große Stahltür erreichte, die den Safe verschloss. Er zog den Oktopass aus der Tasche, öffnete lautlos den Verschluss, der den Saugknopf bedeckte, und befestigte ihn auf dem Touchpad, das neben der Tür leuchtete. Dann drückte er auf den Knopf, der die schwarze Kugel aktivierte. Die Tentakel-Drähte fuhren heraus. Sie tasteten die Ränder des Displays ab und dockten sich schließlich an verschiedenen Stellen an. Das Display begann zu flackern. Immer wieder sah Ben über seine Schulter.

»Ich bin drin«, bestätigte Mac, während Ben dabei zusah, wie innerhalb von einer Minute die Zahlen von 000000 – 999999 über den Bildschirm liefen.

»Das gibt's doch nicht. Warum finde ich den beknackten Code nicht?«

Noch einmal rauschten die Zahlen durch.

»Verdammte Scheiße! Die meisten Sachen in der Academy funktionieren über Zahlencodes. Wenn sie da jetzt auch noch die Buchstaben und Sonderzeichen benutzt haben … Ach, Scheiße noch eins!«

Ben presste die Zähne aufeinander. Erste Buchstaben- und Zahlenkombinationen flirrten über das Display.

»Für die Prüfung der Variationen brauche ich zu lang. Die Sicherheitszentrale wird es registrieren.«

Eine Zeit lang hörte Ben nur das laute Schnaufen von Mac. Dann blieb die Kombination stehen. Kurz breitete sich ein Gefühl von Erleichterung in Ben aus, weil er glaubte, dass sie den Code geknackt hätten, als sich Mac wieder meldete: »Wir müssen abbrechen. Irgendwas hat die in der Sicherheitszentrale aufgeschreckt. Deaktiviere den Oktopass und hau ab. Du musst einen anderen Weg finden.«

Und wie soll ich das bitte machen?

Wie erstarrt stand Ben mit geballten Fäusten vor dem Safe. Er war noch nicht bereit aufzugeben. Er musste das einfach schaffen! Das Leben seines Vaters hing davon ab.

»Ich hab gesagt, raus da! Ich muss die Kameras gleich wieder einschalten. Die sind uns auf der Spur. Also entweder setzt du jetzt deinen Arsch in Bewegung, oder du lässt dich erwischen!«

Wütend deaktivierte Ben den Oktopass, stopfte ihn in die Tasche und rannte zurück zur nächsten Ecke. Dann schaltete er sein Vision-Q mit dem Schallpegelmesser ein.

»Kameras sind live. Gleich nehm ich das Bild wieder runter. Warte … *Los!*«

Ben eilte den Korridor entlang und verlangsamte erst, als er sich unmittelbar vor dem Ausgang befand.

Dann bog er um die Ecke, trat kurz in den toten Winkel, um durchzuschnaufen. Er zog die Kapuze herunter, fuhr sich mit dem Handrücken über die Stirn und versuchte, seinen Körper zur Ruhe zu bringen.

Immerhin war er nicht erwischt worden. Das war aber auch die einzige gute Nachricht.

»Melde dich heute Nacht noch mal um …«, wies Mac ihn an, aber Ben riss sich bereits das Inlay aus dem Ohr. Der hatte leicht reden. Er saß in der bequemen Sicherheit der Zentrale und spielte am Computer, während Bens Kopf direkt in der Schlinge lag.

Und solange er die verdammten Bilder nicht bekam, würde er ihn daraus auch nicht befreien können.

26

EMILY

Freitag, 4. November 2050

»Ah, Miss Thorne. Bitte, kommen Sie doch rein und setzen Sie sich.«

Zögernd trat Emily in das Büro des Rektors. Sie ging mit zitternden Knien auf den Stuhl zu, der auf der gegenüberliegenden Seite seines Schreibtischs stand, nahm Platz und widerstand der Versuchung, weiter nach hinten zu rücken.

Eigentlich wusste sie ja, was Chase schon alles für sie getan hatte, dass er Tante Margret heimlich die Vorbereitung für den Test geschickt und ihr Filia geschenkt hatte. Jemand, der ihr nicht wohlgesonnen war, würde so etwas nicht tun. Dennoch war es ein komisches Gefühl, in diesem Zimmer zu sitzen. Mit seiner Statur und Körpergröße war Chase eine einschüchternde Erscheinung und normalerweise wurde man nur zu ihm beordert, wenn man in ernsthaften Schwierigkeiten steckte.

»Kann ich Ihnen einen Tee anbieten?«

»Nein, vielen Dank«, sagte Emily, obwohl sich ihr Mund staubtrocken anfühlte. Stumm sah sie dabei zu, wie er aufstand und sich selbst eine Tasse einschenkte. Dann setzte er sich wieder an den Tisch und schlug die Beine übereinander, während sie nervös ihre Hände knetete. Ihr Stuhl war deutlich niedriger als sein ausladender Chefsessel, was das Gefühl der Unterlegenheit nur verstärkte.

Wie ein Untergebener, der vor einem Thron kauert, dachte sie und konnte sich nicht vorstellen, dass der Effekt ungewollt war. Nichts in diesem Raum und an diesem Mann wirkte zufällig.

»Sie wissen wohl, warum Sie hier sind?«

»Weil ich mich an meine Vertrauenslehrerin Miss Blythe gewandt habe?«

»Sie sagen das, als wäre es eine Bestrafung, hier zu sitzen. Ich garantiere Ihnen, dass Ihre Vertrauenslehrerin unter Schweigepflicht steht und Sie mir nicht gesagt hat, worum es geht. Ich weiß nur, dass sie der Meinung ist, dass ich Ihnen vielleicht helfen könnte. Also …« Er nahm einen Schluck von seinem Tee. »Möchten Sie mir verraten, wo der Schuh drückt? Haben Sie etwa Ärger mit einem Mitschüler oder einer Mitschülerin?«

»Nein, ganz und gar nicht.«

Nicht mehr.

»Und kommen Sie mit Suri Dobson gut zurecht?«

Emily nickte. »Sie ist großartig. Fast wie eine große Schwester«, fügte sie leise hinzu.

»Ah, ich sehe Ihrem Gesicht an, wie sehr sie sie mögen. Das ist gut. Dann erfüllt sie ihren Zweck.«

Emily zuckte bei seinen Worten unmerklich zusammen. »Ihren Zweck?«

»Nun, Carey hat die Berechnungen durchgeführt und war der Meinung, dass sie gut zu Ihnen passen würde.«

Und hoffentlich passte Emily ebenso gut zu Suri. Ihr gefiel nicht, wie Chase es sagte, als wären Suris Wünsche irgendwie belangloser als ihre eigenen.

»Mit wem haben Sie denn sonst noch zu tun? Ich hörte, Sie verstehen sich mit Kayne Vermont Junior?«

Emily senkte den Blick. »Das stimmt.«

»Was ist es denn dann, das sie bekümmert?«

Sie sank tiefer in ihren Stuhl. Inzwischen bezweifelte sie, dass es eine gute Idee gewesen war, sich Miss Blythe anzuvertrauen. Wahrscheinlich hätte sie es ganz gelassen, wenn sie nicht wüsste, dass ihre Familie beim Telefonat heute Abend wieder auf das Thema zu sprechen kommen würde. Sie wollte auf keinen Fall, dass ihre Eltern die Sache in die Hand nahmen.

Ich muss meine Probleme selbst in den Griff kriegen.

Sie straffte den Rücken und blickte auf. Chase beobachtete sie und etwas an seinem Blick sagte Emily, dass er nicht nachgeben würde, bis er in Erfahrung gebracht hatte, was er wissen wollte.

»Ich … es ist so … ich fühle mich in letzter Zeit körperlich schwach. Wie ausgelaugt. Im Asklepius haben sie beim wöchentlichen Gesundheits-Check-up aber keine

Auffälligkeiten entdeckt und mir nur ein paar Vitamin D-Tabletten gegeben, die irgendwie nicht zu helfen scheinen.«

»Ich verstehe.« Chase lehnte sich weiter nach vorn. »Haben Sie denn eine Idee, was Ihnen stattdessen helfen könnte? Irgendetwas, wonach es Ihnen besser geht?«

»Na ja, Spaziergänge haben mir sehr gutgetan, aber in letzter Zeit kann ich nicht mehr raus, weil das Wetter so schlecht ist oder die Sonne nach dem Unterricht schon fast weg ist. Mein Vater meinte, ich könnte vielleicht darum bitten, mir ein paar Freigänge zu erlauben, da er vermutet, dass ich wegen meiner Krankheit UV-Strahlung gebrauchen könnte.«

Chase wandte den Kopf zur Seite und zog seine Schublade auf. Was hatte er vor? Würde sie jetzt einen Eintrag in ihre Akte bekommen?

»A…aber mir ist klar, dass ich an einer Schule wie dieser nicht zu viele Ansprüche stellen kann«, schob sie schnell hinterher. Ihre Lippen bebten, während sich kalte Panik in ihrem Körper ausbreitete.

Der Schulleiter holte sein Pad hervor. »Es ist gut, dass Sie damit zu mir gekommen sind. Miss Blythe hatte recht. Ich kann Ihnen helfen, ohne dass wir Ihren Stundenplan zu sehr durcheinanderbringen. Könnten Sie liebenswürdigerweise Ihr Vision-Q einmal aktivieren?« Er tippte auf seinem Pad herum, während Emily das Gerät an ihrem Arm einschaltete und den Augenscan durchführte.

Kurz nachdem das *Q* im Holofeld erloschen war, ploppte

an seiner Stelle das Logo von Haus Ceres auf, ein stilisiertes Blütenmotiv.

»Wie Sie wissen, arbeiten alle Häuser in der Arcadia Academy einander zu. Auf der Suche nach einem Energiespeicher sind wir im Minerva auf etwas gestoßen, von dem wir ziemlich schnell wussten, dass es eine bahnbrechende Innovation für das Ceres sein würde.«

Auf ihrem Holofeld erschien jetzt eine rot glühende Kugel, die wie eine Sonne aussah. Dann zoomte das Bild raus und Emily erkannte, dass sie zwischen den Händen einer Statue schwebte, dem Wahrzeichen des Hauses Ceres.

»Die künstliche Sonne!« Sie selbst hatte bislang nur davon gehört, da hausfremde Schülerinnen und Schüler den Teil des Gebäudes nicht betreten durften. Wieder änderte sich das Bild und Emilys Zugangsprogramm öffnete sich, auf dem sich ein holografischer Schlüssel zusammensetzte.

»Sie haben jetzt exklusiven Zugang zur Sonnenhalle. Ich möchte Sie aber eindringlich darum bitten, Ihre Besuche dort nur allein zu unternehmen und sich an die Hygieneregeln zu halten. Andere Schüler sehen diese Halle während ihres gesamten Studiums nur ein einziges Mal, und zwar bei der Führung, die bei Ihnen in eineinhalb Wochen ansteht. An dem Tag wird die Halle dem Andrang entsprechend vorbereitet und die besonders hochsensiblen Neuzüchtungen werden kurzfristig umgesiedelt. Sie können sehr empfindlich auf von Menschen hereingetragene Erreger reagieren. Im schlimmsten Fall können zwei Jahre Forschung mit einem falschen Fußtritt ausgelöscht werden. Daher würde ich empfehlen, dass Sie noch bis nach der Führung warten und sich dann von Miss Fines, der Schulleiterin des Ceres, ausführlich zeigen lassen, wie Sie sich am besten verhalten. Ich werde ihr gleich mitteilen, dass sie sich nach der Führung noch kurz Zeit für Sie nehmen soll.«

»Ich … ich weiß gar nicht, was ich sagen soll. Vielen Dank, Professor Chase.«

Der Schulleiter winkte ab, schloss die Programme auf seinem Pad und Emilys Holofeld erlosch.

»Wir alle müssen ab und an unsere Akkus auftanken. Sonne tut uns allen gut. Das satte Grün der Pflanzen, das warme Licht – ich denke, diese Dinge werden Ihnen jetzt mehr helfen, als nachmittags im sturmgepeitschten Hirta spazieren zu gehen. Ich hoffe, es geht Ihnen bald wieder besser.«

Das hoffte sie auch. Auch wenn Professor Chase so nett zu ihr war, wollte sie in der nächsten Zeit nicht erneut in sein Büro zitiert werden müssen. Er hatte sicher Besseres zu tun, als sich mit den Schwächen einer einzelnen Schülerin auseinanderzusetzen. Und sie hoffte, dass es am Ende nicht doch noch einen Eintrag in ihrer Akte gab. Innerlich verfluchte sie ihre Knochenkrankheit.

Wieso kann ich nicht einfach so sein wie alle anderen?

27

BEN

Freitag, 4. November 2050

»Hallo, mein Junge.« Ben spürte den Stich im Herzen, als er das schmale Gesicht seines Vaters betrachtete und die Videoaufzeichnung zum dritten Mal abspielen ließ. »Ich wollte nur sagen, dass sie mich hier immer noch gut behandeln. Schwester Joyce kümmert sich wirklich ganz lieb um mich, manchmal bringt sie mir sogar heimlich Kuchen von zu Hause mit. Aber ich weiß gar nicht, ob ich dir das erzählen sollte, weil ich keine Ahnung habe, wer sich die Aufzeichnung alles anguckt, bevor sie dir rübergeschickt wird. Nicht, dass dann mit dem Kuchen Schluss ist – ich steh doch total auf ihren Carrot Cake … Na ja. Ich hoffe, deine Ausbildung läuft gut. Ich wollte mich nur noch mal bedanken, dass du das alles auf dich nimmst. Und ich hoffe, du lernst auch fleißig.«

Ben lächelte. Sein Vater wäre überrascht, wenn er

wüsste, dass Ben – vielleicht zum ersten Mal überhaupt – wirklich lernte und sogar Freude daran hatte. Wenn auch ein bisschen wegen der Nachhilfelehrerin …

»Schwester Joyce hat mich auch mit Kreuzworträtseln und noch mehr Schnitzzeug versorgt.« Das Bild wackelte, als sein Vater die Kamera auf eine Ansammlung kleiner Holzfiguren richtete. »Ich dachte, ich geb ihr vielleicht diese hier als Dankeschön. Oder was hältst du von der?« Er hielt eine Figur in die Kamera, so nah, dass sich der Autofokus nicht einstellte. Das Bild war zu unscharf, als dass Ben etwas erkennen konnte.

Technik ist immer noch nicht Dads Ding, dachte Ben schmunzelnd. Erneut schob sich das Gesicht seines Vaters in die Kamera, dieses Mal zog die Schärfe nach. Obwohl er noch nicht ganz bei Kräften schien, tat es gut zu sehen, dass die Behandlung anschlug. »Na ja. Ich geh mal in mich. Und ich hoffe, ich hör bald wieder von dir. Ich weiß, dass ich es dir nicht so häufig gesagt habe. Du kennst mich, ich bin nicht so der Typ dafür. Aber ich hab dich lieb, Junge. Komm bald zurück. Dein alter Herr vermisst dich.«

Ben hielt das Bild an und atmete tief durch. Das Video ging ihm näher, als sein Vater vermutlich ahnte, und er musste gegen den Kloß im Hals anschlucken. Er wusste, dass Mac den Clip bald vom Server löschen würde, und Ben hoffte, dass er ihn vorher irgendwo abspeicherte. Es machte ihn traurig, dass er seinem Vater keine Botschaft zurücksenden konnte, aber für den Augenblick war er einfach froh, wenigstens ihn sehen zu können.

Ben wollte gerade das Video erneut abspielen, als eine Sirene aufheulte. Wie von Geisterhand geöffnet sprang seine Zimmertür auf.

»Achtung, Achtung. Feueralarm. Folgen Sie den grünen Pfeilen zum Notausgang.«

Verdammter Mist.

Bens Blick huschte zum Laptop und dann zu seinem Versteck im Boden. Damit hatte er nicht gerechnet. Waren die Sachen jetzt sicherer bei ihm oder hier im Zimmer? Wenn alle Türen offen standen, auch die zum Privatflügel, konnte jeder hier hereinspazieren. Bei all den Wertsachen, die er besaß, war das gar nicht so abwegig. Was, wenn jemand alles plünderte und die Spurensicherung hier aufkreuzte? Wenn sie einen Raum-Scan machten, weil jemand vermisst wurde oder weil sie nach der Brandursache suchten?

Kurzerhand zerrte Ben die Tasche mit den übrigen Sachen aus dem Versteck, warf die Bodenplatte darüber und verdeckte die Stelle mit dem Nachtschrank. Dann rannte er zum Tisch, riss seinen Laptop herunter und stopfte ihn ebenfalls hinein.

»Achtung, Achtung. Feueralarm. Folgen Sie den grünen Pfeilen zum Notausgang.«

Er zögerte. Sollte er die Sachen wirklich mitnehmen? Aber eigentlich hatte er sich doch schon entschieden und Zeit zum Überlegen hatte er jetzt auch nicht mehr. Feuer blieb Feuer und er wollte damit keine Bekanntschaft machen. Er öffnete seine Schreibtischschublade, griff nach der kleinen Schnitzfigur, die sein Vater ihm geschenkt hatte, stopfte sie in die Tasche, schulterte sie und rannte raus. Auf dem weißen Boden vor ihm leuchteten grüne Pfeile auf, die ihn aus dem Privatflügel hinausführten. Als er den Hauptgang erreichte, herrschte dort helle Panik. Rauch quoll aus dem Gang, der zum Speisesaal führte. Es handelte sich also nicht um eine Übung.

Während er sich von den anderen zum Ausgang treiben ließ, suchte sein Blick das Gedränge nach Emily ab, doch er konnte sie nicht entdecken. Hunderte von Schülerinnen und Schülern drängten zu den Türen, rempelten, quetschten, pressten sich aneinander vorbei. Neben Ben stolperte jemand, stürzte, und ein anderer Junge, der ihn nicht gesehen hatte, trat ihm ins Gesicht, ein zweiter strauchelte über seine Beine und fiel ebenfalls hin. Ben zerrte die beiden hoch, stützte sie und half ihnen nach draußen. Die Unruhe auf dem Vorplatz ließ sich von den Lehrern kaum bändigen.

»Seid ihr okay?«, fragte Ben die beiden, die er vom Boden aufgelesen hatte. Derjenige, der den Tritt ins Gesicht bekommen hatte, hielt sich die rote Wange, nickte aber und die beiden lösten sich, um zu ihren Freunden zu laufen.

Jemand tippte Ben von hinten auf die Schulter und er fuhr herum. Es war Suri.

»Hast du Emily gesehen?«, fragte er sofort.

»Ich wollte das Gleiche von dir wissen.«

»Verflucht, wo könnte sie sein?«

Hauptsache, nicht mehr da drinnen.

Als Professor Chase, begleitet von einer Drohne, aus dem Ausgang trat, konnte man durch die offenen Türen einen Blick darauf erhaschen, dass die Rauchschwaden inzwischen bis in die Große Halle hineinzogen. Der Strom aus Menschen hingegen war versiegt. Niemand kam mehr heraus.

Ben ließ Suri stehen und lief die Menge ab, während er Emilys Namen rief, doch dann meldete sich Professor Chase zu Wort. Er sprach durch ein Handmikrofon, das er mit dem Lautsprecher der Drohne verbunden hatte. Seine Stimme schallte über den Platz.

»Ruhe bitte! Ich will, dass Sie jetzt alle Ihre Vision-Qs einschalten und die Box anticken, die bestätigt, dass Sie hier in Sicherheit sind.«

Schnell tat Ben, was man von ihm verlangte, während Suri zu ihm aufschloss. Sie sahen, wie Dr. Miller über ihr Pad scrollte.

»Emily. Sie fehlt noch auf der Liste«, sagte Suri.

Ben runzelte die Stirn. Er konnte die winzigen Buchstaben auf Dr. Millers Pad beim besten Willen nicht entziffern.

»Woher weißt du das?«

»Ist doch egal, ich weiß es halt. Sie ist da drinnen, du Depp!«

Ben nickte. »Verstehe.«

Löschfahrzeuge und Drohnen brausten an ihnen vorüber, während Ben sich mit Suri im Schlepptau an der Menge vorbeidrängte, um wieder Richtung Eingang zu gelangen. Eine der Lehrerinnen, Miss Clinsy, stand zu nah an den Türen, um ungesehen hineinzugelangen.

»Du lenkst sie ab«, sagte Ben zu Suri, aber die schüttelte den Kopf.

»Lass lieber mich reingehen.«

»Spinnst du?«

»Glaub mir, ich bin schneller als jeder andere hier.«

Ben sah sie zwischen zusammengekniffenen Augen an. »Das kann sein. Aber jetzt lenkst du sie gefälligst ab!« Und mit diesen Worten rannte Ben los. Er war erstaunt, wie klar er noch denken konnte, obwohl die Sorge um Emily ihn zu verschlingen drohte.

Bitte, lass ihr nichts passiert sein!

Hinter sich hörte er Suri fluchen, dennoch reagierte sie schnell. Wild mit den Armen fuchtelnd lief sie auf Miss Clinsy zu, verwickelte sie in ein Gespräch und sorgte dafür, dass sie ein paar Schritte von der Tür wegtrat, durch die sich Ben jetzt unbemerkt stahl.

Doch er kam nicht weit. Vor ihm baute sich ein schwarzer Roboter auf. »Verlassen Sie umgehend das Gebäude.«

Ein Dutzend dieser Dinger hatte sich in der Halle versammelt. Ben kannte die Modelle nicht und er hatte sie auch noch nie an der Arcadia gesehen. Aber ihrem breiten Körperbau und der aggressiven Haltung nach zu urteilen, waren sie nicht als Tanzpartner für die Ballett-AG konstruiert worden. Ihre rot leuchtenden Augen sahen unheimlich aus. Unvermittelt sprintete Ben los, als sich ein anderer Roboter aus den Reihen dahinter löste. Ben schlug einen Haken um ihn herum, wurde kurz darauf aber von einem Dritten erwischt, der ihn hart am Arm packte.

»Verlassen Sie umgehend das Gebäude.«

Sein Griff war kräftig. Ben zerrte an seinem Arm, lehnte sich mit dem ganzen Körpergewicht nach hinten, konnte sich aber nicht aus den Fingern winden, die ihn gepackt hielten. Der Roboter schleifte ihn hinter sich her.

»Ihr blöden Blechhaufen! Meine Freundin ist da drin!«

»Verlassen Sie umgehend das Gebäude.«

Mit diesen Worten wurde Ben vor die Tür befördert, als er plötzlich Suris Stimme hörte. Sie hatte den Arm um Emily gelegt. Ben lief auf sie zu. »Gott sei Dank, es geht dir gut. Wo bist du gewesen?«

»Ich hab mich auf dem Rückweg von Chase' Büro verlaufen«, entgegnete sie.

»Mit ihr sind noch zwei weitere Schüler rausgekommen«, berichtete Suri und strich Emily beruhigend übers Haar. Wie gern hätte er Suris Platz eingenommen. Er wollte Emily festhalten, sie trösten. Aber er war sich ziemlich sicher, dass *sie* das nicht wollte, also stellte er sich mit einigem Abstand neben sie.

Ich muss das zwischen uns auf die Kette kriegen. Egal wie.

Professor Chase griff wieder zum Mikrofon: »Ich wurde informiert, dass die Schülerschaft jetzt vollzählig ist.«

Er legte eine kurze Pause ein und ließ seinen Blick über die Menge schweifen. »Gut, dann kann ich Sie ja darüber informieren, dass wir einen Brand in Gang 4 hatten, der inzwischen unter Kontrolle ist. Da es so aussieht, als ob Brandstiftung die Ursache wäre, wird die Spurensicherung einen vollständigen Scan Ihrer Zimmer durchführen.«

Ben atmete auf. Er hatte die richtige Entscheidung getroffen, die Sachen mitzunehmen.

»Außerdem werden wir an der Tür einige Schüler stichprobenartig durchleuchten.«

Oder auch nicht.

Bens Eingeweide verkrampften sich. Er stand schon auf der Liste der Unruhestifter. Er hatte eine Verwarnung bekommen, weil er bei der Prügelei auffällig geworden war. Wenn sie bei ihm keine Stichprobe machen würden, bei wem dann?

»Was ist los, Kayne?«, fragte Suri. »Du siehst aus, als hättest du ein Gespenst gesehen.«

»Ich … Scheiße, ich hab Mist gebaut. Ich hab hier ein paar Sachen in der Tasche, die ich auf keinen Fall haben dürfte. Sie werden mich von der Schule schmeißen.«

Und was danach mit mir passiert, will ich gar nicht wissen. Die Panik schnürte ihm fast die Kehle ab.

Suri blickte zwischen ihrer Mitbewohnerin und Ben hin und her. Dann zog sie Emily ein Stück zur Seite und flüsterte mit ihr. Nur den letzten Satz sprach sie laut aus: »Bist du dir sicher?«

Emily nickte. Schließlich kam Suri auf ihn zu. »Gib mir die verfluchte Tasche.«

»Was? Nein, das kann ich nicht zulassen.«

»Hör zu, Kayne. Ich weiß zwar nicht, was das für ein

Mist ist, den du da mit deiner Freundin und Emily abziehst, aber ich weiß, dass du ein guter Kerl bist. Immerhin bist du wieder rein, um sie zu retten. Und sie will, dass wir dir helfen. Mehr muss ich nicht wissen.«

»Aber wenn sie dich …«

»Sie werden mich nicht scannen.«

»Aber wenn doch, dann …«

»Sie werden es nicht tun, alles klar? Genauso wenig, wie sie unser Zimmer durchleuchten. Vertrau mir. Und jetzt gib mir das verdammte Ding!«

Sie wurden in der Schlange immer weiter nach vorne geschoben, Ben blieb nicht mehr viel Zeit.

»Jetzt mach schon! Wir treffen uns auf unserem Zimmer. Nummer 519, falls du das nicht schon weißt.«

Ben nahm die Tasche und händigte sie Suri aus. Sie würde ihn damit ans Messer liefern können. Der Inhalt konnte alles auffliegen lassen, und dafür ins Gefängnis zu wandern, wäre vermutlich ein Klacks gegen das, was ihm dann vonseiten seines Auftraggebers drohte.

Suri, Emily und Ben wurden voneinander getrennt. Wie erwartet, winkte man ihn heraus. Er wurde durchleuchtet, während die beiden Mädchen unbehelligt passieren konnten.

Ben war nervös. Er wusste zwar, dass man seinen Stimmverzerrer nicht entdecken würde, aber er hatte keine Ahnung, was Emily und Suri mit seiner Tasche anstellen würden. Kaum, dass er durch die Kontrolle gelangt war, eilte er zu ihrem Zimmer. Als er durch die Tür trat, baute sich Suri mit verschränkten Armen vor ihm auf, während Emily auf ihrem Bett Platz nahm.

»Ist alles in Ordnung mit dir? Du zitterst ja immer noch«, bemerkte Ben an Emily gewandt.

»Hey! *Ich* kümmer mich um sie, alles klar? Du hingegen«, Suri tippte ihm mit spitzem Finger gegen die Brust, »*du* erklärst mir jetzt erst mal, was in dieser Tasche ist.«

»Es sind keine Drogen und keine Waffen darin und auch nichts, mit dem ich einen Brand hätte entfachen können. Das schwöre ich. Aber ich möchte trotzdem, dass es mein Geheimnis bleibt, okay?«

»Fein. Ich kann sie ja einfach aufmachen«, meinte Suri und ging zum Schrank hinüber. Ben eilte hinter ihr her und packte sie am Handgelenk. Er sprach so leise wie möglich, in der Hoffnung, dass Emily seine Worte nicht verstand.

»Hast du nicht auch Geheimnisse, Suri? Du kannst winzige Buchstaben aus fünfzehn Meter Entfernung lesen. Glaubst du, mir ist nicht klar, dass du getuned bist? Es ist bestimmt praktisch, wenn man einen Spickzettel an der Decke lesen kann. Und wenn ich noch weiterraten sollte, würde ich sagen, dass auch deine Gliedmaßen künstlich verstärkt wurden. Du hast recht – du bist wirklich schneller und sportlicher als jeder andere hier. Wahrscheinlich auch schneller als die meisten Olympiateilnehmer, weil sie dort niemanden mit Tuning zulassen. Wir machen einen Deal. Du behältst dein Geheimnis für dich und ich meins für mich. In Ordnung?«

Suri sah Ben durchdringend an. »Niemand treibt sich mehr in der Bibliothek rum als du. In meiner letzten Schicht sind drei außerordentlich wertvolle Bände verschwunden, die nicht mal ausgeliehen werden dürfen. Ist es vielleicht das, was du in deiner Tasche versteckst? Schwer genug dafür ist sie.«

Ben holte tief Luft. Er hatte keine Ahnung, welche Bände das sein sollten, aber es war immer noch besser als die Wahrheit. Und sicherlich konnte Mrs Vermont ihm die fehlenden Bücher beschaffen, wenn er sie darum bat – egal, wie teuer sie waren.

»Also schön. Ich verspreche, dass ich mich darum kümmere, okay? Ich bring sie zurück. Haben wir dann einen Deal?«

Suri löste sich aus Bens Griff und verschränkte erneut die Arme vor der Brust. »Deal.«

»Gut. Dann sag ich schon mal danke, dass ihr mir geholfen habt.«

Suris und Emilys Vision-Qs piepten gleichzeitig und als sie sie aktivierten, wurde eine Rundnachricht abgespielt: *»Scan der 500er Räume abgeschlossen. Sie können Ihre Türen wieder schließen.«*

»Mögt ihr mir noch verraten, warum ihr so sicher wart, dass euer Zimmer nicht untersucht wird?«

Suri blickte zu Emily hinüber, die müde nickte.

»*Wow*. Du bist wirklich vertrauensselig.« Dann aber deutete sie unter ihr Bett. »Das ist der Grund«, sagte sie. »Du kannst rauskommen, Filia.«

Zuerst schoben sich zwei leuchtende Kugeln unter Suris Bett hervor. Ihnen folgten metallene Beine und ein Spinnenkörper.

»Ihr habt ein illegales RoboPet?«

»Ein persönliches Geschenk von Professor Chase an Emily. Deswegen stehen wir auf einer Ausnahmeliste. Aber ich schwöre, wenn du es irgendwem verrätst, bist du dran! Dann bin ich die Erste, die dich verpfeift.«

»Wie das?«, fragte Emily matt, wurde aber von beiden ignoriert.

»Dreh dich um, Kayne, da sind meine privaten Sachen drin«, sagte Suri. Er tat, was sie verlangte, und hörte, wie sie hinter ihm den Kleiderschrank öffnete. Dann reichte sie Ben die Tasche über die Schulter. »Ich glaube, du solltest jetzt besser gehen. Emily braucht Ruhe.«

Ben warf Emily einen letzten Blick zu. Sie hielt ihre Augen geschlossen und schien nicht einmal mehr zu bemerken, dass er überhaupt noch da war. Ihre Gestalt wirkte derart verletzlich, dass es ihm durch Mark und Bein ging. Nur zögernd trat er auf den Gang. Er hätte Erleichterung verspüren müssen, doch obwohl es ihm irgendwie gelungen war, sich aus der Affäre zu ziehen, blieb das Gefühl aus.

Und er musste erkennen, dass dieses ganze Hin und Her mit Emily ihm deutlich mehr zusetzte, als er sich bislang eingestanden hatte.

28

EMILY

Dienstag, 15. November 2050

In den letzten eineinhalb Wochen hatte Emily die Nachhilfestunden mit Kayne ausgesetzt. Nicht nur, weil sie ihm aus dem Weg gehen wollte, sondern auch, weil so viele Dinge passiert waren, mit denen sie erst mal klarkommen musste. Anfangs war es schwer gewesen, ihm im Unterricht auszuweichen, denn er suchte, wie zu Beginn des Schuljahres, immer noch ihre Nähe. Doch sie hatte sich angewöhnt, als Letzte den Unterrichtsraum zu betreten und sich einen Platz zu suchen, neben dem keiner mehr frei war. Sie wählte gezielt andere Arbeitspartner aus und saß in den Gruppenphasen möglichst nah bei der Tür, um verschwinden zu können, falls Kayne ein Gespräch mit ihr anfangen wollte.

Heute allerdings konnte sie ihm nicht ausweichen. Sie wollte gerade nach draußen auf den Vorplatz von Haus

Minerva huschen, als sich Kayne ihr unvermittelt in den Weg stellte. »Ich bin es nicht gewesen. Du weißt, dass ich Suri und dich nie verpetzen würde.«

Emily betrachtete ihn. Sie hatte ihn schon länger nicht mehr richtig angesehen und erst jetzt bemerkte sie, dass er sich verändert hatte. Er sah nicht wirklich abgemagert aus, nein, sein Körper wirkte immer noch trainiert. Aber trotzdem so, als hätte er in kürzester Zeit einiges an Gewicht verloren. Unter den Augen zeichneten sich tiefe Schatten ab, während der Rest seines Gesichts blass schien.

»Du meinst die Sache mit Filia? Dass sie konfisziert worden ist?«

Kayne nickte. »Ich war doch der Einzige, der außer euch davon wusste, oder?«

Emily seufzte. »Ich weiß, dass du es nicht warst. Das ging auf Jennifers Konto.«

»Die Rothaarige? Die im Zimmer neben dir wohnt?«

»Als der Feueralarm losging, sind die Türen aufgesprungen. Sie hat Filia im Vorbeilaufen gesehen. Gewissenhaft, wie sie ist, hat sie es natürlich sofort gemeldet.«

»Du meinst: bösartig, wie sie ist.«

»Nenn es, wie du willst. Ich weiß jedenfalls, dass du nicht schuld daran bist.« Emily versuchte, sich an Kayne vorbeizuschieben, doch er streckte seinen Arm aus und verhinderte es.

»Und warum läufst du dann vor mir weg?«

Sie wollte nicht mit ihm darüber sprechen. Im Moment hatte sie wirklich keine Kraft, um sich damit auseinanderzusetzen. Die ganze Sache mit Kayne war ein Auf und Ab, das Emilys Gefühle herumwirbelte wie eine endlose Achterbahnfahrt, die anfangs vielleicht aufregend gewesen war, aber jetzt nur noch ermüdete. Bei ihrer derzeitigen Erschöpfung war das einfach zu viel. Emily spürte sich selbst kaum mehr, als wenn all ihre Empfindungen abgestumpft wären. Allein dem Unterricht zu folgen, bereitete ihr im Moment große Schwierigkeiten. Sie hatte das Gefühl, als würde ihr Körper nicht mehr richtig funktionieren, als würde er mit jedem Tag an der Arcadia ein bisschen schwächer werden.

»Viel im Kopf gerade«, antwortete sie ausweichend und deutete zu ein paar Drohnen, die mit weißen Farbtöpfen durch die Halle flogen. Wahrscheinlich kamen sie aus Gang 4, der ein weiteres Mal gestrichen worden war, um die Spuren des Brands zu beseitigen. Allein ihr Anblick ließ Emilys Herz verkrampfen, als würden sich eiskalte Finger darum schließen. Inzwischen hatten sie alle mit eigenen Augen gesehen, wo der Herd des Brandes gelegen hatte. Und Emily würde den Anblick des völlig verkohlten Huskys von Samantha nie mehr vergessen können. Noch immer konnte sie nicht glauben, dass jemand so etwas Grausames getan hatte. Die Schule hatte eine Untersuchung eingeleitet, doch bisher hatte sich noch kein Hinweis ergeben. Unvorstellbar, dass ein Mörder unter ihnen sein sollte, der ein armes Tier – und sei es ein RoboPet – einfach tötete.

Kayne ließ Emily nun endlich durch die Tür treten,

folgte ihr aber auf dem Fuße. »Wie geht es Samantha nach all dem?«

»Wie soll es ihr schon gehen? Der Husky hat sie schon seit Kindertagen begleitet. Ich hoffe, sie finden dieses Schwein endlich.« Emily kam schon mit dem Verlust von Filia kaum zurecht, aber zumindest wusste sie, dass ihre kleine Freundin noch existierte und sich irgendwo in einem abgeriegelten Raum auf dem Campus befand, während der Husky für immer eliminiert worden war. Mit Benzin übergossen und angezündet. Wie konnte man nur so was Herzloses tun? Waren die Psychotests der Arcadia vielleicht doch nicht so gut, wie alle immer angenommen hatten?

Kayne schüttelte den Kopf. »Ich frage mich, warum sie den Schuldigen noch nicht gefunden haben.«

»Dr. Miller sagt, dass es bei 3600 Schülern und 600 Mitarbeitern, die alle Zugang zum Gebäude hatten, wohl nicht ganz leicht sei. Und hier sind ja scheinbar einige, die irgendwelche Geheimnisse mit sich herumschleppen.«

Sie bemerkte Kaynes Seitenblick, dennoch sagte er nichts. Weder zu dem, was sich in seiner Tasche befunden hatte, noch zu dem, worüber er mit Suri getuschelt hatte. Aber Emily würde ihn nicht danach befragen. Es war seine Entscheidung.

Die beiden schlossen zur Menge auf, die sich auf dem Vorplatz versammelt hatte. Ein Mann, den Emily noch nie zuvor gesehen hatte, stand auf einem provisorischen Podest und richtete das Wort an sie.

»Liebe Schülerinnen und Schüler von Haus Minerva!

Falls Sie sich wundern, wer ich bin – mein Name ist Mr Danes und ich bin der Leiter der Abteilung für Cross Engineering. Wir arbeiten mit Ihren Lehrern Hand in Hand und schauen, wo es im Unterricht Schnittmengen mit den Disziplinen der anderen Häuser gibt. Denn genau das ist es, was unsere Excellence Initiative auszeichnet. Es ist kein Wettkampf, den Sie mit den jeweilig anderen Häusern ausfechten. Es ist ein Miteinander. Was bringt ein Roboter, der nicht den Zweck hat, das Leben von Mensch, Tier oder Umwelt zu verbessern? Was nützen Pflanzen, wenn die Hilfsmittel fehlen, um sie in einer ausgedorrten Umgebung gedeihen zu lassen? Alle Disziplinen haben miteinander zu tun und auch Sie haben schon Dinge für die anderen Häuser entwickelt. Am Anfang des Schuljahres wollten wir Sie nicht mit zu vielen Eindrücken überfluten, aber nun, da Sie sich in Ihrem eigenen Bereich gut eingelebt haben, veranstalten wir eine kleine Führung durch Haus Ceres und Haus Asklepius, damit auch Sie ein ungefähres Bild davon bekommen, wem Sie da eigentlich zuarbeiten. Wir können nicht mit allen gleichzeitig durch die Abteilungen gehen, daher teilen wir Sie in Gruppen von jeweils 20 Schülern auf. Wir haben hier am Rand ein paar Mitarbeiter abgestellt, die Pads in verschiedenen Farben hochhalten. Bitte aktivieren Sie Ihre Vision-Qs.«

Emily schaltete ihr Holoband ein. Nach dem Start wurde ein gelbes Feld mit roten Streifen angezeigt, während Kaynes dunkelblau mit weißen Punkten aufleuchtete.

Er seufzte. »Na gut. Man sieht sich.«

»Bis dann«, erwiderte Emily und ging zu der Synth hinüber, die eine gelb-rot gestreifte Tafel hochhielt. Sie drehte sich noch einmal zu Kayne um. Es versetzte ihr immer noch einen Stich, wenn sie ihn sah. Ein sicheres Zeichen dafür, dass sie trotz ihrer Vermeidungsstrategie nicht über ihn hinweg war. Sie konnte nur hoffen, dass es mit der Zeit besser wurde.

»Mein Name ist Tessa. Ich werde Sie zunächst ins Asklepius führen.«

Die Gruppe folgte der Synth in das Gebäude. Ebenso wie im Minerva nahm der Oberkörper des Wahrzeichens fast die gesamte Breite der hangarförmigen Empfangshalle ein. Emily bestaunte die transparente Figur, die anstatt einer Wirbelsäule einen blau leuchtenden DNA-Strang besaß, der sanft durch das Material hindurchschimmerte.

»Aufgrund der enormen Auslastung können wir Ihnen leider nicht alle Bereiche zeigen, wollten aber dennoch nicht auf unseren Rundgang verzichten. Vorher müssen wir allerdings noch ein paar Vorkehrungen treffen.«

Tessa führte die Schüler in einen sterilen, gefliesten Raum, in dem alle ihre Schuhe ausziehen mussten. Anschließend wurden freiliegende Körperstellen von Drohnen desinfiziert, die sie sirrend umflogen. Die beißende Schärfe des Mittels brannte noch in ihrer Nase, als Emily schon von einem Roboter Schutzkleidung und Mundschutz übergezogen bekam. Als alle fertig waren, führte Tessa sie in den Bereich, in dem mit Orthesen gearbeitet wurde.

»Hier sehen Sie eine junge Patientin, die wir extra vom Festland eingeflogen haben, da sich gängige Orthesen nicht mit ihrem Körper verbinden ließen. Wie Sie sehen, konnten Ihre Mitschüler vom Asklepius helfen – mit einer Entwicklung, die aus Ihrem Haus, dem Minerva, stammt.«

Die kleine Patientin griff mit künstlichen Fingern nach einem Teddy, langte aber daneben. Beim zweiten Mal bekam sie den weichen Oberkörper zu fassen, hob den Bären an und zog ihn stolz zu sich heran. Emily lächelte. Genau deswegen war sie hier. Ihre Frühgeburt und ihre Knochenkrankheit hätten für sie ohne den medizinischen Fortschritt bedeutet, nie ein normales Leben führen zu können. Sie empfand es als ihre Pflicht, etwas zur weiteren Entwicklung beizutragen, auch wenn sie sich selbst nicht als Medizinerin eignete. Der Rundgang bestärkte sie darin, dass sie an der Arcadia am richtigen Ort war, obwohl sie sich im Moment nicht ganz gesund fühlte.

Die Schüler durchquerten einige Labore, in denen es außer Mikroskopen, Zentrifugen und Reagenzgläsern nicht viel zu sehen gab. Umso spannender war der Hightech-Operationssaal, in dem die neueste technische Errungenschaft zum Einsatz kam: ein Zellzyklusbeschleuniger.

Gebannt beobachtete Emily die Schülerin, die organisches Material auf einen Glasträger gab und den Beschleuniger darauf richtete. Das Stück fing an zu wachsen. Die Zellen reproduzierten sich.

»Bislang nutzen wir den Zellzyklusbeschleuniger nur, um Haut über einer Wunde schneller heilen zu lassen. Wir können noch nicht präzise genug damit arbeiten, um ihn für andere Einsatzgebiete zu nutzen. Aber prinzipiell lässt sich vieles damit regenerieren.«

Tessa deutete den Gang runter. »Die Korridore zur Seuchenforschung und den der Genforschung können wir leider nicht betreten, da im Moment mit hochempfindlichem Material von Menschen, Tieren und Pflanzen experimentiert wird. Ebenso sind die Organoide gerade nicht zu besichtigen. Ich werde Sie daher jetzt wieder zum Eingangsraum führen. Sicherlich sind Sie froh, wenn Sie aus der Schutzkleidung herauskönnen.«

Nachdem sich alle umgezogen und aufgestellt hatten, führte ihr Weg ins Ceres. Das Gebäude besaß eine viermal so große Grundfläche wie das Minerva, was nicht zuletzt daran lag, dass neben den Gewächshäusern auch Wohnstätten für Tiere und Insekten dazugehörten. Es gab Gehege für gewöhnliche Nutztiere wie Pferde, Schweine, Kühe, Ziegen und Schafe, die regelmäßig auf den Weiden der Insel grasten, aber auch ein paar für Exoten wie Affen und Kamele. Riesige, blau leuchtende Wassertanks lockten mit fluoreszierenden Fischen und neonfarbenen Quallen. Unterwasserpflanzen wogten darin, und so schön Emily viele von ihnen auch fand, so wirkten einige mit ihren Stacheln oder maulähnlichen Blüten derart Respekt einflößend, dass sie froh war, mit ihnen noch keine Bekanntschaft gemacht zu haben.

Schließlich erreichte die Gruppe die Botanik-Abteilung. Auch dort mussten sie wieder Schuhüberzieher und Handschuhe anlegen, um keine Keime an die Pflanzen heranzutragen, aber insgesamt verlief alles ein wenig lockerer. Sie bekamen seltene *Diphylleia grayi* zu Gesicht. Die sogenannten Skelettblumen hatten weiße Blütenblätter, die durchsichtig wurden, wenn sie mit Feuchtigkeit in Berührung kamen, da sie ihre Zellstruktur änderten, um das Wasser aufzunehmen. Es gab exotische Blumen, deren Knospen aussahen wie Wellensittiche, Affen- oder Totenkopfschädel, und welche, die sich selbst aufheizten, um für Insekten verlockender zu sein. Sie sahen *Lithops*, sogenannte lebende Steine, die sich perfekt zwischen Kieseln tarnten. Und bei den Agrarpflanzen wurde ihnen eine bahnbrechende Neuzüchtung vorgeführt.

Emily begutachtete die noch namenlose Frucht. Sie sah aus wie ein Kürbis, in dessen Innerem so etwas wie orangefarbene Reiskörner wuchsen. Ein Tablett wurde herumgereicht und sie nahm eines der Schälchen zum Probieren. Sie schüttete nur wenige Körner in den Mund. Vorsichtig bewegte sie ihre Zunge, bevor sie zaghaft zu kauen begann. Die Konsistenz von ihnen ähnelte der von Reis, aber sie schmeckten süßlich.

»Die Körner enthalten mehr Nährstoffe als zum Beispiel der Ihnen bekannte Reis«, erklärte Tessa gerade. »Zudem ist die Pflanze äußerst genügsam und gedeiht selbst auf kargem Boden.«

Wieder wurde die Gruppe weitergewinkt. Sie folgten einem gläsernen Gang. Durch das Dach konnte man schon die hohe Halle sehen, die sie als Nächstes betreten würden. Hier war auch das Wahrzeichen des Ceres untergebracht. Der gigantische Oberkörper mit den gekreuzten Ähren auf der Brust hielt die Hände über dem Kopf. Dazwischen schwebte eine leuchtende Kugel, die den gesamten Raum in goldenes Licht tauchte.

»Da sind wir«, sagte Tessa mit unverhohlenem Stolz in der Stimme und öffnete die gläsernen Flügeltüren. »Die Sonnenhalle.«

Emily trat ein. Sie hatte erwartet, dass ihr sengende Hitze entgegenschlagen würde, doch stattdessen war es eine Woge aus sanfter Wärme, die sich wie eine kuschelige Decke um sie legte, tröstend und weich. Emily hatte das Herzstück des Ceres schon von außen betrachtet, sich aber bislang nicht hineingetraut, weil sie noch auf die Einführung von Miss Fines wartete. Außerdem hatte sie nicht damit gerechnet, dass es wirklich viel nutzen würde. Aber kaum, dass sie den Raum betrat, konnte sie die Veränderung in ihrem Körper förmlich spüren.

»Das künstliche UV-Licht aus unserer Sonne kann von den Kollektoren an den Händen des Wahrzeichens aufgenommen und gebündelt werden. Dort hinten gibt es ein Schaltpult, mit dem die einzelnen Finger gedreht und auf spezielle Punkte im Raum konzentriert werden, um das Wachstum einzelner Pflanzen zu beschleunigen.« Ihre Führerin deutete auf die Stelle, an der sich andere Minerva-Gruppen versammelt hatten und nun eine durchsichtige Tafel mit leuchtenden Daten, Zahlen und Bedienteilen inspizierten.

Emily trat in eines der Spotlights, das gerade auf ein Kräuterbeet gerichtet war. Die Abgeschlagenheit, die sie so gequält hatte, fiel augenblicklich von ihr ab.

»Du scheinst hier ja richtig aufzublühen«, bemerkte Kayne, der sich von seiner Gruppe gelöst hatte und sich jetzt neben sie stellte. »Hör zu, ich habe nachgedacht. Lass mich noch ein paar Sachen regeln und dann reden wir, okay?«

Emily schloss die Augen. »Ist gut«, entgegnete sie, während sie die Atmosphäre in sich aufsog und das sanfte Licht mit jeder Pore ihres Körpers einzufangen versuchte.

»Das heißt, wir machen bald wieder was zusammen? Versprochen?«

»*Hm-mh*«, machte Emily. Er hätte sie jetzt alles fragen können und sie hätte »Ja« gesagt. Nichts konnte dieses wunderbare Gefühl trüben. *Was für ein intensives Licht. Was für ein zauberhafter Ort.* In diesem Moment war sie wirklich überzeugt davon, dass alles wieder gut werden konnte.

Vielleicht ja sogar die Sache mit Kayne.

29

BEN

Dienstag, 22. November 2050

»Schön, dass du Zeit gefunden hast. Ich hab mir schon ein bisschen Sorgen gemacht. Du scheinst im Minerva ja voll eingespannt zu sein.« Annika saß ihm gegenüber und musterte ihn aus ihren goldbraunen Augen.

Kayne war ein Glückspilz, ohne Frage. Ben wusste, dass sich fast jeder der Jungs hier wünschte, mit ihr auszugehen. Sie war nicht nur bildhübsch, sondern auch klug, und wenn die Situation eine andere gewesen wäre, hätte er Annika vielleicht die Aufmerksamkeit schenken können, die sie verdiente. Aber so verhielt es sich nun mal nicht.

»Du willst mir etwas sagen, hab ich recht?« Das Lächeln, das ihre makellosen, weißen Zähne zum Vorschein brachte, sah angestrengt aus. Es erhellte nicht wie sonst ihr ganzes Gesicht, sondern beschränkte sich nur auf die Mundpartie. Wahrscheinlich hatte sie gehört, dass ihr Freund auf der Halloween-Party mit einer anderen getanzt hatte. Auch wenn sie ihn bislang nicht darauf angesprochen hatte.

Er hatte sich so viele Sachen zurechtgelegt, darüber nachgegrübelt, wie er dieses Gespräch über die Bühne bringen sollte, aber nichts davon schien jetzt noch richtig zu sein – jetzt, wo sie vor ihm saß.

Wenn sie nur nicht so verdammt nett wäre. Doch Annika hatte sich ihm gegenüber immer loyal verhalten und war nachsichtig gewesen, obwohl er immer wieder neue Ausreden erfunden hatte, wenn es darum ging, sich zu treffen. Sie ahnte nicht, dass es für ihn zunehmend unerträglich geworden war, ihr etwas vorzuspielen, während sie nicht mal bemerkte, dass der Falsche vor ihr saß. Bens schlechtes Gewissen wog inzwischen so schwer, dass er sein Verhalten ihr gegenüber nicht mehr länger entschulden konnte und bereit war, die Konsequenzen zu tragen. Zudem schlug sein Herz für Emily. Jeder Augenblick mit ihr fühlte sich echt und richtig in diesem falschen Spiel an. Als wäre er nur mit ihr einfach er selbst. Und er wollte Emily nicht verlieren, indem er sie aus der Not heraus immer wieder verletzte. Er wollte mit ihr zusammen sein. Um jeden Preis. Und auch Annika schuldete er Ehrlichkeit.

»Ich glaube, ich habe mich verliebt.«

Das Lächeln in Annikas Gesicht verschwand. »Oh. Ich hatte es fast befürchtet.« Sie lehnte sich in ihrem Stuhl zurück und verschränkte die Arme vor der Brust. »Ich habe natürlich gemerkt, dass sich seit den Ferien etwas verändert hat. Seit wir hier sind, hast du nicht ein einziges Mal körperliche Nähe zu mir gesucht. Ich meine, ich weiß, dass ich gesagt hatte, dass wir alles langsam angehen sollten, dass ich mehr Zeit brauche als andere Mädchen, insbesondere in Bezug auf Zärtlichkeiten, aber du … du hast es nicht mal versucht. Ich dachte erst, es wäre wegen deiner Angst davor, dass doch was von hier zu deiner Mutter durchdringt, aber in Wirklichkeit war es, weil es schon eine andere gab, oder?« Sie schüttelte den Kopf und Ben sah mit Schreck, dass ihre schönen Augen inzwischen einen verdächtigen Glanz bekommen hatten. »Ich hätte mir gewünscht, dass es anders kommt, denn ich mag dich wirklich sehr. Du hast dich meinetwegen an der Arcadia eingeschrieben. Du hast es getan, obwohl deine Mutter dir angedroht hatte, dich zu enterben, wenn sie uns noch mal zusammen erwischt. Das war der größte Liebesbeweis, den je jemand für mich erbracht hat.« Annika seufzte. »Aber ich kann dich nicht zwingen, genauso zu empfinden. *Ich* wollte es langsam angehen. Und ich fürchte, dass ich dich auf dem Weg irgendwie verloren habe.«

Ben senkte den Kopf. »Es tut mir leid. Ich habe selbst keine Ahnung, wie das passieren konnte. Ich wünschte, ich hätte eine Erklärung dafür. Es tut mir wirklich sehr leid, Annika.«

»Du musst nichts sagen. Aber sei mir nicht böse, wenn ich im Moment nicht versprechen kann, dass wir Freunde bleiben. Ich brauche ein bisschen Zeit und Abstand. Okay?«

Sie rückte ihren Stuhl nach hinten. Dann stand sie auf und ging.

Betroffen sah Ben ihr nach. Tief in seinem Inneren hoffte er, dass Kayne das Ganze später noch mal geradebiegen konnte. Er hatte ihn in den letzten Monaten ein bisschen besser kennengelernt, und schon allein, dass er sich für Annika gegen seine Mutter auflehnte, zeigte, dass er kein so übler Kerl sein konnte, wie Ben zunächst angenommen hatte.

Aber auch wenn Kayne ganz in Ordnung war, würde er Ben die Unterstützung versagen, sobald er herausfand, dass mit Annika endgültig Schluss war. Er musste die Schule also nun allein bewältigen. Ebenso wie den Schritt, der jetzt noch vor ihm lag.

Ben ging zurück auf sein Zimmer, wo Mac schon im Chat auf ihn wartete. Hör zu. Tut mir echt leid, Mann, aber ich soll dir sagen, dass sie die Behandlung von deinem Vater abbrechen, wenn du nicht langsam die Bilder vom Emotrax heranschaffst.

Heiße Wut flammte in Ben auf. Echt jetzt, sind wir schon so weit, dass ihr mir droht? Nach allem, was ich schon für euch getan habe? Und ist es mein Fehler, dass ihr nicht in der Lage dazu wart, den Safe zu knacken?

Der Cursor blinkte, offenbar wusste Mac nicht, was er sagen sollte. Erst ein paar Sekunden später schrieb er: Hast du denn schon einen Plan?

Ben hatte zwar eine grobe Idee, aber er wollte sie nicht vor seinem Auftraggeber ausbreiten. Er ahnte, dass man sie zu halsbrecherisch finden und ablehnen würde. Aber gerade, weil sie so simpel war, konnte sie funktionieren.

Ich arbeite dran. Aber wenn ihr mich oder meinen Vater noch einmal bedroht, könnt ihr euch einen anderen suchen. Solltet ihr ihm auch nur ein Haar krümmen, pack ich aus, das schwör ich.

Ist gut, Message ist angekommen.

Wieder eine Pause.

Willst du nicht die SpyLenses benutzen? Hermes meinte, du hättest sie inzwischen da.

Hab ich, aber sie bringen mir nichts.

Na ja, du wirst doch wohl irgendjemanden kennen, dem du so ein Ding unterjubeln kannst. Einmal kurz anbringen und bei nächster Gelegenheit wieder abnehmen – was ist daran so schwer?

Sofort wanderten Bens Gedanken zu Emily. Sie war die Einzige, bei der ihm das unbemerkt hätte gelingen können, doch alles in ihm hatte sich dagegen gesträubt, diesen Weg zu beschreiten. Weder wollte er, dass jemand bei *Widevisions* beobachtete, was sie den ganzen Tag über machte, noch mochte er Emily dem Risiko aussetzen, falls sie doch einmal gescannt wurde. Sie hatte so hart gekämpft, an diese Schule zu gelangen. Und das hier – das war allein sein Problem. Nicht ihres oder das eines anderen. Seines.

Er selbst musste alles auf eine Karte setzen.

Lasst mich mal machen. Ich muss jetzt los. Die Projektarbeit fängt gleich an.

Ist gut. Bis dann. Und viel Glück.

Davon konnte Ben gar nicht genug haben.

Etwa eine halbe Stunde lang arbeitete er mit seiner Gruppe zusammen, ehe er sich entschuldigte, weil er kurz ins Bad wollte. Außer ihm war zu dieser Zeit niemand in den Gängen unterwegs. Ben hockte sich hin und tat, als würde er seine Schnürsenkel richten. Währenddessen setzte er unauffällig einen seiner RoboBugs auf dem Boden ab – die restlichen hatte er schon vorher in Position gebracht. Dann trat er eilig ins Bad. Er verschloss die Kabinentür hinter sich und verband das Steuerungstool mit den Käfern. Sobald er sie gestartet hatte, würde alles sehr schnell gehen.

Er atmete noch einmal tief durch. Dann drückte er den Knopf auf seiner Steuerungseinheit. Fünf der RoboBugs peilten die Überwachungskameras an, in deren Nähe Ben sie platziert hatte. Die wichtigste davon war auf den Projektgang gerichtet, die anderen waren nur deshalb Ziele, damit nicht auffiel, worum es tatsächlich ging. Automatisch suchten sich die Käfer Kabelkanäle, durch die sie in der Nähe der Kameras in die Wand gelangten. Als alle an Ort und Stelle waren, versetzte Ben ihnen einen Stromschlag. Dieser war eigentlich dafür gedacht, dass sich die RoboBugs bis aufs letzte Molekül zerstörten, wenn jemand ihnen auf die Schliche kam. Das taten die Käfer auch, doch gleichzeitig sorgten sie dafür, dass es zu einem Kurzschluss bei den Kameras kam. Den letzten Käfer lenkte Ben selbst. Er steuerte ihn in den Brandmelder und zerstörte den Käfer mittels Knopfdruck. Unmittelbar darauf heulte die Sirene auf.

»Achtung, Achtung. Feueralarm. Folgen Sie den grünen Pfeilen zum Notausgang.«

Ben trat aus der Kabine. Auf dem Flur konnte er die aufgebrachten Stimmen der Schüler hören, die jetzt aus den Räumen flüchteten. Etwas krachte laut gegen die Tür und ließ Ben zurückweichen. Jemand hämmerte von außen mit den Fäusten dagegen: »Hey! Feueralarm!«

Der Stimme nach zu urteilen war es Killian aus Bens Projektgruppe.

»Ja, schon mitgekriegt! Komme gleich!«

Schnelle Schritte, panische Stimmen, Rauschen und Geraschel. Nach kurzer Zeit nahm der Lärm ab und verstummte schließlich ganz. Stille legte sich über den Gang. Sie stand im völligen Kontrast zu Bens innerer Unruhe.

»Achtung, Achtung. Feueralarm. Folgen Sie den grünen Pfeilen zum Notausgang.«

Vorsichtig öffnete er die Tür. Es war gespenstisch. Signallampen tauchten alles in eine rote Atmosphäre, nur die Warnmeldung hallte in regelmäßigen Abständen in den leeren Gängen wider. Wie erwartet waren die Türen der Projekträume automatisch aufgesprungen. Niemand war da.

Jetzt oder nie!

Ben eilte zu Raum P14, in dem sich der Emotrax von Emilys Projektgruppe befand. Mit zitternden Fingern machte er Bilder von allen Seiten, von dem Aufbau des

Prozessors, dem Chip, dem gekoppelten Rezeptor für die Nase, und ließ die Programmierung über den Screen laufen, die er auf den Speicherchip der Nanokamera lud.

Als er alles beisammenhatte, steckte er die Kamera in den hohlen Kugelschreiber und diesen wiederum in seine Tasche. Er lag gut in der Zeit. Vielleicht schaffte er es sogar noch, zu flüchten und sich eine plausible Ausrede einfallen zu lassen, warum er länger nach draußen gebraucht hatte als alle anderen. Doch kaum trat er aus dem Projektraum heraus, hörte er auch schon laute Stimmen.

»Sichern Sie die Prototypen!«

Sie sind schon auf dem Weg zu mir!

Es gab keinen Ort, an dem Ben sich jetzt noch verstecken konnte. Also blieb ihm nur die Flucht nach vorn.

Ben rannte in Richtung des Safes. Die große Stahltür hatte sich nicht wie die anderen geöffnet. Wild tippte er ein paar Zahlencodes auf dem Touchpad ein. *Error. Error. Error.* Alle waren falsch. Jetzt betrat die Gruppe den Projektgang. Sie entdeckte Ben schon von Weitem. Ertappt nahm er die Hand von der Anzeige und blickte zu Boden. Es dauerte einige quälende Augenblicke, bis Professor Chase den Gang durchquert hatte und sich schließlich vor ihm aufbaute. Bens Herz klopfte wild in seiner Brust. Obwohl er auf die Wut des Schulleiters gefasst war, zuckte er dennoch zusammen.

»Was machen Sie da, Vermont?«

»Ich … ich wollte einer Freundin helfen.« Zögernd sah Ben wieder auf.

Die Augen des Professors verengten sich zu Schlitzen. »Wollen Sie mich verarschen?«

»Nein, Sir. Es ist nur so … Die Sache mit Filia hat Emily ziemlich zugesetzt. Und ich dachte, als der Feueralarm losging … na ja, dass sich dann vielleicht auch der Safe öffnen würde … und die Spinne womöglich da drinnen gelagert wird …«

Dass er Emily ins Spiel brachte, änderte die Haltung des Schulleiters. Warum auch immer sie ihm wichtig war, es half Ben, sich aus der Affäre zu ziehen. Vielleicht war sie mit ihm verwandt oder er tat jemandem einen Gefallen? Sobald er die Gelegenheit bekäme, wollte er Emily danach fragen, aber jetzt ging es erst einmal darum, nur mit einer Verwarnung davonzukommen.

Professor Chase stützte die Hände in die Seite. »Und als Sie feststellten, dass die Tür noch verschlossen ist, dachten Sie sich, dass Sie das sechsstellige Passwort schon irgendwie erraten könnten?«

Ben nickte langsam.

»Keine Fingerabdrücke auf dem Alarm oder an den Kameras«, warf einer der Mitarbeiter ein. »Muss 'ne Stromschwankung in einer der Hauptleitungen gewesen sein. Hat wohl alles gleichzeitig lahmgelegt und den Feuermelder ausgelöst. Ich lasse die defekten Kabel und Geräte austauschen.«

»Tun Sie das.« Chase wandte sich jetzt wieder Ben zu. »Ich habe mir kürzlich Ihre Testergebnisse noch einmal angesehen. Sie scheinen ein sehr impulsiver Charakter zu sein, Vermont. Sie haben sich wegen Emily mit McMillan angelegt. Haben, ohne zu zögern, versucht, sie aus einem brennenden Gebäude zu retten. Und jetzt machen Sie so was hier – eine völlig undurchdachte Schnapsidee. Immerhin scheinen Sie Ihre Sache als Beschützer sehr ernst zu nehmen. Aber ich kann Ihnen diese merkwürdigen Aktionen nicht immer durchgehen lassen, weil ich mich sonst den berechtigten Fragen meiner Kollegen stellen muss. Sie sollten unbedingt vorsichtiger werden. Ich will in den nächsten Wochen nichts mehr von Ihnen hören, verstanden?«

»Ja, Sir.«

»Gut. Dann verschwinden Sie jetzt.«

Ben trottete von dannen und bemühte sich, möglichst geknickt auszusehen, während ihm innerlich ein Stein vom Herzen fiel.

»Ach so, und Vermont?«

Ben blieb wie angewurzelt stehen. Langsam drehte er sich um.

»Sie riskieren viel für Emily, obwohl Sie wissen, dass es Sie Ihren Platz hier kosten könnte. Selbst die Gunst Ihrer eigenen Mutter. Sie haben Engagement bewiesen. Meinen Segen haben Sie jedenfalls, wenn Sie mit ihr ausgehen möchten. Vielleicht hören Sie dann auch endlich mal auf, unbedingt den Helden markieren zu wollen, und werden etwas entspannter. Das ist ja unerträglich.«

»Danke, Sir«, entgegnete Ben, während er knallrot anlief. Er eilte auf sein Zimmer zurück, lud die Daten hoch und lief dann zum Hoverboard-Feld, wo er sich mit Emily verabredet hatte.

»Bereit?«

Emily nickte. Sie wirkte hoch konzentriert.

»Dann los!«

Er hob die rechte Hacke an, wodurch das Hoverboard an Höhe gewann, und stieß den linken Fußballen auf das Pedal, sodass es nach vorne schoss. Schnee stob auf. Das Board vibrierte unter seinen Füßen. Er verlagerte das Körpergewicht und lenkte damit an den Stangen vorbei, die sich auf beiden Bahnen identisch verteilten. Ein Blick zu Emily verriet ihm, dass sie sich noch auf gleicher Höhe befanden.

Als Nächstes folgten die Ringe. Ben machte sich so klein wie möglich, ließ das Hoverboard weiter steigen. Den Ersten durchquerte er mühelos, aber der Zweite lag so hoch, dass er ruckartig die Hacke nach oben zog.

Das wird knapp werden.

Er musste das Board nach hinten kippen, damit er den Reifen erwischte. Mit einem fiesen Knirschen schrammte es am Metall entlang. Als das Hoverboard den Kontakt zum Ring verlor, geriet er ins Straucheln. Wild ruderte er mit den Armen, um das Gleichgewicht zu halten. Erst kurz vor dem dritten Reifen fing er sich wieder und glitt gerade noch so hindurch. Emily hingegen schien weniger Probleme zu haben. Sie bewältigte die Hindernisse mit Leichtigkeit und lag inzwischen vorne.

Verdammt!

Vor ihnen tat sich eine gerade Strecke auf. Ben drückte so fest aufs Pedal, dass die Luft, die aus den Düsen trat, laut zischte und eine Schneise auf der schneebedeckten Bahn hinterließ. Wie erhofft erwischte er den Boost-Point, der das Board für kurze Zeit schneller fliegen ließ. Fast hatte er Emily wieder eingeholt, nur war sie nicht umsonst besonnener geflogen. Sie hatte ihr Hoverboard bereits ausgerichtet, um nicht in die Schaumstoffwand zu prallen. Die Öffnung des Tors lag knapp über dem Boden. Wenn er sie einholen wollte, musste er alles riskieren. Ben ging nicht vom Gas. In letzter Sekunde neigte er sein Board nach unten, drückte die Hacke durch und riss das Brett erst hoch, kurz bevor es den Boden touchierte.

Er ließ die Wand hinter sich und jubelte, als er mit Emily gleichzog. Die scharfe Kurve meisterten die beiden problemlos, ebenso wie den Flug durch den Tunnel und an der Windmaschine vorbei. Jetzt mussten sie nur noch durchs Drohnenfeld hindurch. Die kleinen Fluggeräte, die mit ihrem Filzüberzug an weiße Tennisbälle erinnerten, zischten an Ben und Emily vorüber, pfeilschnelle Geschosse, die nur ein Ziel kannten – einen von ihnen aus dem Rennen zu katapultieren. Ben spürte den Lufthauch, als einer knapp seinen Kopf verfehlte.

»*Autsch!*« Emily war getroffen worden und drehte sich um die eigene Achse, während Ben unbeschadet durchs Feld gelangte. Er sah schon das Ziel vor sich, reckte seine Hand zur Siegerfaust, als ihn plötzlich ein Ball am Hinterkopf traf. Er stöhnte. Die Wucht ließ ihn herumschleudern, er drehte sich mehrfach, bis endlich der automatische Stabilisator griff. Das war zwar sinnvoll, damit Ben nicht abstürzte, allerdings verlangsamte sein Board dabei so sehr, dass er quasi auf der Stelle rotierte. Ben war schwindelig und er schüttelte den Kopf, um die Benommenheit loszuwerden. Schließlich erkannte er Emily, die ihm schon vom Ziel aus zuwinkte.

»Kein Problem«, sagte er, glitt langsam über die Ziellinie, ließ sein Board auf den Boden sinken und schnallte es sich von den Füßen. »Ich verlier total gern.«

Emily lachte und setzte an, etwas zu sagen, doch dann gefror ihr Lächeln. Ben drehte sich um und sah, wie Annika mit einer Freundin ans Hoverboard-Feld trat. Sie nickte ihm zu. Ben grüßte zurück, als er bemerkte, dass Emily bereits halb auf dem Weg zur Taschenausgabe war. Er stürzte ihr hinterher.

»*Hey, hey!* Emily! Bleib doch stehen.« Er packte sie am Arm, aber sie riss sich los.

»Nein, fass mich nicht an!« Emilys Augen funkelten vor Zorn. »Hast du dir mal überlegt, wie das für Annika sein muss, wenn sie uns sieht?«

»Nun ja, also, es ist so, dass … *Ähm* …« Ben atmete tief ein und versuchte, sich zu sammeln. »Also. Wir sind nicht mehr zusammen.«

»Wirklich nicht?« Emilys Gesichtsausdruck wandelte sich augenblicklich, die zusammengezogenen Augenbrauen hoben sich und spiegelten ihre Verwirrung wider. »Ich weiß gar nicht, was ich sagen soll. Geht es dir denn gut damit?«

»Ja, alles klar. Es ist alles cool zwischen Annika und mir, ehrlich. Mach dir meinetwegen keine Gedanken.« Ben strich sich verlegen über den Hinterkopf. »Gut, also jetzt, wo das geklärt ist, habe ich auch eine Frage an dich. Es ist so … also … ich hoffe, das kommt jetzt nicht so rüber, als wärest du der Notnagel oder so. Eigentlich ist es eher so, dass ich dich nicht fragen wollte, bevor ich die Sache mit Annika nicht geklärt hatte. *Ähm* …«

Wow, Stammelwettbewerb 1. Preis. Jetzt spuck es endlich aus!

»Würdest du mit mir vielleicht zum Ball gehen?«

Emily sah ihn aus großen Augen an. Sie antwortete nicht. Ben fuhr sich mit der Hand über den Nacken.

»Ja.« Emily brachte es so leise hervor, dass Ben erst mal nicht sicher war, ob er überhaupt etwas gehört oder es sich nur eingebildet hatte. Dann aber zeigte sie dieses zauberhafte Lächeln, das ihn immer zum Schmelzen brachte. Sein Herz übersprang ein paar Takte und er musste sich zusammenreißen, um nicht doch noch eine Siegerfaust zu recken.

Er hatte den Auftrag von *Widevisions* endlich erfüllt und dann auch noch das wundervollste Mädchen der Schule zum Ball eingeladen. Und sie hatte »Ja« gesagt.

Was konnte jetzt noch schiefgehen?

30

EMILY

Freitag, 2. Dezember 2050

»Was ist es? Mach es auf, mach es auf!«, kreischte Suri.

»Manchmal klingst du wie Anne. Die kann es auch immer kaum erwarten, bis ich was ausgepackt habe.« Emily nahm das Band zwischen die Finger und zog es genüsslich, Millimeter um Millimeter, auf.

»Meine Güte, wenn du nicht gleich dieses Geschenkband abmachst, muss ich dich leider k. o. schlagen und es selbst erledigen!«

Emily lachte, zog dann aber ruckartig am Band und löste damit die große, goldene Schleife. Sie war ja selbst neugierig, was sich in dem Geschenk befand. Futuristica, eine Designerschule in London, die mit Haus Minerva kooperierte, hatte für die jeweils drei Besten des Jahrgangs Ballkleidung geschneidert. Emily hatte ihre Maße weitergegeben, aber sie hatte nicht den Hauch einer Ahnung, was sie erwartete. Schnell hob sie den Deckel an, entfaltete das Seidenpapier und strich über den kühlen, dunkelblauen Tüllstoff, der darin eingewickelt lag. Sie zog ihn heraus, hielt das bodenlange Abendkleid vor ihren Körper und trat damit zum Spiegel. Unten herum weitete sich das Kleid und der Farbton ging von Blau in Schwarz über.

»*Wow!* Das wird toll an dir aussehen.«

Emily war erleichtert. Sie hatte mit einem dieser trendigen Designs aus holografischem Stoff gerechnet, der eng an der Haut lag. Aber in diesem Kleid würde sie sich wohlfühlen und nicht ständig darauf achten müssen, dass etwas verrutschte. Als sie es allerdings umdrehte, erhielt ihre Begeisterung einen Dämpfer.

»Findest du das nicht zu gewagt?«

»So ein Quatsch. Wenn es jemanden gibt, der so was tragen kann, dann du. Los, probier es an!«, forderte Suri. Emily nickte und verschwand hinter der Wand, die ihren Ankleidebereich abtrennte. Kaum hatte sie das Kleid angelegt und den Knopf im Rücken geschlossen, schalteten sich unzählige kleine LEDs ein und ließen den Stoff wie einen Nachthimmel funkeln.

Als Emily wieder hervortrat, tat Suri ein paar Schritte zurück. »Was ist? Gefällt es dir nicht?«

»Es gefällt mir ganz und gar nicht«, sagte ihre Freundin und blickte finster drein.

»Was? Wieso? Was stimmt denn nicht?« Verunsichert sah Emily an sich herab.

»Ach weißt du. Ich hab ja schon geahnt, dass du mir den

Titel der Ballkönigin streitig machen könntest, aber jetzt kann ich ihn mir ganz sicher abschminken.« Suri grinste nun verschmitzt. »Du siehst toll aus. Ehrlich. Ach so und da ist noch was, das ich vorhin für dich angenommen habe. Fast hätte ich es vergessen.«

Sie holte eine rote Geschenkbox hervor. »Das hier kam von Kayne. Aber ganz ehrlich, es ist so was von altmodisch, dass sich das Mädchen vom Kerl was zum Ball schenken lässt … Aber hier. Schau selbst.«

Emily öffnete die Schachtel und blickte auf ein Collier, an dem ein großer Rubin hing, der in eine üppige, goldene Fassung eingelassen war. Behutsam fuhr sie mit den Fingern darüber. Die Kette war schön, ohne Frage, aber Emily war sich trotzdem nicht ganz sicher, was sie damit anfangen sollte.

»Na, unauffällig geht jedenfalls anders«, meinte Suri. »Schau mal, ob du das Ding wirklich tragen willst. Nicht, dass du dir bei dem Gewicht das Genick brichst.«

Emily ging zum Spiegel hinüber, legte die Kette um und schloss sie im Nacken, als sie hörte, wie Papier raschelte. Ihre Freundin durchforstete den Karton und stieß einen Pfiff durch die Zähne aus.

»Was ist denn jetzt?« Alarmiert hielt Emily in der Bewegung inne, doch sie bekam keine Antwort. »Suri?«

»*Liebe Emily. Ich dachte, dass ich auf meine Zeit in der Arcadia gut vorbereitet gewesen wäre. Dass mein Weg gradlinig verlaufen und ich weder nach links noch nach rechts schauen würde. Aber dann bist du aufgetaucht und hast alles auf den Kopf gestellt* … romantisches Geschwafel, blablabla …«

Emily erschrak. Ein Brief von Kayne. Und natürlich hatte Miss Neugierig ihn gefunden. Eilig raffte sie das Kleid zusammen und eilte zu ihrer Freundin. Suri zog das Papier immer wieder weg, kurz bevor Emily ihn in die Finger bekam, und las mit verstellter, tiefer Stimme weiter: »*Ich vermisse meine Heimat. Aber immer, wenn du in meiner Nähe bist, fühle ich mich zu Hause.* Ich glaub, mir wird schlecht. Hier«, sagte Suri und überließ Emily jetzt kampflos den Brief, die Kaynes Zeilen überflog.

»Ich hab dir das Wichtigste doch schon so hübsch vorgetragen.«

»Nun warte doch mal.« Emily las weiter und spürte, wie ihr das Blut in den Kopf stieg.

»So, Etikette eingehalten. Geschenk ausgepackt, Brief gelesen, damenhaft errötet und Kleid anprobiert – das dir wirklich verdammt gut steht. Ich bin immer noch neidisch. Aber das mit dem Klunker solltest du dir wirklich überlegen. Die Farbe passt auch gar nicht.«

»Ich frage mich, woher er die Kette hat. Er wird wohl kaum seine Mutter gefragt haben.«

»Vielleicht war ja jemand von der Arcadia beteiligt. Oder er hat seiner Mutter eine riesenfette Lüge aufgetischt. Schon allein, dass er Filia zurückholen wollte, zeigt doch, dass er sich für dich einiges einfallen lässt.«

Ja, das war tatsächlich unglaublich rührend gewesen. Natürlich hatte sich die Geschichte dieser romantischen

Geste in Windeseile rumgesprochen und war so auch Emily zu Ohren gekommen. Ihr wurde immer noch ganz warm ums Herz, wenn sie daran dachte, was er für sie alles riskiert hatte.

»Schade nur, dass er sich dabei so dämlich angestellt hat. Nächstes Mal soll er mich fragen, wie ich das angehen würde, dann klappt so was auch. Und wegen Geschenken sollte er sich vielleicht ebenso vorher an mich wenden.«

Emily berührte noch einmal den blutroten Rubin, der kalt auf ihrer Haut lag. »Ob er mir böse ist, wenn ich den Schmuck nicht trage? Mir ist die schlichte Silberkette meiner Ma lieber.«

Bei dem Gedanken daran durchfuhr Emily ein kleiner Stich. Heute wäre Telefontag gewesen. Zu gern hätte sie ihren Eltern und vor allem Anne, die vollkommen auf Prinzessinnen stand, das wunderschöne Kleid gezeigt. Aber wegen des Balls fielen die Gespräche aus. Mit Glück würde die Academy ein paar Fotos von heute Abend freigeben und Emily konnte sie ihnen später zeigen.

»Die Kette, die deine Ma dir ins Gepäck geschmuggelt hat?«

Emily nickte. »Im Vergleich zu der hier ist sie allerdings echt schlicht.«

»Das macht gar nichts. Trag lieber etwas, das dir auch was bedeutet. Ich finde die Geste ja nett, aber wie gesagt auch wirklich voll 20. Jahrhundert. Ich bin froh, dass mein Begleiter mir das erspart hat.«

Emily drehte sich zu ihrer Freundin um. »Mit wem gehst

du denn jetzt eigentlich hin? Da war doch eine ganze Reihe an Bewerbern.«

»Hab mich für Dave McMillan entschieden«, antwortete Suri leichthin. »Er ist ein guter Tänzer.«

Emilys Atem stockte. Warum hatte sich ihre Freundin ausgerechnet diesen Idioten ausgesucht?

»Oh.«

»Ich weiß, dass er echt arschig zu dir gewesen ist. Umso wichtiger ist es, dass ihn jemand unter seine Fittiche nimmt. Und wer wäre da besser geeignet als jemand so Reizendes wie ich?« Suri klimperte mit ihren Wimpern.

Emily versuchte sich an einem Lächeln, aber sie spürte selbst, dass es misslang. Sie war immer noch skeptisch, ob das eine gute Entscheidung war.

»Hör mal, Emily. Ich komm schon klar. Aber dir fehlen definitiv noch ein paar passende Schuhe.«

»Ich habe doch die blauen Pumps von der Schuluniform.«

»Als ob die simplen Dinger zu diesem Prinzessinnentraum passen würden. Warte.«

Suris Schuhe flogen quer durch den Raum, als sie in ihrer eigenen Ankleide verschwand. »So hab ich wenigstens eine Entschuldigung, dass ich hier gleich noch mehr Chaos anrichte, wenn ich mich fertig mache«, sagte sie und kam schließlich mit einem Paar schlanker, schwarzer Pumps heraus, die an den Riemen silberne Schleifchen trugen. »Sind eine halbe Nummer größer als deine Schuhe, aber ich denke, das wird gehen.«

Emily streifte sie über. Die Pumps fielen tatsächlich ein bisschen weiter aus, aber sie konnte trotzdem gut in ihnen laufen.

Suri nickte zufrieden. »Prima. Dann zieh ich mich jetzt auch um und danach werden Bürste und Schminkpinsel geschwungen.«

»Ich … also …«

»Alles gut, ich mach das für dich.«

»Aber bitte nicht …«

»Zu auffällig«, vollendete Suri Emilys Satz. »Nicht wie an Halloween. Schon klar. Lass mich mal machen. Vertrau mir.«

31

BEN

Freitag, 2. Dezember 2050

Ben spürte jede Faser seines Körpers, jedes Nackenhärchen, das seinen hochgeschlossenen Hemdkragen berührte, und jeden Herzschlag, der in seiner Brust vibrierte. Fast war er versucht, einen Rückzieher zu machen, als er den Gang betrat, in dem sich Emilys Zimmer befand. Die Schlagader pochte gegen seinen Hals und machte zu allem Überfluss seine innere Aufgewühltheit auch noch für jeden sichtbar. Er hob sein Jackett an, um die kühle Umgebungsluft an den Körper zu lassen. Für eine Millisekunde beneidete er Synths darum, dass sie keine Gefühle empfanden.

Vielleicht hätte auch *Widevisions* einen Synth schicken sollen, um Bens Job zu erledigen. Es war wohl tatsächlich im Gespräch gewesen. Doch es wäre zu schwierig gewesen, einen Synth einzuschleusen. Dafür hätte es der

Hilfe von oberster Stelle bedurft oder eines der hoch entwickelten Modelle, die mit Intelligenz und Kreativität ausgestattet waren. Allerdings ließen diese sich schlechter beeinflussen als ein Mensch mit einem kranken Vater, dessen Schicksal in den Händen des Konzerns lag.

Wie sehr hätte er sich jetzt einen Ratschlag seines Vaters gewünscht. Warum zur Hölle hatte sich Ben nicht das Tanzen von ihm beibringen lassen, als es noch möglich gewesen war? Seine Mutter hatte nie viele lobende Worte über seinen Vater verloren. Aber wenn sie über seine Tanzkünste gesprochen hatte, war immer ein leichter Glanz in ihre Augen getreten, den Ben sonst nie an ihr wahrnahm. Ben hingegen brachten die paar Standardschritte, die sie seit Wochen im Sportunterricht lernten, schon an seine Grenzen. Aber immerhin war Emily seine Partnerin, und dass er mit ihr harmonierte, hatte die Halloweenparty ja bewiesen.

Und dass es seinem Vater momentan besser ging, beflügelte Ben zusätzlich. Auch wenn er ihn nicht persönlich hatte sprechen können, war ihm versichert worden, dass er nach wie vor gut auf die Medikamente ansprach. *Widevisions* garantierte, sich weiterhin um ihn zu kümmern, jetzt, wo Ben erfolgreich gewesen war.

Trotz des Auftragsabschlusses war jeder Tag, den er hier weitermachte, wichtig für den Konzern. Zwar konnten sie mithilfe der Daten jetzt mit der Entwicklung beginnen, doch nur die Gespräche, die Ben aufzeichnete, stellten sicher, dass sie auf dem neuesten Stand blieben.

Außerdem wollte er gar nicht mehr weg. Was er an der Arcadia an Wissen mitnahm, würde er später, wenn er wieder seine eigene Identität annahm, nutzen können und seinem Vater und sich damit ein besseres Leben ermöglichen. Die Nachhilfestunden, die Emily und er erneut aufgenommen hatten, und seine eigenen Studien würden ihn durch die nächsten Prüfungen bringen.

Und dann gab es noch diese eine nicht ganz unwesentliche Person, wegen der er darum kämpfen würde, hierzubleiben.

Ben stand vor der Tür von Zimmer 519. Er richtete seine Kleidung, fuhr sich noch einmal durchs Haar, dann klopfte er. Suri öffnete und sah ihn so streng an, als wäre sie Emilys Mutter höchstpersönlich. Dann erst machte sie die Tür weiter auf – und da stand sie.

Emily sah atemberaubend aus. Diese grünen Augen, in denen er sich verlieren wollte, dieser schöne Mund, auf dem ein zarter Hauch von Rosa lag. Das braune Haar, das weich über ihre Schultern fiel und von dem er jetzt schon wusste, welchen Duft es aus der Nähe verströmen würde. Das Kleid, das sich wie ein Stück sternenfunkelnder Nachthimmel an ihren Körper schmiegte. Hitze breitete sich von seiner Körpermitte aus und Ben sah zu Boden, in der Hoffnung, so einen klaren Gedanken fassen zu können. Doch alles, was ihm grade durch den Kopf schoss, war: *Sag jetzt bloß nichts Dämliches.*

Er räusperte sich. Vielleicht sollte er sich lieber auf ein Minimum an Worten beschränken, alles andere konnte er wohl gerade vergessen. Suris prüfender Blick machte die ganze Sache nicht leichter.

»Wollen wir?«

Missbilligend schnalzte Suri mit der Zunge. »*Wollen wir?* Haben *wir* vielleicht auch noch ein paar schmeichelhafte Worte zu ihrem Aussehen?«

»Sicher haben wir die, aber nicht vor dir.«

Gott sei Dank, er hatte einen geraden Satz herausgebracht.

Suri verdrehte die Augen. »Also gut. Aber wehe, ich höre von Emily irgendwelche Beschwerden!«

»Ich werde sie unversehrt und pünktlich wieder hier abliefern, Ma'am.«

»Das will ich dir auch geraten haben!«

»Wenn ich bitten dürfte?«, sagte er und streckte seine Hand Richtung Emily aus. »Ich fürchte, dein Wachhund reißt mir sonst gleich den Kopf ab oder hält mir zumindest die Ich-besitze-einen-Spaten-und-einen-großen-Garten-Rede.« Sie trat an ihn heran und legte ihre Finger in seine. Er hauchte einen Kuss auf ihren Handrücken, so wie er es in den alten Filmen gesehen hatte. Kichernd hakte Emily sich bei ihm unter. Dann blickte sie über die Schulter und sagte zu Suri: »Hab viel Spaß!«

»Keine Sorge, den werde ich haben. Und du pass auf dich auf, ja?« Suri fuhr sich mit den Fingern durch das blaue Haar. »Ach so und Kayne. Danke für die zurückgebrachten Bücher, auch wenn sie jetzt neuer aussehen als vorher.« Sie kickte die Tür mit dem Fuß zu.

»Bücher? Welche Bücher?«, fragte Emily, aber Ben winkte ab. »Erzähl ich dir irgendwann mal. Du versprichst mir jetzt bitte erst mal, dass deine Eltern auf ein Date besser reagieren würden als Suri.«

Emily lachte. »Ich fürchte nicht.«

»Wahrscheinlich würden sie eure Haushaltsdrohne auf mich hetzen.«

»Schlimmer wäre das Meerschweinchen, das ist deutlich gefährlicher«, entgegnete Emily und brachte Ben damit zum Grinsen, als ihnen plötzlich Dave McMillan entgegenkam. Angespannt beobachtete Ben Dave, der ihnen ein abschätziges Lächeln schenkte und im Vorbeigehen in seine Hand hustete. Es klang wie *»Abschaum«*.

»Was will der denn hier?«, fragte Ben zwischen zusammengepressten Zähnen.

»Suri abholen.«

»Tut mir leid für dich, dass deine Freundin so einen schlechten Geschmack hat.«

»Sie hat ihn zumindest noch nie mit zu uns gebracht. Und ich bin mir auch nicht sicher, ob sie ihn wirklich gut findet. Sie redet nie von ihm. Mir kommt es eher so vor, als würde sie ihn bearbeiten wollen, damit er aufhört, so ein Idiot zu sein.«

Vielleicht war das tatsächlich Suris Art, auf Emily aufzupassen. Vielleicht versuchte sie, McMillan positiv zu beeinflussen, damit er sie in Ruhe ließ. Aber das war gar nicht nötig. Ben blickte Emily an. Er würde schon darauf achten, dass ihr der Typ nicht zu nahe kam.

Emily bemerkte seinen Seitenblick. »Du siehst so ernst aus. Stört es dich, dass ich den Schmuck nicht trage, den du mir geschenkt hast?«

Tatsächlich war ihm das gar nicht aufgefallen.

»Nein, es ist alles perfekt. Absolut perfekt. Genau so, wie es ist.« Ben machte eine kurze Pause, dann lächelte er. »Meine Mutter hat es ein bisschen übertrieben, oder? Es war ihre Idee. Ich selbst wäre gar nicht darauf gekommen.«

»Sie hat sich tatsächlich mächtig ins Zeug gelegt«, meinte Emily. »Was hast du ihr gesagt? Sieht sie dich schon in die adelige Fairfax-Familie einheiraten? Das würde ihre Investition erklären.« Sie zwinkerte ihm zu.

Claire Fairfax rührte rein gar nichts in ihm an, während Emily sein Innerstes zum Beben brachte. Aber er war trotzdem erstaunt, dass sie sofort erraten hatte, was er Mrs Vermont beim Video-Call gesagt hatte, als sie ihn gefragt hatte, mit wem er zum Ball gehen würde. *War er so leicht zu durchschauen?*

Plötzlich sog Emily die Luft scharf ein und blieb wie angewurzelt stehen. Ben folgte ihrem Blick und sah ebenfalls in den Saal. Vor einem Nachthimmel, der mit Emilys Kleid um die Wette funkelte, stoben Schneeflocken umher. Die Projektion eines Rentierschlittens tauchte in der Ferne auf, fuhr einmal durch die Kuppel und sauste dann über die Köpfe der Schülerinnen und Schüler hinweg, die sich instinktiv duckten und lachten, bis der Schlitten im Gestöber verschwand. Auch der Boden schien mit einer Schneeschicht bedeckt, auf der sie Fußspuren hinterließen, die sich erst nach einigen Sekunden wieder auflösten. Quer durch den Raum waren Seile mit Zuckerstangen, Orangenscheiben und kleinen Geschenken gespannt, am Rand standen mit Schleifchen geschmückte Schlitten und Tannenbäume, die dem ganzen Saal einen festlichen Glanz verliehen. Es duftete nach frischen Tannennadeln, nach Zimt und Orangen, nach Nelken und Zuckerwatte. Als Elfen verkleidetes Personal lief durch den Raum und servierte Getränke. Alle Anwesenden lachten ausgelassen oder trugen zumindest ein Lächeln auf den Lippen und freuten sich über dieses letzte Durchatmen vor den Zwischenprüfungen, die in zweieinhalb Wochen beginnen und dann fünf Tage andauern würden. Danach bekämen diejenigen Besuch, deren Familienangehörige sich für Weihnachten einen Shuttleplatz und die Unterbringung im Besuchertrakt leisten konnten. Diesen Kompromiss hatte die Schulleitung angeboten – wohl um die zahlungskräftigen Eltern mit der Weihnachtssperre zu versöhnen. Tatsächlich hatte sich auch Mrs Vermont für zwei Tage angekündigt, aber darüber würde sich Ben erst Gedanken machen, wenn es so weit war. Heute sollte sich alles nur um Emily drehen.

»Möchtest du einen Punsch? Oder lieber gleich auf die Tanzfläche?«

Emily drehte sich ein wenig seitlich, um sich umzusehen – und Ben warf das erste Mal einen Blick auf ihren Rücken. Er schluckte. Kein Wunder, dass sie alle anstarrten.

»Ein bisschen warmtanzen wäre schön«, antwortete sie.

»Sag nicht, du frierst am Rücken. Ich hole dir sofort eine Strickjacke«, meinte er ernst.

»Das ist nicht nötig.« Emily lächelte.

»Ehrlich, ich hol dir ein Jäckchen. Gern auch einen Daunenparka.« Das Kleid sah so unfassbar gut an ihr aus. Aber ihm gefielen die Blicke der anderen Jungs nicht, also schaute er sie so grimmig wie möglich an, während er Emily auf das Parkett führte, auf dem bereits viele Paare tanzten. Sanfte Musik schallte durch den Raum und die meisten Pärchen hatten sich eng aneinandergeschmiegt. Ben nahm Emilys Hand in seine und legte die andere auf ihre Taille. Und obwohl er vor Nervosität Blut und Wasser schwitzte, als er versuchte, ihre schmalen Füße nicht unter seinen plötzlich viel zu groß erscheinenden Schuhen zu zerquetschen, dauerte es nicht lang, bis sie wieder ihren gemeinsamen Takt fanden.

Es fühlte sich alles so richtig an. Er spürte, wie Emily mit leichtem Schwung ihre Hüfte bewegte, und immer, wenn sie sich für eine Drehung von ihm löste, konnte er es kaum erwarten, dass sie wieder zu ihm zurückkehrte, als hätte er Angst, sie von einer Sekunde auf die nächste zu verlieren. Einmal war er so ungeduldig, dass seine Hand versehentlich über die Haut auf ihrem Rücken glitt. Die Berührung löste in ihm einen wohligen Schauer aus, sodass er seine Zähne zusammenbiss und sich vornahm, nächstes Mal ein bisschen besser aufzupassen. Dieses Mädchen machte ihn verrückt.

»Du siehst gut aus.«

»Danke. Und du siehst umwerfend aus. Fast schon zu sehr. Es gibt hier ein paar Kerle, mit denen ich mich am liebsten anlegen möchte. *Null Toleranz gegenüber Gewalt* hin oder her.«

Emily gluckste. Dann aber legte sie ihren Kopf an seine Schulter und wiegte sich im Takt der Musik. Sie hatte ja keine Ahnung, was ihre Nähe in ihm auslöste. Alles in ihm geriet völlig durcheinander. Er musste sich auf seine Atmung konzentrieren, damit sie ihn nicht verriet, aber er ahnte, dass sein Herz das schon für ihn erledigte. Ganz sicher konnte Emily es gerade schlagen hören, viel zu schnell und zu laut. Tatsächlich löste sie sich schon nach kurzer Zeit von ihm. Ihre grünen Augen schimmerten im sanften Kerzenschein. Die Pupillen waren geweitet. Emily befeuchtete ihre Lippen und zog damit seine gesamte Aufmerksamkeit auf den zartrosa geschminkten Mund.

Wie von selbst hob er seinen Finger und strich sanft über ihre Wange. Ihre Haut war weich und warm.

»Möchtest du rausgehen?«, wisperte Emily.

Das wollte er. Kurzerhand führte er sie von der Tanzfläche hinüber zur Außengarderobe, wo sie sich ihre Jacken geben ließen. Sie traten nach draußen. Sanfter Wind wehte und trug dicke Schneeflocken heran. Ben griff nach Emilys Hand und zog sie ein Stück hinter sich her, bis sie eine Stelle erreichten, die vom Eingang aus uneinsehbar war und, soweit er sich erinnern konnte, auch nicht von Kameras erfasst wurde.

Dann trat er langsam auf Emily zu.

32

EMILY

Freitag, 2. Dezember 2050

Kurz darauf spürte sie seine Lippen auf ihren. Behutsam und federleicht, wie der Flügelschlag eines Schmetterlings. Kayne löste sich von ihr. Eine steile Falte bildete sich auf seiner Stirn und er studierte Emilys Züge, als wolle er sichergehen, dass sie sich mit der ganzen Sache überhaupt wohlfühlte.

Konnte er denn nicht den warmen Sonnenschein spüren, der in ihr war? Sie hatte das Gefühl, lichterloh zu brennen. Alles in ihr sehnte sich nach seiner Berührung.

Kayne schien die Antwort in ihrem Gesicht zu finden, sein Blick wurde jetzt dunkel und durchdringend, als würde er tief in ihr Innerstes schauen. Er zog Emily so dicht zu sich heran, dass sich sein Körper gegen ihren schmiegte und sich ihr Atem vermischte. Zärtlich strich er mit seinen Lippen über ihren Mund. Erst nach ein paar unendlich lang erscheinenden Herzschlägen erlöste er sie und legte seine Lippen wieder auf ihre, dieses Mal entschlossener, fest und fordernd. Er hielt sie eng umschlungen, als wollte er sich niemals von ihr trennen. Und sie versank in diesem Augenblick.

Kayne.

Emily verlor das Gefühl für Raum und Zeit, wusste nicht, wie lang er sie schon im Arm hielt, während er mit dem Daumen der freien Hand zärtlich Schneeflocken aus ihrem Gesicht strich, die immer wieder von der Brise herangetragen wurden. In seiner Umarmung schien alles zu liegen, was sie sich je gewünscht hatte. Das Gefühl von bedingungslosem Vertrauen, von gegenseitigem Schutz. Das Wissen, für jemanden wichtig zu sein, und der Glaube, dass auch sie ihn in irgendeiner Form vervollständigte und heilen konnte. Wenn es einen vollkommenen Moment in ihrem Leben gegeben hatte, dann war es dieser.

Kaynes Hand glitt jetzt unter die Jacke und strich über ihren Rücken. Ihre Haut brannte, wo er sie berührte, und ihr Atem beschleunigte sich, ebenso wie ihr Puls, als sie ihre Hand um seinen Nacken legte und ihn ihrerseits festhielt. Schließlich ließ er sie los, ergriff ihre Finger, küsste sie und trat einen Schritt zurück. Die Anspannung ihres Körpers wich verräterischer Enttäuschung und der Sehnsucht nach seiner Nähe, obwohl er ihre Hand immer noch in seiner hielt.

»Weißt du, ich bin nicht gut darin, meine Gefühle auszudrücken, deswegen …« Er führte ihre Finger an seine

Brust. Auch wenn er eine dicke Jacke trug und sie es unmöglich fühlen konnte, so bildete sich Emily ein, das wilde Pochen unter ihrer Hand zu spüren. »Ich hab mich noch nie so gefühlt. Als könnte mich nichts auf der Welt mehr aufhalten, wenn ich mit dir zusammen bin.«

»Ich … ich hab mich auch noch nie so gefühlt.« Ihre Stimme klang ungewöhnlich rau.

Kayne lächelte und zog sie wieder an sich – als plötzlich eine Drohne mit Blaulicht auf sie zugeschossen kam. Sie ließen sich los und gingen auf Abstand zueinander, während ihre Gesichter gescannt wurden.

»Kehren Sie umgehend in die Große Halle zurück«, befahl die Stimme.

»Wir gehen gleich«, sagte Kayne und trat einen Schritt zur Seite, um die Drohne vorbeizulassen, doch die machte keinerlei Anstalten, sich von ihnen zu entfernen.

»Kehren Sie umgehend in die Große Halle zurück.« Die kleine Signallampe schaltete sich auf Rot. Emily erstarrte.

»Was soll das?« Der Ärger in Kaynes Stimme war unüberhörbar.

Emily berührte ihn am Arm. »Komm. Wir gehen wieder rein. Bestimmt wird sich alles klären.«

»Das ist die letzte Warnung. Kehren Sie umgehend in die Große Halle zurück.«

»Ach ja? Sonst passiert was?«

Emily zitterte am ganzen Körper. Hatte Kayne denn nicht mitbekommen, dass die Drohne scharf geschaltet war? Warum schien er sich nicht vom Fleck bewegen zu wollen? Jetzt war nicht der richtige Zeitpunkt für Rebellion! Sie streckte ihm demonstrativ die Hand entgegen. »Ich bin sicher, dass alles gut ist. Bitte. Komm jetzt. *Bitte.*«

Herausfordernd blickte Kayne die Drohne an. Dann sah er zu Emily, presste die Lippen aufeinander und ergriff ihre Hand. Fest umklammerte sie seine Finger, damit er es sich nicht wieder anders überlegen konnte, und zog ihn hinter sich her. Auch wenn sie versuchte, es sich nicht anmerken zu lassen, war sie ebenso aufgewühlt. Was hatte das zu bedeuten?

Als sich die Türen zur Halle öffneten, riss das zauberhafte Band aus nächtlicher Stille, Schneeflocken und den heimlich gestohlenen Küssen. Stattdessen wurden sie in einen Tumult hineingestoßen, der sich wie ein Schlag ins Gesicht anfühlte. Manche Jugendliche weinten, andere standen in Gruppen bei den Lehrern und diskutierten aufgebracht mit ihnen.

»Was ist los?«, fragte Kayne eine vorbeieilende Schülerin.

»Suri. Sie haben sie gefunden. Ist übel zugerichtet worden.«

Suri. Emilys Herzschlag setzte aus. Eben hatte sie sich noch so leicht gefühlt, so unverletzlich und beschützt – und jetzt riss ihr die Realität mit einem Schlag den Boden unter den Füßen weg.

»Wo ist sie?«, fragte sie atemlos.

»Sie haben sie im Gang zur Bibliothek gefunden. Wir sollen aber hierbleiben.«

»Du bleibst hier. Ich sehe, was los ist«, sagte Kayne.

»Nein. Ich komme mit!«

»Du bleibst hier!«, befahl er und rannte los, aber Emily folgte ihm. Eine Lehrerin trat Kayne entgegen und versuchte, ihn aufzuhalten, doch er ließ sie stehen. Auch Emily ignorierte die Lehrkraft. Die Androhung von Zimmerarrest rauschte an ihr vorbei. Alle Geräusche verblassten – da war nur noch Emilys Herzschlag und ihr unregelmäßiger Atem, während sie Kayne hinterherlief.

O Gott, was ist passiert?

Operator, Securities und Lehrkräfte hatten sich in einem Kreis versammelt. Ihre Körper bildeten einen undurchdringbaren Ring. Kayne ließ sich nicht einschüchtern. Mit kräftigem Körpereinsatz kämpfte er sich an ihnen vorbei, dicht gefolgt von Emily, die sich jetzt unmittelbar hinter ihm befand. Dann blieb Kayne abrupt stehen. Es war dieses Geräusch, das sie in Panik versetzte, die Art, wie er plötzlich die Luft einsog und wieder ausstieß. Vorsichtig lugte sie an ihm vorbei. Nichts auf der Welt hätte sie auf das vorbereiten können, was sie sah.

Suri lag auf dem Bauch. Arme und Beine waren seltsam verdreht, während sich ihr Kopf zur Wand neigte. Eine dunkle Flüssigkeit tränkte die blauen Haare und bildete eine Lache unter ihrem Kopf, die sich schleichend ausbreitete.

Wo sind die Sanitäter?

Sie erkannte einen Operator, der gerade Suris Hinterkopf mit Handschuhen inspizierte. »Der Körper ist so stark beschädigt, dass es sich nicht lohnen würde. Auch der Chip und die Platte sind zertrümmert. Jemand wollte seine Spuren beseitigen. Da ist nichts mehr zu machen.«

Da ist nichts mehr zu machen.

Emily wurde schlecht. Sie wandte sich ab, während sich ihr Innerstes nach außen kehrte.

Sie ist tot! Meine beste Freundin ist tot!

Sie würgte, Tränen liefen über ihre Wange, als sie Kaynes Stimme hinter sich hörte. »Suri war eine Synth! Ich dachte, dass sie nur ein bisschen getuned war. Scheiße, Emily, bist du okay? Wie konnten wir das nicht sehen? Du hast mit ihr zusammengewohnt, warst mit ihr befreundet … Dabei war sie nichts weiter als eine Synthetische und …«

»Wo sollen wir sie hinbringen?«, fragte jemand.

»Wir müssen den Tatort für die Ermittler möglichst unangetastet lassen. Das BARC wurde informiert. Ein paar Investigatoren, die nicht weit von unserem Standort entfernt waren, sind bereits auf dem Weg hierher.« Es war die Stimme von Dr. Miller. »Sie sollen die Logdateien aus ihrem Tracker auswerten und an die Technik übergeben. Stellen Sie danach sicher, dass die brauchbaren Teile vor der Verschrottung ausgebaut werden.«

»Verschrottung? Sie wollen sie einfach entsorgen?« Emily ballte die Hände zu Fäusten. »Das können Sie nicht machen!« Sie rannte auf die Frau zu, als sie von hinten von einem Security-Mann gepackt wurde. Er riss sie zurück. Kayne wollte Emily zur Hilfe kommen, doch ihn packte ein anderer Hüne an den Schultern.

»Schafft die beiden hier weg!«

»Nein! Ich werde nicht gehen! Sie werden Suri in Ruhe lassen! Ich repariere sie! Ich kann alles heil machen, hören Sie?«

Ein zweiter Mann kam hinzu, während Emily sich mit aller Kraft dagegenstemmte und versuchte, sich zu befreien.

»Ich kann alles reparieren!«, schrie Emily verzweifelt. »Bitte geben Sie mir eine Chance! Bitte!«

Die beiden Männer hakten sie unter und schleiften sie weg, und so sehr Emily auch zappelte und sich wand, der Griff war unbarmherzig und fest. Sie schrie auf, als sich eine Nadel von hinten in ihren Nacken bohrte. Kalt wie klirrendes Eis breitete sich das Beruhigungsmittel in ihren Adern aus.

»Ich kann alles heil machen. Alles«, wimmerte sie, als das Eis ihren Kopf erreichte und die Welt um sie herum in Dunkelheit versank.

GEGEN DIE DISKRIMINIERUNG VON SYNTHS

Viele von uns unterhalten Synths und kennen sie nicht nur als nützliche Helfer im Alltag oder Mitarbeiter, die die Arbeitsprozesse im Unternehmen unterstützen. Wir kennen sie auch als Freunde, als Vertraute, als Beschützer und als Lebensretter. Wir sollten uns endlich davon abwenden, sie nur als Wesen zweiter Klasse zu sehen. Sie wurden nach unserem Vorbild geschaffen, haben Emotionen und empfinden Schmerz.

Wie kann es also sein, dass jemand, der häusliche Gewalt gegen einen Synth anwendet oder ihn gar ermordet, nur wegen Sachbeschädigung angeklagt wird? Auch diese Opfer sind jemandem wichtig gewesen, waren der Partner oder die Partnerin eines Liebenden oder wie im aktuellen Fall *Smith vs. Terrence* die unersetzliche Mutterfigur eines Kindes. Ist der Schmerz der Hinterbliebenen denn nicht real? Denken Sie, ein Synth könne einfach durch einen anderen ersetzt werden? Wir leben nicht mehr in den 30er-Jahren. Die Technik hat sich weiterentwickelt und lässt Synths eine eigene Persönlichkeit entwickeln, die so einzigartig ist wie die eines Menschen.

Trennen wir uns also endlich von unseren diskriminierenden Ansichten, von unserem Wunsch, uns über andere erheben zu müssen, um uns als etwas Besseres zu fühlen. Schaffen wir eine neue, inkludierende Gesellschaft, in der Synths nicht mehr markiert werden, in der Kinder-Synths nicht mehr verboten sind und in der wir alle friedlich zusammenleben können. Weder Menschen noch Synths sollten in Angst leben müssen. Wir alle haben das Recht, glücklich zu sein.

Blog-Artikel vom 14.07.2050 von der
Homepage der Android Aid Association

33

BEN

Freitag, 2. Dezember 2050

»Hey. Alles in Ordnung?«

Emily schlug die Augen auf, doch die Betäubungsmittel, die ihr injiziert worden waren, wirkten noch nach. Sie sah desorientiert aus. »Wo bin ich?«

»Im Krankenflügel.«

»Warum?« Sie klang, als wenn ihre Zunge nicht ganz gehorchen wollte.

Ben wusste nicht genau, was er antworten sollte. Emily kniff die Lider zusammen, dann richtete sie sich abrupt im Bett auf.

»Suri.« Sie schlug sich die Hände vors Gesicht, als die Erkenntnis sie einholte, während Ben nichts anderes einfiel, als sich auf die Bettkante zu setzen und sie in den Arm zu nehmen. Es schien sie nicht zu beruhigen. Ihr ganzer Körper bebte, während sie erstickte Laute von sich gab.

Ben kämpfte mit seinen eigenen Empfindungen. Einerseits hatte er Suri als Menschen kennengelernt und sie waren so was wie Freunde gewesen. Andererseits empfand er eine unglaubliche Wut, weil er von einer Synth manipuliert worden war. Weil Maschinen keine Menschen ersetzen konnten, aber genau das hatte Suri in gewisser Weise getan. Sie nahmen also nicht nur Jobs weg, sie wirkten inzwischen auch so menschlich, dass man sie als gleichwertige Wesen wahrnahm. Wo war Suris Markierung gewesen? Es war das Einzige, worauf man sich noch verlassen konnte. Wenn die Synths keine sichtbaren Zeichen mehr trugen – wo sollte das alles dann noch hinführen?

Aber wie sehr ihn das auch beschäftigte, war es doch gerade nicht das Wichtigste. Emily trauerte und sie brauchte ihn jetzt.

»Ich weiß, dass es schwer für dich ist. Du hast eine Bezugsperson verloren. Eine Freundin.« Ben strich über ihr Haar. »Aber findest du es nicht zumindest ein bisschen beruhigend, dass …«

Emily schob seine Arme weg und rückte ein Stück nach hinten. »Was? Dass sie nur aus Drähten, Kabeln und Metall bestand? Dass ihre Persönlichkeit in einem Mikrochip saß, der für immer zerstört worden ist? Ist es das, was du sagen wolltest?«

»Ich meine ja nur –«

»Denkst du, dass sie deswegen keine Gefühle hatte? Keine Liebe empfinden konnte, keine Trauer, keine Wut, keine Angst? Dass sie keine eigenen Gedanken hatte, kein Leben, *keine Seele*?«

Ben schloss die Augen. Er wollte Emily doch nur beruhigen. Ihr zur Seite stehen. Aber irgendwie lief gerade alles furchtbar schief. Vielleicht sollte er es nicht mit Worten ausdrücken. Wieder versuchte er, sie zu umarmen, aber Emily rückte noch weiter von ihm ab, sprang auf der anderen Seite vom Bett und knickte dabei fast ein.

»Sag mir nicht, dass du Suri nicht auch gern hattest!«

»Doch, das hatte ich, aber …«

»Aber was? Hättest du die ganze Sache schlimmer gefunden, wenn sie ein Mensch gewesen wäre?«

Jetzt stand Ben ebenfalls auf. Auch wenn er Verständnis für ihren Schmerz hatte, musste sie doch einsehen, dass es gravierende Unterschiede gab. Immerhin war sie die Beste in allem, was in Zusammenhang mit Synths, Robotern und künstlicher Intelligenz stand. »Ja, das hätte ich. Weil man Menschen nicht reparieren kann!«

»Suri kann man auch nicht reparieren! Du hast doch gehört, was sie gesagt haben. Sie ist nur noch reif für den Schrott!«

»Sie ist deine Freundin gewesen, ja, aber sie war nicht *echt*. Verstehst du das denn nicht? Suri ist vielleicht nicht reparierbar, aber zumindest ersetzbar. Sie können ein anderes Modell nehmen, die Daten neu hochladen, sie entsprechend programmieren …«

»Nicht *echt*? Wie kannst du so was sagen? Es ist mir egal, ob sie künstlich erschaffen worden ist. Nicht wo wir herkommen bestimmt, wer wir sind, sondern unser Handeln. Bitte sag mir, dass du nicht zu denen gehörst, die Synths für stumpfe Maschinen halten!«

»Emily, ich …« Er verstummte, aber diese zwei Worte gaben bereits seine Meinung preis.

Emily drehte sich um. Auf wackeligen Beinen wankte sie zur Zimmertür, doch als Ben ihr zur Hilfe eilen wollte, schüttelte sie ihn ab und schrie: »Lass mich in Ruhe!«

Sie trat aus der Tür und warf sie hinter sich zu. Er setzte sich auf einen Stuhl und rieb sich über das Gesicht. Das hatte er gründlich verbockt. Er wollte ihr doch nur helfen, darüber hinwegzukommen. Wie auch immer er über Synths dachte, in diesem Augenblick wollte er nur für Emily da sein und nicht mit ihr streiten. Er stand auf, lief zur Tür und öffnete sie, als sich plötzlich Dave McMillan vor ihm aufbaute und ihm den Weg versperrte. Er hatte einen Verband um den Kopf.

»Was machst du denn hier?«, fragte Ben überrascht.

»Wer auch immer Suri angegriffen hat, hat mir vorher eins über den Schädel gezogen. Ich war leider bewusstlos, als das ganze Drama passiert ist. Ist die Vogelscheuche denn sehr traurig gewesen? Das tut mir ja so leid.« Seine Stimme triefte vor Sarkasmus.

»Du …« Mit zwei Schritten war Ben bei ihm. Dann packte er ihn am Kragen, hob ihn hoch und stieß ihn mehrmals gegen die Wand.

»Na, na, na, du willst doch nicht wieder riskieren, von der Schule zu fliegen, oder?«

»Ich seh hier weder Zeugen noch Kameras«, zischte Ben. »Suri war mit dir auf dem Ball. Wenn ich herausfinde, dass du irgendetwas mit der Sache zu tun hattest …«

»Was dann, Kayne?« Er neigte sich zu ihm rüber und flüsterte: »Oder sollte ich lieber sagen: *Ben.*« McMillan grinste von einem Ohr zum anderen.

Ben lockerte den Griff und sah Dave mit versteinerter Miene an, während er versuchte, den Sturm zu verbergen, den dessen Worte in ihm ausgelöst hatten.

»Das ist der einzige Grund, warum mein Vater nach deiner Prügelaktion keine Beschwerde eingelegt hat. Er hat sich mit einem Freund, dem CEO von *Widevisions*, darüber unterhalten. Und siehe da. Der Mann hat ihm ein paar Hintergrundinformationen gegeben, die dich betreffen. Da mein Vater Anteile an der Firma besitzt, sollte ich zwar die Klappe halten, aber ich warne dich. Treib es nicht zu weit!« Dave betrachtete seine Fingernägel. »Und jetzt verrate ich dir mein kleines Geheimnis, weil ich weiß, wie sehr es dich quälen wird, nichts damit anfangen zu können. Suri war süß. Wirklich. Erst wollte ich sie benutzen, um dir und deiner kleinen Vogelscheuche eins auszuwischen, aber dann fand ich sie wirklich ganz nett. Nur leider finde ich Synths noch abstoßender als Ratten wie dich. So wie dieser Köter der Behinderten. Den abzufackeln war echt ein Spaß. Und als diese Suri sich verraten hat, war sie fällig. *Das* war nur Sachbeschädigung. Aber du hast keine Ahnung, wozu ich noch fähig bin.«

In diesem Moment wurde die Tür zum Gang geöffnet.

Ein paar Leute in Anzügen kamen herein und eine Frau zeigte flüchtig ihren Ausweis vor. »Wir sind vom BARC. Wir führen Befragungen durch wegen der Eliminierung einer Synth. Dave McMillan, da Sie mit Suri zuletzt gesehen wurden, möchten wir Sie zuerst befragen. Und Sie sind …«

»Das ist Kayne Vermont Junior.« Dave spuckte die Worte fast aus.

Die Frau scrollte über ihr Tablet. »Sie waren mit der Synth ebenfalls befreundet, wenn ich das richtig sehe. Sie können auch gleich zum Gespräch mitkommen. Vielleicht haben Sie ja ein paar Hinweise für uns.«

Er hatte mehr als das. Er hatte ein ganzes Geständnis. Aber McMillan hatte recht.

Ben würde es niemals verwenden können.

34

EMILY

Freitag, 2. Dezember 2050

»Nimm bitte Platz.« Tante Margret deutete auf den Stuhl, der vor dem Schreibtisch stand. Emily fiel auf, dass etwas anders war. Ihre Tante legte sonst immer viel Wert darauf, absolut akkurat gekleidet und frisiert zu sein. Doch heute war ihre Bluse verrutscht, der Rock wies deutliche Knitterfalten auf, einige dunkelblonde Haarsträhnen hatten sich aus dem sonst so strengen Dutt gelöst und ihr Gesicht wirkte müde und abgespannt, als wäre sie schon seit Tagen auf den Beinen.

Emily zögerte. Am liebsten wollte sie ihre Tante umarmen. Sie war vielleicht nicht die warmherzigste Verwandte, die sie hatte. Aber sie war die einzige Familie, die zurzeit hier war. Tante Margret schien zu spüren, womit ihre Nichte haderte. Sie verschränkte die Arme vor der Brust und gab ihr damit das eindeutige Zeichen, dass sie nicht gewillt war, ihr in irgendeiner Form Trost zu spenden. Also griff Emily nach der Lehne des Stuhls, zog ihn nach hinten und setzte sich. In dem ganzen Chaos hatte sie noch nicht einmal Zeit gehabt, sich umzuziehen. Betreten nestelte sie am Tüllstoff ihres Kleides herum. Die Lämpchen waren inzwischen erloschen. »Es ist schön, dass du hier bist«, sagte sie leise.

»Ich fürchte, du bist die Einzige von uns beiden, die das so sieht. Ich bin nicht freiwillig hier, das kannst du mir glauben.«

»Warum bist du dann gekommen? Du hast doch bestimmt genügend Mitarbeiter, die diese Untersuchung für dich hätten leiten können.«

»Das ist richtig. Es ist nicht üblich, dass ich wegen einer einzelnen Synth so viel Aufwand betreibe. Aber ich kann dir versichern, dass ich weder ihret- noch deinetwegen hier bin.« Sie kam zu Emily herüber, blieb unmittelbar vor ihr stehen und sah auf sie herab. »Ich bin nur wegen deines Vaters hier. Und wegen deiner Mutter.«

»Wenn sie Angst haben, dass ich es gewesen bin, dann kann ich euch beruhigen. Ich hatte nichts damit zu tun. Suri war meine Freundin.« Emily hörte, dass ihre Stimme heiser klang. Sie wollte nicht wieder in Tränen ausbrechen. Nicht vor ihrer Tante.

»Wusstest du denn, dass sie eine Synth war?«

»Nein, das wusste ich nicht. Aber wenn, wäre ich trotzdem mit ihr befreundet gewesen. Ich hatte sie gern. Sie war wie eine Schwester für mich.«

In Tante Margrets Blick lag nicht ein Funke Verständnis. Im Gegenteil. Ihre eisblauen Augen wirkten noch kälter, als sie es sonst schon taten. »Dir ist nicht aufgefallen, dass sie sich manchmal mit dem Stromanschluss verbunden hat, der in ihren Kleiderschrank verlegt worden ist?«

Emily schüttelte den Kopf. Deswegen also war Suris Schrank abschließbar gewesen, ihrer aber nicht. Sie hatte es nicht mitbekommen sollen.

»Dann weiß ich, dass du es nicht warst. Mal abgesehen davon, dass du dich zur fraglichen Zeit draußen mit einem Jungen getroffen hast – möchtest du erfahren, warum ich mir so sicher bin?«

Emily senkte den Blick. Dann nickte sie stumm.

»Also schön.« Tante Margret holte tief Luft. »Du bist nicht in der Lage, anderen Menschen Schmerz zuzufügen.«

Es war das erste Mal in Emilys Leben, dass Tante Margret etwas Nettes über sie zu sagen hatte. Und trotzdem fühlte es sich nicht so an. Viel mehr klang es so, als wenn es nur ein weiterer Makel an Emily wäre, den man nicht ausmerzen konnte, egal, wie sehr man sich auch bemühte. Sie sah wieder zu ihrer Tante auf.

»Ich werde dir jetzt etwas zu deinem eigenen Schutz erklären. Die Umstände zwingen mich, gegen den ausdrücklichen Wunsch deiner Eltern zu handeln, weil du hier nicht länger sicher bist. Wir leben in Zeiten, in denen es Wichtigeres gibt als Befindlichkeiten. Du kennst die Gesetze der Robotik, nicht wahr? Du wärest nicht hier, wenn du es nicht tätest. Wie lautet das dritte Gesetz?«

Emily studierte die Züge ihrer Tante. Doch sie blieben verschlossen und Emily konnte nicht erkennen, warum sie diese Frage stellte.

»Also?«

»Ein Roboter muss seine eigene Existenz schützen, solange sein Handeln nicht dem ersten oder zweiten Gesetz widerspricht.«

»Gut. Wie lautet das zweite Gesetz?«

»Ein Roboter muss den Befehlen der Menschen gehorchen – es sei denn, solche Befehle stehen im Widerspruch zum ersten Gesetz.«

»Richtig. Und jetzt das erste.«

Emily schüttelte den Kopf. Wohin sollte das führen? »Ein Roboter darf keinen Menschen verletzen oder durch Untätigkeit zu Schaden kommen lassen.«

Tante Margret nickte. Sie sah Emily so durchdringend an, als erwartete sie, dass ihre Nichte von selbst auf die Zusammenhänge käme. Aber die Spur aus Brotkrumen, die ihre Tante vor ihr ausgebreitet hatte, fügte sich für Emily nur zu einem klebrigen Klumpen zusammen.

»Ich mache es dir leichter. Du wusstest nicht, dass Suri kein Mensch war. Also hättest du ihr keinen Schaden zufügen können.«

Emily starrte ihre Tante an. Sie hatte schon viele verletzende Dinge zu ihr gesagt, aber das hier war schlimmer als alles andere, das sie ihr je an den Kopf geworfen hatte. »Willst du mir etwa unterstellen, dass ich mich wie ein Roboter verhalte?«

»Ich unterstelle gar nichts, Emily. Im Moment bin ich der einzige Mensch, der dir die Wahrheit sagt.« Tante Margrets Augen waren auf Emily gerichtet, aber ihr Blick wirkte seltsam entrückt, als würde sie durch sie hindurchsehen. »Du verhältst dich nicht nur wie ein Roboter, Emily. Du *bist* ein Roboter. Eine Synth. Zumindest so etwas in der Art.«

Tante Margrets Worte trafen Emily wie eine Faust in den Magen. Die Wucht des Schlags war so gewaltig, dass sie am ganzen Leib zu zittern begann. Emily zog die Beine an den Körper, als wenn sie sich damit vor weiteren Angriffen schützen könnte. »Warum sagst du so etwas?«, wisperte sie. »Was habe ich dir bloß getan?«

»Du hast mir nichts getan, Schätzchen. Ich sage das, weil es *wahr* ist.«

So, wie ihre Tante aussah, mit ihrem kühlen Blick und dem entschlossen zusammengekniffenen Mund, schien sie wirklich an das zu glauben, was sie von sich gab. Emily versuchte, ihrer Tante mit Fakten zu begegnen: »Ich wurde mit einem Gewicht von 1443 Gramm im St. Thomas' Hospital geboren. Sieben Wochen vor dem eigentlichen Entbindungstermin.«

»Du wurdest in einer sibirischen Manufaktur zusammengesetzt, die sich auf Wetware spezialisiert hatte, eine Verbindung von Hardware, Software und Biologie.«

»Ich war bei meiner Geburt so klein, dass ich in die Hand meines Vaters passte …«

»Du warst 1 Meter 15 groß, als wir dich fanden. Eines

von drei kindlichen Synth-Modellen, die wir bei einer Razzia konfiszierten. Unregistriert, ohne jegliche Kennzeichnung, vollkommen naturgetreu, da für den Körper organisches Material verwendet wurde. Du hast Knochen, einen Blutkreislauf, ein Verdauungssystem, menschliche Haut, einzigartige Fingerabdrücke. Dein Herz sieht auf jedem Untersuchungsbild wie das eines Menschen aus. Es schlägt sogar, ebenso wie du ein nachgebildetes Gehirn hast, an dem man Strömungen messen kann. Aber wenn man dich sezieren würde, würde man sie finden – die gut kaschierten Schaltkreise, den Prozessor, die Miniatur-Kollektoren in deiner Kopfhaut, den Akku, der durch UV-Licht gespeist wird.«

Ihr Bedürfnis nach Sonne. Das Licht in der Halle des Ceres, das ihr so gutgetan hatte. Wusste Tante Margret so genau Bescheid über Emilys Schwächen, dass sie sie jetzt in ihre Argumentation einbaute?

»Ich bin allein im letzten Jahr zwölf Zentimeter gewachsen. Dad sagt, dass ich eines Tages größer sein werde als er und das trotz meiner Knochenkrankheit, wegen der ich immer wieder ins Krankenhaus muss.«

»Denkst du wirklich, sie hätten dich hier an der Arcadia angenommen, wenn du eine Knochenkrankheit hättest? Du hast noch nie ein Krankenhaus von innen gesehen! Es war immer ein Hinterzimmer in der Reparaturklitsche deines Vaters, das sie wie ein Krankenzimmer herrichteten, falls sie dich doch einmal wecken mussten, um einen Funktionstest zu machen. Kleinere Eingriffe, wie dein

Gesicht zu modellieren, das konnte er nachts bei euch zu Hause erledigen. Er ging dabei so behutsam vor, dass dir die Änderungen am nächsten Morgen nicht auffielen. Nägel und Haare wachsen durch die Präparate, die er dir wegen deiner angeblichen Krankheit gibt. Aber das Vergrößern war ein aufwendigeres Prozedere, für das er und ein paar befreundete Kollegen mehrere Wochen brauchten. Immer wenn du im ›Krankenhaus‹ warst, spielten sie dir Updates auf, bauten neue, technische Entwicklungen ein, die deinen Körper noch lebensechter machten. Sie streckten jeden Knochen mit einer verhärtenden Substanz, verlängerten die Arterien, überzogen dich mit gezüchteter Haut. Nur Gott allein weiß, wie vielen Verbrechern dein Vater jetzt einen Gefallen schuldet und was er tun musste, um an die Materialien zu gelangen. Wir haben ihm alles Geld gegeben, das wir entbehren konnten – aber selbst das hätte für all das beinahe nicht gereicht.«

Emily keuchte. Tante Margret musste wahnsinnig geworden sein.

»Wenn das alles stimmen würde, dann wäre ich ja immer schubweise um mehrere Zentimeter gewachsen. Aber meine Klamotten haben mir immer noch gepasst, wenn ich aus dem Krankenhaus kam.«

»Weil deine Mutter dafür sorgte, alles in mehreren Größen zu kaufen. Während du in der Werkstatt warst, tauschten sie deine Sachen aus und trennten die Größenetiketten heraus, damit es dir nicht auffiel. Dann ließen sie dich wochenlang an Krücken laufen, damit dir das Gefühl für deine Körpermaße verloren ging. Und wenn du dann wieder normal gehen konntest, hattest du dich schon längst an deine neue Größe gewöhnt.«

Emily wiegte sich auf dem Stuhl vor und zurück. »Ich habe Gefühle. Ich habe Erinnerungen an meine früheste Kindheit. Mum hat mir das Klavierspielen beigebracht …«

»Es sind eingepflanzte Erinnerungen, computeranimierte Simulationen und Videos mit Aufnahmen der echten Emily!«

Das war doch die Höhe! Jetzt konnte sie nicht mehr an sich halten. Sie sprang vom Stuhl auf und schrie ihrer Tante ins Gesicht: »Schwachsinn! Das ist alles Schwachsinn! Ich *bin* die echte Emily!«

»Nein, das bist du nicht.« Ein Schatten legte sich über Tante Margrets Züge. »Es ist wahr, deine Mutter hat am 15.09.2035 im St. Thomas Hospital eine Tochter geboren. Ein wunderhübsches Mädchen, das auf den Namen Emily getauft wurde. Deine Eltern waren überglücklich und auch wir hatten sie sofort ins Herz geschlossen. Sie wuchs heran, wurde der Stolz der ganzen Familie. Doch mit fünf Jahren wurde bei ihr eine seltene Krankheit diagnostiziert und ihre Knochen begannen, sich zurückzubilden. Emily erlag zwei Tage nach ihrem sechsten Geburtstag der Krankheit. Ich muss dir nicht erzählen, wie sehr ihr Tod die ganze Familie belastet hat. Mein Bruder flüchtete sich in den Alkohol, so exzessiv, dass er im Entzug landete. Das alles war ein großer Schock für uns, wir waren am Boden zerstört. Auch wenn ich es nicht offen zeige, mein Bruder bedeutet mir alles. Oma Elsbeths Ehepartner waren nicht immer gut zu uns und dein Vater war in meiner Kindheit mein Fels in der Brandung, er gab mir Halt und beschützte mich. Ich schulde ihm so viel und würde mir nie verzeihen, wenn ihm etwas geschieht. Als dann auch noch Rebecca versuchte, sich das Leben zu nehmen, war der Punkt erreicht, an dem ich ins Spiel kam. Statt ihnen eine Trauerbewältigung anzuraten, erzählte ich ihnen von den Synths, die wir bei einer Razzia gefunden hatten. Ich stellte dich ihnen illegalerweise zur Verfügung. Ließ meine Kontakte spielen, um Emilys Tod aus den Akten verschwinden zu lassen. Eine Entscheidung, die ich bis heute bereue, weil ich das Leid deiner Eltern damit wahrscheinlich nur verlängert habe.«

Hör auf damit, hör endlich auf mit deinen Lügen!

Emily war inzwischen so wütend, dass ihr heiße Tränen über die Wange rannen. Sie ballte ihre Hände zu Fäusten, doch ihre Tante verzog noch immer keine Miene. »Nur zu. Wenn du mir nicht glaubst und denkst, dass ich die Unwahrheit spreche, dann schlag mich.«

»Was?«

»Schlag mich. Beweis mir, dass du ein Mensch bist.«

»Gut! Aber danach wirst du nie wieder so furchtbare Dinge sagen!«

»Wenn es dir gelingt, werde ich nie wieder behaupten, dass du eine Synth bist.«

Emily holte mit der flachen Hand aus und zielte auf Tante Margrets Wange. Doch sowohl das Gefühl als auch das Geräusch, das sie von all den Zweifeln und Behauptungen befreit hätte, blieb aus. Einen Zentimeter vor dem Gesicht ihrer Tante verharrte ihre Hand wie gelähmt. In ihrer Verzweiflung nahm Emily die andere Hand zu Hilfe, doch so sehr sie es auch versuchte, ihre Finger versagten ihr den Dienst. Emily taumelte zurück, stolperte gegen den Stuhl und sackte zu Boden.

Nein. Nein. Nein! Das kann nicht wahr sein!

»Dein Vater hat das zweite Gesetz bei dir ausgehebelt, damit du nicht auffällst und Befehle verweigern kannst, das dritte fiel damit ebenfalls weg. Stattdessen hat er bei dir den Hilfsmodus verstärkt, der im ersten Gesetz zum Tragen kommt. Dieses Gesetz auszuschalten hat selbst dein Vater sich nicht getraut. Ich wette, du hast hier auch ein paar Persönlichkeiten an der Academy gefunden, zu denen du dich hingezogen fühlst, weil sie dir innerlich kaputt erschienen. Womöglich auch der Junge, den du heute Nacht geküsst hast?«

Emily kauerte sich zusammen. *Ihr Leben.* Der ganze Sinn ihres Daseins. Alles fiel auf einen Schlag in sich zusammen. Sie hatte keine Eltern. Keine Schwester. Sie war nichts weiter als ein wandelnder Haufen organischen Materials mit Erinnerungen, die nicht mal ihre eigenen waren. Deswegen hatte Tante Margret nie Zuneigung für sie empfunden. Deswegen war sie bis zu diesem Jahr nie bei einem von Emilys »Geburtstagen« gewesen, die ihr jetzt wie purer Hohn erschienen.

»Wir haben alle viel riskiert für dich. Ich habe deinem

Vater sogar den Intelligenztest für die Aufnahme beschafft, damit er deine Blockade entsprechend einrichten konnte. Leider muss sie während des praktischen Stipendiumstests von jemandem kompromittiert worden sein.«

Eine Blockade. Natürlich.

Darum war der Mann, den Emily *Dad* nannte, sich auch so sicher gewesen, dass sie es nicht auf die Arcadia schaffen würde. Er hatte ihre Gehirnleistung manipuliert, damit sie den Test nicht bestehen konnte. Er hatte es selbst gesagt. Etwas war im Testzentrum geschehen, das er nicht vorhergesehen hatte. Sie erinnerte sich an den Moment, als der erste Roboter sie am Kopf gepackt hatte. Die durchdringende Hitze, die jetzt ganz andere Rückschlüsse zuließ. Wahrscheinlich hatte er ihre Daten ausgelesen. Und als sie am Neuralhelm angeschlossen gewesen und ihr wieder so heiß geworden war, musste sich jemand in ihren Prozessor gehackt und die Blockade zumindest teilweise gelöst haben. Das konnte nur jemand aus der Academy gewesen sein. »Aber warum sollte das jemand tun?«, entfuhr es Emily mit schwacher Stimme.

»Ich weiß es nicht. Doch ich habe Chase im Verdacht. Er muss irgendwie erfahren haben, was ich damals getan habe. Anders lässt sich seine Bereitschaft, mir den Test zugänglich zu machen, nicht erklären. Gott weiß, was er sich von einem experimentellen Synth wie dir verspricht, aber er hat sich noch nie um Regeln geschert, wenn es seinen Zielen diente. Er hat vermutlich etwas mit dir vor, aber ich weiß nicht, was. Und deswegen rate ich dir, die Sache jetzt und hier zu beenden. Die Gefahr, erkannt zu werden, ist zu groß. Ich denke zudem, dass Careys Algorithmus etwas Synthetisches in dir entdeckt hat, deswegen wurde dir ausgerechnet Suri zugeteilt. Sie ist Academy-Eigentum gewesen und man wollte wohl sehen, ob man eine Synth unter die Schüler mischen könnte. Dieser verdammte Chase mit seinen Experimenten.«

»Du hast also Angst, dass ich dich auffliegen lasse, wenn jemand erfährt, wer … was ich bin«, stellte Emily mit tränenerstickter Stimme fest. »Nur deswegen bist du hier.«

»Um *mich* geht es doch nicht. Ich weiß meine Spuren zu verwischen. Ich habe Kontakte.« Tante Margret kam auf Emily zu und hockte sich hin. »Es geht darum, dass hier ein Synth-Mörder frei herumläuft und der Schulleiter ein Spiel spielt, dessen Zweck wir nicht kennen. Und ich habe keine Ahnung, wie deine Eltern es verkraften würden, ihre Tochter ein zweites Mal zu verlieren. Ich werde dich nicht zwingen, nach Hause zu gehen. Dazu habe ich kein Recht. Du musst es selbst entscheiden. Aber ich rate dir: Kehr zu den Menschen zurück, die dich vermissen. Geh zu denen zurück, die dich bedingungslos lieben und die für dich so viele Opfer gebracht haben. Beende deine Selbstfindung – jetzt wo du weißt, was du bist. Tu es – für sie.«

Und dann tat Tante Margret etwas, das Emily endgültig erkennen ließ, dass sie die reine Wahrheit sagte: Sie nahm sie in den Arm und hielt sie fest.

Da wusste Emily es.

Mein Leben ist eine Lüge.

35

BEN

Samstag, 3. Dezember 2050

Es war weit nach Mitternacht. Die Befragung hatte ewig gedauert, da er aber nicht unter Verdacht stand, durfte sich Ben inzwischen wieder frei über das Gelände bewegen. Er hatte die ganze Academy nach Emily abgesucht. Er hatte sich sogar mit dem Oktopass und Macs Hilfe Zutritt zu ihrem Zimmer verschafft, indem er behauptet hatte, sich dort neue Informationen über den Emotrax zu erhoffen. Aber Emily war nicht da gewesen, ebenso wenig wie in der Bibliothek, wohin sie sich manchmal flüchtete, wenn sie traurig war. Jetzt trat Ben nach draußen. Es schneite stärker als zuvor, der Wind blies ihm schneidend ins Gesicht. Fröstelnd kuschelte er sich in seine Jacke.

Vielleicht sollte er den Fußspuren folgen. Die dicken Schneeflocken bedeckten den gesamten Boden, also mussten die Spuren, die noch sichtbar waren, frisch sein. Einige von ihnen führten über das gesamte Plateau hinüber zu den schneebedeckten Felsen Hirtas. Die halbkreisförmigen Sohlenabdrücke, gepaart mit den schmalen Absätzen, wiesen darauf hin, dass es wahrscheinlich ein Mädchen gewesen war, das sie hinterlassen hatte. Er folgte den Spuren. Die weiten Abstände zwischen den Schritten sprachen dafür, dass die Person gerannt war, was mit hohen Absätzen im rutschigen Schnee beschwerlich gewesen sein musste, und tatsächlich fand Ben wenig später ein paar schwarze Pumps mit silbernen Schleifen, die in der Nähe einer Steinmauer auf dem Boden lagen. Die Spuren von nackten Füßen führten von dem Ort weg.

Panik machte sich in ihm breit. »Emily!«, schrie er. »Emily!« Doch er bekam keine Antwort. Die dumpfe Stille einer Schneelandschaft hatte sich über die ganze Insel gelegt. Er rannte den Abdrücken nach. Was in aller Welt hatte sie dazu getrieben, barfuß durch die Eiseskälte zu laufen? Das war reiner Selbstmord!

Ben lief weiter und weiter. Das Stechen in seiner Seite ignorierte er, denn er musste sie finden und sich vergewissern, dass es ihr gut ging. Bald näherte er sich dem Rand der Klippen. Hier war es deutlich windiger. Ben hörte das Peitschen des Meeres, während er sich mit dem ganzen Körper gegen den Wind stemmte und den beißenden Schnee ignorierte, der ihm ins Gesicht schnitt. Schützend hob er den Arm vor die Stirn und versuchte, in dem Sturm etwas zu erkennen, als er plötzlich einen Schemen wahrnahm, der sich vom Weiß des Bodens abhob. Er schaltete sein Vision-Q ein und aktivierte die Taschenlampenfunktion. Der Lichtkegel fiel auf den dunklen Tüllstoff. Er flatterte im Wind und bedeckte einen regungslosen Körper. Emilys nackte Füße und Fesseln, die darunter hervorschauten, waren kalkweiß und vom Schnee kaum noch zu unterscheiden. Alles in ihm zog sich zusammen, als er auf sie zueilte und sie vorsichtig zu sich herumdrehte. Er fand keinen Puls. Zitternd hielt er seine Wange an ihre Lippen. Emilys Atem flatterte unregelmäßig und schwach gegen seine Haut.

»Emily!«

Ben zog seine Jacke aus, warf sie ihr über und wickelte sie darin ein. Seine gesamten Empfindungen waren taub, er spürte nichts mehr, keine Kälte, keinen Wind. Es gab nichts außer die Sorge um sie, die sich wie ein eiserner Reif um seinen Brustkorb legte und ihn schwer atmen ließ. Mit den Fingern strich er ihr die Haare aus dem bleichen Gesicht.

»Ich hole Hilfe«, sagte er und suchte auf seinem Vision-Q den Notruf, als Emily die Lippen öffnete: »Nicht. Sie können mir nicht helfen.«

»Warum?«

Sie war wieder verstummt. Verzweifelt zog er ihren Oberkörper zu sich hoch, schüttelte sie an den Schultern, doch ihrem Körper fehlte jegliche Spannung und Emilys Kopf schlingerte widerstandslos hin und her. »Rede mit mir!«, schrie er.

Träge öffnete sie ihre Augen. Dann begann sie zu sprechen, so leise, dass der Wind ihre Worte fast verschluckte. Ben hielt sie im Arm und legte seine Wange an ihre, um sie besser verstehen zu können. Er spürte die Feuchtigkeit von Tränen auf der Haut und es waren nicht nur ihre. Stockend erzählte Emily von ihrer Tante und was sie gesagt hatte. Und während Ben anfangs noch vollkommen ungläubig zuhörte, traf ihn am Ende der Erzählung jedes Wort mitten ins Herz, riss Stücke davon heraus und ließ eine klaffende Wunde zurück.

Das kann nicht sein.

Er schüttelte den Kopf, als würde es ihre Worte weniger wahr machen, als könnte er sie damit loswerden und einfach vergessen. Das war die Strafe für seinen Hass auf Synths. Das Schicksal hatte ihn vorgeführt.

Emily ist eine Synth.

Sie war lebensecht. Aber nicht lebendig. Ihre Liebe war nur eine Simulation, ein Gefühl, das jemand in sie einprogrammiert hatte, auf der Basis seiner eigenen Erfahrungen.

Das durfte nicht wahr sein.

Ben ließ Emily zurück in den Schnee gleiten und rutschte von ihr weg.

»Es tut mir leid«, flüsterte sie. »Ich habe es wirklich nicht gewusst. Entschuldige. Lass mich einfach hier.«

Er ahnte, was sie damit meinte. Sie würde ihren Energiespeicher so weit leerlaufen lassen, dass ihr Modul beschädigt wurde. In der Kälte würde das ganz schnell gehen.

Wie betäubt richtete er sich auf und blickte auf sie herab. Das fade Licht der Taschenlampe ließ sie bereits wie tot wirken. Wobei sie das ja schon immer gewesen war. Synths lebten nicht. Der Gedanke erschreckte ihn.

Wie hatte er Gefühle entwickeln können, für jemanden … etwas, das nicht echt war? Ben griff mechanisch nach seiner Jacke und richtete sich auf.

Emily sah ihn an. Es lag kein Vorwurf in ihrem Blick, nur Traurigkeit. Auch wenn Ben sich einredete, dass sie einfach nur gut programmiert worden war, so ertrug er ihren Anblick nicht. Er wandte sich gerade von ihr ab, als sie sagte: »Danke, Kayne. Dafür, dass du mir eine Chance gegeben hast.«

Ben erinnerte sich daran, dass Emily *ihm* eine zweite Chance gegeben hatte, nachdem er ein Idiot gewesen war. Und genau jetzt war er im Begriff, wieder einer zu sein – nur dass sie ihm nicht noch einmal vergeben konnte, weil sie dann fort sein würde.

Emily war schon immer menschlicher gewesen als er selbst, als jeder Mensch, den er je kennengelernt hatte. *Aber ich hasse Synths mehr als alles andere auf der Welt. Ich hasse Synths mehr als alles andere auf der Welt!*

Es drohte ihn zu zerreißen. Er ging noch ein paar Schritte weiter. Doch dann kehrte er zu Emily zurück. Er warf sich neben sie in den Schnee und strich über ihr Gesicht. Sie fühlte sich an wie ein Mensch, redete wie ein Mensch und litt so offensichtlich wie ein Mensch. Es war zu spät. Er konnte gegen seine Gefühle nichts ausrichten. So sehr sein Verstand auch sagte, dass er sie ihrem selbst gewählten Schicksal überlassen sollte, wenn er nicht noch mehr Schwierigkeiten wollte – sein verräterisches Herz spielte einfach nicht mit. Liebe besaß wohl die Macht, alle festen Wahrheiten umzuwerfen, und sie erlaubte nicht, dass er tatenlos dabei zusah, wie Emily sich selbst vernichtete. Sie war das Einzige, was in seinem Leben jemals wirklich gut gewesen war.

»Ich lasse das nicht zu. Hörst du?«

Wieder wickelte er sie in seine Jacke ein und hob sie hoch. Dann trug er sie zu den Gebäuden der Academy zurück. Er wusste genau, wohin er jetzt musste.

Obwohl sie nicht viel wog, war der Weg weit. Als sie das Gebäude der Minerva passierten, biss Ben die Zähne zusammen. Er blickte auf den stillen Körper in seinen Armen. Der Geruch von Schnee vermengte sich mit dem zarten Duft von Maiglöckchen, den er bis zu seinem Lebensende mit ihr verbinden würde. Genauso wie er nie vergessen könnte, wie sich Emilys Mund verzog, wenn er es mal wieder geschafft hatte, sie zum Lächeln zu bringen. Oder die seidige Wärme ihrer Lippen, wenn sie sich küssten. Der Sturm an Gefühlen, die sie in ihm auslöste.

Seine eigenen Worte kamen ihm in den Sinn. *Suri ist vielleicht nicht reparierbar, aber zumindest ersetzbar.* Er hatte völlig falschgelegen. Emily war nicht ersetzbar. Nicht für ihn.

»Bitte lass mich nicht allein«, flüsterte er, während er in den Windschatten des vor ihnen liegenden Gebäudes trat und vorsichtig Emilys Füße herunterließ. Er hielt mit einer Hand ihr Gewicht, mit der anderen zog er den Oktopass aus der Tasche und verband ihn mit dem Screen am Eingang. Dann holte er das Ohrinlay hervor, aktivierte es und setzte es sich ein.

»Zeus? Ich brauche ein letztes Mal für heute deine Hilfe.«

»Mann, du weißt doch, dass du das Ding nicht einfach an- und ausschalten kannst, wie du magst. Ich kriege hier echte Schwierigkeiten …«

»Du musst mir die Tür zur Sonnenhalle öffnen.«

»Wozu? Was denkst du, was da drin sein könnte?«

»Hilfe. Für meine Freundin.«

»Bist du irre? Wir sollten so was nicht machen, wenn es keinen triftigen Grund gibt! Denkst du, es ist so einfach, deine Spuren zu verwischen?«

»Bitte, Zeus. Es gibt einen triftigen Grund. Eigentlich den besten. Oder hast du noch nie jemanden so geliebt, dass du für ihn alles riskiert hättest?«

»Nein.«

»Ich auch nicht. Bis heute.«

»Scheiße! Oh, verdammte Scheiße! War ja klar, dass sich ein Kid wie du bei der erstbesten Gelegenheit verknallt. Bist du bescheuert?« Es wurde still auf der anderen Seite der Leitung.

»Komm schon, du schuldest mir was! Ich hab die Bilder geliefert, obwohl du unfähig warst, den richtigen Code für den Safe zu finden.«

Ben hielt den Atem an. Sein Arm sackte weiter nach unten, während ihn die Hoffnung verließ. Er würde sie nicht retten können. Nicht, ohne Hilfe aus der Academy zu holen und ihre wahre Identität preiszugeben.

Es knackte in seinem Ohr. »Also schön. Ich hab ihn.«

Bens Atem stockte. Er wählte auf seinem Vision-Q das Zugangsprogramm an und ein holografischer Schlüssel erschien. Erleichtert atmete er aus.

»Vielen Dank, Mann, ich danke dir. Ehrlich.« Ben öffnete die Tür und trat in die Kammer. Wärme schlug ihm entgegen. Die Notbeleuchtung half ihm, Emily sicher in die Mitte des Raumes zu tragen und sie dort auf einer Rasenfläche abzulegen. Dann schaltete Ben wieder die Taschenlampenfunktion an und ging zu der Stelle hinüber, an der das Schaltpult stand.

»Ares? Was hast du denn vor, wenn ich fragen darf?« Aus Macs Stimme waren die Zweifel herauszuhören. Er bedauerte es sicher jetzt schon, Ben geholfen zu haben.

»Ich werde das Sonnenlicht einschalten.«

»Bist du irre? Das ist wie ein Leuchtfeuer, das man noch auf dem Neptun sehen kann. Alle werden es mitkriegen. Du wirst so was von auffliegen! *Wir* werden auffliegen!«

Ben blieb vor dem Pult stehen. »Das ist es mir wert«, sagte er. Dann betätigte er den Hebel.

»*Fuck!* Du verdammter …«, schrie Mac, als Ben das Ohrinlay herausnahm, um sich die weiteren Flüche und wüsten Beschimpfungen nicht anhören zu müssen. Sollten doch alle das Licht bemerken. Sollten sie doch kommen und ihn fragen, wie er hier reingelangt war. Ihr Ende konnte Emily jedenfalls vergessen. Sie würde nicht sterben. Nicht heute. Nicht hier in seinen Armen.

Er fing das Licht mit den Kollektoren auf und richtete die Finger der Statue auf die Mitte des Raumes, wo Emily lag. Dann trat er zu ihr. Er konnte dabei zusehen, wie die Farbe in ihre Haut zurückkehrte. Der Brustkorb begann sich wieder regelmäßig zu heben und zu senken und ihre Augenlider flatterten. Als sie sie endlich aufschlug, kniete Ben sich neben sie.

Langsam richtete Emily sich auf. Dabei ließ sie Ben nicht aus den Augen. »Warum hast du das getan?«, flüsterte sie matt.

»Als ich dich da liegen sah, ist mir fast das Herz stehen geblieben. Ich hab noch nie in meinem Leben solche Angst gefühlt. Es ist mir egal, was du bist, weil ich weiß, was ich fühle. Sag mir nur, dass es dir ebenso geht. Es kommt mir nämlich absolut echt vor. Ist es echt?«

Sie nickte. »Meine Gefühle sind echt.«

»Das ist alles, was ich wissen muss.« Er zog sie an sich, hielt sie fest und drückte seine Lippen an ihr Haar. »Wir werden das gemeinsam schaffen. Ich kann ja verstehen, dass das heute alles ein bisschen viel für dich war. Aber mach bitte nie wieder so einen Scheiß.«

Eine Zeit lang saßen sie einfach nur so da und er wiegte sie hin und her.

»Wie bist du eigentlich hier reingekommen?«, fragte Emily, ihre Stimme klang noch immer belegt.

»Dafür muss ich mir tatsächlich noch eine gute Ausrede einfallen lassen.«

»Nein, das musst du nicht«, sagte sie, schaltete ihr Vision-Q ein und zeigte ihm einen holografischen Schlüssel, der dem, den er selbst benutzt hatte, verdächtig ähnlich sah. »Ich habe ihn schon vor einiger Zeit bekommen. Ich sollte hierherkommen, wenn ich mich energielos fühle und die Akkus auftanken will. Ich verstehe leider jetzt erst, was damit gemeint war.«

Ben grinste. »Da dachte ich, ich rette dich, und jetzt ist es wieder andersrum«, sagte er.

»Wir retten uns gegenseitig. Du hast viele Geheimnisse, Kayne Vermont Junior. Aber ich werde dich nicht danach fragen. Du wirst sie mir verraten, wenn du so weit bist.«

»Das werde ich.« Ben konnte nicht anders, als Emily zu küssen. Sie lebte. Sie fühlte. Das war alles, was zählte. Und dass er sie liebte. Egal, was sie war.

36

EMILY

Freitag, 16. Dezember 2050

Tante Margret war vor einer Woche abgereist. Ohne Emily und ohne einen Schuldigen, denn den hatten sie trotz ihrer Ermittlungen nicht gefunden. Der Versuch ihrer Tante, die Untersuchungen auszudehnen, war fehlgeschlagen. Als Professor Chase mitbekommen hatte, dass sie Emily dringend zur Heimkehr bewegen wollte, hatte er den Aufenthalt von ihr und ihrem Team verkürzt und sich sogar an Tante Margrets Chef gewandt, um ihm klarzumachen, dass der finanzielle Aufwand des Einsatzes in keinem Verhältnis zum Verlust einer Synth stand. Jetzt lag die Aufgabe beim schulinternen Sicherheitsteam und Emily musste mit dem Wissen, dass sich immer noch ein Mörder unter ihnen befand, irgendwie klarkommen und darauf hoffen, dass Chase' Leute schnell Erfolg hatten.

Ab Montag standen die Zwischenprüfungen an und

die Schüler bekamen die letzte Gelegenheit, ihre Familien zu sprechen, bevor einige von ihnen für die Weihnachtsferien eingeflogen wurden. Und es war das erste Mal, dass Emily mit ihren Eltern sprach, seitdem sie die ganze Wahrheit wusste. Alle Telefonate zuvor hatte sie abgesagt.

»Hallo, Mily, mein Schatz. Wie geht es dir?« Ihr Vater klang vorsichtig.

»Den Umständen entsprechend«, antwortete Emily.

Da sie abgehört wurde, konnte sie keinen einzigen der Vorwürfe loswerden, die in ihrem Kopf herumspukten, egal, wie sehr sie darauf brannten, ausgesprochen zu werden.

Sind sie denn überhaupt meine Eltern? Gibt es auch nur ein Wort auf dieser Welt, das unsere Beziehung widerspiegelt? Sind sie nicht viel eher meine Besitzer?

Was hätte sie dafür gegeben, alles wieder rückgängig machen zu können, von alledem nichts zu wissen. Die Liebe und Wärme, die sie von ihren Eltern erfahren hatte, hatten nie ihr selbst gegolten, sondern immer einem Mädchen, das vor Jahren gestorben war.

»Suri ist tot«, sagte Emily.

»Ich hab es schon von Margret gehört.«

»Es hat nicht einmal eine Beerdigung oder Trauerfeier gegeben, weil sich herausstellte, dass sie nur eine Synth war. Sie wurde verschrottet. So etwas wird mit Robotern nämlich gemacht.«

Ihr Vater entgegnete nichts. Stumme Geständnisse lagen in seinem Schweigen.

»Es tut mir wahnsinnig leid, Schatz. Das … das alles tut mir wirklich schrecklich leid. Ich kann dir gar nicht sagen, wie sehr.« Die Stimme ihres Vaters brach.

Bevor Emily etwas entgegnen konnte, hörte sie den warmen Klang ihrer Mutter: »Mein Liebling. Ich weiß, dass du in den letzten Tagen eine Menge durchgemacht hast. Aber ich will, dass du weißt, dass wir dich über alles lieben. Wir sind deine Familie und vermissen dich ganz schrecklich. Ich mache mir große Sorgen um dich. Bitte komm nach Hause.«

»Nein.« Emily verstand, warum sie Angst um sie hatten. Aber noch war sie nicht aufgeflogen. Nur falls jemand anderes ihre wahre Identität herausfand und sie dadurch zur Zielscheibe des Synth-Mörders werden könnte, würde sie nach Hause zurückkehren.

»Dann lass uns wenigstens über Weihnachten zu dir kommen.«

»Ich möchte das lieber nicht. Ich brauche Zeit. Und ihr habt auch gar nicht das Geld dafür.«

»Wir finden einen Weg, es zu beschaffen. Bitte stoß uns jetzt nicht von dir. Gib uns eine Chance, das alles wiedergutzumachen. Diese ganze … Situation ist schwierig …«

Der Mann von der Security, der das Gespräch im Nebenzimmer abhörte und sie durch die Scheibe sehen konnte, blickte auf.

Emily hatte das Gefühl, dass sie zum Ende kommen musste, bevor ihre Mutter in ihrer Verzweiflung doch etwas aussprach, das sie verraten würde.

»Ich lege jetzt auf«, sagte sie mit dem letzten Rest Selbstbeherrschung, den sie noch aufbringen konnte. Egal wie sauer sie auf ihre Eltern war, es schmerzte, dass sie so furchtbar traurig waren. »Grüßt Anne von mir.«

»Nein, bitte leg jetzt nicht auf, wir befürchten, dass …«

Emily drückte auf den Knopf, der das Gespräch beendete. Immer noch spürte sie den Blick des Security-Mannes auf sich, also wischte sie sich mit dem Ärmel die Tränen aus dem Gesicht und kehrte anschließend auf ihr Zimmer zurück. Sie würde das jetzt alles vergessen und für die Zwischenprüfungen lernen. Sie musste an der Arcadia bleiben. Nicht nur, weil sie sich vor ihrem Zuhause fürchtete, vor den Gesprächen und den Verletzungen, die dadurch entstehen würden, sondern auch, weil sie nur hier etwas für die Welt bewirken konnte. An diesem Ort fühlte sie sich selbstbestimmt, in der Lage, sich frei zu entfalten, ohne dass die Thornes sie zu dem machten, was sie sich für ihre eigene Tochter vorgestellt hatten.

Und dann gab es noch Kayne. Völlig egal, ob der von Tante Margret genannte Hilfsmodus dafür sorgte, dass sie sich zu ihm hingezogen fühlte, dass er vielleicht hinter seiner tadellosen Fassade Schwächen, Verletzungen und Geheimnisse verbarg, von denen sie keine Ahnung hatte. Was sie aber ganz sicher wusste, war, dass sie sich nur in seiner Nähe wie ein richtiger Mensch fühlte, der atmete, liebte und Träume hatte.

Auch ihn wollte sie auf keinen Fall verlassen.

37

BEN

Sonntag, 18. Dezember 2050

»Ach Mann!« Es war bereits die dritte Runde, die Ben im Hoverboarden verlor, und das, obwohl er sich wirklich angestrengt hatte. Schließlich hatte Emily ihn darum gebeten, sie nicht mit Samthandschuhen anzufassen. Aber das musste er auch gar nicht – er hatte immer noch nicht den Hauch einer Chance gegen sie.

Niedergeschlagen zuckelte er ins Ziel, senkte sein Hoverboard und löste mit einem Knopfdruck die Sicherungen.

»Hast du keine Lust mehr? Du bist doch hoffentlich kein schlechter Verlierer?«

»Wir sollten lieber im Team antreten. Ich bin tatsächlich lieber auf der Gewinnerseite.«

Lächelnd schnallte sich Emily ebenfalls das Hoverboard ab. »Danke.« Sie nahm das Brett und ging auf ihn zu.

»Wofür?«

»Dafür, dass du mich gewinnen lässt und mir trotzdem das Gefühl gibst, dass es nicht so wäre.«

»Hey! Ich habe wirklich versucht zu gewinnen, aber …«

Sie küsste ihn auf die Wange.

»Also in dem Fall habe ich natürlich absichtlich verloren und mich gern für dich geopfert. Dreimal, wenn ich dich daran erinnern darf! Da fehlt also noch was …«

Er deutete zweimal auf seine Wange, aber Emily ging schon voraus, um ihr Board abzugeben.

»Ich sollte zurück an den Schreibtisch«, sagte sie.

»Moment. Das war anders abgesprochen. Zwei Stunden Auszeit, hatten wir gesagt. Und jetzt ist gerade mal eine um.«

Seit Suri weg war, hatte Emily kaum noch etwas anderes getan, als sich ins Lernen zu stürzen. Also sah Ben es als seine Pflicht, sie ab und zu mal auf andere Gedanken zu bringen. Es tat ihr nicht gut, sich die ganze Zeit auf dem Zimmer zu verkriechen. Er hatte sie beim Lernen beobachtet und gesehen, wie ihr Blick immer wieder zu dem Bett geglitten war, in dem ihre beste Freundin geschlafen hatte. Auch wenn manchmal der Gedanke in sein Bewusstsein zurückkehrte, was Emily in Wirklichkeit war, konnte er doch nichts anderes als den Menschen in ihr sehen. Sie litt die gleichen Qualen, und die Umgebung und das Alleinsein waren Gift für sie. Deshalb musste er versuchen, sie dort herauszulocken.

Andererseits fühlte sich Emily in Gesellschaft nicht

mehr wohl. Vielleicht bemerkte es außer ihm niemand, aber er spürte Emilys Panik, die Blicke, mit denen sie möglichst unauffällig jeden Raum prüfte, bevor sie eintrat. Wie gern hätte er ihr die Angst vor dem Synth-Mörder genommen, aber noch war ihm keine Idee gekommen, wie er Dave McMillan außer Gefecht setzen konnte, ohne sich selbst aus dem Rennen zu nehmen. Ihm würde bestimmt noch etwas einfallen. Ihm *musste* etwas einfallen, denn er wollte nicht, dass Emily ihr Leben in Angst verbrachte. Und ganz sicher wollte er sie nicht verlieren.

»Eine Stunde noch in der Arena. Und dann gehen wir in den Fokusraum, okay?«

Emily zögerte.

»Och, komm schon. Ich wollte dir doch unbedingt noch die Wasserkanone von meinem RoboPet zeigen. Sie lässt sich zwar nur einmal abfeuern, aber ich verspreche dir, es ist die Verlängerung der Pause wert!«

Emily nickte. »Na gut. Aber wirklich nur eine Stunde, ja?«

Sie gingen zur Arena hinüber, die nicht weit vom Hoverboard-Feld entfernt lag. Am Eingang der Halle befand sich die Werkstatt, in der ein paar Leute an ihren RoboPets herumschraubten, während Emily und Ben schon funktionstüchtige Modelle besaßen, die sie sich herausgeben ließen. Sie koppelten sie mit ihren Vision-Qs und trugen sie zum Ring hinüber, in dem die Kämpfe stattfanden.

Emily hatte sich einen Drachen zusammengeschraubt.

Fliegende RoboPets gab es seltener, da sie sich schwerer konstruieren ließen, und Ben hatte neben ihrem bislang nur ein weiteres gesehen. Er selbst hatte sich für ein schlichteres Design entschieden.

Zugegeben, sein Pet war etwas aus der Form geraten, stand dafür aber stabil und die meisten Techniken, die die anderen im Kampf anwendeten, prallten einfach an ihm ab. In Anbetracht der Tatsache, dass Ben bis zum Training bei *Widevisions* noch nie etwas selbst zusammengebaut hatte, machte es ihn ein bisschen stolz, dass dieses Ding zumindest vor, zurück und sogar seitwärts rollen konnte.

Emily hatte Bens Kreatur *Blop* getauft und es passte zu seiner Gestalt, auch wenn Ben das Bedürfnis verspürt hatte, ihm einen richtigen Namen zu geben.

»Und wo ist jetzt seine Wasserkanone?«, fragte Emily.

»Du wirst schon sehen! Ich heb mir das Ding als Finishing Move auf. Glaub mir, du wirst es lieben! War nicht ganz einfach, das mit der Druckluft hinzukriegen – aber ich hab's geschafft.«

Die beiden öffneten die App für die Arena und ließen sich als Team aufstellen. Es dauerte nicht lange, bis sich zwei Gegnerinnen fanden – es waren Sara und Claire. Kurz bevor die neue Runde startete, setzten sie alle ihre Pets in den Ring.

»Meine verehrten Ladys und Gentlemen! Ich freue mich, Sie direkt zum nächsten Duell begrüßen zu dürfen. Auf der einen Seite sehen Sie Sara und Claire mit einem Frosch und einem Jaguar, auf der anderen haben wir

Emily und Kayne mit einem Drachen und einem … *ähm* …«

»Blop«, half Emily dem braun gelockten Jungen aus, der heute den Kommentator mimte.

»Und einem Blop!«, wiederholte er mit Begeisterung in der Stimme. Einige Schüler traten näher heran und versammelten sich um die Kampfstätte, die einem kleinen Boxring ähnelte.

»Wie immer gilt die Regel, wer als Erstes auf der Matte liegt, verliert! Wobei es für die Richter schwierig sein wird, das bei einem Blop zu beurteilen. Wo ist denn da oben und unten? Wie auch immer. Lasst das Duell beginnen!«

Ein Startsignal ertönte. Ben rollte den Blop in eine Ecke, während Emily ihren Drachen startete. Sie würde darauf achten müssen, dass sie innerhalb der Grenzen des Ringes blieb und auch nicht höher als einen Meter flog. So wie Ben sie aber kannte, hatte sie das schon längst berücksichtigt und in ihrer Steuerungsapp einprogrammiert.

»Der Drache startet mit einer Attacke«, fuhr der Kommentator fort. »Der Frosch empfängt ihn und spuckt ihn mit Fangnetzen an … nicht gerade die feine englische Art. Er weicht aus. Doch da! Eines hat sich an den Flügeln des Drachen verfangen. Er schwankt! *Er schwankt!* Jetzt hat sich der Jaguar ebenfalls aus seiner Ecke gewagt und setzt zum Sprung an, um den Gegner aus der Luft zu holen … doch was ist das? Der Blop rückt an! Dem Jaguar gelingt es gerade noch auszuweichen, bevor ihn das Ding überrollt, und nun startet er ein weiteres Manöver, dieses Mal auf den Blop. Mit einem Affenzahn springt er auf ihn zu – das sieht nicht gut aus!«

Was meint er mit »Das sieht nicht gut aus«? Der Blop steckt die Attacke schon weg.

Tatsächlich prallte der Jaguar gegen den schwabbeligen Körper und rutschte daran ab, als wäre er auf Wackelpudding getroffen.

»Der Drache hat sich inzwischen aus dem Netz befreit. Aber der Frosch lässt ihn links liegen und hüpft mit großen Sprüngen auf den Blop zu. Er sitzt nun wohl endgültig in der Falle. Wollen sie gemeinsam versuchen, ihn zu Boden zu ringen?«

Jetzt wurde Ben doch langsam nervös, weil er den Blop nicht mehr herausbewegen konnte. Sie hatten ihn eingekesselt.

»Der Jaguar visiert den Blop an, der Frosch springt bereits …«

Das RoboPet landete auf dem Kopf des Blops, dessen wabbeliges Material sich eindrückte und kurz darauf wieder herausschnellte, sodass der Gegner im hohen Bogen aus dem Ring katapultiert wurde.

»Ooooh – das war dann wohl der Blop-Effekt. Der Frosch ist raus! Er ist raus!«

Endlich gelang es Ben, den Blop herauszurollen, doch noch bevor er sich in die gegenüberliegende Ecke zurückziehen konnte, um nochmals Schwung zu holen, hielt Emily den Jaguar bereits mit ihren Klauen gepackt, hob ihn in die Luft und ließ ihn abrupt wieder los.

»Wer hat gesagt, dass Katzen immer auf ihren Pfoten landen? O Mann, das war vernichtend. Sieger sind Emily und Kayne.«

Emily nickte Ben zu und wollte eben mit ihm einschlagen, aber er schüttelte vehement den Kopf. »Warte, warte, warte! Der Finishing Move!«

Der Blop rollte an den am Boden liegenden Jaguar heran und zielte mit dem Arm, in dem sich die Wasserkanone befand. Obwohl der Kampf gewonnen war, wollte Ben sich nicht die Gelegenheit nehmen lassen, Emily seine neueste Erfindung zu präsentieren. Er aktivierte die Kanone und schoss.

Eine rote Fahne kam heraus. Dann passierte eine Weile lang – nichts. Erst wenige Sekunden später tröpfelte Wasser aus der Öffnung, während sie pfeifende und zischende Geräusche von sich gab. Aus dem wabbeligen Körper des Blops entwich Luft, bis er nur noch einen Strich in der Landschaft bildete.

Ben versuchte, sich die Enttäuschung nicht anmerken zu lassen. »Mein Blop sieht jetzt aus wie ein Blip.«

Emily gluckste leise und brach dann in schallendes Gelächter aus. Er hatte sie lange nicht mehr so lachen hören. Als wäre ihr Herz in diesem Moment befreit von all den Dingen, die sie bedrückten.

Ben konnte sich ein Grinsen nicht verkneifen. Schon allein dafür hatte sich die ganze Arbeit gelohnt.

38
EMILY

Freitag, 23. Dezember 2050

Die Prüfungen erwiesen sich als härter, als Emily sie sich vorgestellt hatte. In den letzten Tagen waren schon drei Gruppen in ein Shuttle verfrachtet und nach Hause geschickt worden. Überall gab es leere Betten und Sitzplätze, und man munkelte, dass die Arcadia noch nie so eine harte Linie gefahren hätte wie in diesem Jahr. Sogar einige Mitarbeiter waren entlassen worden, weil sie angeblich den Qualitätsansprüchen der Academy nicht länger genügten. Das restliche Personal hatte man in den Urlaub geschickt, sodass nur eine Notbesetzung übrig blieb.

Professor Taylor ging durch die Reihen und überprüfte, ob auch niemand von ihnen spickte. Emily fand die Aufgaben zwar herausfordernd, dennoch wäre sie nie auf die Idee gekommen zu betrügen. Sie wusste, dass sie weniger Schwierigkeiten gehabt hätte, wenn nicht so starke

Blockade-Modifizierungen an ihr vorgenommen worden wären, damit sie im Alltag nicht auffiel. Im Testzentrum war ja einiges davon rückgängig gemacht worden, aber eben nicht alles.

Auch Gefühle wie Hunger, Prüfungsangst und Müdigkeit hätte man mit einer Umprogrammierung unterdrücken können, ebenso die Atemnot, die sie zum Beispiel während der Stipendiumsprüfung beim Tauchen verspürt hatte, weil sie sich streng genommen ja nur einbildete, Sauerstoff zu brauchen. Aber Emily wollte das alles nicht. Selbst wenn sie die Möglichkeit dazu hätte, sie würde Veränderungen auf keinen Fall zulassen. Sie wollte so menschlich bleiben, wie sie konnte. Und so fand sie es auch in Ordnung, vollkommen übermüdet in der vorletzten Prüfung zu sitzen.

Ihr Blick glitt zu Kayne hinüber, der zwei Reihen entfernt saß. Er sah hoch konzentriert aus. Die vorherigen Tests hatte er bereits geschafft, aus eigener Kraft und ganz ohne Trickserei. Er sagte, dass es hauptsächlich an ihrer Nachhilfe lag, aber Emily wusste, dass er es nur seinem eigenen Fleiß zu verdanken hatte. Seine Fortschritte waren ihr nicht entgangen. Es motivierte sie, ihn so eifrig zu sehen. Sie zwang sich dazu, wieder auf ihr eigenes Papier zu schauen und sich auf den Test zu konzentrieren. Nachher konnte sie Kayne noch genug anhimmeln. Sie hatten sich nach der Prüfung auf einen Tee verabredet.

Emily wollte gerade die dritte Aufgabe bearbeiten, als jemand in den Raum eilte und mit Professor Taylor sprach.

Der Lehrer starrte den Mann an und schloss die Augen. Seine Mundpartie spannte sich an. Mehrmals atmete er tief durch, bis er die Lider wieder öffnete und die Stimme erhob: »Die Prüfung wird abgebrochen. Lassen Sie bitte alles an Ort und Stelle liegen und folgen Sie meinem Kollegen.«

Emily blickte zu Kayne hinüber, der aufstand und zu ihr herüberkam.

»Was denkst du, was los ist?«, flüsterte sie. »Ob wieder jemand ermordet worden ist?«

Kayne nahm ihre Hand und drückte sie fest. »Egal was es ist – du und ich, wir bleiben zusammen.«

Es tat so gut zu wissen, dass er bei ihr war. Dennoch hatte sie ein dumpfes Gefühl im Magen, als sie mit ihm und allen anderen dem Mann in die Halle folgte. Der Schulleiter stand bereits auf einer improvisierten Bühne. Bildschirme gab es diesmal keine. Doch die Menge an Jugendlichen hatte sich so weit reduziert, dass sie ihn alle gut sehen konnten.

»Wir bitten Sie jetzt, Ihre Vision-Qs einzuschalten und Ihre Anwesenheit zu bestätigen.« Es gab eine dröhnende Rückkopplung, auch das Mikrofon schien in der Eile nur behelfsmäßig aufgebaut worden zu sein. Überall leuchteten die blauen *Qs* auf, Augenscans wurden gemacht und jeder setzte sein Häkchen. Es dauerte eine Weile, bis der Schulleiter ein Zeichen gab. »Jetzt.«

Auf einen Schlag gingen alle Holofelder aus. »In Anbetracht der Lage sind wir leider gezwungen, Ihre Vision-

Qs funktionsunfähig zu machen. Wir wissen leider nicht, wie lange unsere Barrieren halten werden und wie gut wir für das gerüstet sind, was jetzt folgen wird.«

»Was soll das?« Wütende Rufe und Schreie brandeten auf und Unruhe machte sich breit, Schüler drängten in Richtung Bühne. Emily klammerte sich an Kayne, der beruhigend seinen Arm um sie legte.

»Ruhe!«, schrie Professor Chase, als Drohnen in den Saal hereinkamen, gefolgt von schwarzen Robotern, die Emily bislang nur einmal gesehen hatte, als das Feuer ausgebrochen war. Ihr rutschte das Herz in die Hose, als sie sah, dass sie jetzt sogar Waffen trugen. Sie umzingelten sie.

»Ich hab Angst.«

»Ich bin bei dir.«

»Ruhe, habe ich gesagt! Wenn noch einer von Ihnen einen Mucks macht, werde ich den- oder diejenige sofort abführen lassen!«

Angespannte Stille legte sich über den Raum.

»Gut. Ich möchte Ihnen zunächst Miss Blythe, Mister Connor und Mrs Davis vorstellen, für den Fall, dass Sie sie noch nicht kennengelernt haben. Sie sind examinierte Seelsorger und werden sich nach der Ankündigung um Sie kümmern.«

Auch der Schulleiter sah aus, als wäre er nur noch ein Schatten seiner selbst. Sein Gesicht wirkte angespannt, tiefe, dunkle Ringe lagen unter den Augen und trotz seiner entschlossenen Stimme schien es, als würden tiefe Emotionen bei jedem seiner Worte mitschwingen.

»Vor gut einer halben Stunde ist Gewissheit geworden, was wir Experten aus der Excellence Initiative lange geahnt haben. Es gibt keine Worte, die beschönigen können, was ich Ihnen jetzt zu berichten habe. Vor etwa sechs Monaten wurde ein kritischer Kipppunkt überschritten: 4 Grad Erderwärmung. Leider führte dies zu einem Domino-Effekt, den wir alle befürchteten, aber nicht in dieser kurzen Zeitspanne erwartet hatten. Wir verloren die letzten Reste der Eisschilde, der Korallenriffe und des Regenwalds. Durch das Schmelzen der Polkappen entstand eine Versüßung des Meerwassers, wodurch die Atlantikzirkulation, zu der auch der Golfstrom gehört, inzwischen vollkommen versiegt ist. Jetzt tauen auch die letzten Permafrost-Böden schneller auf als erwartet. Die Mengen an Methan-Gas, die dadurch in die Atmosphäre entlassen werden, haben bereits die Berechnungen des Worst-Case-Szenarios überschritten und durch das Gas wird sich die Erde nun noch schneller erhitzen. Meine Kollegen und ich sind uns einig: Die Erde wird schon in wenigen Monaten für die Menschheit unbewohnbar sein. Wir alle hofften, wir hätten mehr Zeit.«

Der Schock traf sie so tief, dass sich Emily wie gelähmt fühlte.

»Die Arcadia hat die letzten Jahre damit zugebracht, diese Welt retten zu wollen. Es hat nichts genutzt. Für jeden Baum, den einer unserer Aufforstungsroboter gepflanzt hat, wurden zwanzig gefällt. Für jeden Liter Meerwasser, den unsere Anlagen gefiltert haben, wurden fünfhundert mit industriellen Abfällen verschmutzt. Wir haben es versucht. Wir haben wirklich alles gegeben. Und es ist uns gelungen, der Menschheit ein paar zusätzliche Jahre zu verschaffen, aber dieser Punkt, den wir jetzt erreicht haben, war anscheinend unvermeidlich. Wir bringen Sie jetzt zu einer Zwischenstation, von der aus Sie zu unserem Safespot weitergeleitet werden. Sie alle sind hier, weil Sie zu den Besten der Besten gehören, die mit ausreichend Fachwissen für eine Neubesiedlung des Planeten mit technischen Mitteln gerüstet sind, wenn die Zeit gekommen ist. Die Schülerinnen und Schüler der anderen Häuser werden ihr Wissen über Pflanzen, Tiere, Insekten, Menschen und Gene einbringen, sodass Sie bestmöglich gewappnet sein werden. Die Atmosphäre der Erde wird sich verändern und es wird mehrere Jahrzehnte dauern, bis der Planet wieder bewohnbar sein wird, deswegen brauchen wir junge Menschen wie Sie. Während der Rest der Menschheit, so bedauerlich es auch ist, den Folgen des Klimawandels in Kürze zum Opfer fallen wird, werden Sie an einem geschützten Ort überleben. Sie sind unsere Zukunft. Sie sind diejenigen, die den Fortbestand der Menschen sichern werden.«

Deswegen die Änderungen im Lehrplan. Emily konnte nicht glauben, dass sich die ganzen Hinweise erst jetzt zu einem Gesamtbild verdichteten. Warum hatte sie es nicht gesehen? Das Zusammensetzen von Mini-Rovern und künstlichen Bienen, das Berechnen von Werten unter anderen Gegebenheiten. Das Vorziehen der Prüfung mit den Exoskeletten. Der anstrengende Sportunterricht und das Augenmerk darauf, dass sich alle physisch fit hielten. Die Leitung der Arcadia hatte schon die ganze Zeit geahnt, worauf sie ihre Schülerschaft vorbereitete.

Die anfänglichen Gefühle von Wut, Ohnmacht und Schock unter den Schülern entwickelten sich langsam zu einer Welle aus Panik. Die Jugendlichen wichen nun von der Bühne zurück, als könnten sie so den Worten von Professor Chase entkommen.

Doch der Kreis aus Robotern und Drohnen zog sich wie auf Kommando enger um sie zusammen. Ein Meer aus roten Punkten leuchtete auf, als alle gleichzeitig gefechtsbereit geschaltet wurden. Emily bebte am ganzen Körper. Ihr Atem ging schneller, bis sie fast hyperventilierte. Sie legte die zitternde Hand vor ihren Mund, um ihn wieder unter Kontrolle zu bringen.

»Die Experten der Excellence Initiative arbeiten alle für uns, aber es ist nur eine Frage der Zeit, bis auch der Rest der Menschheit die Zeichen richtig deuten wird. Und dann weiß die ganze Welt, dass es nur einen einzigen Ort gibt, an dem die Technologien entwickelt werden, mit denen man diesen Wandel überleben kann, um neu zu beginnen. Und Sie, liebe Schülerinnen und Schüler, gehören ab jetzt zu den gefährdetsten Personen dieser sterbenden Erde. Sie sind die Elite, die das Überleben der Menschheit in den Händen hält. Wir werden Sie vor der Gier, Panik und dem Hass der Außenwelt schützen. Alle Maßnahmen, die Sie zunächst vielleicht als beängstigend oder einengend empfinden werden, dienen allein Ihrer Sicherheit. Die Welt, wie wir sie kennen, wird untergehen, was bedeutet, dass die niedersten Instinkte aus den Menschen herausbrechen. Vertrauen Sie uns, nehmen Sie die Gesprächsangebote wahr. Gemeinsam werden wir den wohl wichtigsten Schritt unserer Spezies tun. Daher müssen wir Maßnahmen ergreifen, die Ihrem eigenen Schutz dienen.«

Es klackte, als sich die Mechanik für die Außenanlage in Gang setzte. Die weißen Metallrauten begannen sich langsam nach unten zu schieben, um die Türen in der Fensterfront zu verschließen. Kurz darauf wurde selbst das von einem anderen Geräusch übertönt. Es klang tief – ein vibrierendes Brummen, unter dem die ganze Halle erzitterte. Der riesige, goldene Roboter, das Wahrzeichen von Haus Minerva, senkte sich langsam in den Untergrund ab.

Ein Mädchen rannte von der Gruppe fort, blindlings auf die sich verschließenden Türen zu, wurde aber von einem Roboter festgehalten und nach hinten gerissen, sodass sie rücklings zu Boden ging. Jetzt brach ein Tumult aus. Emily und Kayne wurden von dem Strom aus Menschen erfasst und mitgerissen. Doch wie eine Welle, die auf einen Staudamm trifft, brandeten sie gegen den Kreis aus Robotern, der sich jetzt so fest um sie zog, dass die Schüler keinen Bewegungsspielraum mehr hatten.

Die Worte des Schulleiters drangen kaum noch zu Emily durch. In ihrem Kopf wirkte alles wie in dicke Watte gepackt.

Ihre Gedanken stolperten ziellos umher, unfähig, die Nachricht und ihre Folgen vollständig zu begreifen.

»Ich fürchte, dass wir unser Versprechen bezüglich eines Wiedersehens mit Ihren Familien eventuell nicht werden einhalten können. Das Einzige, was im Moment zählt, ist es, Sie auf Ihre Mission vorzubereiten.«

Die Watte zerriss. Der Spalt, der sich in der Mauer aus Schock und Unglauben öffnete, gab Emily den Blick auf die bittere Wahrheit frei.

Sie saß hier mit einem Synth-Mörder fest.

Sie würde nie mehr nach Hause zurückkehren.

Und sie würde ihre Familie vielleicht niemals wiedersehen.

Emily griff nach Kaynes Hand, der seine Finger mit den ihren verschlang.

DANKSAGUNG

Zuerst möchte ich mich bei euch bedanken – euch Leserinnen und Lesern. Mit eurer Fantasie haucht ihr der Geschichte das letzte Fünkchen Leben ein und ich freue mich, dass ihr Ben und Emily auf diesem Abenteuer begleitet habt.

Als Nächstes möchte ich mich bei demjenigen bedanken, ohne dessen Rückhalt dieses Buch niemals entstanden wäre: Sebastian. Dein bedingungsloses Vertrauen in mich und in das, was ich tue, ist mit nichts auf der Welt aufzuwiegen.

Ein ganz großer Dank gilt dem cbj Verlag. Insbesondere sei hier meine Lektorin Martina Patzer erwähnt, von der ich so vieles gelernt habe und noch so vieles lernen kann. Ohne dein Gefühl für Sprache, dein feines Gespür und dein unschätzbares Wissen wäre das Buch nicht zu dem geworden, was es ist.

Des Weiteren geht ein riesiges Dankeschön an die Literarische Agentur Silke Weniger, allen voran an meine Agentin Gerlinde Moorkamp. Ich fühle mich in deinen Händen wunderbar aufgehoben.

Meine Testleserinnen – was wäre ich ohne euch! Sonja Rüther, du begleitest mein Schreiben seit Jahren. Dein eigenes Schaffen hat mich immer beflügelt und inspiriert. Calin Noell, Katja Ammon und Kristin Abels – auch ihr seid großartige Autorinnen und ich freue mich immer über die tollen Geschichten aus euren eigenen Federn.

Mein herzlichster Dank gilt auch meiner Familie: meinen Eltern Faridah und Gerd, und meinem Bruder Ramon. Ihr habt immer an mich geglaubt, auch in Zeiten, in denen ich es selbst noch nicht tat. Ebenso danke ich Ulrike, Stephan, Monika, Dieter, Birgit, Peter, Julia, Carsten, Malte, Anni, Jan, Jens, Andrea, Moni, Rolf, Sharleen, Janine und Jared.

Sina Beerwald, Thomas Finn, Markus Heitz und Boris Koch – ich bewundere eure Hingabe zum Schreiben und die Bereitschaft, euer Wissen an angehende Autorinnen und Autoren in den Seminaren im *Ideenreich Kreativhof* weiterzugeben. Ich werde niemals müde, euch zuzuhören und von euch zu lernen.

Vielen Dank an *semper smile* für das wunderschöne Cover-Design, an *carmendmdesign* für die zauberhaften

Character-Arts, an Birgit Olbrich für die großartige Herstellung und an Eva-Maria und Andreas Petersen von der Design-Agentur *Die Wildnis* für die unermüdliche, kreative Unterstützung. Ihr seid einfach die Besten!

Herzlichen Dank auch an *Die Stadtgärtner* für die Blühpatenschaften, die hoffentlich dazu beitragen, dass wir niemals RoboBees benötigen, und an die Organisation *Planet Tree*, die sich für die Aufforstung deutscher Wälder einsetzt.

Nur gemeinsam können wir etwas gegen die Klimakrise bewirken.

Yasmin Dreyer glaubte mit zehn Jahren, also 1990, fest daran, dass sie mal Detektivin werden würde. Oder Archäologin. Oder Perlentaucherin. Auf jeden Fall jemand, der viele Geschichten erzählen könnte. Ob von Kriminalfällen, Ausgrabungen oder Schatzsuchen, da wollte sie sich nicht festlegen. Später, nach einem Ausreißer zum Fernsehen, wurde ihr klar, dass sie sich nie hatte auf etwas festlegen müssen, weil die Magie der Buchstaben alles miteinander vereinen kann. Heute lebt sie in Niedersachsen und liebt es, auf dem Papier alles erzählen und sein zu können, was sie möchte.